양만춘 1

양만춘 1

초판 1쇄 인쇄   2008. 1. 5.
초판 1쇄 발행   2008. 1. 10.

지은이   이 지 욱
펴낸이   김 경 희
펴낸곳   (주) 지식산업사
　　　　주 소　**본사:** 경기도 파주시 교하읍 문발리 520-12
　　　　　　　　서울사무소: 서울시 종로구 통의동 35-18
　　　　전 화　**본사:** (031)955-4226~7　**서울사무소:** (02)734-1978
　　　　팩 스　(031)955-4228
　　　　인터넷한글문패　지식산업사
　　　　인터넷영문문패　www.jisik.co.kr
　　　　전자우편　jsp@jisik.co.kr
　　　　등록번호　1-363
　　　　등록날짜　1969. 5. 8.

책값은 뒤표지에 있습니다.

이 책을 읽고 지은이에게 문의하고자 하는 이는
지식산업사 전자우편으로 연락 바랍니다.

차 례

시작하는 말

이 소설을 쓰는 동안 주목할 만한 사건이 하나 있었다.

최근 우리는 중국으로부터 이른바 '동북공정(東北工程)'이란 해괴한 프로젝트가 등장해 진행되는 과정을 지켜보았다. 물건을 훔치거나, 돈을 훔치거나 지적재산권을 훔치는 경우는 우리가 흔히 보는 일이라 그러려니 하기도 하고 혀를 차기도 하지만 이런 생전 듣도 보도 못한 '역사 훔치기'에 우리는 다만 어안이 벙벙하여 할 말을 잊었다. 심지어는 놀란 나머지 감이 안 잡혀 국내 일부 식자들 가운데에서조차 "그래, 맞을지 모른다. 고구려와 발해는 우리 역사가 아닐 지도 모른다"고 말하는 사람이 생겼다.

옛말에 '물건을 훔치면 도둑이 되지만, 천하를 훔치면 천자가 된다'고 했던가? 훔치는 스케일이 너무나도 커서 도둑질을 당한 피해자조차 피해 사실을 모르는 것 같다.

고구려는 언어면에서도 우리에게 흔적을 남겼으며, 습속면에서, 그리고 문화영역, 생활영역에서 우리에게 큰 영향을 끼쳤다. 또 피를 이어받았다.

고구려는 일찍부터 '고려'라고도 불렸고, 중국측 문헌에서도 '고려'라 부른 경우가 많았다. 즉 'KOREA'는 고구려 시대부터 우리가 사용하던 국호였다.

중국 주장대로 '한 번 점령한 사실이 있던 땅의 역사는 모두 우리의 역사'라고 주장하면 한때 세계 곳곳에 식민지를 두었던 영국은 '세계 전체가 우리의 역사'라고 해야 할 것이다.

고구려는 그들이 말하는 대로 중국 변방에 존재한 지방 정권이 아니다.

당시 중국 천하를 통일한 수나라와 수차례의 전면전을 벌였고 수나라는 바로 이 때문에 폭삭 망해 버렸다. 그러니 고구려는 아시아의 중심국가였던 것이다.

그런데도 중국측이 자기 역사라 주장하는 이유는 무엇인가?

여러 설이 있지만 북한이 무너진 뒤에 그 땅을 중국이 전부 또는 일부를 가져가겠다는 설이 가장 설득력이 있다.

중국 민족은 실리적이고 장사에 능한 민족이다. 할 일 없이 수백억을 쏟아부어 동북공정이라는 거짓말에 매달릴 리가 없다. '북한이 무너지면 최소한 대동강 이북까지는 먹겠다'는 것이 그들의 야욕이라고 봐야 한다.

이 책에 등장하는 수 양제, 당 태종, 측천무후가 고구려 · 백제 · 신라를 침공하는 목적은, 모든 전쟁이 다 그렇듯이 하나같이 영토

적 야욕에서 비롯한 것이다.

이 책을 읽고 나서 오늘의 북한을 자세히 바라보면 고구려 말기와 비슷한 면이 있다.

초강대국과의 극단적인 벼랑끝 외교, 무력숭상(선군정치)과 민생을 등한시 하는 것, 강력한 지도자의 직계 아들이 그에 못 미치는 영도력으로 정권을 잡은 것 등등…….

역사는 꼭 같지는 않지만 비슷하게 되풀이된다고 한다.

이 책을 읽으신 분들께서 그러한 경각심, 그리고 고구려에 대한 자부심을 가져 주기를 희망해 본다.

이 책은 서기 6~8세기 무렵 우리 민족이 역사상 최고로 잘 나가던 시절의 이야기를 다루고 있다. 개인적인 사건들은 물론 픽션이지만 역사상의 사건들, 기록에 남은 부분들은 국내외 기록들을 대조하여 썼음을 독자들에게 말씀 드린다.

이 책의 무대가 되는 북중국, 만주, 몽골 평원, 바이칼 호 등은 우리와 피를 나눈 형제들이 지배하던 곳이다.

미국 에모리대학교 연구소의 세계 종족별 DNA 분석 자료에 따르면 시베리아 지역의 야쿠트인과 바이칼 호 인근의 부랴트인, 아메리카 인디언의 DNA가 한국인과 거의 같다고 한다.

우리는 중국의 동북공정에 대응할 것이 아니라 우리 형제들이 지배했던 중국 만리장성 이북 북방 민족의 역사를 연구하여 우리의 역사에 편입하여야 할 것이다.

이 책은 소설의 틀을 빌려 과거 드높았던 우리 조상들의 기개를 그 일부나마 묘사해 보고자 시도하였다.

이 책이 나오기까지 늘 우리 고대사에 비상한 관심을 가지고 지원을 아끼지 않으시는 지식산업사 김경희 사장님과 편집에 수고를 아끼지 않으신 정봉제 씨, 지식산업사 여러 직원 분들께 마음에서 우러나오는 감사를 드린다.

2007년 12월
이 지 욱

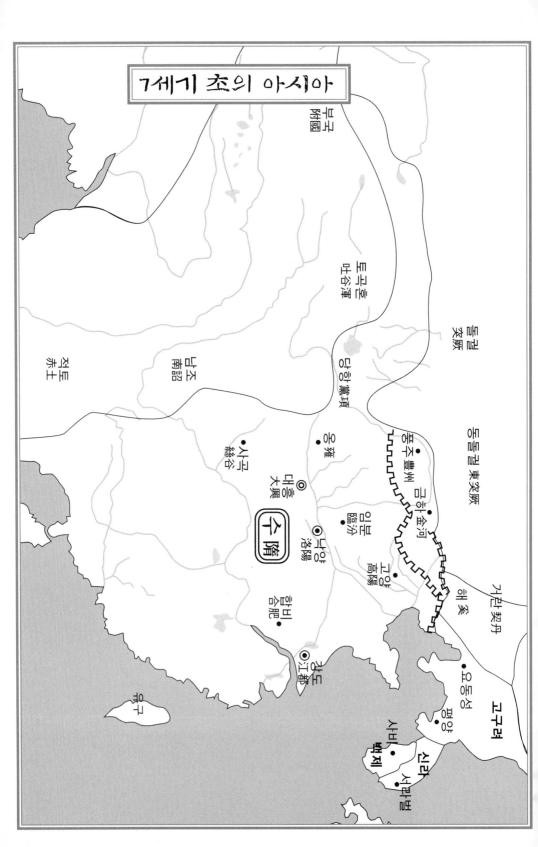

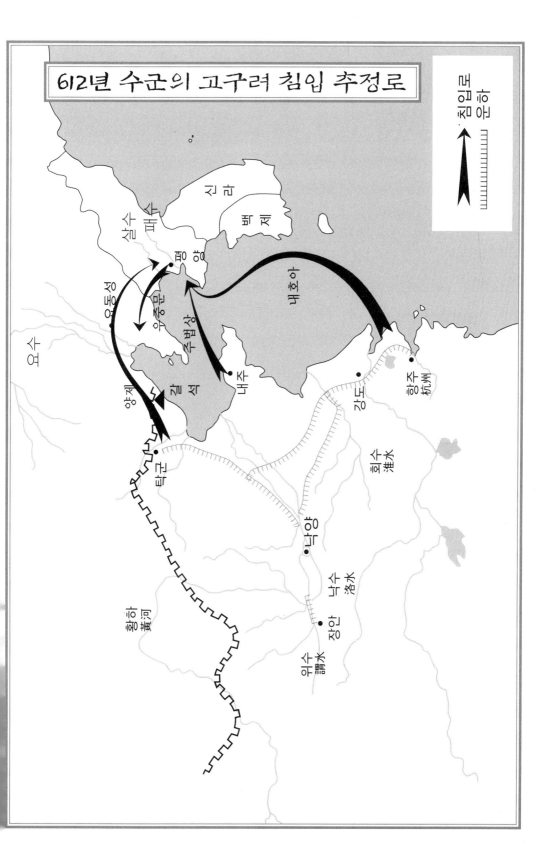

612년 수군의 고구려 침입 추정로

1. 성추행

서기 604년 7월, 수(隋)의 동도(東都) 낙양(洛陽)에서 동북쪽 기주(冀州)에 자리 잡은 황제의 별궁인 인수궁(仁壽宮)— 36세의 태자 광(廣)은 식은 땀을 흘리며 부황 문제(文帝, 본명 楊堅)의 꾸중을 듣고 있었다. 그는 4년 전, 그의 형 용(勇)이 어머니 독고(獨孤)황후의 눈에 벗어나 폐출되자 그 뒤를 이어 태자가 되었다.

광은 야망이 컸다. 빨리 황제가 되어 그의 구상대로 천하를 주무르고 싶었다. 겨우 장안(長安)과 화산(華山) 북쪽의 황하까지 이어진 400리짜리 운하, 광통거(廣通渠) 같은 것도 열 배나 스무 배로 키워 온 중원(中原)을 가로지르도록 만들고 싶었고, 이웃 나라들을 차례로 정벌하여 한(漢) 무제(武帝)에 버금가는 황제의 위엄을 세우고 싶었다. 인수궁에 온 지 얼마 뒤 문제가 병이 들자 아들을 불러 궁중에 머물며 통치를 돕도록 했는데, 그는 아버지의 죽음

이 곧 닥칠 거라 예상하고 복야(僕射) 자리에 있던 양소(楊素)에게
황제가 세상을 뜬 뒤 조치할 일들에 대해 조언을 구했다. 그런데
재수 없게도 양소의 건의문이 내관의 실수로 황제에게 바쳐졌던
것이다.

"이놈! 너는 내 눈에 흙이 들어가는 것을 보지 못 해 안달이 난
놈이로구나!"

"폐하, 그런 게 아니오옵고…… 만에 하나라도 위급한 경우가 닥
쳤을 때를 대비하여 미리……."

"듣기 싫다, 이놈. 썩 물러 가거라!"

황제는 머리맡에 있던 목침을 태자의 머리 위로 내던졌다. 하마
터면 그것이 광의 이마에 맞을 뻔했다. 그렇지 않아도 모든 일에
의심이 많고, 남의 결점을 엄격하게 들추어내고, 참소하는 말을 쉽
게 믿는 황제 양견이었다. 때문에 창업 공신이나 옛 친구들 가운데
목숨이 온전한 자가 별로 없었다. 이는 그가 계략으로써 주(周) 선
제(宣帝)의 자리를 빼앗은 전력 때문이기도 했다.

양광은 문을 나서면서 큰 한숨을 내쉬며 이마의 땀을 닦았다.

"제기랄, 저 영감탕구가 빨리 죽어야 할 텐데……."

금년 초, 황제가 중병으로 피를 토하며 드러누웠을 때만 하더라
도 그는 아비의 숨이 금방 꼴깍 넘어가는 줄 알았다. 그러나 문제
는 그 뒤에 갖가지 희귀한 차며 약재를 구해 와 끓인다, 중을 데려
와 염불을 한다, 젊은 피를 흡수한다며 젊고 예쁜 처녀들을 불러
동침을 한다, 천하에 대사령(大赦令)을 내려 죄인의 목숨을 용서
해 준다, 등등 갖가지 공들임이 효과를 봐서 그런지 6월이 지나도
끄떡이 없었다.

'음…… 장형(張衡)을 만나 상의를 해 봐야겠군.'

장형은 의관인데 황제의 간병을 핑계 삼아 어전에 심어 놓은 그의 심복 가운데 하나였다.

그가 막 발을 떼어 놓으려는 찰나, 저쪽에서 하늘하늘 걸어오는 진부인(陳夫人)이 눈에 들어왔다. 부인은 황후 다음의 서열로 정1품 벼슬로 쳐주는 황제의 처첩 가운데 하나이다.

양광의 눈동자가 갑자기 광채를 띠었다. 그는 황제가 최근 가장 아끼는 두 여자 진부인과 채부인 가운데, 특히 진부인만 보면 어쩐지 온몸이 사르르 녹아드는 것 같은 황홀경을 느끼곤 했다.

'궁중에 흔해 빠진 게 여자다. 그런데 유독 왜 저 여자만 보면 내가 사족을 못 쓰는 걸까……?'

그는 자신에게 스스로 물어봤지만 그건 어리석은 물음에 지나지 않았다. 그저 그녀의 몸동작 하나하나를 보면 볼수록 와락 껴안고 싶은 충동이 일어나 걷잡을 수 없었다.

'안 되지. 그래도 황제의 부인인데…… 아무리 젊다 해도 따지고 보면 어머니뻘이 아닌가…….'

그는 스스로의 마음을 추스르려 했다. 그러나 이런 윤리적 억제력은 그에게 아무 소용이 없었다. 오히려 그보다 자칫 행동거지를 잘못 했다가 태자라는 자리에 손상이 가 천하의 대권을 눈앞에서 놓칠 염려가 그의 자제력을 뒷받침해 주는 유일한 버팀목이었다. 형을 밀어내고 태자에 오르느라 그 얼마나 내키지도 않는 위선적인 군자 흉내를 내었던가…… 그것은 돌아가신 어머니 독고황후의 전폭적인 지지가 아니면 불가능했다. 4년 전 그 무렵, 그의 형 용(勇)은 성질이 온후하고 솔직하며 황제의 정치를 잘 도와 정령을 스스로 삭제·증보할 수 있을 정도로 현명했으나, 비(妃) 원씨(元氏)가 요절하고 난 뒤 총희(寵姬)를 많이 거느려 서자가 많았다. 비범한 여권론자(女權論者)로서 당시 귀족사회에서는 드물게 남편인 양견과 일부일처(一夫一妻)를 견지했으며 질투심이 몹시 강했던 독고황후는 이를 매우 싫어했다. 이 틈새를 양광이 파고들었다.

"형수(태자비 원씨)가 요절한 것도 형의 총애를 잃어 한을 품은 때문이라는 소문이 자자합니다."

그리고 양광 자신은 품행이 방정하다는 것을 가장하였다. 한번은 문제와 독고황후가 양광의 저택을 찾은 적이 있었다. 그는 젊은 미녀나 사치스런 물건은 전부 별채 창고에 숨겨 놓고 늙고 못 생긴 여자들만 검소한 옷을 입고 나타나 심부름을 하게 했다. 장막이며 돗자리도 모두 무늬 없는 것을 쓰게 했고 악기도 줄이 끊어지고 먼지가 뒤덮인 것을 골라 와 오랫동안 연회를 열지 않고 지낸 것처럼 보이게 했다. 문제와 독고황후는 이를 보고 크게 기뻐했다. 그 뒤에도 문제나 독고황후에게서 사자(使者)가 올 때면 늘 부인인 소비(蕭妃)와 함께 정중히 맞이하고 배웅할 땐 부부가 대문 밖까지 나가 사자에게 뇌물을 듬뿍 주었다. 이렇게 뇌물을 받은 사자는 황제나 황후에게 돌아가서 입에 침이 마르도록 양광의 인효(仁孝)를 칭찬하게 되는 것이었다. 양광은 자기의 모든 나쁜 성품은 철저히 가렸던 것이다. 특히 색광(色狂) 성향은 아무도 눈치 채지 못 했다. 실제로는 여색을 좋아하여 후궁을 많이 두었으나, 후궁에게 애가 서기라도 하면 '없애기' 일쑤였다.

마침내 독고황후는 용을 태자의 자리에서 폐하여 서인으로 삼고 광을 태자로 삼을 것을 양견에게 권하였다. 독고황후는 양견이 천하를 얻는 과정에서 그의 마음이 흔들릴 때마다, '부군께서는 하루에 천 리를 달리는 호랑이를 타셨습니다. 호랑이 등에 탄 이상 중도에 내릴 수는 없는 일, 중도에 내리면 호랑이에게 잡혀 먹히고 말 것이기에 어떤 일이 있어도 끝까지 가야 합니다. 반드시 목적을 달성하도록 하십시오' 라고 수시로 충고하여 후세에 이른바 기호지세(騎虎之勢)라는 고사성어를 남긴 여자로서 양견에게는 막강한 영향력을 행사하는 처지였다. 그리하여 양광은 드디어 황태자가 되었다.

그 뒤 독고황후가 죽었을 때도 양광은 문제와 궁인들이 보는 앞에서 기절해 넘어지는 시늉을 하며 대성통곡했다. 그리고 집으로 돌아와서는 아침저녁 한 줌의 쌀만으로 식단을 짜게 했다. 그러나 뒤로는 몰래 진수성찬을 들여왔다. 이렇게 철저히 감추려 했던 성품이, 황제가 드러누움으로써 그를 통제할 초월적 힘이 없어지자 서서히 그 본성을 드러내기 시작했다.

'그렇다. 저 젊은 여자가 다 죽어 가는 노인과 한 이불 속에 들어가서 무슨 즐거움을 느낄 것인가? 내가 안아 주면 좋아하겠지? 처음에야 앙탈을 부리겠지만…… 그러나 그 뒤엔 좋아서 부르기도 전에 나를 찾을 것이다.'

양광의 이글거리는 시선을 아는지 모르는지 진부인은 그의 곁을 살짝 고개를 숙여 인사를 하고는 지나갔다. 사향 냄새가 양광의 코를 자극했다. 양광은 하마터면 순간적으로 홱 그녀의 허리를 낚아챌 뻔했다.

"후 유……."

그는 그녀의 뒷모습, 특히 하늘거리는 허리 아래 선을 바라보며 한숨을 내쉬었다.

'내가 등극할 때까지 참아야지…… 아니다. 나는 지금 황제나 다름없다. 황제의 권세를 조금 앞당겨 행사한다 해서 무슨 문제가 있으랴. 더구나 죽을 듯 말 듯 저렇게 끈다면 마냥 이렇게 잔소리나 듣고 몇 년씩 기다릴 순 없지 않는가? 내가 갖고 싶은 것은 반드시 거머쥐어야 해. 황제의 자격은 그래서 생기는 것이다. 그러나 만약의 사태에 대비는 해 둬야겠지…….'

그는 발걸음을 빠르게 옮겨, 시각이 늦었음에도 의관 장형을 찾았다. 양광은 장형을 은밀한 곳으로 데리고 가 말했다.

"황제의 병환은 어떠한가?"

"차도가 없습니다. 폐장이 상하셨는데 계속 젊은 여자를 가까이 하시니…… 다시 일어나시긴 어렵습니다."

"그런 얘기가 나온 게 벌써 몇 달째인가? 그런데도 아직 멀쩡하시잖은가?"

"글쎄, 그건 워낙 좋은 보약을 드시니까…… 누워 계셔도 생명엔 지장이 없는 것 같습니다."

"혹시 무슨 일이 생기거든 자넨 무조건 내 뜻을 따라야 하네."

"여부가 있겠습니까?"

그는 연신 허리를 굽실거렸다. 양광은 허리춤에서 금 세 푼을 꺼내 그에게 건네주었다.

"지난번에 주신지 얼마 안 됐는데 또 주십니까? 황송하옵니다."

그는 다시 허리까지 굽실거렸다.

"지난번 말한 그 침은 구해 놨는가? 실어증(失語症)을 일으킨다

든가 뭔가 하는?"

"예, 예, 비상시를 위해 항시 차고 다닙니다. 거기에 바를 약까지……."

장형은 허리춤에 찬 침통을 흔들어 보였다.

"알았어. 가 보게."

양광은 점차 멀어져가는 그의 뒷모습을 보다가 다시 달을 올려다보았다. 그 달 속에는 진부인의 얼굴이 들어 있어 그에게 생글생글 웃고 있는 것 같았다.

그 이튿날 밤, 진부인은 여느 때처럼 인수궁에 있는 황제의 처소로 걸어가고 있었다. 마지막 출입문에서 따르던 시녀들을 돌려보내고 키 높이의 갖가지 나무로 꾸며진 작은 정원을 지날 무렵이었다. 갑자기 옆 대나무 숲에서 한 사나이가 나타나 뒤에서부터 잽싸게 왼손으로는 그녀의 입을 틀어막고 오른팔로는 그녀의 허리를 감싸 안았다. 그녀가 몸을 비틀자 그 사내는 오른손에 들었던 제법 긴 비수를 여자의 얼굴까지 끌어 올리며 속삭였다.

"조용히 해라. 반항하지 않으면 해치지 않는다. 잠깐 즐기면 너 좋고 나 좋은 일 아니냐?"

목소리를 들은 진부인은 깜짝 놀랐다. 쉿소리가 약간 섞인 탁한 음성? 그것은 태자 양광 특유의 목소리였다. 그녀는 얼굴을 약간 돌려 달빛에 비친 그 자의 얼굴을 살폈다. 야릇한 미소를 띠며 욕망에 번들거리는 눈으로 그녀의 시선을 맞는 그는 분명 태자 양광이었다.

그녀는 잠시 어떻게 이런 일이 있을 수 있나 하는 놀라움에 사로잡혀 있었다. 그런 그녀를 양광은 끌다시피 정원 한가운데로 데리고 갔다. 부드러운 풀밭이 나오자 그는 그녀를 쓰러뜨렸다. 거친 호흡을 뿜으며 양광은 왼손으로 여자의 목을 감은 채 그녀의 얼굴에 입을 이리저리 맞추었다. 오른손으로 여자의 옷을 풀어 헤치더니 젖무덤을 더듬었다. 손길이 다시 그녀의 사타구니 사이로 내려갔다.

그때였다. 진부인은 사내의 움직임에 따르는 척하다가 고개를 살짝 들어 상대방의 귀를 있는 힘껏 물어뜯었다.

"헉……."

양광은 비명 소리도 제대로 내지 못 하고 옆으로 나뒹그러졌다.

그 틈을 타 진부인은 재빨리 일어나 황제의 처소 쪽으로 달음질쳤다. 침소 앞에 이르러서야 대강 옷매무새를 가다듬고 문을 열고 들어섰다.

황제는 침소에서 반쯤 몸을 일으키고 있었다. 그녀는 황제에게 접근하자마자 침상에 얼굴을 파묻었다.

"아니, 웬 숨을 그렇게 가쁘게 쉬나? 무슨 일이 있었느냐?"

황제가 그녀의 한쪽 어깨를 어루만지며 물었다.

그녀는 아무 대꾸도 하지 않고 조용히 흐느꼈다.

"울고 있군. 대체 무슨 일인지 말해 보아!"

"마마, 태자가……."

"태자가? 대체 무슨 일인데?"

이번에는 황제가 두 손으로 진부인의 어깨를 잡아 일으키며 언성을 높였다.

"태자가…… 제게 무례한 짓을 하려고 했습니다."

그녀는 울음을 터뜨리고 말았다.

"뭐라고? 자세히 말해 봐라!"

황제는 버럭 소리를 질렀다.

그녀는 고개를 저으며 울기만 했다.

"여봐라! 태자를 당장 들라 해라!"

황제가 고함을 지르며 명을 내렸다.

귀를 물어뜯긴 고통에 떼굴떼굴 구르며 신음하던 양광은 정신이 번쩍 들었다.

'변이 나기 전에 수습을 해야 한다. 이것은 위기 상황이다.'

그는 급히 의관 장형을 불러 황제 옆에 상시 대기하고 있으라 일러 놓고 자기 처소로 돌아왔다. 대충 상처를 손보고 나서 의관을 정제한 다음 짤막한 칼을 바지 품속에 감추었다.

아니나 다를까, 금세 태자 광에게 즉시 어전으로 들라는 명령이 전달되었다.

광은 몇 번 긴 숨을 쉰 뒤 마음을 가다듬고 황제의 침소로 향하였다.

침소에 드니 진부인이 한쪽 구석에 다소곳이 앉아 있고 황제는 침상에서 상반신을 일으킨 채 그를 노려보고 있었다.

"이놈! 네가 짐승이냐? 사람이냐? 네 어미가 눈이 삐어 너 같은 놈을 태자에 앉히라 하더니…… 애애이 괘씸한 놈!"

황제는 베개며 목침이며 주위에서 잡히는 대로 태자에게 집어 던졌다.

"폐하, 고정하시오소서."

옆에 있던 진부인이 울며 말렸다.

"너는 잠시만 물러가 있거라."

황제의 말을 듣고 그녀는 흐느끼며 얼굴을 두 손으로 감싸 안고 주렴으로 가려진 옆방으로 비껴 나갔다.

"이노옴, 그런 처신으로 어찌 나라를 다스린단 말이냐? 내 오늘 당장 너를 폐출하고 용을 도로 불러야겠다. 여봐라, 게 아무도 없느냐?"

그러나 이 말은 황제가 너무 경솔히 한 말이었다. 황제는 일을 조용히 처리했어야 했다.

태자 양광의 입가에 잔인한 미소가 흘렀다. 그는 능청스럽게 말했다.

"폐하, 너무 노하시면 옥체에 손상이 옵니다. 고정하시옵소서."

"뭐라고? 이노옴! 네가 지금 이 애비를 놀리는 게냐? 이노옴!"

황제는 더더욱 격노했다. 그러다가 갑자기 심한 기침을 하기 시작했다.

"여봐라! 게 누구 없느냐?"

양광이 바깥을 향해 소리치자 대기하고 있던 장형이 들어왔다.

양광은 장형에게 눈을 찡긋하며 엄지손가락으로 몸을 찌르는 시늉의 신호를 내렸다. 장형이 알아듣고 침통에서 침을 몇 개 꺼내 황제의 몸에다 꽂았다. 황제는 기침을 멈추더니 가쁜 숨을 내쉬었다.

잠시 시간이 흘렀다. 양광은 침상 앞에 부복한 상태였고 황제는 반듯이 누워 있었으며 장형은 황제 곁에서 황제의 얼굴을 예의 주시하고 있었다.

조금 뒤, 황제는 상반신을 일으켰다.

그는 양광을 향해 소리를 지르려 하였다. 그런데 갑자기 혀가 돌아가지 않았다.

"어버버버…… 버버버버"

황제가 뱉어낸 말은 짐승의 울부짖는 소리처럼 단음절의 반복이었다.

양광의 입가에 회심의 미소가 번졌다.

이때 옆방에 있던 진부인이 뛰어들었다.

"폐하! 폐하!"

그녀는 안아 일으키려 하면서 황제를 불렀다.

"어버버버…… 버버"

황제는 그저 벙어리 소리만 냈다.

그러다가 한 손으로 글을 쓰는 시늉을 했다. 진부인이 즉시 눈치를 채고 바깥을 향해 소리쳤다.

"게 아무도 없느냐?"

그러자 내관 한 사람이 들어왔다. 그는 진부인의 고종 사촌 오빠였다.

"빨리 붓과 벼루를 준비해라! 그리고 대극전(大極殿)에 가서 숙직하는 관원을 들라 해라!"

내관이 뛰어나가는 것을 보자, 양광은 일어섰다. 그는 황제와 진부인이 얼싸안고 있는 사이에 가만히 손짓으로 장형에게 따라 나오라는 신호를 보냈다. 장형이 따라 나오자 그는 비장한 목소리로 말했다.

"일이 다급하게 되었다. 독침을 놓아라!"

"하오나······."

장형은 갑자기 사색이 되어 와들와들 떨기 시작했다.

"정신 차려! 날이 밝으면 너와 나는 함께 목이 잘린다."

양광은 손으로 자기의 목을 그어 보이고 그 다음 상대방의 목도 그어 보였다.

"시간이 얼마 없다. 다시 들어가 독침을 놓아라!"

"지금 진부인이 옆에 계신데······."

장형은 이마에서 줄줄 흘러내리는 땀을 훔치며 더듬거렸다.

"진부인은 내가 옆방으로 끌어내겠다. 자, 들어가자!"

양광은 앞장서서 황제의 침소로 들어가고 장형이 뒤를 따랐다.

성큼성큼 침상 곁으로 간 양광은 진부인의 팔을 움켜잡고는 말했다.

"저랑 이야기 좀 합시다."

"제발······ 제발······."

진부인은 안타까운 표정으로 양광을 올려다보며 애원했다.

그런 그녀를 억지로 끌다시피 옆방으로 데리고 간 양광은 시간을 끌고자 마음에도 없는 사과의 말을 늘어놓으며 수작을 벌였다.

"아까는 정말 미안했소이다. 내가 잠깐 눈이 뒤집혀서······."

진부인은 흐느껴 울 뿐이었다.

"내 사과를 받아주지 않는 거요?"

양광은 장형에게 시간을 벌어 주려고 억지로 이 말 저 말을 늘여 놓으며 진부인이 나가려 할 때마다 팔을 잡고 주저앉혔다.

그러다 한참 뒤 그들이 다시 들어가니 침소에는 아무도 없고 황제는 벽 쪽으로 고개를 돌리고 있었다. 진부인이 뛰어가 살피니 황제의 입가에는 한 줄기 피가 흘러 있었고 얼굴과 목덜미는 검푸른 색으로 변해 있었다.

"전의를 불러라! 의관은 어디 갔느냐!"

진부인이 악을 쓰듯 소리치자 의관 한 명이 헐레벌떡 들어왔다. 그는 장형이 아닌 다른 의관이었다. 황제의 몸을 이리저리 살피던 그는 경악에 찬 표정이 되더니 갑자기 일어서서 밖으로 뛰어나가며 소리 질렀다.

"독살이다! 황제가 독살 당했다!"

그러나 그는 얼마 못 가서 뒤쫓아 달려 온 양광의 칼을 맞고 쓰러졌다.

양광은 다시 장형을 찾았다. 새하얗게 질려 숨도 제대로 못 쉬는 장형에게 그는 명령을 내렸다.

"빨리 가서 우선 태자궁 경비병들을 이리로 오라 일러라. 그리고 빨리 궐 밖으로 가서 양소(楊素) 장군에게 병력을 끌고 이곳으로 즉시 오라 해라! 서둘러라!"

그가 종종걸음으로 사라지자 양광은 다시 침소 문 앞에 섰다. 인수궁 경비병들에게 외곽을 지키게 하고 양소 장군 외에는 일절 출입을 못 하게 하라고 지시하였다. 그런 다음 태자궁 경비병들이 도착하자 침소 주변 경계를 철저히 하라고 지시하면서 그의 지시 외에는 개미 새끼 한 마리 얼씬 못 하게 하였다. 진부인은 침소에서 나가려다 병사들에게 저지 당했다. 양광은 그녀를 침소 옆방에 가두고 병사 둘로 하여금 지키게 하였다.

날이 밝았다. 복야(僕射) 양소는 동평장사(同平章事: 재상) 등 중서성(中書省) 대신들과 같은 시각에 도착하였다. 양광은 잠을 설쳐 꺼칠한 눈을 비비며 양소에게 귓속말로 황제가 죽기 직전이라고 설명하고 궁궐과 외곽 경비를 물샐틈없이 하라고 이른 다음 대신들에게 말했다.

"폐하께 변고가 생겼소. 지금은 비상시국이오."

"변고가 생겼다니? 돌아가셨단 말이오?"

동평장사가 물었다. 양광의 표정이 약간 일그러졌다.

"지금은 정확히 뭐라 말씀 드릴 수 없습니다. 그렇게만 알고 계시오."

그리고는 그는 안으로 사라졌다.

"이게 무슨 말이오? 돌아가셨으면 국상을 선포해야 하고, 아니면 신하들인 우리가 배알하는 것이 도리인데, 이것도 저것도 아니라니……."

대신들이 남아 있던 양소에게 따지듯이 물었다.

"낸들 알겠소? 태자께서 어련히 알아서 하시겠지……."

그러나 대신들은 가만히 있지 않았다.

"태자는 태자, 황제는 황제요."

"우리가 황제를 배알하지 못 하는 이유가 뭐요?"

이구동성으로 외치자 양소는 답변이 궁해졌다.

"여러 사람들이 번거롭게 하면 폐하의 병환이 더 위중해질까 봐 그런 게 아니겠소?"

양소의 대답에 누군가 말했다.

"그럼 우리 대신들 가운데 대표 몇 사람만 뽑아서라도 황제를 배알합시다."

양소는 이것까지 거절할 명분은 없었다.

"가만들 계시오. 내가 태자께 여쭈어 보고 오겠소."

양소는 부하들에게 경비를 철저히 서라 다짐한 다음 안으로 들어갔다.

양광은 황제의 침상 옆에서 뭔가 궁리에 잠긴 듯 왔다 갔다 하고 있었다. 양소는 황제의 곁에까지 와서 황제의 시퍼렇게 변한 시신을 보고 흠칫 놀랐다.

"돌아가셨습니까?"

양소가 묻자 양광은 고개를 끄덕끄덕하였다.

"그러면 차라리 국상을 선포하는 게 어떻습니까? 지금 대신들이 황제를 배알하겠다고 난립니다."

그러자 양광은 고개를 흔들었다.

"지금은 안 돼. 저 모습을 보여 줬다간 더 난리를 칠 거야. 또 그전에 할 일이 있어."

광의 말투에 벌써 위압하는 듯한 태도가 섞여 있었다. 양소는 섬짓하였다. 그는 깨달아야 했다. 벌써 천하의 주인이 바뀌었다는 사실을……

"대신들이 대표 몇 명을 뽑아서라도 황제를 배알하겠다고 난리입니다."

"대체 어떤 놈들이 그렇게 버릇없게 구나? 궁금해도 내가 참으라면 참아야지……."

양광의 말투에는 이미 황제가 된 듯한 오만이 배어 있었다.

"나가서 그렇게 전하겠습니다."

"아니야, 대표를 들어오라구 해. 그 대신 칼 잘 쓰는 병사 열 사람만 들여보내 줘! 내가 버릇을 고쳐 놓을 테니까…… 그리고 믿을 만한 심복을 시켜 어명이라 하고 죄인 용(勇)을 처치하여 그 목을 내게 가져다 보이게."

양광은 눈 하나 깜짝이지 않고 그의 친형을 죽이라는 명을 단번에 내렸다.

양소가 나간 다음, 그가 뽑아 보낸 병사 열 명이 도착하자 광은 말했다.

"너희들은 여기 서 있다가 사람 하나가 들어올 적마다 내가 손을 들었다 놓으면 목을 베어 옆방으로 옮기고, 내가 손을 좌우로 흔들면 베지 말고 황제 곁으로 모셔라!"

그리고는 대표로 뽑혀 들어오던 신하 여덟 명 가운데 평소 자기에게 고분고분하던 세 명은 살려 주고 다섯 명은 목을 베어서 진부인이 갇혀 있는 옆방으로 옮겼다.

황제의 죽음을 눈앞에서 지켜본, 그리고 그 죽음이 자연사가 아닌, 누군가가 시해한 것으로 믿어지는 모습을 지켜본 신하들은 기가 질려 어쩔 줄을 모르고 있었다. 더구나 동료였던 신하 다섯 사람이 시체로 변해 있었다. 그런 그들 옆으로 양광이 다가왔다.

"당분간 황제의 죽음을 비밀에 부쳐야 하오. 그 이유는 황제의 죽음이 알려지면 고구려가 쳐들어올 위험이 있기 때문이오. 나는 황제의 뒤를 이은 몸으로서 역모자들을 모조리 잡아들여 처형한 다음에 국상을 선포할 것이오. 저 사람들도 그 역모자들 가운데 일부요."

그는 엉뚱하게도 황제의 죽음을 비밀에 부치는 이유로 고구려를 갖다 댔다. 누가 들어도 납득이 안 가는 말이었다. 게다가 조정의 최고위급 대신들을 눈 깜짝할 사이에 죽여 놓고 역모자로 뒤집어씌웠다. 남은 세 대신은 돌아가는 내용을 뻔히 짐작했으나 이미 후계자를 자칭하는 양광에게 대항할 용기도 힘도 없었다.

"그대들은 사태가 마무리 될 때까지 이곳에 계속 머무르면서 나를 좀 도와주어야 겠소."

그는 신하들이 집에 돌아갈 수 없음은 물론 바깥으로도 나가지 못 하게 오금을 박았다.

"우선, 병주(幷州)에 있는 한왕(漢王)을 소환하시오. 칙령으로 말이오."

한왕이란 그의 동생 양(諒)을 말하는 것으로, 한왕은 10여 만 명의 막강한 정예 기병을 거느리고 만리장성과 장안 사이의 경비를 맡고 있었다. 그는 형을 죽이라고 명하는 동시에 그 다음 제거 대상인 동생을 소환하려고 한 것이다.

"칙령으로 하면 수결(手決)은 누가 합니까?"

"그거야 그대들이 흉내 내면 될 거 아냐? 그동안 밥 먹고 배운 게 그거 아니야?"

양광은 조롱하듯 말했다.

그리하여 옥새를 멋대로 찍고 가짜 수결이 된 조칙을 한왕 양양에게 보냈다.

어수선한 하루를 보내고 밤이 되었다.

"저것들을 치워 버려!"

양광은 군사들에게 아침에 그가 죽인 신하 다섯의 시체를 치우게 했다. 그 방에는 진부인이 아직도 갇혀 있는 상태였다. 부하들이 시체를 끌어내고 핏자국을 닦아 내자 그는 군사들을 바깥으로 나가게 하고 음흉한 눈으로 진부인을 내려다보았다.

"이것 봐, 나는 내가 하고 싶은 건 꼭 하고, 갖고 싶은 건 꼭 갖는 사람이야. 이제 넌 내 것이다."

그는 와락 진부인에게 덤벼들었다. 그리고 바라고 바란 물건을 드디어 손에 넣었다는 듯, 의기양양한 표정으로 옷을 한 꺼풀, 한 꺼풀 벗겼다. 그녀는 죽은듯 가만히 있었다. 양광은 자기도 옷을 벗은 뒤 마음껏 욕심을 채웠다.

그 이튿날도 그는 황제의 시신이 놓인 바로 옆에서 진부인을 희롱하였다. 마침내 진부인이 애원하였다.

"너무하시옵니다. 어찌 옛 주인의 시신이 놓인 바로 옆에서 새 주인을 모시라 하시나이까?"

그는 통쾌하게 웃으며 그녀를 다른 방으로 옮기게 한 뒤 군사들로 하여금 엄중히 지키게 하고 밤이면 그곳에 들렀다.

한왕이 조칙을 받은 것은 사흘 뒤였다. 한왕은 황제 양견의 다섯째 아들이다. 원래 양견과 독고황후 사이에는 다섯 아들과 다섯 딸이 있었는데 첫째 아들 용(勇)이 태자로 있다가 폐출되었음은 이미 말한 바와 같고, 셋째 준(俊)은 진왕(秦王)에 봉해졌으나 유흥과 여색을 즐기다 질투심이 강한 부인 최씨의 독살로 숨졌다. 넷째 아들 수(秀)는 촉왕(蜀王)에 봉해졌으나 양광이 인형을 이용하여 조작한 역모 사건에 연루되어 관작을 박탈당하고 서민이 되었다. 그러므로 양광의 형제 가운데 당시 실세라 할 만한 사람은 한왕 양(諒) 뿐이었다.

그는 조칙을 유심히 읽은 다음 부하 오지충에게 건네었다. 오지충은 읽고 나서 물었다.

"꼭 혼자 들어오라는 게 좀 이상하군요. 가실 작정이십니까?"

"아니, 안 갈 거야. 그 조칙은 가짜야."

"네엣?"

"황제와 나 사이에는 미리 약속이 되어 있었다. 조칙을 내릴 때에는 '칙' 자 옆에 보일듯 말듯한 점을 하나 찍기로…… 그런데 이번 조칙엔 그게 없다. 어디 옛날 조칙과 한번 견주어 볼까?"

한왕 양양은 지난번에 받은 조칙을 가져오게 한 뒤, 오지충에게 비교하게 했다. 정말 양양의 말대로 옛날 조칙의 '칙' 자 옆에는 보일듯 말듯한 점이 찍혀 있었다.

양양은 사람을 몰래 파견하여 궁중의 형편을 살피도록 했다. 파견된 사람은 곧 황제가 붕어했다는 소문이 돈다는 사실, 진부인이 모처에 갇혀 있다는 사실, 평소에 양광에게 밉보인 대신 몇몇이 이미 살해되었다는 소식을 전했다. 더욱 놀라운 것은 이 소식이 들어온 다음 날, 진부인이 몰래 보낸 쪽지가 한왕에게 전해졌는데, 거기에는 황제가 독살되었다는 사실, 황제가 독살되기 전에 광(廣)에게서 태자 직위를 삭탈하고 서인이 된 용(勇)을 다시 태자로 복위토록 명을 내렸다는 사실이 적혀 있었다. 한왕은 즉시 맏형 용에게 사람을 보냈으나 그는 이미 죽은 뒤였다.

드디어 한왕은 군사를 일으켰다. 그의 부하들은 곧바로 휘하 병력을 이끌고 장안으로 진격할 것을 주장하였다. 그런데 그 말을 듣지 않고 양양은 휘하의 52주에서 지원병이 오기를 기다리느라 결정적 시기를 놓쳤다. 이 사이에 양광은 국상을 발표하고 자기가 후계자로 당당히 황제의 자리에 올랐음을 선포하였다. 양견이 죽은 지 아흐레 만이었다.

한왕은 뒤늦게 19주의 병력으로 남진하였으나 양소가 이미 근위군을 중심으로 대군을 편성하여 병주로 진출하고는 주요 거점을 점령한 뒤였다. 결국 한왕의 군대는 패하였고 한왕 자신은 종신형에 처해졌다. 이 일이 있고 얼마 뒤, 진부인은 목을 매어 스스로 목숨을 끊었다.

2. 바이갈 달라이

서기 606년, 사하렌우라 강(현재의 아무르 강= 黑龍江) 상류.

남쪽의 대흥안령(大興安嶺) 산맥 자락을 타고 내리는 물로 이루어진 아르군 강과 북쪽의 야블로노이 산맥의 동남쪽 험한 산기슭을 타고 내린 물이 만들어 낸 실카 강이 만나는 곳에서 일단의 병사들이 뗏목을 띄워 강물을 건너려 하고 있었다.

5천여 명 되는 그들은 모두 고구려 무사 옷차림을 하고 있었다. 이곳은 당시의 중국인들이 발실위(鉢室韋)라 부르는 곳, 고구려의 서쪽인 안시성(安市城)에서 따져 북쪽으로 약 5천 리, 평양성에서 치면 6천 리 이상 되는 곳으로《수서(隋書)》의 기록에 따르면, 겨울에는 추워서 소와 말이 무수히 얼어 죽고 눈이 많이 쌓여서 사람들이 빠질까 두려워 나무를 타고 다니는 것으로 알려져 있다.

이곳은 또한 건국 초부터 고구려와 오랜 경쟁관계에 있었으며,

중국 5호16국시대(서기 317~420년)의 중심국이었던 전연(前燕)·
후연(後燕)에 이어, 439년 북위(北魏)를 세우고 수나라가 세워질
때까지 140년 동안 중국의 절반을 통치한 선비족(鮮卑族)의 발흥
지이기도 하다(전연·후연은 선비족 가운데 慕容部에서, 북위는
선비족 가운데 拓跋部에서 세운 나라였다).

　선비족에 앞서 이곳에 살았던 오환족(烏桓族, 혹은 烏丸族이라
고도 한다)의 전설에 따르면, 그 옛날 사랑에 눈이 먼 검은 용이 태
백산(太白山: 현재의 백두산) 천지에 사는 용왕의 애첩 용녀를 탐
내어 칼을 휘두르며 싸우다가 먼저 지쳐 드러누워 버렸다는 전설
이 있는 곳이다.

　대체 이 먼 곳에서 그들— 고구려 군사들은 무엇을 하고 있는
것일까? 그들의 옷차림으로 봐서는 군인들만이 전부는 아니었다.
문관 복장을 한 사람도 있었고, 약탕기를 들고 있는 사람, 천문관
들이 쓰는 도구를 들고 있는 사람, 기록을 남기기 위해 뭔가 부지
런히 적어대는 사람 등도 있는 것으로 봐서 이들은 전투병만이 아
닌, 다양하고 복합적인 인사들이 동원된 합동 원정대처럼 보였다.

　병사 하나가 사슴 가죽 옷을 입은 사람을 데리고 대장인 듯한
사람에게 다가갔다.

　"을지 장군님, 적은 서쪽으로 강을 끼고 달아난 것이 확실합니
다. 이 사람은 국(鞠) 마을 사슴 사냥꾼인데 어제 무수한 거란인들
이 강을 끼고 올라가는 것을 봤답니다."

　장군은 사슴 사냥꾼을 물끄러미 바라보았다. 이 일대에서 긴 나
무신발(일종의 스키)을 타고 사슴을 쫓으며 순록을 교통수단으로
삼는 그들 국족(鞠族)들을 고구려, 부여 등지에서는 '산림 속의 백

성(林中之百姓)’ 이라 불렀다.

"이 박사를 오시라 해라."

이 박사란 태학박사(太學博士) 이문진(李文眞), 즉 영양왕 때 기존의 역사서인《유기(留記)》100권을 요약,《신집(新集)》5권으로 편찬한 사람이었으며 그를 부른 사람은 고구려 서부욕살(西部褥薩) 을지문덕, 바로 그 사람이었다.

"이 박사, 이 사람의 신분을 확인하고 통역 좀 해 주시오. 그리고 이 근방 지리·역사에 대해 아는 대로 설명 해 주시오."

이문진은 을지문덕의 부탁을 받고 그 사냥꾼에게 몇 마디 물어본 다음 을지문덕에게 말했다.

"유연(柔然)말을 안답니다. 자기는 구두벌칸(丘豆伐可汗: 유연족이 402년에 만리장성 북쪽에 세운 나라)의 백성이었답니다."

"유연이라면? 서쪽으로 간 사람들 아니요?"

"그렇습니다. 시조 목골각(木骨閣)이 세운 나라인데 50년 전에 돌궐에게 망한 뒤 서쪽으로 이주한 사람들입니다. 장수대왕 때는 우리 고구려와 아주 가까웠습니다."

이들의 말대로 4세기 말, 한때 서로는 지금의 중국 신강(新疆) 언기현(焉耆縣), 동으로는 고구려, 북으로는 바이칼 호에 이르는 넓은 지역을 차지했던 유연은 그 뒤 돌궐에게 패하고는 서쪽 다뉴브 강으로 옮겨갔다. 말하자면 서기 91년, 후한(後漢)에 패한 뒤 흑해(黑海) 북쪽 기슭을 지나 동유럽으로 들어가 헝가리인들의 시조가 된 북흉노(北匈奴)의 전례를 따른 셈이었다.

"그런데 그 사람들의 말을 이 박사가 아신단 말이오? 그 사람들은 문자가 없어 양의 똥알갱이로 병사들의 수를 기록했다던데……."

을지문덕이 감탄하는 표정으로 이문진을 바라보았다.

"처음엔 그랬지만 나중에는 나무에다 새기는 방식으로 기록했습니다. 태학에서 밥 먹으려면 7개 국어쯤은 해야 합니다."

이문진은 빙긋 웃고 나서 사냥꾼과 을지문덕 사이에서 통역을 계속했다.

"이 강은 어디까지 뻗어 있고, 몇 갈래나 되나?"

"이 강을 죽 따라가면 심말달실위(深末怛室韋)가 나옵니다. 거기서 세 갈래로 갈라지는데, 맨 남쪽 지류를 타고 죽 가면 발야고(拔野古) 마을입니다."

"발야고? 한번 들은 이름인데?"

을지문덕이 고개를 갸웃했다.

"작년에 서돌궐에서 회흘(回紇)·동라(同羅)·발야고 마을들이 반란을 일으켰는데 발야고는 이쪽으로 온 모양입니다."

이문진이 설명했다.

"발야고를 몽올(蒙兀: 몽고의 옛 이름)이라고도 합니다."

사냥꾼이 말했다.

"몽올은 중국인들이 낮추어 부르는 이름이고 그들 앞에선 그렇게 부르면 실례가 됩니다. '몽(蒙)'이란 어리석다는 뜻 아닙니까?"

이문진의 보충설명을 듣고 을지문덕이 사냥꾼에게 다시 한번 물었다.

"강 길이는 얼마쯤 되나?"

"저도 확실히는 모릅니다. 여기서부터 발야고 마을이 있는 강 끝까지 5천 리가 더 된다는 사람들도 있고 덜 된다는 사람들도 있습니다."

이 말이 통역되자 주위에 둘러섰던 장수들의 얼굴에는 낭패스런 표정이 역력했다. 고구려에서 거란 땅을 거쳐 남실위(南室韋)-북실위(北室韋)를 지나 이곳 발실위까지 오는데 6천 리 길─ 갖은 생고생을 다 했는데, 이제 또 그만한 길을 가야할 건지……? 아니, 도망친 적들을 잡는다는 확실한 보장만 있으면 그나마 다시 5천 리라도 가겠는데 거기서 또다시 수천 리 밖으로 도망친다면……?

다만 을지문덕만은 주위의 이런 시선에도 아랑곳 않고 표정 하나 바꾸지 않은 채 질문을 계속했다.

"강을 따라가는 길은 하나뿐인가? 다른 데로 빠지는 길은 없는 것인가?"

"심말달실위까지는 오로지 한 길입니다. 좌우의 산들이 너무 높아 넘지도 못 하고 넘어도 아직 눈들이 안 녹았습니다. 다만 심말달실위에서부터는 세 갈래로 갈라지는데 맨 오른쪽 계곡으로 들어가면 죽으러 가는 거나 다름없습니다. 금방 험한 산으로 막혀 버립니다. 가운데 계곡으로 죽 따라가면 고차족(高車族) 땅이고, 사람들이 오논 강이라 부르는 맨 왼쪽 계곡을 계속 따라가면 몽올 마을에 이릅니다."

"그 다음은?"

이 질문에 사슴 사냥꾼은 고개를 절레절레 흔들었다.

"그 다음은 저도 잘 모릅니다."

"우리가 대우를 잘 해 줄 테니 발야고 마을까지 길잡이를 해 줄 수 있겠소? 물론 그 전에 우리가 쫓는 사람들이 잡히면 끝까지 가지 않아도 좋소."

"그거야……."

사슴 사냥꾼은 머리를 긁적거렸다. 대가가 뭐냐에 달렸다는 표정이었다. 을지문덕은 곁에 있는 부장에게 등 뒤에 맨 전통(箭筒)을 툭툭 두들겨 보였다. 부장이 알아듣고 상자 하나를 가져와 사냥꾼에게 뚜껑을 열어 보였다. 상자 뚜껑이 열리자마자 사냥꾼의 입이 함박 만큼 벌어지면서 어쩔 줄을 몰라 했다. 그것은 크기에 따라 구분하여 각 호수 별로 가지런히 열두 개씩 꽂혀 있는 철제 화살촉이었다. 이 당시 실위 지방에서는 철을 생산하지 않아 전량을 고구려에서 가져다 썼다. 철을 가져온다 해도 그것을 가공해서 화살촉을 만드는 데는 여간한 노력이 드는 게 아니었다. 그런데 최고급 철제 화살촉을 각 크기마다 고루 갖춘 선물을 받았으니 사냥꾼의 입이 벌어질 수밖에 없었다.

"이걸 다 제게 주신다면 몽올이 아니라 바이갈 달라이까지라도 가겠습니다."

사냥꾼은 벌어진 입을 다물지 못 했다.

"바이갈 달라이? 그게 어딘데?"

"큰 호수입니다. 아니, 바다라고 부르는 게 옳을 겝니다. 저도 말만 들었지 가 보지는 못 했습니다."

"싱거운 사람이군. 안 가 본 데를 어떻게 안내한단 말인가?"

을지문덕의 말에 이문진이 다시 거들었다.

"동명성왕 때 비류국왕(沸流國王) 송양(松讓)이 투항한 적이 있는데 그때 바이갈 달라이에 관해 남긴 기록이 있습니다. 중국인들이 북해(北海: 지금의 바이칼 호)라 부르는 곳인데 둘레가 5천 리를 넘는다고 합니다. '달라이'는 바다라는 뜻이고 '바이'는 멈춘다는 뜻, '갈'은 불이라는 뜻인데 중국인들이 발음을 따라 '바이'에 가까운 '북(北)'자를 쓴 것 같습니다. 지금은 태실위(太室韋)라 부르지만 원래는 칙륵족(勅勒族)의 땅이었습니다."

"바이갈 달라이— 불이 멈춘 바다라…… 흥미로운 이야긴데……."

을지문덕이 한 손을 턱에다 괴고 고개를 갸웃했다.

"대체 달아난 사람들이 누군데 그렇게 열심히 뒤쫓는 겁니까?"

사냥꾼이 물었다.

"그건 당신이 알 바 아니고…… 발야고, 바이갈 달라이, 아니 땅 끝까지라도 쫓아야 해! 그래야 고구려에 후환이 없게 돼!"

이렇게 말하는 을지문덕의 눈에 광채가 번뜩였다.

"가자! 강을 건너라! 1차 목표는 심말달실위다!"

명령이 떨어지자 오천여 군사들은 일사불란하게 움직이며 뗏목을 타고 강을 건너기 시작했다. 가끔 상류 쪽에서 떠내려오는 얼음덩이를 헤치며……

을지문덕이 쫓는 거란인 무리는 누구이며, 왜 이렇게 만 리 길을 마다 않고 고구려군은 필사적으로 뒤쫓는 것일까?

그 답을 알려면 먼저 동아시아의 역사 무대에서 천여 년 동안 등장하는 거란과 고구려의 끈질긴 인연을 살펴봐야 한다.

거란은 원래 선비족의 3대 부족인 모용부(慕容部), 단부(段部), 우문부(宇文部) 가운데 흉노와 선비족의 혼혈로 이루어진 우문부의 후예이다. 3세기 무렵 이들 세 부족은 시라무렌 강(西喇木倫河: 지금의 내몽고 五分地 서쪽에서 시작, 중국 길림성 雙遼로 흘러 西

遼河에 합쳐지는 강) 일대에 살면서 서로 미워하다가, 우문부가 모용부와의 경쟁에서 패하여 일부는 북쪽으로 고비 사막 부근까지 밀려나고(이들을 '실위'라고 불렀다) 나머지는 남쪽으로 밀려 거란, 해(奚)로 불리며 요서(遼西)와 만리장성 사이에서 살게 되었다. 그들은 농업과 수공업에 종사하였는데 특히 그들이 제조한 마구(馬具)는 '천하제일'이라는 명성을 얻을 정도로 유명하였다.

3세기 말에서 4세기 중엽까지 끊임없이 고구려를 침입하여 괴롭히던 모용 선비족과 그들이 세운 왕국 전연(前燕)의 공세가 수그러지는가 싶을 즈음, 이 거란족들은 고구려에 쳐들어와 8개 마을을 점령한 일이 있었는데(378년), 고구려에서는 이에 대한 보복으로 392년 거란의 비려부를 공격하여 납치당했던 1만여 주민을 되찾아 왔다. 고구려군에게 쫓겨난 거란족들은 후위(後魏)에 가서 붙어살기를 청하여 백비하(白貔河) 근처에 정착하게 되었다. 그러나 그 뒤 돌궐이 강성해져 이들을 치자(553년) 다시 거란족 1만여 호가 고구려로 귀순해 왔다. 이미 551년에 돌궐이 고구려의 신성(新城: 현재의 중국 만주 지역 심양시 근처)과 백암성(白巖城: 현재의 중국 만주 지역 태자하 북쪽 기슭)을 공격하다 고구려 장수 고흘(高紇)에게 격파당하는 것을 보아 고구려의 위력을 알았기 때문이다. 584년, 거란족 다수는 수나라 문제에게 가서 존경의 뜻을 표하였다. 이와 같이 이들은 6세기 후반, 중국과 고구려 사이에서 세가 유리한 쪽을 따라 이리 붙었다 저리 붙었다를 되풀이했다.

589년, 양자강 이남에 있던 진(陳)나라를 멸망시킴으로써 중원 통일을 이룩한 문제는 597년의 남령만(南寧蠻) 평정을 끝으로 남쪽 지방 침략을 끝내고 북방으로 눈을 돌리기 시작하여 강남에서 세 길 이상의 배는 모두 징발하여 영주(營州: 지금의 중국 요령성 조양 일대)로 전쟁물자를 실어 나르는 등 부산하게 움직였다.

그러자 수나라의 강성함을 믿은 거란 추장 출복(出伏)이 그때까지 의지해 왔던 고구려를 배신하고 수나라에 가서 받아줄 것을 청했는데, 수 문제는 이들을 갈해나힐 북쪽에 정착시켰다. 고구려 영양왕은 요수(遼水=遼河: 중국 만주 지역을 흐르는 요하강)와 만리장성 사이의 넓은 땅을 차지하고 있던 거란이 고스란히 수나라에 넘어가는 것을 앉아서 보고만 있을 수는 없었으므로 598년, 친히 1만여 정병을 거느리고 무력시위를 함으로써 요서에서 갈석(碣石: 만리장성 동쪽 끝인 秦皇島에서 서남쪽 110리 지점) 사이에 이르는 광대한 지역을 먼저 차지해 버렸다. 사냥감을 고스란히 빼앗긴 문제는 화가 나 즉시 30만의 수륙 병력과 그 이상의 수송 병력을 동원하여 고구려 침공에 나섰으나, 육군은 고구려에게 심각한 타격을 받아 퇴각하다가 전염병으로 대부분 죽고 수군은 태풍을 만나 거의 수장되어 버렸다.

거란은 그 뒤에도 645년 당나라 태종의 고구려 침공 때 앞장서거나 666년 나당연합군의 고구려 침공에 협력하지만 696년에는 당나라 북부를 침공, 이 틈을 타 고구려 유민들이 당을 탈출하여 발해를 세우는데 일조를 하는가 하면 거꾸로 야율아보기(耶律阿保機)의 주도로 926년에 발해를 망하게도 하는 등 은원(恩怨) 관계를 되풀이하였다.

어쨌거나 이는 뒷날의 이야기이고, 지금 을지문덕이 뒤쫓고 있는 거란족은 바로 이 출복과 그의 추종세력이었다.

수나라에 가 붙었던 그 무리가 19년 만에 다시 요서로 돌아왔다. 그런데 문제는 이들이 친(親) 고구려 거란 부족으로 돌아온 뒤 수상한 약탈 사건이 자주 발생하는 것이었다. 그것도 꼭 고구려 병사 복장을 한 무리들이 밤중에 거란족을 대거 덮쳐 약탈을 한 뒤 사라졌다. 고구려에서는 혹 고구려 탈영병들 가운데 이런 짓을 하는 무리가 있는지 은밀히 조사하였지만 그런 흔적은 없었다.

이 당시 거란인들은 한 해 전인 605년에 수의 양제가 고구려와 무역한다는 이유로 유성(柳城: 지금의 중국 요령성 조양)에 있는 친 고구려 거란인 4만여 명을 살상할 만큼 친려부족(親麗部族)과 친수부족(親隋部族)으로 나뉘었고 수나라와 고구려는 서로 이들을 자신의 영향력 아래에 넣으려고 애쓰고 있는 참이었다. 그런데 친려 거란부족에 이런 사건이 자주 일어난다면 머지않아 모든 거란족이 고구려를 등질지도 모를 일이었다. 영양왕은 서부욕살 을지문덕에게 이 사건의 조속한 해결을 명했고, 을지문덕은 수차례 현장을 조사한 끝에 출복이 수나라 좌위영의 지시에 따라 움직인다는 혐의를 잡았다. 때마침 약탈 사건이 다시 발생해 현장에 출동하였으나 이들 무리 수천이 도망하였으므로 이들을 추적하고 있는 것이었다. 어쨌든 을지문덕에게는 이들을 붙잡아 자백을 받아내는 일이 매우 중요했다. 그래야 친려 거란족들에게 해명이 되고 이들의 이탈을 막을 수 있기 때문이었다. 그러나 이들은 같은 거란의 별종으로 북쪽에 거주하고 있던 남실위·북실위·발실위의 도움을 받아가며 약삭빠르게 도망치는 바람에 번번이 놓치고 결국 이 오지인 대흥안령 산맥 이북까지 오게 된 것이다.

을지문덕의 명령이 떨어지자 강을 건넌 고구려 기병들은 강 오른쪽으로 난 사냥꾼 길을 따라 일사불란하게 전진하기 시작했다.

때는 음력 춘삼월이었지만 이곳은 아직 눈이 녹지 않아 무릎까지 빠지는 데도 부여가 원산지인 키 작은 과하마(果下馬)는 용케도 잘 헤쳐 나갔다.

20여 일 동안 눈과 악전고투를 하면서 1200리쯤 나아가자 드디어 험준한 산악 지대가 끝나고 언덕에 위치한 한 마을이 보였다.

"저기가 심말달실위입니다."

사냥꾼의 말을 들은 을지문덕은 높은 곳에 올라가 마을을 살폈다. 그러자 파오라 불리는 둥근 천막들 사이로 일단의 무리들이 분주히 뛰어다니는 모습이 눈에 들어왔다. 이것을 본 을지문덕은 황급히 군사들이 모여 있는 곳으로 뛰어 내려왔다.

"도적이 아직 마을에 있다! 빨리 들이치자. 전군, 돌격!"

고구려 군사들이 마을을 덮치자, 도적들은 이미 뺑소니를 치고 있었다. 얕은 언덕 일대에서 쫓기는 자와 쫓는 자들의 일대 활극이 펼쳐졌다.

칼과 칼이 부딪치는 소리, 비명과 기합 소리가 요란하였다.

해질 무렵, 반 식경에 걸친 싸움이 끝나고 보니 적의 사망자 수가 300여 명에 이르렀고 수십 명이 포로가 되었다. 그러나 아쉽게도 이들의 추장인 출복은 이미 닷새 전에 이곳에서 도망친 상태였고 이들은 뒤에 남은 극히 일부의 잔당에 불과했다.

"오늘은 이 마을에서 숙식한다. 혹시 잔적(殘賊)들이 군데군데 숨어 있을 수도 있으니 철저히 수색하라!"

을지문덕의 명을 받고 병사들은 마을 곳곳을 수색하기 시작했다. 이곳도 실위족의 마을이라 쫓기는 거란족들을 인정상 숨겨 줄

가능성이 충분했다.

선인(仙人: 고구려 벼슬 계급 가운데 최하급. 《북사》에 따르면 열두 단계의 벼슬들 가운데 맨 밑) 하나가 10여 명의 부하를 데리고 마을 구석진 곳으로 들어가다가 한 거동 수상자가 어느 천막 속으로 사라지는 것을 보고 그 천막을 뒤졌으나 종적이 묘연했다. 선인은 그 천막에 있던 사람들에게 사라진 자의 행방을 물었으나 모두 고개를 흔들었다. 그러자 선인은 식구들 중 가장을 묶어 엎드리게 해 놓고 막대기로 곤장을 치기 시작했다. 대여섯 번을 내리치자 가장의 자지러지는 비명을 듣다 못 해 여인네 하나가 손가락으로 자기들이 앉아 있던 담요 자락을 가리켰다. 병사들이 담요를 들추자 그 밑에 반듯한 모양의 사각 공간이 있었고 달아난 자는 그 밑에 웅크리고 있었다.

막료인 조학성 장군으로부터 이 사실을 보고 받은 을지문덕은 그 선인이 누군가 물었다.

"예, 태학 무과 출신으로, 선인으로 임관되어 요번에 처음 출정한 양만춘이라는 사관생도입니다."

이 말을 들은 을지문덕은 표정이 약간 굳어지더니 주위의 군사들에게 일렀다.

"그 자를 이리 데려오너라! 그리고 곤장을 맞았다는 사람도 함께 데려오너라!"

양만춘이 나타나자 을지문덕은 일단 양만춘의 보고를 들어 보았다. 보고가 끝나자 을지문덕은 통역을 부른 뒤 양만춘과 함께 불려 온 그 사람에게 물었다.

"저 사람이 당신을 매질한 사람이 맞는가?"

부락민은 겁에 질린 표정으로 고개를 끄덕였다.

"몇 대나 맞았는가?"

부락민은 떨리는 손으로 일곱을 가리켰다가 다시 여섯을 가리켰다.

그러자 을지문덕은 자리에서 벌떡 일어서더니 쩌렁쩌렁한 목소리로 말했다.

"이놈! 너는 태학 무과 출신이라면서 '열 사람의 도적을 놓치더라도 한 사람의 양민을 괴롭혀서는 안 된다' 는 말도 못 배웠느냐? 더욱이 온 가족들이 지켜보는 앞에서 가장을 욕보이다니 사람을 아주 호되게 고문한 거나 진배없다. 여봐라! 저 자의 궁둥이를 까서 곤장 서른 대를 힘껏 쳐라!"

을지문덕이 명을 내리자 참모들의 표정이 변했다. 모두들 을지문덕이 그 선인을 표창하거나 격려하리라 여겼는데 거꾸로 곤장 30대라는 가혹한 벌을 내린 것이었다.

'곤장 피해자' 인 주민이 안절부절 못 하고 당혹한 표정으로 지켜보고 있는 가운데 곤장이 대여섯 차례 가해지자 을지문덕이 다시 소리쳤다.

"이놈! 너는 더구나 조상이 소노부(消奴部)인 귀족 출신이다. 출신이 귀하면 행동거지는 더더욱 엄격해야 하느니라. 여봐라! 저 놈을 더욱 세게 쳐라!"

곤장 30대가 사정없이 내리쳐지자 양만춘이란 그 선인은 거의 초주검이 되었다. 그런데도 그는 곤장이 다 쳐지는 동안 비명 한마디 내지 않았다.

곤장이 끝난 다음 을지문덕은 사색이 되어 있는 주민에게 통역을 통해 사과한 뒤 돌려보냈다.

"미안합니다. 우리 군사들이 행동을 함부로 해서…… 다시는 이런 일이 없도록 단단히 단속하겠습니다."

한바탕 소동이 끝나고 자리가 조용해지자 조학성이 을지문덕에게 말했다.

"초임 장교를 너무 심하게 다루신 거 아닙니까?"

을지문덕은 빙긋이 웃으며 답했다.

"큰 항아리를 만들려면 흙 반죽을 세게 하는 법일세. 내 그 친구의 아버지로부터 엄하게 다루라는 부탁을 받았으니 염려 말게."

그제야 조학성은 머리를 끄덕이더니 말했다.

"그놈, 독한데요. 곤장 서른 대를 맞으면서도 비명 한 마디 안 내다니……."

"이따가 조 장군이 가서 위로나 해 주게. 벌은 벌이고 공은 공이니까……."

말을 마친 을지문덕의 입가에 잔잔한 미소가 흘렀다. 소수림왕 때 대학(大學)이 세워진지 벌써 230여 년. 그 뒤 태학(太學)으로 이름이 바뀌었지만 뛰어난 인재들은 모두 이곳에서 나왔고 을지문덕 또한 여기 출신이었다. 방금 매를 맞고 나간 말단 장교도 태학 출신이지만 양만춘의 아버지도 을지문덕과 태학에서 동문수학한 처지였다. 을지문덕이 출정하기 전 그의 아비가 말했었다.

"내 아들이 자네 원정군 속에 끼었네. 사정 봐 주지 말고 제대로 가르쳐 주게……."

다른 동창들로부터도 부탁은 받았지만 다들 자기 아들들을 잘 좀 봐 달라는 부탁이었다. 오직 학교 다닐 때 사이가 각별했던 양

달문, 즉 방금 매 맞은 선인의 애비만큼은 좀 다른 주문을 했던 것이다.

한 식경 뒤쯤, 조학성이 다시 을지문덕에게 나타나 고개를 절레절레 흔들며 말했다.

"그 양만춘이란 친구, 병사들에게 부축을 받고서는 다시 마을로 갔다고 합니다."

을지문덕은 흠칫 놀랐다.

"무엇이! 그럼 앙갚음을 하러 갔단 말인가?"

"저도 그렇게 생각했는데 그게 아니었습니다. 술과 고기를 들고 사과하러 간 것이라고 합니다. 잘 하면 우리 부대에서 재목감 하나 나오겠습니다."

을지문덕은 그제서야 안도의 한숨을 쉬면서 말했다.

"흐흠…… 그러면 그렇지…… 그 아비에 그 아들이로군……."

이 날 있었던 일의 소문은 금방 퍼져 다음 날 바로 약효가 나타났다. 현지 주민 가운데 도적들의 대화 내용을 들었다는 사람이 을지문덕의 막사를 찾아와 제보를 한 것이다.

"무리를 둘로 나눈다 했습니다. 하나는 오논 강을 따라가고 다른 하나는 인고다 강을 따라가다가 남쪽으로 꺾어 케룰렌 강 상류의 몽올 마을 근처에서 만나자고 했습니다."

"여기서 케룰렌 강 상류까진 얼마나 머나?"

"2800~3000리쯤 됩니다."

참모들은 심각한 표정이 되었다. 이문진이 말했다.

"지금 그쪽엔 작년에 서돌궐에서 빠져나온 설연타(薛延陀) 부족이 몰려 있다는 소문을 들었습니다. 그들과 충돌이 일어나지 않을까요?"

"그들이 연말산(燕末山: 알타이 산 남부)에 도읍을 정했다고 들었는데 언제 거기까지 왔을까?"

을지문덕의 이 말에 한 참모가 대답했다.

"유목민이란 끊임없이 이동합니다. 가축이 한 곳에서 풀을 뜯고 나면 또 다른 곳으로 옮겨 갑니다. 그러다 풀이 자라면 또 돌아오고……."

제보하러 온 마을 사람에게서 그 지방의 지형에 대해 자세히 설명을 들은 을지문덕은 한참 생각에 잠겨 있다가 입을 열었다.

"좋아. 조학성 장군은 군사의 절반을 이끌고 오논 강 쪽으로 달아난 도적들을 쫓게. 강 끝까지 가 거기서 기다리게. 난 인고다 강 쪽으로 달아난 적들을 추격하겠네. 그러다가 강 끝에서 남쪽으로 넘어가 장군의 부대와 합치지."

조학성이 고개를 좌우로 흔들었다.

"안 됩니다. 오논 강은 평야를 따라 흐르지만, 인고다 강 끝에서 남쪽으로 넘으려면 700장(丈) 넘는 가파른 고개가 500리나 계속된다지 않습니까? 제가 그쪽으로 갈 테니 장군께서 오논 강 쪽으로 가십시오."

"염려 말게. 산악 지형에는 아무래도 장군보다 내가 경험이 많네. 명령이니 그대로 따르게."

을지문덕은 조학성의 말을 막았다.

심말달실위를 떠난 고구려 군사들은 450리를 더 서남쪽으로 진군한 다음 조학성 부대는 오논 강을 따라 내려가고 을지문덕 부대는 서쪽으로 계속 행군하였다. 을지문덕이 강을 거슬러 올라 800

리를 더 나아가니 과연 험한 준령이 사방을 병풍처럼 둘러막고 있었다. 거기서 도적들의 행방을 추적하니 주민이 일러준 대로 남쪽으로 달아난 흔적이 보였다. 그 근방에서 뒤처져 있던 도적 떼 100여 명을 붙잡은 뒤 다시 험준한 산악 지역에서 갖은 고초를 다 겪어 가며 남진하여 심말달실위를 떠난지 40여 일. 드디어 광활한 초원 지대가 눈 앞에 펼쳐졌다.

칙륵천	勅勒川
음산 아래	陰山下
하늘은 둥근 파오를 닮아	天似穹廬
사방 들판 덮었어라	籠蓋四野
하늘은 푸르르고	天蒼蒼
들판은 드넓은데	野茫茫
바람 불어 풀이 누우니	風吹草低
소와 양 떼 보이누나	見牛羊

이것은 천여 년 동안 사람들의 입에 오르내린 북방의 민요 〈칙륵가(勅勒歌)〉이다.

들판을 바라보며 을지문덕과 병사들은 조용히 산기슭을 내려섰다. 이문진이 말을 몰아 을지문덕 곁으로 다가왔다.

"장군님, 저 들판 이름을 혹시 아십니까?"

하늘과 맞닿아 있는 초원을 가리키며 그가 물었다. 을지문덕은 고개를 저었다.

"저곳이 바로 지두우(支豆于)라는 들판입니다. 일찍이 장수대왕께서는 유연과 함께 저곳에 목장을 세우시고 거기서 키운 말을 절반씩 나눠 갖기로 하신 적이 있습니다."

"오! 그런가? 나도 말은 많이 들었소만 여기까지 올 줄은……."

을지문덕은 눈을 크게 뜨고 유심히 초원을 살펴보았다.

"장수대왕은 대단하신 분이야. 저 정도 초원이라면 가히 백만 마리의 말이라도 기를 수 있겠는걸…… 그걸 벌써 120년 전에 생각해내시다니……."

"그렇습니다. 요동(遼東)도 넓긴 하지만 목장으로 이만한 데는 고구려에는 물론 중원에도 없을 겝니다."

이문진이 맞장구를 쳤다.

그들이 오논 강 발원지에 도착하니 조학성 부대는 열흘 전에 이미 도착해 있었다. 조학성 부대도 50여 명의 잔당만을 잡았을 뿐 전과는 미미하였다.

"도적들이 셀렝게 강(色楞格河: 몽고 북부에서 발원하여 바이칼 호로 흘러드는 강)을 따라 다시 서북쪽으로 달아났습니다. 아마도 바이갈 달라이 부근에 있다는 거란의 태실위 마을로 향한 것 같습니다."

조학성이 어두운 표정으로 을지문덕에게 말했다.

"거기까지 거리는?"

"제가 그동안 여기 있으면서 이곳 사람들 말을 듣고 약도를 그려 봤습니다."

조학성은 지도 한 장을 을지문덕에게 꺼내 놓았다.

"여기서 2500리를 더 가야 한다는 얘깁니다. 오히려 전 부대가 장군님이 오신 인고다 강으로 갔다가 바로 서쪽으로 가는 게 나을 뻔했습니다."

을지문덕은 아무 대꾸도 없이 유심히 지도를 들여다 본 뒤 말을 꺼냈다.

"아니, 그렇지 않네. 우리가 다 그쪽으로 몰려갔으면 그들은 다시 남쪽으로 내뺐을 걸세. 지금 이 지도가 사실이라면 적은 이제 북쪽 이 바이갈 호수에 막혀 더 이상 도망칠 데가 없을 걸세. 2500리만 더 가면 적은 독 안에 든 쥐 꼴이 될 거야."

"그러나 장군님, 지금까진 사냥도 하고 천렵도 해서 식량을 자급자족해 왔지만 앞으로 초원 지대에선 그게 불가능할 것 같습니다. 5천여 명의 식량을 구한다는 것도 보통 일이 아닙니다."

다른 부장 하나가 말했다.

"음…… 옳은 말이네. 방법을 찾아야지. 궁하면 통한다는 말도 있지 않은가? 일단 오늘은 푹 쉬고 내일부터 하루 400리 목표로 진군하세. 이 끝 부분만 산악이고 나머지는 초원이니 이레나 여드레면 도착할 걸세."

그들은 하룻밤을 오논 강 끝 자락에서 쉰 뒤 서쪽으로 향했다. 반나절쯤 지나 서쪽에서 오는 일단의 군마와 마주치게 되었다. 숫자가 고구려 병사들 숫자와 거의 맞먹었다. 그 무리는 약 500보 지점에서 멈추더니 대장인 듯한 사나이가 갈색 말을 휘날리며 달려와 이쪽 책임자를 찾았다. 그는 돌궐말을 썼다.

"우리는 야질칸(野咥可汗) 휘하의 부대다. 그대들은 어디서 오는 길인가?"

을지문덕이 나서서 돌궐말로 대답했다.

"우리는 고구려에서 오는 길이오."

"고구려에서 왜 여기까지 왔소? 여기는 원래 우리 땅이오."

상대는 미심쩍다는 표정으로 을지문덕의 아래위를 살폈다.

"우리는 우리 경내에서 약탈질을 하고 도망친 거란 도적들의 뒤를 쫓는 중이오. 그 도적들을 잡는 즉시 돌아가겠소."

"그건 그쪽 사정이고…… 이 이상은 못 가오, 칸의 허락이 없으면. 여기서 기다리시고 대표 한 사람이 나와 칸께 갑시다."

을지문덕이 낭패한 기색으로 이문진에게 물었다.

"야질칸이 누군지 혹시 압니까?"

"얼마 전에 제가 말씀 드린, 작년에 서돌궐에서 탈출한 설연타 부족입니다. 그 우두머리 을실발(乙失鉢)이 칸으로 추대되었다고 합니다."

"일이 고약한데…… 기다리다가 도적들을 영영 놓치면?"

"약간의 무력시위를 보여 주는 것도 괜찮겠습니다."

잠깐 생각하던 을지문덕은 조학성을 불러 뭔가를 지시하였다. 그러자 고구려군은 방진(方陳)으로 대형을 바꾸고 긴 창을 곧추세운 부대가 전면을 삼열로 죽 막아섰다. 그리고는 취악대들을 시켜 전투 직전 사기를 북돋우듯 춤을 추고 소란하게 북을 치며 갖가지 재주를 부리게 하였다. 설연타의 장수가 이를 보고 멈칫하자 을지문덕이 말했다.

"우리는 우리 경내에서 사람을 죽이고 부녀자들을 겁탈한 도둑을 쫓고 있소. 수천 명이나 되는 그들을 빨리 붙잡지 않으면 그대들도 피해를 당할지 모르오. 이렇게 합시다. 귀국 병사들 중에 씨름을 잘 하는 사람 세 명만 뽑으시오. 우리도 뽑겠소. 이 시합에서 그대들이 이기면 요구대로 칸의 답변을 기다리겠소. 그러나 우리 군사들이 이기면 우리는 먼저 도적들을 쫓을 테니 칸께 나중에 보고를 드리시오."

을지문덕은 북방 유목민들 사이에도 씨름이 대단히 인기가 있다는 것을 알고 이렇게 제안한 것이었다. 상대는 고개를 갸웃하며 생각하더니 마침내 동의하였다. 그리하여 졸지에 벌판에서 두 무리의 군사들이 마주 앉아 씨름 시합을 벌이게 되었다.

양군에서 뽑힌 선수들은 모두 체격이 건장하고 근육이 불끈불끈 솟아 외모만으로는 어느 쪽이 우세한지 가늠하기 어려웠다.

첫 번째 선수들이 서로 상대방을 노리다가 달려들어 상대방의 허리춤을 잡자 지켜보던 군사들이 열띤 응원을 하기 시작했다. 선수들은 서로 밀리지 않으려고 한참을 버티다가 고구려 선수가 상대의 무릎을 왼쪽 다리로 걸어 넘기려는 순간 상대는 놀랍게도 고구려 선수를 번쩍 들어 그대로 땅바닥에 패대기쳐 버렸다. 상대편 군사들은 함성을 지르며 야단법석을 부렸으나, 고구려 군사들은 사기가 죽어 조용하였다. 시합을 지켜보던 을지문덕이 남은 선수 둘을 불러 무어라 일렀다.

두 번째 판은 고구려 선수가 상대방을 한쪽으로 빙글빙글 돌리다가 발을 걸어 쓰러뜨렸다. 고구려군의 함성이 올라갔다.

세 번째 선수들이 상대방을 잡자 양쪽 군사들은 서로 응원으로 기선을 제압하려는 듯 천지가 떠나가라 고함을 질러댔다. 두 선수들은 한동안 꼼짝 않고 서로 버티다가 이윽고 연거푸 기교로써 상대방을 공격하기 시작했다. 이번에는 서로 실력이 만만치 않아 좀처럼 승부가 나지 않았다. 그러나 이내 상대방을 주춤주춤 밀어내던 고구려 선수가 갑자기 상대방을 앞으로 와락 끌어당기며 기합을 지르자 상대방은 무릎을 꿇으며 앞으로 푹 고꾸라졌다. 고구려 군사들이 함성을 질렀다.

설연타의 장수가 을지문덕에게 다가왔다. 그는 분한 표정을 지으며 말했다.

"좋소, 시합에서 이겼으니 가시오. 그러나 100리 이상은 못 가오. 그 이상 가려면 시합을 하나 더 합시다!"

을지문덕은 어처구니가 없어 하며 너털웃음을 터뜨렸다.

"허허, 이거 텃세가 아주 심하시군. 그래, 다른 시합이란 뭐요?"

"내가 이 깃발이 달린 창을 600보 밖에 꽂아 놓겠소. 양쪽에서 다섯 명씩 선수들이 나와서 저 창을 먼저 가져오는 편이 이기는 거요. 단, 가져올 때 상대편에게 뺏기면 안 되오. 그땐 뺏어 오는 편이 이기는 거요. 무기는 봉만을 쓸 수 있소."

을지문덕은 고개를 끄덕였다. 유목민들에게 인기 있는 시합 가운데 먼 곳에 머리채 달린 양가죽을 놓아두고 기마대가 두 편으로 나누어 그것을 잡아, 뺏고 빼앗으며 출발점에 먼저 돌아오는 편이 이기는 놀이가 있었다. 고구려에도 그 비슷한 놀이가 있었는데 그것은 상당히 위험한 시합이었다. 봉만을 쓴다 해도 오는 도중에 서로 깃발이나 양가죽을 뺏고 빼앗다 보면 상대방을 봉으로 찌르거나 등을 후려치는 경우가 비일비재하므로 선수가 낙마하거나, 봉으로 세게 찌를 경우 뼈가 부서지는 경우도 있게 마련이었다. 단, 봉으로 말을 찌르거나 가격하는 것은 금지되어 있었다.

설연타군과 고구려군들이 서로 다섯 명씩의 선수를 뽑느라 부산한데 고구려군에서 스스로 선수가 되겠다고 자원하는 한 젊은 초급장교가 있었다. 을지문덕이 보니 그는 얼마 전에 곤장 30대를 맞은 바 있는 양만춘이었다. 조학성이 고개를 갸웃하며 물었다.

"자넨 아직 엉덩이 상처도 덜 아물었을 텐데 괜찮겠는가?"

"견딜 만합니다."

"이런 시합을 전에 해 본 적이 있는가?"

"태학 시절에 여러 번 해 봤습니다."

"그으래?"

조학성이 얼른 결정을 못 하고 을지문덕 쪽을 보니 그는 가볍게 고개를 끄덕였다.

양편에서 선수들이 확정되자 말 열 마리가 출발선에 섰다.

출발 신호가 떨어지자마자 말들은 멀리 깃발이 꽂힌 곳을 향해 쏜살같이 튀어 나갔다.

양쪽 군사들이 함성을 지르는 가운데 열 명의 기수들은 치열한 선두 다툼을 벌였다. 고구려의 양만춘이 다른 선수들을 제치고 앞서기 시작하더니 발군의 실력으로 두 장(丈), 석 장, 넉 장 차이로 두 번째 주자와 거리를 넓혀 가기 시작했다. 고구려 병사들의 우레와 같은 함성이 들판을 흔들었다. 이윽고 깃발이 꽂혀 있는 지점에 도착한 양만춘은 깃발을 훌쩍 채어 고삐를 쥔 손에 함께 쥐고 다른 손에는 봉을 흔들며 돌아오기 시작했다. 이때부터 깃발을 뺏기 위해 덤벼드는 설연타 부족 선수들과 자기편을 보호하려는 고구려 선수들 사이에 치열한 싸움이 펼쳐졌다.

"어엇, 저런……."

보고 있던 을지문덕이 나직한 비명을 질렀다. 만춘의 인근에서 그를 보호하고 있던 고구려 선수 하나가 뒤에서 접근한 설연타 부족의 공격에 말에서 굴러 떨어진 것이었다. 이 바람에 양만춘은 깃발을 뺏겨 버렸다. 깃발을 거머쥔 설연타 부족 선수는 네 명의 기수들로부터 보호를 받으며 달렸다. 이번에는 설연타 부족 군사들의 응원 소리가 시끄럽게 들판을 메웠다. 양만춘이 다시 빠른 속도로 이들을 추격해 깃발을 든 상대편 기수 앞을 가로막았다. 그러자 상대는 깃발 꼭지날을 만춘에게 세워 위협한 다음 옆으로 슬쩍 비켜나고 다른 기수가 그에게 달려들었다. 만춘은 내려치는 그 자의 봉을 가까스로 잡아 앞으로 휙 낚아채자 그 자는 말에서 굴러 떨어지면서 발을 등자에서 빼지 못 하고 말에게 질질 끌려갔다. 이런 경우는 심각한 부상을 입기 마련이었다. 4 대 4가 된 양편 선수들은 서로 뒤엉켜 치열한 접전을 벌였다.

그런데 갑자기 고구려 선수 하나가 싸움을 그만두고 출발 지점으로 달아나기 시작했다. 이때 만춘이 깃발을 가진 설연타 선수와 대여섯 합을 어울리더니 마침내 깃발을 도로 탈취하는데 성공했다. 그리고는 깃발을 깃대에 돌돌 말아 따로 떨어져 달리던 기수에게 공중으로 휙 던졌다. 깃발이 긴 포물선을 그리며 정확하게 그 기수에게 날아갔다. 공중에서 깃발을 낚아챈 고구려 선수는 그대로 출발 지점으로 냅다 달리기 시작했다. 설연타 선수들이 죽을힘을 다해 추격해 왔다. 그러나 마침내 그들에게 잡히기 전에 출발점에 이르렀다. 고구려 병사들의 들뜬 환호가 한동안 계속되었다.

을지문덕은 선수들을 격려해 준 뒤 부장들을 데리고 설연타 부족 장군 쪽으로 성큼성큼 걸어갔다.

"자! 그럼 우리들은 떠나겠소이다."

설연타 장수는 시무룩이 있더니 말문을 열었다.

"좋소. 가시오. 그러나 올 때는 마음대로 못 지나가오. 내친김에 시합을 하나 더 합시다. 그러면 오는 길도 통행을 보장하겠소."

조학성이 발끈 성을 내었다.

"대장군님! 이 자가 시비를 거는 게 도에 지나칩니다. 한판 붙어 혼을 내 줍시다."

을지문덕은 조 장군을 점잖게 나무라고는 물었다.

"그래, 다음 시합은 뭐요?"

그는 기다렸다는듯이 응수했다.

"활쏘기를 합시다. 50보 밖에서 열 명이 각각 화살 열 개를 쏘아 많이 맞힌 편이 이기는 걸로 합시다."

"좋소. 그럼 그대들이 먼저 하시오."

을지문덕의 동의가 끝나자마자 그들은 과녁 열 개를 만들더니 열 명의 군사가 뽑혀 나와 쏘는데 100개의 화살 가운데 90발이 과녁에 적중하였다. 적장은 결과에 만족한 듯 잰걸음으로 을지문덕에게 다가와 말했다.

"이번엔 그대들 차례요."

을지문덕은 얼굴에 잔잔한 미소를 띠었다.

"이번 시합은 너무 싱겁게 끝날 것 같소이다. 우린 100보 밖에서 쏘겠소."

적장은 왈칵 성을 내었다.

"누굴 놀리는 거요? 100보 밖에서 과녁을 맞히는 활이 어딨소? 설마 쇠뇌를 쓰려는 것은 아니겠지? 그런 기계는 우리도 있소."

"아니, 쇠뇌는 쓰지 않겠소. 보통 활이오. 두고 보시오."

을지문덕은 즉시 명을 내렸다.

"여봐라, 강노(强弩) 부대에서 열 명만 나오너라!"

곧바로 궁수 열 명이 강궁을 들고 나타났다. 궁수들은 과녁에서 100보 떨어진 곳에 서서 시위를 당겼다. 화살이 날아가는 족족 과녁에 꽂혀 100개 가운데 서너 개를 빼고는 과녁 한가운데 꽂혔다.

《삼국사기》 본기 문무왕전에 이런 구절이 있다.

왕9년(669년), 겨울에 당나라 사신이 도착하여 조서를 전하고 쇠뇌 기술자 사찬 구진천(仇珍川)과 함께 당으로 들어갔다. 당에서 그에게 나무 쇠뇌를 만들게 하여 화살을 쏘았는데 30보가 나갔다. 황제가 그에게 물었다. "내가 듣기에 너희 나라에서 쇠뇌를 만들어 쏘면 1천 보를 나간다고 하는데 지금은 겨우 30보 밖에 나가지 않으니 어찌 된 일이냐?"

구진천이 대답하였다. "재목이 좋지 못해서 그렇습니다. 만약 우리나라에서 나무를 가져온다면 그것을 만들 수 있습니다." 이에 천자가 사신을 보내 재목을 구하자 곧 대나마 복한(福漢)을 보내 나무를 바쳤다. 다시 만들게 하여 쏘았는데 60보를 나갔다. 그 까닭을 물으니 대답하였다.

"신도 그 까닭을 모르겠습니다. 아마 바다를 건너는 동안 나무에 습기가 스며들었기 때문이 아닌가 합니다." 천자는 그가 일부러 제대로 만들지 않았다고 생각하고 무거운 벌로 위협하였으나 끝내 자기의 재주를 드러내지 않았다.

이처럼 당시 신라·고구려·백제의 활 제작 기술은 중국보다도 앞서 있었던 것이다. 강궁은 완력이 센 사람이 아니면 줄도 제대로 당길 수 없다. 그런데 쏘는 족족 맞으니 경탄할 일이었다. 마침내 설연타 부족의 장수는 허리를 숙이며 을지문덕에게 사과하였다.

"고구려의 명성을 진작부터 들어왔습니다만 오늘에야 그 진면목을 알았습니다. 마음대로 갈 길을 가시고 도움을 요청할 일이 있으면 저희들에게 말씀해 주십시오."

"남의 땅을 지나가게 되어 폐를 끼치게 되었는데 너그러이 봐 주시니 감사하오. 우리 국왕께서 귀국 칸에게 드리는 자그마한 선물을 가지고 왔으니 꼭 올려 주기 바라오."

을지문덕은 그때까지 누구에게도 공개하지 않고 봉해져 있던 상자를 가져와 열게 했다. 상자 안에는 다시 반들반들 옻칠을 한 나무 상자가 여러 개 들어 있었다. 그것을 열자 순금으로 만든 화살촉, 은 술잔, 우황 등이 나왔다. 설연타 장수의 눈이 휘둥그레졌다. 보고 있던 고구려 장수들도 눈이 휘둥그레지기는 마찬가지였다. 한참 만에야 설연타 장수는 절을 여러 번 되풀이한 뒤 군사들을 이끌고 사라졌다. 고구려군들도 대오를 정비하여 서북쪽으로 행군을 시작하였다.

"대장군님, 그런 선물들을 준비하셨으면 미리 줘 버리고 진작 출발했었으면 거의 한나절을 허비하지 않았을 것 아닙니까?"

행군을 시작한지 얼마 안 되어 조학성이 을지문덕에게 말했다.

"그렇지 않네. 우리가 처음부터 선물을 줘 버렸으면 그들은 우리가 자기들 군세를 두려워하여 물건으로 때우려는 것으로 여기지 않겠나? 지금은 그들이 오히려 우리를 두려워하는데, 우리가 재물까지 줬으니 황감해 하지 않는가? 내가 떠나올 때 대왕께서 긴한 용도가 있을 때 쓰라고 챙겨 주셨는데 어찌 함부로 쓸 수 있나?"

고구려 군단이 다시 이틀을 꼬박 행군했을 때였다. 서쪽에서 20여 기의 기병들이 달려오더니 을지문덕 앞에 멈췄다. 이틀 전 불러 갔던 예의 그 부대였다.

"지금 저희 칸께서 고구려의 선물을 받으시고 기뻐하시면서 꼭 답례를 하시겠다며 이곳에서 10여 리 떨어진 곳에 장막을 치고 기다리십니다. 원컨대 납시어 저희들의 성의를 받아 주시기를 청하는 바입니다."

그 말을 들은 부장들이 의외라는 표정을 지었다. 을지문덕은 흔쾌히 승낙, 군사들을 이끌고 그 장수가 인도하는 대로 따라갔다.

10여 리를 가자 무수한 몽올의 전통적인 둥근 천막이 쳐져 있는데 2만여 명이 족히 되어 보이는 군사들이 도열해 있었다. 을지문덕이 접근하자 피리와 북이 울리며 군사들이 양 옆으로 늘어선 통로 사이로 백발 노장이 걸어 나왔다.

"먼 길에 고생이 많소. 와 줘서 고맙소. 나는 이 분토(糞土: 누추한 땅)를 다스리는 을실발이라 하오."

상대가 의외로 서툴지 않은 고구려말로 인사를 하였다.

"소장은 고구려 서부욕살 을지문덕이라 하오."

"귀국이 전해준 선물을 감사히 받았소. 그 답례로 오늘 내가 양과 염소 2천 마리와 양곡 500섬을 싣고 직접 이곳으로 왔소. 아울러 오늘 저녁 귀국의 제장을 초빙하여 여독을 풀 겸 잔치를 베풀고자 하니 거절하지 마시기 바라오."

식량 부족에 고민하던 고구려 장군들이 기쁜 표정을 애써 감추는데 을지문덕은 담담히 대꾸하였다.

"성의에 감사드립니다. 소장들, 기꺼이 받겠습니다."

그는 칸과 함께 부대를 사열하며 칸이 이끄는 장막으로 갔다.

그 날, 양국의 주요인사들이 참석한 가운데 칸의 장막에서 푸짐한 향연이 베풀어졌다. 을지문덕은 향연장으로 가는 길에 조학성에게 의견을 물었다.

"깃발 뺏기 시합에서 수훈을 세운 양만춘과 같이 가면 어떨까?"

"그것 참 좋은 생각이십니다. 공을 세우고도 매만 때리고 상을 못 주어 맘에 걸린 참이었는데……."

그는 선뜻 동의하고는 양만춘을 불렀다.

을지문덕과 칸이 나란히 가운데 앉고 나머지는 그들이 정해 주는 대로 칸의 장수들과 고구려 장수들이 섞여서 빙 둘러 앉아 잔치를 즐겼다.

12명의 악사가 완(阮: 기타처럼 생긴 현악기)과 배소(排簫)를 연주하며 꾀꼬리 소리를 내어 흥을 돋우고 머리를 길게 늘어뜨린 처녀들이 나와 귀자무(龜慈舞)를 추었다.

그들은 유목민의 풍습대로 섬도(纖刀: 고기를 자르는, 날이 예리한 칼)를 가지고 날고기를 베어 손님에게 나누어 주었다. 고구려 장수들은 이 풍습에 익숙지 않아 당황했으나 을지문덕과 이문진이 익숙하게 먹는 것을 보고 그대로 따랐다.

주흥이 무르익어갔다.

"내 70 평생, 중원의 내로라는 무수한 명장들과 돌궐의 장수들, 그리고 서역 여러 나라의 유명한 추장들을 다 겪어 봤지만 귀국 장수들처럼 밖에서는 위풍당당하면서도 안에서는 여흥을 즐길 줄 아는 분들을 처음 봤소."

을실발이 나서서 분위기를 돋구더니 이내 명령을 내렸다.

"가서 이남(夷男)을 데리고 오너라!"

그들의 말을 모르는 을지문덕은 이문진의 통역을 통해서 말을 알아들을 수 있었다.

한참 뒤, 키가 훤칠하고 이목이 수려한 귀공자가 들어왔다. 을실발은 그 청년을 소개했다.

"이놈은 제 손주올시다."

"인사드려라. 이 분들은 저 멀리 고구려에서 오신 귀한 분들이시다."

청년은 한쪽 무릎을 꿇어 정중하게 인사를 했다. 을지문덕은 가볍게 목례로 인사를 받았다. 두 사람의 시선이 마주쳤다.

을지문덕의 가슴에 뭔가 스쳐지나가는 섬광 같은 게 느껴졌다.

'이곳에서 인물이 하나 나겠구나……!'

을지문덕은 드물기는 하지만 사람을 처음 만났을 때 휙 스쳐가는 예감 같은 것을 경험하였고, 그것이 나중에 적중하는 예를 가끔 보았다. 오늘도 그 드문 경우의 하나였다.

"자, 내 잔을 받으시오."

을지문덕이 잔을 권하자 청년은 두 무릎을 꿇고 공손히 받고는 고개를 약간 돌려 훌쩍 비운 다음 잔을 도로 을지문덕에게 올렸다.

"귀공자의 나이가 올해 몇이오?"

이문진이 통역에 나섰다.

"열일곱입니다."

청년이 대답을 마치고 일어서자 을실발이 그에게 뭐라고 말하였다.

"검무를 선보이라고 하는군요."

이문진이 속삭였다.

이남이라 불리는 그 청년은 검을 빼어 천막 한가운데로 가서는 을지문덕을 향해 팔을 구부려 예를 표하고는 칼춤을 추기 시작하였다. 칼이 흡사 혼자 살아 움직이듯, 예리한 검광을 번쩍이며 구경하는 사람들의 시선을 어지럽게 만들었다. 공중에서 원을 그리다가 사방에 선을 긋기도 하면서 칼이 바람처럼 움직였다.

"어째 '홍문(鴻門)의 연회' 같아 불안합니다."

검무를 보고 있던 조학성이 이문진에게 나지막이 속삭였다. '홍문의 연회'란 한(漢)나라 고조(高祖) 유방(劉邦)이 항우(項羽)의 잔치 초청을 받고 홍문이라는 곳에 갔던 일을 말한다. 이때, 항우의 참모 범증(范增)은 유방을 죽이고자 항우의 종제(從弟) 항장(項莊)에게 칼춤을 추는 척하다가 유방을 살해하도록 시켰다. 그러나 유방의 참모 장량(張良)이 이를 눈치 채고 항백(項伯)이란 장수에게 눈짓을 하여 같이 검무를 추게 함으로써 항장이 유방에게 접근하는 것을 막았다.

이문진이 고개를 끄덕였다. 아닌 게 아니라 이 칼춤은 대단히 위협적이었다. 더구나 청년은 한 손에는 긴 칼을, 다른 손에는 짧은 칼을 들고 있었는데 마치 금방 던지기라도 할 기세였다. 또 장막 주변엔 설연타의 장수들이 압도적으로 많았다.

'누가 항백의 역할을 할 사람이 없을까?'

조학성이 나설 수도 있었지만 이남은 겨우 10대인데 젊은이의 춤에 장군이 맞춤을 춘다는 게 영 어울리지 않고 자칫 상대를 의심하는 것으로 비춰질 수가 있었다. 이때 이들의 대화를 듣고 있던 양만춘이 벌떡 일어났다. 그리고는 칸과 을지문덕이 앉은 곳 앞에 나가더니 고개를 숙여 말했다.

"제가 창춤을 출 줄 아는데 서툴더라도 관대히 봐 주시면 귀한 분들의 주흥에 좋은 안줏감이 될까 합니다."

칸과 을지문덕이 허락하자 만춘은 곧 창을 비껴들고 나아가 이남의 검무에 맞춰 춤을 추는데 흡사 호랑이와 사자가 서로 으르렁거리듯 현란한 동작을 주고받았다. 창이 바람개비처럼 빙글빙글 돌면 칼이 노려보고, 칼이 공중으로 회오리를 그으면 창이 찌르는 동작을 하였다. 춤이 멈추자 사방에서 보던 사람들은 손뼉을 치며 환호했다.

을실발은 두 사람을 가까이 불러 술을 권한 뒤 을지문덕에게 말했다.

"장군, 부탁이 하나 있소. 이 손주 놈은 내가 꼭 훌륭히 키워 보고 싶은 놈이오. 번거롭지 않으시다면 고구려 군대가 이곳에 머무는 동안만이라도 졸병이라도 좋으니 종군케 해 주시면 안 되겠소? 저 아이에게 그보다 더 좋은 경험은 없을 거요."

"기꺼이 청을 들어드리겠습니다. 이미 무예가 훌륭한 사람에게 어찌 졸병을 시키겠습니까? 군사 50명을 거느리는 예속(翳屬: 고구려 벼슬 12관등 가운데 열한 번째)에 임명하겠습니다. 그리고 원하신다면 고구려로 데리고 가 태학에서 공부할 수 있게 하겠습니다."

을실발은 희색이 만면하여 을지문덕의 손을 덥석 잡았다.

"고맙소. 정말 고맙소. 내 어젯밤 길몽을 꾸었는데 바로 장군 같은 분을 만날 꿈이었구려. 제발 저놈을 평양으로 데리고 가 선진문물을 익히게 해 주시오."

을지문덕은 조학성에게 이남의 정식 임관을 지시한 뒤에 다시 양만춘에게 말했다.

"오늘부터 이 분은 바로 네가 모셔야할 직속 상관이 된다. 잘 모셔라."

"예, 알겠습니다."

만춘은 공손히 대답했다. 을실발은 양만춘에게 술잔을 권하며 덕담을 했다.

"미래는 젊은이들의 것이다. 큰 꿈을 가지면 반드시 그것을 이룰 것이니라."

그 자리에서 만춘의 직속 상관이 된 이 청년— 이남(夷男)은 나중에(630년) 당나라와 동맹하여 20만 대군을 거느리고 동돌궐을 멸망시킨 뒤 오르혼 강(鄂爾渾河) 남쪽 욱독군산(郁督軍山)에 도읍을 정하고는 한때 서로는 알타이 산, 동으로는 대흥안령, 남으로는 하투지구(河套地區: 황하 중류), 북으로는 셀렌게 강 사이의 대제국을 호령하게 되는 바로 그 사람이다.

두 젊은이들이 자리로 돌아가자, 이번에는 키 크고 눈동자가 파아란 무희 여덟 명이 들어와 백저무(白紵舞: 하늘거리는 나사 옷을 입고 추는 진나라 때의 춤) 비슷한 춤을 추는데 새하얀 속살이 거의 다 드러나고 동작이 무척 요염하면서도 관능적이었다.

"춤은 비슷한 것을 구경한 거 같은데 사람들은 대체 어느 나라 사람들이오?"

을지문덕이 을실발에게 물었다.

"저 사람들이 바로 색목인(色目人)이오. 작년에 서쪽으로 간 월지국(月支國: 지금의 중국 감숙성 서부 돈황 지방에 있던 고대 왕

국. 흉노의 갈래인 烏孫部에 밀려 박트리아로 옮겨 갔다)의 후예
들이 내게 저 여자들을 보내왔소. 100여 년 전에 망한 서라마(西羅
馬: 서로마) 땅의 백성이라는데 모습이 기이하지 않소?"

"모습도 기이하지만 저런 춤이 유행했던 나라라면 그 나라가 망
한 이유를 알 만합니다."

"맞아, 저 춤이야말로 경국지무(傾國之舞)야! 내 곧 저 여자들을
중원의 황제에게 보내야겠군. 장군, 어떻소? 오늘 밤, 저 여자들을
시켜 장군의 침소를 보살피게 하려는데. 맘에 드는 여자를 골라 보
시오."

"이왕이면 다 보내 주십시오."

여자라면 공자 종아리뼈를 걷어찰 정도로 초연한 을지문덕의
성격을 알고 있던 조학성이 의외라는 표정을 지었다.

"으하하, 나는 저 여자들의 몰골이 괴이하여 가까이도 하기 싫
던데 역시 영웅호색이란 옛말이 틀리지 않는군. 알았소. 이따가 몽
땅 장군의 침소로 보내겠소."

을실발은 껄껄 웃었다.

사람들이 모두 거나하게 취했을 때쯤 연회가 끝났다.

얼마 뒤에 부장이 을지문덕의 침소에 들어와 말했다.

"장군님, 색목 여자들이 왔습니다. 어떻게 할까요?"

"아무나 한 사람만 남기고, 장군들의 막사와 이문진 박사가 계
신 곳에 한 명씩 보내라."

부장은 시킨 대로 하였다.

박사 이문진이 그 중 한 여자를 데리고 방사를 막 끝냈을 무렵,
병사가 와 을지문덕이 찾는다고 알려 줬다. 이문진은 허겁지겁 옷

을 챙겨 입고 을지문덕의 막사에 들어가니 을지문덕이 한쪽에 앉아 있고 색목 여자도 옷을 입은 채 맞은편에 앉아 있었다.

"저는 일찍 잠자리에 드신 줄 알았습니다. 왜, 여자가 마음에 안 드십니까?"

이문진은 한쪽에 앉아 있는 여자를 흘깃 보며 말했다.

"나라가 망한 것만도 서러울 텐데, 몸까지 팔아야 하는 아이들의 슬픔이 얼마나 크겠소. 그런 애들을 노리개 삼아 무슨 흥취가 나겠소. 내, 칸의 호의를 무시하기 어려워 그런 것 뿐이오."

"그러셨군요. 덕분에 저희들이 오랜만에 객고를 풀었습니다."

이문진은 겸연쩍은 표정으로 머리를 긁적거렸다.

"그보다 궁금한 게 있어서…… 내가 언젠가 라마라는 나라는 한때 진나라나 한나라보다도 더 크고 문물이 융성한 나라였다고 들었소. 그 나라가 왜 망했는지 그게 알고 싶소. 이 여자에게 물어볼 게 많은데 말이 통해야 말이지. 이 박사가 통역할 만한지 한번 말을 붙여 보구려."

"제 막사로 온 여자와 이미 몸도 통하고 말도 통했습니다. 월지국말을 쓰면 의사소통이 됩니다."

을지문덕의 표정이 밝아졌다.

"요번에 이 박사가 따라오신 게 정말 다행한 일입니다. 그럼 어디 통역을 좀 해 주시오."

이문진은 늦게까지 통역을 하다가 막사로 돌아갔다.

이튿날 을지문덕의 부대는 오르혼 강을 따라 북상하였다. 을실발의 손자 이남은 지리를 잘 알아 늘 선두에서 길잡이가 되었다.

그는 말타기에 능숙할뿐더러 말을 좋아하고 잘 다루어 양만춘과 아주 호흡이 잘 맞았다.

"여기서부턴 칙륵 부족의 땅입니다."

오르혼 강과 셀렌게 강이 합쳐지는 곳에서 얼마 가지 않아 이남이 말했다.

"나는 북위의 척발도(拓跋燾)가 칙륵 부족들을 다 멸한 줄 알았는데 그들이 아직도 남아있는가?"

을지문덕이 물었다.

"굉장히 끈질긴 민족입니다. 원래 춘추시대 때부터 있던 적족(狄族)의 후예들인데 중국과 흉노에게 끊임없이 정복 당했고 장군께서 말씀하신 대로 북위의 공격도 받았지만 아직도 바이갈 달라이 부근에 살고 있습니다."

"그럼 거란의 태실위는 어느 쪽에 있소?"

"호수 동쪽에 있습니다. 북위 때부터 옮겨 와서 지금은 마을이 상당히 커졌습니다."

"그럼, 도적들은 십중팔구 그쪽으로 도망갔겠군……."

을지문덕은 한동안 뭔가 골똘히 궁리하더니 조학성을 불렀다.

"이제 도적들이 더 이상 도망칠 곳은 없네. 그렇다면 그들이 태실위를 부추겨 최후의 발악을 할지도 몰라. 지금부터 병사들에게 경계를 단단히 시키고 척후를 100리 밖까지 보내어 복병들이 없는지 잘 보도록 하게. 그리고 칙륵 부족에게 사자를 보내어 우리가 온 목적을 알리고 행여나 우리가 그들을 치러 온 것으로 오해를 하지 않도록 하게."

일행이 사흘을 더 강을 끼고 올라가니 왼편에 제법 큰 호수가 나타났다. 거기에는 많은 칙륵 부족의 천막이 흩어져 있었다. 그들을 안심시키고 호숫가에서 야영을 하였다. 현지인들의 말로는 거기서 동북쪽으로 300리만 더 가면 태실위라 했다. 이튿날 그들이 출발하려 하자 먼저 떠났던 척후가 와서 보고했다.

"여기서 70리 동북쪽에 양쪽으로 숲이 우거져 있습니다. 좁은 길을 빠져나가야 하는데 아무래도 복병이 있는 것 같습니다. 산새들이 높이 날고 잔가지가 꺾여진 것들이 눈에 띕니다."

을지문덕은 이남을 불러 그곳 지리를 아느냐고 물었다.

"이곳에서 태실위로 가는 길은 두 가지가 있습니다. 강을 따라 계속 올라가는 것과 왼쪽 늪지대를 따라 난 좁은 길로 통과하는 길입니다. 이방인들은 늪지대를 꺼려하여 강을 따라가려고 하지만 도중에 20리가량은 아주 지나기 번거로운 골짜기가 있습니다. 그래서 이곳 토박이들은 왼쪽 늪지대로 난 길을 다니거나 아니면 강을 따라가다가 오른쪽 기슭으로 올라가 산등성이를 타고 넘어 샛강을 끼고 북상하는 방법을 택합니다."

이남의 말을 듣고 난 을지문덕은 조학성과 작전을 짰다.

"적은 틀림없이 우리가 강을 따라갈 줄 알고 지나기 어렵다는 골짜기의 양쪽에 숨어 있을 것이야. 나는 군사 1500명을 데리고 늪지대 길로 올라가다가 강 왼쪽에 숨어 있는 적들을 칠 터이니, 조장군은 1500명을 거느리고 가다가 오른쪽 기슭으로 올라가 산등성이 반대편에서 전진한 뒤 산기슭에 숨어 있는 복병들을 뒤에서 치게. 나머지 군사들은 계속 강을 따라 진군하다가 우리가 공격할 때쯤 골짜기 남쪽을 막도록 하지. 그러면 적들은 북쪽으로 밖에 도주할 길이 없겠지."

조학성이 덧붙였다.

"아예 골짜기 북쪽까지 봉쇄하여 독 안에 든 쥐로 만드는 게 어떻습니까?"

"저들 복병 중에 출복이란 자가 끼어있다면 그래도 무방하겠지만 그놈은 약은 놈이 되어서 틀림없이 저기엔 없을 거야. 한쪽을 틔어 놓아 그쪽으로 모는 게 우리가 활로 공격하기 좋고, 또 그들이 본거지로 도망치게 되면 잡는데 더 용이할 것 같네."

"화공(火攻)을 쓸까요?"

"아니, 눈이 아직 덜 녹아 화공은 별로일 것 같네. 뒤에서 덮쳐서 백병전을 펼치면 적이 아래쪽으로 몰릴 테니 그때 화살을 퍼부읍세."

작전을 짠 그들이 반나절가량 전진하여 양쪽 산기슭의 배후를 덮치니 과연 양쪽에 숨어 있던 3천여 거란족들이 맹렬히 저항하였다. 그러나 그들은 곧 계곡 아래쪽으로 내몰리었다. 고구려군들은 삼면에서 이들에게 화살 세례를 퍼부었다. 적들은 2천여 구의 시체를 남기고 북쪽으로 도주하였고 고구려군은 이들을 맹렬히 추격하였다. 150리가량을 쫓으니 다시 들판이 나오고 거기에 고구려 군사들과 맞먹는 수의 군사들이 진을 치고 있었다.

"출복이 태실위 부족을 부추긴 것이 확실하군요. 아니면 도적들 무리가 저렇게 많을 수 없을 텐데……."

보고 있던 조학성이 말했다.

"곧바로 돌격 명령을 내릴까요?"

"아닐세, 우선 사자를 보내 우리의 목적을 알리세. 이 박사에게 부탁하여 실위말로 고구려에서 일어났던 노략질 이야기와 도적 추장 출복을 잡아 보내면 물러가겠다는 내용의 편지를 보내세."

을지문덕은 곧바로 사자를 보낸 다음 다시 조학성에게 지도를 가리키며 말했다.

"편지의 효과가 당장은 없을 거야. 그러나 세가 불리해지면 적들은 끝까지 싸우려 하지 않을 걸세. 싸움이 붙으면 우린 후퇴하는 척하세. 조 장군은 오던 길로 강을 따라 도망가게. 나는 서남쪽 길로 도주하겠네. 80리를 후퇴하면 두 길이 도로 합쳐지게 되네. 내가 오면서 유심히 보니 여기에서 서쪽은 완전히 늪이야. 여기서 반격을 해서 적을 늪으로 몰아넣도록 하세."

편지를 전하러 갔던 사자가 돌아오고 나서도 적은 아무 반응이 없더니 갑자기 기병을 앞세워 돌격해 왔다. 어우러져 싸우던 고구려군이 밀리다가 두 갈래로 나눠져 후퇴하기 시작했다. 적도 두 무리로 나뉘어 추격해 왔다. 조학성이 지시대로 80리를 후퇴하자 다른 길로 온 을지문덕의 부대도 먼저 도착해 밀리고 있었다. 고구려군들은 동북쪽에 있는 숲 속으로 도망을 쳤다. 추격하던 적들은 저들끼리 합친 뒤에 금방 따라오지 않고 멈칫멈칫하였다. 뒤늦게 이쪽의 의도를 알아차린 듯 했다. 이때였다. 숲으로 들어갔던 고구려 군사들이 갑자기 우레 같은 함성을 지르며 반달 모양의 진용을 갖추고 돌격해 왔다. 거란족과 실위족이 함께 맞붙었으나 이내 밀리기 시작했다. 금방 고구려군의 우세가 두드러졌다. 적들은 도주하려 했으나 어느새 고구려군이 동, 북, 남쪽을 죄다 막고 있었다. 별수 없이 적들은 서쪽으로 후퇴하기 시작했다. 그러나 그쪽은 디디면 허리까지 빠지는 늪지대였다. 적을 늪지대로 몰아넣은 고구려군은 활을 쏘기 시작했다. 적병들의 수가 금세 줄어들었다.

이 날 적은 병력의 3분의 2 이상을 잃었고 패잔병들은 늪지대 북쪽으로 난 오솔길을 따라 달아났다.

이튿날 고구려군이 태실위 마을로 가자 추장 일행이 나와 맞으며 땅에 이마를 조아렸다.

"저희들이 하늘에서 내려온 군사들을 몰라뵙고 크나큰 불충을 저질렀습니다. 도적들과 한패가 된 것은 오직 저 하나의 잘못이오니 저 하나만을 목 잘라 벌하여 주십시오. 이제 이 마을은 장군의 것이니 장군 마음대로 처분하십시오."

을지문덕은 말에서 내려 추장을 일으켜 세우고 이문진에게 통역을 하게 했다.

"그것은 추장의 잘못이 아니오. 거란이나 실위나 따지고 보면 형제지간 아니오. 형제의 말을 믿지 누가 남의 말을 믿겠소. 그러니 우리와 대적한 게 어찌 그대의 잘못이겠소? 우리는 싸우러 온 게 아니라 도적을 잡으러 온 것일 뿐이오. 우리가 지금 마을로 들어가면 주민들에게 폐가 될 테니 우린 여기 들판에서 잠시 쉬었다 출발하겠소. 단지 먼 길을 와 식량이 조금 부족하니 식량만 좀 보태 주신다면 고맙겠소. 그리고 지리에 밝은 장정 몇 명만 동행시켜 주면 도적을 잡는데 수고로움을 덜겠소."

추장은 감격하여 눈물까지 글썽이며 머리를 조아렸다.

"도적들은 제가 마을을 떠나 달라고 요청했더니 이미 오늘 아침에 떠났습니다. 길잡이는 제가 직접 해 드리겠습니다. 여기서 잠시 쉬시면 식량을 가져오겠습니다."

두어 식경이 지나자 추장은 마을에서 수레 다섯 대에 가득 물건을 싣고 왔다. 말린 포 등 식량이 세 수레였고 나머지 수레에는 여우·담비·곰·호랑이 가죽 등과 비취, 옥, 금강석 등등 이름 모를 보석이 가득 들어 있었다. 을지문덕은 말린 포 이외에는 다 돌려보냈다.

"식량을 공짜로 받을 수는 없고 제게 남은 건 이것뿐이니 적지만 식량값으로 쳐주시오."

을지문덕은 수중에 남아 있던 금 30푼을 추장에게 내밀었다. 추장은 황감해 하며 받지 않으려고 했지만 을지문덕의 강권을 이길 수는 없었다.

"대국 고구려가 가까이에 있었으면 저희들이 영원한 속방(屬邦)이 되어 대대로 섬기며 살았으면 좋을 텐데 아쉽습니다."

고구려군은 들판에서 잠시 쉰 뒤 도적 떼들이 달아났다는 북쪽으로 향했다. 태실위 추장이 앞장서서 길잡이를 하니 추적이 훨씬 쉬웠다. 200리쯤 가니 앞은 험한 산이 가로막고 있고 길은 좌우 양쪽으로 갈라져 있었다. 추장이 사냥꾼 하나를 불러 물어보니 왼쪽 길로 아침 일찍 달아나는 무리들을 보았다고 한다.

"바이갈 달라이 쪽으로 간 것 같습니다."

추장의 말에 을지문덕이 물었다.

"그 호수가 여기서 멉니까?"

"여기서 서쪽으로 250리만 가면 됩니다."

일행은 서쪽으로 향했으나 곧 해가 저물어 한둔을 하지 않으면 안 되었다. 이튿날 일찍 출발해서 정오가 조금 지났을 무렵, 일행은 드디어 바이갈 달라이에 도착했다.

그곳은 흰색, 푸른색, 녹색의 빛과 청결과 원시(原始)와 신비가 어우러진 공간이었다. 태초에 조물주가 한번 버무려 창조한 뒤에

는 아무도 감히 범접한 자국이 없는 순수, 그대로의 모습이 거기에
남아 있었다. 넓이는 호수라기보다는 바다라 해야 어울릴 지경이
었고, 깊이는 얼마나 깊은지 알 수 없는데 물이 너무나 맑아 바닥
이 훤히 들여다보였다.

'아! 여기서 살고 싶다!'

을지문덕의 첫 느낌이었다.

일행은 한동안 황홀한 눈으로 이 대자연의 조화로움에 넋을 빼
앗겼다. 왜 그들이 여기까지 왔는지도 잊어버릴 지경이었다.

"오래 전부터 여기에서 사람이 산 자취가 있습니다. 하늘이 처
음 인간을 만들었을 때 이곳에다 내리셨다는 이야기가 있습니다."

추장의 말을 듣고 을지문덕은 고개를 끄덕였다.

"그럴 법도 하겠소. 내가 하늘이라도……."

"이곳에서 잡히는 물고기 맛이 일품입니다. 나중에 도적을 잡으
시고 여기서 며칠 지내다 가십시오."

"그러고도 싶소. 그런데 도적은 어디로 간 것 같습니까?"

을지문덕의 물음에 추장은 주위를 한참 살폈다.

"이곳에는 늘 배 여러 척이 매여 있는데 모두 없어진 걸 보니 배
를 타고 도망친 것 같습니다."

"그럼 우린 어디서 배를 구하죠?"

을지문덕이 낭패한 얼굴을 했다.

"뗏목을 만듭시다. 이 근방에는 평소에 잘라 놓은 나무가 많으
니 얼른 만들 수 있습니다."

추장이 안내하는 대로 가니 과연 많은 나무가 잘린 채로 쌓여
있었다. 군사들이 모두 나서서 뗏목을 엮었다. 그리고는 물에 띄워

추장이 이르는 물길을 따라 나아갔다.

"대체 이 호수의 넓이가 얼마나 됩니까?"

망망한 호수를 바라보며 을지문덕이 물었다.

"한번은 내가 꼬박 걸어서 호수 둘레를 한 바퀴 돌았는데 100일 하고도 열흘이 걸립디다. 하루에 적어도 50리는 걸었을 테니 5500 리라는 얘기 아니겠습니까?"

"신라나 백제 땅보다 더 넓다는 얘기 아닙니까?"

곁에 있던 이문진이 고개를 내저으며 말했다.

일행을 태운 뗏목은 알혼이라는 섬에 도착했다. 그곳은 흙과 군데군데 무리져 있는 바위로만 된 섬이었는데 바람이 세차게 불어 몸이 날려갈 지경이었다. 을지문덕은 눈을 닦고 보아도 도저히 가늠할 수 없었으나 태실위 추장은 흙을 집어 냄새를 맡더니 도적들이 서남쪽으로 갔다고 했다. 일행이 서남쪽으로 100여 리를 가니 자그마한 섬이 나타났다. 그 섬은 서쪽 육지와 간신히 연결되어 있었다. 일행은 다시 추장이 안내하는 대로 앞을 가로막고 있는 높은 준령을 끼고 오른쪽으로 꺾은 뒤 조그만 시내가 흐르는 골짜기로 접어들었다.

마침내 동굴 속에 숨어 있던 출복 일당 100여 명을 잡을 수 있었다. 을지문덕은 출복을 문초하여 그들이 수나라 좌위영의 지령으로 약탈을 저질렀다는 자백을 받아냈다.

일행은 바이갈 달라이에서 열흘 동안 낚시와 사냥으로 오랜만에 실컷 휴식을 취한 후 귀국길에 올랐다. 그들은 평양에서 바이갈 달라이까지 장장 9천 리 길을 온 것이었고 이제 되돌아 갈 9천 리 여정을 눈앞에 두고 있었다.

1400년 가까이 지난 지금, 과연 고구려 장수 가운데 누가 그 당시 바이칼 호까지 갔었는가를 알기는 쉽지 않다. 그러나 바이칼 호와 알혼 섬 일대에는 그 옛날 이곳까지 원정대를 이끌고 온 고구려 장수의 이야기가 아직까지 전해 내려오고 있으며 여러 가지 정황으로 보아 을지문덕이었을 개연성이 가장 높지 않을까 싶다.

3. 사신

 서기 607년 4월 초, 만리장성 경계인 유림(楡林)에서 동북쪽으로 800여 리 떨어진 백도천(白道川)—지금의 내몽고 후허호트(呼和浩特) 북쪽—에 위치한 동돌궐(東突厥) 왕의 장막.

아침부터 국왕 계민칸(啓民可汗)의 생일에 즈음하여 여러 나라에서 오는 사신 일행을 맞느라 사방 들판이 떠들썩하였다.

동돌궐칸인 계민이 이곳에 터를 잡은 것은 30년 전이었다.

원래 고대 흉노 이북에 살던 정령족(丁零族)의 한 갈래인 돌궐은 6세기 초까지 금산(金山: 지금의 알타이) 일대에서 유목 생활을 하고 있었다. 돌궐이란 이름은 금산이 투구 모양으로 생겼기 때문에 돌궐어의 '투구'를 한자로 음역(音譯)한 것이 돌궐(突厥)이다. 6세기 초부터 그들은 유연족에 종속되어 제련업에 종사했다. 당시 중국인들은 돌궐이라면 못 알아들어도 '유연철공(柔然鐵工)'이라면 다 알 정도로 그들은 제철업에 능하였다.

돌궐족은 알타이어계의 언어를 썼으며 스스로 만든 문자가 있었고 꽤 완비된 관제와 법제를 세우고 있었다. 6세기 중엽, 이들 가운데 토문(土門)이라는 영걸이 등장하여 추장이 되면서 드디어는 유연을 격파하고 스스로 이리칸(伊利可汗)이라 칭하며 돌궐칸국을 세웠다(552년). 그의 뒤를 이은 목간칸(木杆可汗)은 유연을 완전히 지도에서 없애고 우도근산(于都斤山: 지금의 몽골 오르혼강 유역 杭愛山 동쪽 줄기)에 도읍을 정하고는 북으로는 바이칼 호에서 남으로는 만리장성까지, 동은 요하(遼河)에서 서로는 서해(西海: 지금의 里海)에 이르는 넓은 지역을 지배하는 대제국으로 성장하였다. 이렇게 되자 그 남쪽에 있던 중국의 남북조시대 국가들은 서로 돌궐과 화친을 맺기에 급급하였다.

그런데 이때 만리장성 이남에는 양견이란 걸출한 인물이 등장하여 남북조시대를 끝내고 중국을 통일하였는데(589년) 이가 곧 수나라 문제이다. 그는 돌궐의 세력을 약화시키고자 마침 왕위계승 문제로 혼란을 겪고 있던 그들에게 이간책을 써 돌궐은 마침내 동돌궐과 서돌궐로 나뉘게 되었다. 수나라 문제는 서돌궐을 견제하고자 동돌궐의 사발략칸(沙鉢略可汗)을 집중 지원하여 마침내 서돌궐군을 격파할 정도가 되었다.

뒤에 동돌궐에서 내분이 일어나자 양견은 염칸(染可汗)을 지원하여 계민칸(啓民可汗)으로 삼고 의성공주(義成公主)를 그에게 시집보냈다. 계민칸은 양견의 지원을 밑천 삼아 만리장성 이북과 고비 사막 북부의 초원 지대를 다스리는 강력한 세력으로 성장한 것이다.

오늘, 그의 생일 축하를 위해 사방에서 모여드는 각국 사신들의 면면만 보더라도 그의 위상을 짐작케 하고도 남음이 있었다. 동으로는 왜(倭), 남으로는 유구(流求: 대만), 서로는 토곡혼(吐谷渾)에 이르기까지 총 27개국 사신들이 몰려들었다.

그는 흐뭇하였다. 그런데 그 흐뭇한 마음 한 켠에서 그를 불안하고 초조하게 하는 것이 있었다. 그것은 다름 아니라 나흘 전, 서역을 순행하던 수나라 양제(煬帝)가 갑자기 길을 바꾸어 이곳으로 직접 생일을 축하하러 온다고 통보를 해 왔기 때문이다. 푸짐한 선물꾸러미를 가지고…….

'중원의 선물에 공짜는 없다…….'

계민칸의 생각이었다. 그는 문제가 제위에 있을 때 수나라 궁중에서 살다시피 한 적이 있었으므로 중원의 외교전략이 어떤 건지 잘 알고 있었다. 이이제이(以夷制夷: 오랑캐의 힘으로 오랑캐를 제압한다), 원교근공(遠交近攻: 먼 나라와 친교를 맺고 가까운 나라를 친다), 이강화약(離强和弱: 강자를 멀리하고 약자와 화친한다) ─ 이 세 가지가 중원의 일관된 대외정책이 아니던가……

계민칸이 수나라에 있을 때는 태자가 양제 광(廣)이 아니라 그의 형 용(勇)이었으므로 그는 당시 양제 광을 눈여겨보지 않았었다. 그런데 광은 제 아비 문제와 형 용을 죽이고 황제의 자리에 올랐다. 그리고는 그의 아비보다 더욱 통 큰 사업을 벌이고 있었다. 그 양제가 오늘 도착한다니 계민칸에게는 부담을 주는 손님이 아닐 수 없었다.

양제 일행이 가까운 곳에 이르렀다는 보고를 듣고 그는 장막 바깥으로 나갔다. 약간 높은 곳에 자리한 그의 장막에서 얕은 언덕을 내려다보던 계민은 경악했다. 아니, 질려 버렸다는 게 정확한 표현이었다.

'푸짐한 선물 꾸러미를 가지고 온다'는 말을 들었을 때 그는 몇 수레 분의 비단이나 패물을 연상했었다. 설령 그 선물이 몇백 수레라 해도 놀라지 않았을 것이다. 그런데 지금 눈앞에 펼쳐진 수레와 나귀 행렬은 도대체 몇십 리에 뻗었는지 끝이 보이지 않았다. 30리인지 40리인지…… 아니, 분명 그보다 더 되었다.

"짐 실은 수레가 1만 2천 대, 따로 우리 추장들에게 줄 선물 20만 뭉치를 나귀에 싣고 온다 합니다."

어안이 벙벙해 있는 칸에게 측근이 보고하였다.

선두에서 약 10리쯤 뒤에는 중무장한 갑사들이 행진하고 있고 그 가운데에서 용기(龍旗)가 펄럭이는 걸로 봐 양제는 거기에 있는 모양이었다.

이윽고 도착한 선발대 일행이 한 켠에다 선물 꾸러미를 부리기 시작하자 구경꾼들의 눈이 휘둥그레졌다. 보통 사람은 그것으로 만든 옷을 평생 한 번 입어 볼까 말까 한 비단 뭉치들, 패물들, 여러 가지 차(茶), 약재 등 진귀한 것들이 수레마다 우르르 쏟아졌다.

"아무리 중원에 물자가 풍성하다지만 저 많은 물건들을 대체 어디서 끌어 모았을까……?"

구경꾼들이 서로 앞줄에서 가까이 보려고 밀고 당기며 소란한 가운데, 착잡한 심정으로 이것을 주시하는 사나이가 있었다. 조금 전 이곳에 도착한 고구려 사신 양달문이었다.

고구려— 4세기 말까지만 해도 국제정세를 좌우할 만한 국가는 아니었다. 그러나 4세기 말의 호태왕(好太王: 광개토태왕), 5세기의 장수왕 시절을 거치면서 국력이 급격히 커져 당시 오호십육국 시대에 종지부를 찍고 양자강 북부를 호령하던 북위와 어깨를 겨룰 정도가 되었다. 나아가 중원을 통일한 수 왕조가 일으킨 요동전쟁(598년)에서 30만 수나라 대병을 누르고 승리를 거두자 고구려는 수나라·동돌궐과 함께 국제사회에서 자타가 공인하는 3대 초강대국의 위치를 차지하게 되었다. 동돌궐과 고구려의 관계— 그것은 말하자면 불가근불가원(不可近不可遠)의 관계였다. 함부로 가까울 수 없는 것은 돌궐이 대국으로 성장하는 과정에서 수나라의 신세를 너무 많이 졌기 때문이고, 함부로 멀리할 수 없는 것은 수나라와 고구려는 팽팽한 긴장 관계였으므로 돌궐이 이 두 나라 가운데 한편에 기울면 상대편이 불리해지기 때문이었다. 따라서 고구려든 수나라든 돌궐에 공을 들이지 않을 수 없었다.

이번에 달문이 떠나올 때도 고구려 영양왕은 황금 200푼, 은 1만 2천 푼, 우황 150푼, 삼십승포 100필을 딸려 보냈다. 결코 작은 선물 꾸러미가 아니었다. 달문은 떠나올 때 자못 어깨가 뿌듯했다. 그런데 그가 떠나올 때는 양제가 이곳에 나타날 거라는 예측을 전혀 하지 못 했다. 그냥 서역을 순행 중이라는 소문만 들었을 뿐이었다. 그런데 이렇게 상상을 초월하는 선물 꾸러미를 들고 직접 나타날 줄이야…….

얼마 뒤, 양제의 수레가 도착했다. 수나라 호위갑사와 돌궐의 근위병들이 엄중히 경비를 선 가운데 양제가 수레에서 내려섰다. 육중한 몸집이었다. 허리둘레가 보통 사람의 두 배는 족히 되어 보였다. 그는 주위를 한번 휘익 둘러보더니 마중 나온 칸과 서로 손을 어깨에 얹고 친교를 과시한 다음, 연회장으로 향하였다.

금실·은실로 수놓은 햇빛 가리개가 쳐진 주빈 자리에 이르니 왕비이자 수나라의 종실녀인 의성공주가 서 있다가 다소곳이 고개 숙여 양제에게 인사를 하였다. 양제는 여러 가지 의미가 담겨 있는 웃음을 빙긋이 웃고 나서 몇 마디 치하를 하고는 칸이 권하는 자리에 칸 부부와 나란히 앉았다. 곧 질탕한 연회가 시작되었다. 은은한 비파 가락이 울려 퍼지는 가운데 오색 비단을 걸친 무희들이 사뿐사뿐 춤을 추었다. 양제는 먼 길에 시장했다는 듯 고기를 연달아 뜯으면서 칸과 의성공주가 권하는 술잔을 벌컥벌컥 들이켰다.

술자리의 여흥이 어느 정도 무르익었을 무렵. 무희들이 물러나고 축하하러 온 각국 사신들의 접견이 시작되었다.

먼저 수나라의 황문시랑(黃門侍郎) 배구(裵矩)가 나와 수나라를 대표하는 인사를 올리자 돌궐의 궁내부 신하가 큰 소리로 수나라가 가져온 물품 목록을 읽었다.

"채색 비단 33만 필, 황금 3천 푼, 은 9만 푼……."

보통 사람은 상상도 할 수 없는 어마어마한 갖가지 물량의 명세를 읽고 나자 양제는 흡족한 미소를 지으며 자리에서 일어나 다시 한번 계민칸의 손을 잡고 흔들었다.

이어서 먼저 도착한 순서에 따라 여러 나라 사신이 등장하여 자기네 왕들의 축하 인사를 전했다.

고구려 사신이 호명된 것은 일곱 번째인가, 여덟 번째였다. 달문이 공손히 영양왕의 인사를 전하고 돌궐 대신이 물품 목록을 읽어 갈 때쯤이었다.

"황금 200푼, 은 1만 2천 푼……."

양제의 충혈된 고리눈이 갑자기 쌍심지를 그었다. 그리고는 들고 있던 잔을 상에다 '탕' 내려놓으며 자리에서 벌떡 일어나 주위의 참석자들이 모두 들을 수 있는 찌렁찌렁한 목소리로 외쳤다.

"고구려는 내가 벼른 지 오래다. 돌아가 너희 왕에게 마땅히 얼른 와서 조현(朝見)하라고 말해라! 그렇지 않으면 나와 계민이 너네 나라를 순수(巡狩)할 것이다!"

힘이 잔뜩 들어간 고함에 웅성거리던 좌중이 물을 끼얹은듯 조용해졌다. 양제는 주먹을 불끈 움켜쥐고 부르르 떨며 선 채 충혈된 고리눈으로 달문을 노려보았다.

'조현'이라면 신하가 임금을 찾아뵌다는 말이 아닌가? 더구나 계민칸이 양제와 함께 순수를 하다니…… 이것은 돌궐과 수가 함께 고구려를 친다는 뜻이다. 양제의 돌출행동도 그렇거니와 이 폭언이 선전포고 겸, 두 나라가 동맹이 되어 한 나라를 친다는 뜻을 품고 있으니 각국 사절들을 비롯한 좌중이 모두 놀랄 수밖에 없었다. 돌궐의 대신들, 추장들마저 얼굴이 질려 있었다.

달문은 모멸감과 긴장감, 분노가 뒤범벅이 되어 이를 악물었다. 주위의 시선이 온통 그에게 쏠렸다.

'뭐라고 답해야 하나? 여기서 기 죽으면 여러 나라에 소문이 퍼진다…….'

달문은 숨이 콱 막혔다. 양제가 직접 돌궐에 나타난 게 내심 당혹스럽기는 했지만 그래도 중원의 황제로서 체통을 지키리라 생각했었는데, 주위의 내로라는 나라에서 온 국빈들이 모두 모인 연회 석상에서 전혀 외교적 상도를 벗어난 난폭한 행동을 하다니…… 달문은 입술이 바짝바짝 탔다.

생각 같아서는 '우리는 준비되어 있으니 언제든지 오십시오'라고 말해 주고 싶었지만 이는 그의 권한을 벗어나는 일인데다가 칸마저 자극하는 결과가 되므로 감정을 가까스로 억누르며 말했다.

"옛말에 천하의 이익을 함께하는 자는 천하를 얻을 것이며 반대로 천하의 이익을 혼자 차지하려는 자는 반드시 천하가 그를 버릴 것이라 했습니다. 소인은 신하로서 말씀 그대로 전할 뿐이옵니다만, 폐하께서는 맑은 정신으로 심사숙고하셔서 다시 한번 말씀해 주시기 바랍니다."

달문의 이 말은 태공망(太公望)이 주(周)의 문왕(文王)에게 한 말을 인용한 것인데 오만한 양제에게는 '술 취한 상태에서 허튼소리 하지 말고, 술 깨거든 다시 말하라'는 소리로밖에 들리지 않을 뿐이었다.

"으음, 괘씸한 것!"

양제는 노여움이 극에 달한 표정으로 수염을 부르르 떨더니 주먹을 쥐었던 손으로 다시 턱을 꽉 움켜쥐었다. 주위에 있던 여러 나라 사신들은 당시 국제사회의 두 초강대국 수나라와 고구려가 벌이는 매서운 기싸움을 숨죽인 채 지켜보고 있었다. 좌중에 긴장감이 팽팽히 흘렀다. 이제는 양제가 어떻게 나오나— 시선이 모두 그에게 쏠렸다.

그때 계민칸이 일어섰다.

"자자, 오늘은 잔칫날이니 무거운 이야기는 뒤에 하시고…… 멀리서 오시느라 수고 많았소. 고구려왕께 감사하다는 말씀 전해 주시오. 저쪽으로 앉아서 술이나 한잔 하시오."

그는 역시 초원을 제패한 호걸다운 면이 있었다. 이런 자리에서 분위기를 누그러뜨릴 줄을 알았다.

돌궐 신하 가운데 눈치 빠른 한 사람이 얼른 다가와 달문의 소맷자락을 끌었다. 달문은 그의 권유에 따라 자리에 앉아 다음 축하객들이 인사하는 모양들을 지켜보려고 했으나 제대로 눈에 들어오지 않았다.

따지고 보면 양제의 분노는 이유가 없는 게 아니었다.

수의 문제가 고구려 침공에 실패하여 황제의 존엄이 여지없이 훼손된 터에 자기 아비를 죽이고 즉위한 패륜아 양제 광(廣)은 문제보다 더욱 음흉하고 야심만만한 인물이었다.

그의 즉위 후에도 주위의 모든 나라 가운데 유일하게 고구려만이 칭신(稱臣)을 거부하고 외교사절도 번번이 보내지 않았다.

이에 양제는 언젠가는 고구려를 칠 마음을 굳게 먹고 우선 강남의 물자와 병력을 북쪽으로 쉽게 옮기기 위하여 대운하(大運河) 건설을 서두르는 한편, 유사시 뒷걱정이 없도록 고구려와 우호관계에 있었던 동돌궐에 적극적인 외교교섭에 나섰던 것이고, 오늘 행차도 그 일환이었다.

오늘 내뱉은 말도 실은 그가 취중에 흥분한 것이 아니라, 아직 고구려와 수나라 사이에서 어정쩡한 태도를 취하고 있는 돌궐에게 일면 선물 공세를 펴는 한편, 일면 속내를 에둘러 내비친 발언이었다. 즉, 고구려-수나라 사이에 전쟁이 일어났을 때 수나라 편을 들어야 한다는 오금을 박는 동시에, 여러 나라 사절들로 하여금 수나라에 예를 제대로 갖추지 않으면 재미없다는 은근한 협박을 하기 위해 측근들과 상의 끝에 한 의도적인 짓이었던 것이다.

어쨌든 술잔을 든 달문은 속이 편치 않았다. 양제를 의식한 탓인지 예년과는 달리 돌궐 대신들 가운데 아무도 그에게 술을 권하는 사람이 없었다.

양제와 그의 수행원들, 수나라 종실녀인 왕후가 눈을 시퍼렇게 뜨고 바라보는 상태에서 누가 감히 달문에게 다가오겠는가? 달문에게는 그야말로 괴로운 자리였다. 그는 술자리가 파하기만을 기다렸다가 바로 숙소로 돌아왔다.

사행(使行)에 같이 따라온 아들 만춘이 숙소로 들어오는 달문을 맞았다. 옷을 갈아입고 나서 어수선한 마음을 달래려 밖으로 나섰다. 이미 봄이었지만 북국의 밤은 아직 찬 기운이 가시지 않아 쌀쌀했다. 하늘에 떠 있는 무수한 별들이 평양에서보다 훨씬 가깝게 느껴졌다.

'결국 전쟁은 피할 수 없는 것인가……? 또 얼마나 많은 무고한 백성들이 이름 없는 벌판에서 저 별들을 바라보며 죽어 갈 것인가? 왜? 무엇 때문에? 그깟 천자의 권위를 위해서……? 양광이란 자도 한 인간으로서 천진난만한 모습으로 태어났을 것이다. 그런데 언제까지 천하의 백성들은 하나의 폭군 천자를 위해 모든 것을 희생해야만 하는가? 그는 '천자는 천하 백성의 부모다'라고 말했다는데— 그러면 과연 부모는 자식의 생사여탈권을 무한정으로 가지고 있는 것인가? 또 자기 나라 백성을 위해서라면 남의 나라 백성은 무조건 짓밟아도 무방할까? 중원과 동방에, 아니, 이 하늘 아래의 땅 전체가 하나의 왕국만으로 통일될 때까지 피바람이 이는 전쟁과 살육은 끝없이 계속될 것인가? 평양에 계시는 왕은 지금 무엇을 하고 계실까?

달문의 머리에 영양왕의 인자한 모습이 떠올랐다. 군대를 이끌고 나섰을 때는 위풍당당한 맹장의 모습이지만 내정을 살필 때면 누구보다도 더 어진 임금…… 백성들의 아픈 곳을 두루 어루만질 줄 알아 요동전쟁이 끝났을 때는 백성들이 민력을 회복할 때까지 수라상 반찬은 다섯 가지 이내로 줄이라고 엄명을 내린 왕…… 어디 어여삐 여기는 게 자기 나라 백성뿐이던가? 얼마 전엔 승려 화가 담징(曇徵)에게 왜국 백성을 위하여 유교 5경을 전해 주고 종이, 먹, 물방아 만드는 법을 가르쳐 줘야겠으나 다만 적정한 시기를 택하여야 할 터인즉 미리 준비하고 있으라 명하지 않았던가? 책읽기를 좋아하고 특히 사서(史書)에 관심이 많아 태학에 행차하여 태학박사들과 토론을 할 때면 그 콧대 높은 박사들도 진땀을 빼게 하는 박식함…… 수시로 변복을 하고는 시종 하나만 거느리고 민정을 살피는 성군(聖君)…… 그는 아마 지금도 백성들의 살림살이를 살피러 암행(暗行)을 하고 있을 것이다…… 이역만리에 나와 있으니 더더욱 임금의 모습이 그리웠다.

그가 이 생각 저 생각으로 번민하다가 들어오니 장막 밖에서 누가 찾는 소리가 났다. 만춘이 얼른 달려가 누구냐고 물었다. 상대방이 뭐라고 하는 모양인데 만춘은 돌궐말을 몇 마디밖에 못 알아듣는 터이라 그의 아버지 쪽을 바라보며 도움을 청하는 시늉을 했다. 달문이 다가가 다시 돌궐말로 상대방의 신분을 물었다. 상대방은 나지막한 음성으로 부르카이 장군의 심부름으로 전할 게 있어서 왔다고 했다. 달문은 심부름을 보낸 사람이 평소 친분이 있던 돌궐 대신 가운데 하나였으므로 얼른 안으로 들어오게 했다. 심부름꾼은 들어오자마자 좌우를 살피더니 허리춤에서 서찰 하나를 꺼내 달문에게 건네었다. 달문이 불빛 가까이로 다가가 한문으로 갈겨쓴 내용을 읽어 본즉, '오늘 낮의 일로 돌아가는 궁중 분위기가 아무래도 심상찮으니 신변의 안전을 위해 오늘 밤이라도 빨리 귀국하는 게 좋겠다'는 내용이었다.

달문은 지그시 눈을 감고 한동안 생각에 잠겼다. 그리고는 심부름꾼에게 잠깐 기다리라 하고는 아들을 한쪽 구석으로 데려갔다. 달문은 부르카이의 편지를 아들에게 건네주었다. 심각한 표정으로 읽고 있는 만춘에게 달문은 가라앉은 목소리로 오늘 낮에 있었던 일을 자세히 말해 주고, 아울러 낮에 수나라 대신들과 돌궐 대신들 사이의 이야기를 엿들은즉, 백제 좌평(佐平: 백제 벼슬 16단계 가운데 가장 으뜸) 왕효린(王孝隣)이라는 자가 장안까지 와서 수나라측에 고구려를 쳐 달라고 했다는 말을 덧붙였다.

"너는 이 길로 바로 돌아가거라. 내가 통행증을 부탁할 테니 저 심부름꾼을 따라가 통행증을 받는 즉시 떠나야 한다. 돌아가서는 국왕께 내가 해 준 말을 한 자도 틀리지 않게 그대로 전해 드려야 한다. 알아듣겠느냐?"

"그럼, 아버님은……?"

근심 어린 표정의 만춘은 얼굴이 돌덩이처럼 굳어 있는 아버지를 쳐다보았다.

"지금 내게는 국왕께서 돌궐칸에게 보내는 친서가 있다. 이것을 어떻게든 전해야만 한다. 수나라 사람들이 눈치 채지 못 하게 말이다. 나는 이 일을 마친 후에 돌아가겠다."

"저도 그때까지 기다리면 안 될까요? 전 아버님이……."

아들은 부르카이의 편지에 적힌 내용이 마음에 걸려 하는 얘기를, 달문은 중도에 가로 막으며 어조를 높였다.

"이것은 나라의 안위가 걸린 중대사항이다. 네가 애비 걱정을 하는 심정은 알겠다만 어찌 사사로운 정을 나랏일에 앞세우려 하느냐? 두말 말고 어서 여장을 챙겨라!"

아비가 단호하게 말하는 바람에 만춘은 서두르기 시작했다.

"말은 '해룡' 외에 두 필을 더 가지고 가거라. 점박이와 흰둥이가 힘이 좋으니 짐을 나눠 싣고 바꿔 가며 타면 하루 500리는 충분히 달릴 수 있을 것이다."

달문은 서둘러 짐을 챙기는 아들의 모습을 물끄러미 바라보았고다. 만춘이 여장을 다 챙기고 그에게 하직 인사를 올리자 그는 무슨 생각을 하였던지 아들을 다시 안으로 잠시 들어오게 한 뒤, 술 두 잔을 따라 한 잔을 만춘에게 권했다.

"밤공기가 찰 테니 한 잔 마셔라."

달문은 아들이 마시는 것을 보고 자기도 잔을 비웠다. 만춘에게는 전에 없던 아버지의 이 행동이 몹시 마음에 걸렸다.

'소인은 별도로 볼일이 있어 며칠 더 머물러야겠사오나, 제 아들은 급히 귀국시키려 하온즉, 통행에 불편이 없도록 아들을 위해 통행증명서를 부탁합니다.'

—만춘은 달문의 서찰을 품속에 조심스럽게 접어 넣고는 말에 올랐다.

달문은 아들이 어둠 속으로 완전히 사라질 때까지 묵묵히 뒷모습을 지켜보았다.

잠을 설친 달문은 이튿날 아침 일찍 숙소를 나왔다. 그의 품 안에는 영양왕이 돌궐왕에게 보내는 친서가 들어 있었다. 평양성에서 친서를 그에게 건네주면서 손을 으스러지게 잡던 왕의 모습을 떠올리니 절로 심장이 뛰었다.

그는 밤새 이 궁리 저 궁리 한 끝에 부르카이 편에 친서를 전달키로 마음먹은 참이었다. 부르카이는 돌궐 조정에서 군사물자 수송을 담당하는 대신으로 계민칸의 두터운 신임을 받고 있는 터라 그를 거치면 친서 전달이 어렵지 않을 것 같았다.

달문은 부르카이의 장막 부근에 있는 작은 숲에 이르러 너무 이른 시각인데 결례를 무릅쓰고 들어갈 것인가, 좀 더 기다릴 것인가, 아니면 부르카이가 등청하는 길에 붙들고 얘기할 것인가 결정을 못 하고 장막의 문을 주시하고 있었다.

별안간 문이 열리며 한 사나이와 함께 부르카이의 모습이 눈에 들어왔다. 달문은 좋은 기회다 싶어 문이 닫히기 전에 뛰어나가려고 몸을 가누는 순간 함께 있는 사나이의 얼굴을 먼발치에서 보고는 가슴이 철렁 내려앉았다.

그 사나이는 분명 어제 수나라를 대표하여 칸에게 축하 인사를 올리고 양제 곁에서 계속 귓속말을 주고받던 배구(裵矩)였다. 수나라의 황문시랑이자 양제의 일급 참모인 자 아니던가.

'이상한데? 이렇게 이른 시각에 저렇게 다정하게 인사를 주고받는 사이라면 저들끼리 무언가 통모하고 있음이 분명하다. 부르카이도 양제에게 매수되었단 말인가? 그렇다면 어젯밤에는 왜 내게 그런 밀서를 보냈을까? 아니, 그보다 만춘의 통행증을 저 자에게 부탁했으니……'

달문은 큰일 났다 싶어 황급히 발길을 돌려 도로 숙소로 향했다. 종종걸음으로 거의 뛰다시피 하면서 그는 속으로 제발 아들이 다시 숙소로 돌아왔기를 간절히 바랐다. 그러나 돌아와 보니 아들은 어느 구석에도 보이지 않았다. 그는 어깨를 축 늘어뜨린 채 양탄자 위에 펄썩 쓰러졌다. 제발 아들이 무사하기를 하늘에 빌었다.

한편 전날 밤, 만춘은 그의 아버지가 시킨 대로 심부름꾼을 따라 부르카이라는 대신의 집으로 향했었다. 넓적한 얼굴에 실눈을 한 부르카이를 보는 순간 만춘은 그의 인상에 별로 호감이 가지 않았다. 그가 내민 아버지의 서찰을 읽어 본 부르카이는 실눈을 더욱 가늘게 뜨고 고개를 갸우뚱하더니 중국말로 물었다.

"아버지가 무엇 때문에 더 계셔야 한다는 말은 하지 않던가?"

만춘은 친서 이야기를 할까 하다가 경술하다는 생각이 들어 짤막하게 대답했다.

"제게는 아무 말씀도 없었습니다."

부르카이는 고개를 끄덕끄덕하다가 먹을 갈아서는 양피지에 한 자가 아닌 그림 같기도 하고 글자 같기도 한 것을 죽죽 휘갈기더니 내밀었다.

"이것을 보이면 통과하는 데 지장이 없을 게야."

만춘은 감사하다는 말을 하고는 바로 나왔다.

말을 타고 평보에서 속보로 바꾸었을 무렵, 만춘은 주위의 이상한 낌새를 챘다. 아버지 걱정을 하느라 생각에 잠겨 있는 사이에 그가 탄 말이 왁자지껄하는 병사들, 화톳불을 피우고 노름을 하는 무리, 간혹 술에 취해 비틀거리는 사람들 속으로 들어온 것이다.

정신이 번쩍 들어 주위를 살핀 만춘은 어느새 그가 수나라 군사들이 숙영하고 있는 한가운데에 들어와 있는 것을 알았다. 양제를 호위하는 병력들이었다. 전쟁을 하러 온 게 아니라 친선을 도모하러 와서 그런지 수군과 돌궐군의 장막이 바로 이웃해 있었는데 어두워 이를 지나친 것이다.

만춘의 등에서 식은땀이 흘렀다.

'투구에 있는 새깃 장식을 떼어 버릴까……'

투구에 달린 새깃 장식은 고구려군의 상징이었다. 그러나 누가 지켜보고 있을 것만 같아 그러지를 못 했다.

'냅다 말을 몰아 이 자리를 속히 탈출해 버릴까? 아니, 그러면 틀림없이 추격하여 올 것이다.'

만춘은 태연히 그 자리를 벗어나리라 결심하고 도리어 말고삐를 늦추면서 앞만 바라본 채 뚜벅뚜벅 말을 몰았다.

'제발…… 여기를 벗어날 때까지 어떤 놈이든 시비나 걸지 마라……'

그는 초긴장 상태에서 자신의 머리털이 곤두서는 것을 느낄 수 있었다. 이때, 한 사나이가 옆에서 휙 뛰어나오더니 다짜고짜 그의 말고삐를 잡고 중국말로 소리쳤다.

"이놈아! 우리 형님 살려내라! 우리 형이 요동전쟁 때 네놈들 손에 죽었단 말이다!"

술 냄새가 확 풍겼다. 당황한 만춘은 고삐를 잡은 그의 손을 뿌리치려 했으나 그 자가 워낙 굳세게 잡고 있는 통에 성공하지 못 했다.

'칼로 고삐를 잘라 버려야겠다.'

만춘이 칼집에 손을 갖다 대는 순간 주위에 험상궂은 표정을 한 수나라 군사들이 몰려들기 시작하더니 금방 그를 에워싸 버렸다.

"놓으시오! 갈 길이 바쁘오!"

만춘이 저도 모르게 말 목까지 상체를 꾸부려 그 자의 손목을 잡고 비틀어 밀치니 그 자는 뒤로 나둥그러졌다. 그러자 이제는 맞은편에 있던 다른 병사가 고삐를 잡았다. 만춘이 다시 그 자의 손을 고삐에서 떼 놓으려 애쓰는 순간 넘어졌던 자가 다시 일어나서는 만춘의 다리를 잡고 끌어내리려 하였다. 만춘은 등자에서 발을 빼어 그 자의 옆구리를 걷어찼다. 그 자는 다시 땅바닥에 쓰러졌다. 그 자는 비틀비틀 다시 일어나더니 와락 덤벼들었다.

"이 자식, 죽여 버리고 말테다!"

말이 놀라 앞발을 치켜들며 몸부림쳤다. 이번에는 좌우의 병사들이 같이 달려들었다. 만춘이 말채찍으로 그 가운데 한 명을 내리쳤으나 이는 병사들을 도로 자극하는 결과가 되었다. 만춘의 투구가 벗겨져 땅바닥에 뒹굴었다.

그때였다.

"왜들 이리 소란한가?"

굵직한 목소리와 함께 붉은 갑옷을 입은 장수가 나타났다.

"경호대장이시다."

"우문술(宇文述) 장군이시다."

수나라 병사들이 수군거렸다. 만춘을 말에서 끌어내리려던 병사들이 주춤주춤 뒤로 물러섰다.

술에 취해 시비를 걸었던 병사가 혀 꼬부라진 소리로 그 장군에게 허리를 굽히며 울부짖었다.

"장군니임, 이 자는 우리 형님을 죽인 자입니다! 우리 형님을 요동전쟁 때 죽게 한 자입니다. 원수를 갚게 해 주십시오!"

우문술이라 불리는 그 장군은 아무 대꾸도 없이 만춘을 아래위로 찬찬히 훑어보더니 땅에 딩구는 만춘의 투구로 눈길을 돌렸다.

"그대는 고구려군이 아닌가? 고구려군이 왜 여기 왔는가? 혹 우리를 염탐하러 온 게 아닌가?"

"아닙니다. 지나다 방향을 잃었습니다. 염탐하러 왔으면 옷을 바꿔 입었지 어떻게 그냥 왔겠습니까?"

장군은 다시 한번 만춘을 훑어보았다.

"보아하니 나이도 아직 약관인 것 같은데…… 나이가 몇인가?"

"금년에 열일곱입니다."

우문술은 고개를 끄덕끄덕하더니 땅바닥에 떨어진 만춘의 투구를 집어 먼지를 털어 건네주고는 술 취한 병사에게 말했다.

"이 친구 나이가 열일곱이라 한다. 그렇다면 네 형이 죽었을 때, 이 사람은 불과 여덟 살이었을 게다. 그런데 어떻게 너의 형을 죽일 수 있었겠느냐? 그만 물러가거라!"

그리고는 주위에 몰려 있던 병사들에게 명했다.

"이 사람이 지나가도록 길을 비켜라! 그리고 흥이 지나쳐 난동을 부리는 자는 군법대로 벌할 것이니 행동을 삼가라!"

만춘은 "정말 감사합니다."라는 말만 던지고는 말에 박차를 가하여 뒤도 돌아보지 않고 사지를 벗어났다.

장막 외곽을 지키는 돌궐군들은 모자에 꿩깃 두 개를 단 만춘의 복장을 보자 고구려 무사임을 금방 알아보고 만춘이 통행증을 꺼내기도 전에 별 탈 없이 통과시켜 주었다. 수도권을 벗어나자 만춘은 간간이 말에게 쉴 틈을 주기 위해 걷는 것을 제외하고는 달빛을 받으며 동이 틀 때까지 내리달았다.

긴장이 다소 누그러지자 몸이 나른해지면서 갑자기 심한 시장기를 느꼈다. '허우치'라는 곳에 이르니 군사들의 초소가 보이고 여기저기 유목민들의 천막이 흩어져 있었다. 아침 요기나 한 뒤에 출발하려고 천천히 그쪽으로 말 머리를 향하였다. 그런데 길 앞에 날갯죽지가 찢어진 채 죽은 까마귀의 시체가 언뜻 눈에 들어왔다. 만춘의 고향인 국내성(國內城) 지방에서는 죽은 새의 시체를 아주 꺼리는 미신이 있었다. 그도 열 살 무렵 새벽에 비둘기의 시체를 본 날, 말에서 굴러 떨어져 다리뼈를 부러뜨린 기억이 있었으므로 죽은 까마귀를 보는 순간 기분이 꺼림칙하였다. 만춘은 '일진이 좋지 않을 모양이구나'라는 생각을 하며 초소로 다가갔다.

"일찍 돌아가시는구랴!"

돌궐로 올 때 이곳을 거쳐 온 터라 안면이 있는 초병 선임자인 듯한 사내가 모닥불을 쬐고 있다가 서툰 고구려말로 인사를 건네면서 통행증을 보여 달라는 시늉으로 손을 내밀었다. 만춘은 주저 없이 품 안에서 통행증을 꺼내 건네주면서 물었다.

"어디 근방에 아침 요기할 곳 없소?"

그런데 통행증을 보던 병사의 표정이 굳어지더니 옆의 병사와 뭔가 알아들을 수 없는 말로 자기들끼리 수군대었다.

"잠깐 여기서 말을 묶어놓고 기다리시오. 어이, 이 분께 더운 염소젖 한 잔 드려라."

병사는 말을 마친 뒤에 어디론가 사라졌다.

만춘은 돌궐군이 갖다 주는 염소젖을 마시면서 어쩐지 기분이 찜찜했다.

'대신이란 자가 급히 쓰느라 통행증에 뭔가를 빠트렸나? 수결
은 분명히 하는 것을 봤는데…… 아니면 내가 떠난 뒤에 수 양제가
칸과 짜고 우리 일행을 잡아들이라 한 것 아닐까? 그렇더라도 나보
다 빨리 이곳으로 전령이 도착했을 리가 만무한데……?'

잠시 뒤 저쪽에서 이곳 대장인 듯한 사내가 군사를 여럿 거느리
고 급한 걸음으로 다가왔다. 그들은 만춘에게 다짜고짜 창을 겨누
었다.

"꼼짝 마라! 너는 지금부터 수도로 압송된다."

한 병사가 얼른 만춘의 칼을 뺏었다.

"무슨 일이오? 난 고구려의 사신이오. 나중에 후회할 일을 하지
마시오!"

만춘은 거세게 항의했으나, 대장인 듯한 사내는 피식 웃음을 흘
렸다.

"영문은 나중에 알게 된다."

돌궐 병사들은 만춘을 꽁꽁 묶었다.

돌궐군들은 저희끼리 떠들고 웃으며 아침 식사를 하고 나서 두
바퀴가 달린 엉성한 마차에 만춘을 태운 뒤, 경비병 다섯을 붙여
호송에 나섰다.

"여보시오! 어찌 된 일인지 영문이나 압시다. 왜 통행증이 있는
사람을 이렇게 이유 없이 포박하는 거요?"

만춘은 호송책임을 맡은 선임병사가 마차 가까이로 왔을 때 중
국말로 차분하게 물어보았다. 그는 크게 한바탕 웃고는 통행증을
꺼내 흔들어 보이며 말했다.

"하하하, 이 통행증 말이냐? 이걸 그대로 옮겨 줄까? '이 자를

검문하는 아군은 즉시 이 자를 포박하여 본인에게 압송할 것. 만일 반항하면 목을 잘라도 무방함. 돌궐국 군수대신 부르카이' 이렇게 쓰여 있다. 덕분에 나는 특진하거나 포상을 두둑이 받게 될 것 같다. 네게 감사해야겠다. 푸하하하!"

그는 기분이 아주 좋은 듯 연거푸 웃음을 터뜨렸다.

그제서야 돌아가는 상황을 깨달은 만춘은 한숨을 내쉬었다. 동시에 아버지의 안위가 근심되었다.

'확실한 적을 우리편으로 알다니…… 아, 아버님……!'

그는 입술이 바짝바짝 타들어가는 것을 느끼며 한시 바삐 부친의 안위를 확인하고 싶었다.

숙소로 돌아온 달문은 한동안 생각에 잠겼다. 그는 잡념을 떨쳐 버리려는 듯 조용히 일어나 머리를 감고 의관을 정제한 뒤에 고구려에서 끌고 온 말 가운데에서 가장 순하고 생김새가 수려한 말 한 필을 끌고 궁으로 향했다.

그는 먼저 칸의 말을 먹이는 마구간으로 갔다. 이른 아침인데도 벌써 군사 몇 명이 나와 말들에게 먹이를 주고 있었다. 마구간 책임자를 만난 달문은 그를 으슥한 곳으로 데려가서 비상용으로 지니고 있던 금 다섯 푼을 집어 주었다.

"이 말은 고구려왕께서 칸께 드리는 특별 선물이오니 꼭 전해 주시기 바랍니다. 그리고 이 서찰은 이 말의 성질에 관해 자세히 적은 글이오니 꼭 칸께서 직접 읽으셔야 하며 그 누구에게도 보여 줘서는 안 됩니다."

늘 다른 관리들로부터 괄시만 받아오던 마구간 책임자는 처음

받아 보는 거액의 뇌물에 기분이 좋아 염려 말라는 말과 함께 칸은 아주 특별한 일이 없는 한 하루에 한 번은 말을 타러 온다는 말도 덧붙였다. 물론 달문은 이 점을 미리 알고 있었다. 또 이 관리의 수준으로는 만에 하나라도 그 친서를 미리 본다 한들 한문으로 쓴 편지를 해독할 수 없으리라는 점도 염두에 두었다.

고구려 영양왕이 돌궐 계민칸에게 보내는 친서에는 지금의 국제적 형세를 언급하고 돌궐이 차지하는 지정학적 중요성과 역할을 강조한 뒤, '비록 이러한 상황에서 돌궐은 수나라와 친하게 지낼 수밖에 없다고 여겨지나, 만약에 수나라와 고구려 사이에 전쟁이 일어날 경우, 돌궐은 엄정중립을 지켜야 할 것이다. 만일 그렇지 않고 어느 한쪽에 선다면 설사 가담한 편이 이긴다 하더라도 종국에는 돌궐에게 불리한 결과를 가져올 것이 자명하다. 가장 이상적인 것은 돌궐-고구려-수 세 나라가 서로를 존중하고 독립성을 유지하여 어느 한쪽에도 치우치지 않는 것이라 사료되는 바, 칸께서는 이 점을 명심하여 전통적인 우호관계를 더욱 공고히 할 것을 기대한다' 는 내용이 담겨 있었다.

사실 영양왕으로서는 수나라가 혈연까지 총동원하여 돌궐을 제 편으로 끌어넣으려는 것이 여간 신경 쓰이는 일이 아닐 수 없었다. 1대1의 싸움이라면 그래도 붙어 볼 만하겠으나 만약 수나라와 돌궐이 한꺼번에 고구려를 공격해 온다면 아주 벅찬 싸움이 될 것이기에 돌궐을 중립으로 묶어 두는 게 무엇보다 중요한 외교적 현안이었던 것이다.

달문은 오전에는 몇몇 안면 있는 대신들을 만나 돌궐 내부의 돌아가는 상황과 칸과 양제에 대한 대신들의 태도를 떠보면서 보낸 뒤, 오후에는 전날에 이어 계속되는 잔치에 참석하였다.

"호! 일찍 귀국하신 줄 알았는데 아직 계셨구려."

양제의 측근인 배구가 비꼬는 듯한 투로 말했다.

"저야, 태평성대라 돌아가도 별 할 일이 없습니다만, 귀공께서는 빨리 돌아가셔서 장성(長城) 쌓기 감독이나 하시지요."

달문은 최근 양제가 유림에서 자하(紫河)에 이르는 장성을 쌓으면서 100여만 명을 동원하여 수백 리 장성을 단 열흘 안에 완성토록 하는 바람에, 동원된 인원 반 이상이 죽어 내외에 원성이 자자한 일을 빗대어 야유한 것이다. 배구는 돌궐의 대신들 앞에서 달문을 무안 주려 도리어 제가 망신 당하자 얼굴이 벌겋게 되어 사라졌다.

잠시 뒤 그는 바깥에서 양제와 밀담을 나누고 있었다.

"내, 저 고구려 사신 놈이 꼴도 보기 싫은데 어떻게 쫓아 버리는 방법이 없나?"

양제의 말에 배구는 기다렸다는 듯 대답했다.

"신(臣)에게 이미 묘책이 마련되어 있습니다."

"무언가? 그게?"

"사실은 저들이 일찍 돌아가면, 사람을 사서 국경 근방에서 저들의 목을 자르려 했습니다. 그렇게 되면 고구려에서는 칸에게 자초지종을 해명하라고 요구할 테고 두 나라의 국교는 단절될 것입니다. 두 나라가 싸움이 붙으면 금상첨화죠. 우리로선 이이제이(以夷制夷) 아닙니까? 그런데 제가 오늘 아침, 부르카이에게서 들자하니 고구려 사신이란 놈이 아들만 보내고 저는 더 있겠다는 겁니다."

"그래서?"

양제는 부쩍 관심이 동한 표정으로 배구의 다음 말을 기다렸다.

"저놈이 어제 폐하에게서 그런 말을 듣고도 물러가지 않는 것이, 무슨 오기가 있어 그런 것도 아닐 테고…… 필시 곡절이 있을 겝니다. 칸을 독대(獨對)할 기회를 찾거나, 정보를 캔다거나, 고구려왕의 특별한 밀지를 받고 왔다거나…… 그렇지요, 아마 고구려왕의 친서를 소지하고 있을지도 모릅니다."

"그으래? 그렇다면 자네의 계책이란?"

"아들이란 자는 부르카이의 가짜 통행증을 가지고 갔으니까 아마 지금쯤 잡혀서 이곳으로 호송되고 있는 중일 테고…… 오는 즉시 두 부자를 없애고 밀서가 있으면 우리가 뺏는 겝니다."

"그러나, 그렇게 되면 칸과 관계가 고약해질 텐데…… 생일 축하를 하러 온 자리에서 큰 나라의 체통도 깎이고……."

양제는 고개를 내저었다. 욕심 같아서는 그렇게도 하고 싶었지만 그는 사돈의 잔치에 와서 스스로 소란을 일으켜 체면이 깎이는 짓은 하고 싶지 않았다.

"염려 마십시오. 우리 손으로 하는 게 아닙니다. 부르카이가 준 정보에 따르면, 지금 칸의 친위대장으로 있는 자가 진급이며 포상에 불만이 많아 딴마음이 있다고 합니다. 이 자에게 우리가 중히 쓰겠다는 보장을 해 주고 상급을 두둑이 준다면 이 일을 해낼 겁니다. 칸이 그를 문책하면 폐하께서 나서서 '과인이 고구려 사신에게 한 지나친 행동으로 말미암아 귀국 장군이 과잉 충성을 하려다 빚어진 일이니 관대하게 봐 주시면 제가 거두어 가겠습니다' 라고만 하십시오. 그리고 오늘 내내 칸과 연회장에서 아주 다정한 모습만 보여 주십시오. 그러면 오늘 밤 안으로 처리하겠습니다."

"흐음, 그럴싸한데…… 과연 자네는 초나라의 제갈무후에 견줄 만해. 그런데 그 친위대장이란 자는 진짜로 거두어들일 만한 인물인가?"

양제의 분에 넘치는 극찬에 배구는 기분이 좋았다.

"주군을 배신한 인간이 오죽 하겠습니까마는 일단 제게 맡겨 주십시오. 쓸 만한 인물이 아니면 적당히 이용한 후에 알아서 처리하겠습니다."

논의를 마친 그들은 태연히 다시 잔치 자리로 돌아갔다. 이 날 양제는 계민칸이 약간 거북하게 느낄 정도로 시종 가까이 앉아 친밀도를 뽐내었다. 한편 배구는 부르카이와 한쪽 구석에서 은밀히 뭔가를 속살거리고 있었다.

만춘을 실은 호송대 일행은 50리가량을 행군하여 자그마한 산모롱이를 지나고 있었다. 만춘은 새털구름이 흘러가는 하늘을 바라보며 평양에 있는 어머니며 동생과 누이의 생각을 하고 있었다. 그가 떠날 때 돌궐에서 사슴 가죽신 하나만 사 가지고 오라고 부탁하던 천진난만한 누이 영란의 모습을 떠올리다가 꽁꽁 묶인 스스로의 모습을 확인하니 새삼 한숨만 나왔다.

그때였다. 갑자기 앞에서 "와아" 하는 소리와 함께 수십 기의 말 탄 무리가 나타났다. 일행이 주춤주춤하는 사이에 어느새, 뒤에서도 한 무리가 나타나 순식간에 일행을 에워쌌다. 그들의 복장은 돼지가죽, 개가죽 등 가지각색에다 투구도 쓴 자와 안 쓴 자, 모두 큰 활을 하나씩 지닌 것 외에는 칼, 낫, 창, 도끼 등 무장도 제각각

이어서 도대체 어느 나라 군대인지 알 수가 없었다. 아니, 군대라 기보다는 흡사 도적 무리와도 같았다.

"우리는 대말갈 흑수부(黑水部) 어른들이시다. 우선 저놈들을 발가벗겨라!"

땋은 머리 뒤쪽에 꿩 깃털을 꽂고, 목에는 돼지 어금니 목걸이를 건 사내가 소리쳤다.

그제서야 만춘은 그들의 정체가 감이 잡혔다. 그 무렵 만주 동북부에 흩어져 있던 말갈인들은 대부분 고구려에 복속되어 있었으나, 그 일부는 이를 거부하고 말갈 독립국을 세운다며 이리저리 떠돌거나 닥치는 대로 노략질을 일삼고 있었다. 그들은 말이 군대이지 실은 떼강도와 크게 다르지 않았고 무리를 이끄는 우두머리에 따라 행태도 각양각색이었다. 그러나 이들의 숫자와 세력은 상당하여 수천 명이 무리를 지어 다니기도 하고 고구려, 돌궐, 거란, 중국 만리장성 북쪽에 자주 출몰함은 물론 심지어 백제, 신라에까지 몰려와 노략질을 하기도 하였다.

그들은 대장이 시킨 대로 돌궐 병사 다섯 명을 발가벗기고 창이며 갑옷, 방패 등 일체 물건을 빼앗아 만춘의 마차를 끄는 말들 위에다 실었다.

"네가 책임자냐?"

대장인 듯한 사내는 조금 전까지만 해도 만춘에게 특진된다고 좋아 어쩔 줄을 모르던 돌궐 선임병사를 향해 물었다.

"제, 제발 목숨만은 살려 주십시오!"

그는 발가벗은 채 와들와들 떨며 사정하였다.

그러나 대장은 다짜고짜 그의 목을 잘라 버렸다.

'한 순간에 인간의 운명이 저렇게 바뀌는구나! 조금 전까지 그렇게 좋아 날뛰더니……'

그 사내가 이번에는 만춘에게 다가왔다.

"너는 고구려인 복장을 하고 있는데 무슨 일이냐?"

상대가 능숙한 고구려말을 쓰는데 만춘은 적이 놀라며 대답하였다.

"나는 고구려 사신으로 왔다가 돌아가는데, 영문도 모르고 체포되어 끌려가고 있었소."

"흐음, 그래? 너희 나라에서는 우리 말갈인들을 모두 종처럼 부린다지?"

"그건 오해요. 다 같이 잘 살고 있는데 무슨 말씀이오?"

사실 만춘의 말대로 당시 고구려에서는 영양왕이 즉위하고 나서 이민족 문제에 상당한 신경을 쓰고 있었다. 조세와 부역에 고구려인·부여인·말갈인·여진인 및 귀화 신라인·백제인 등의 차별을 없애고 군복무의 특전을 주며 벼슬자리도 아주 높은 자리나 특수직 이외에는 문호를 열었다. 그러지 않고는 넓은 땅, 여러 갈래의 백성들을 통치할 수가 없다는 결론에 도달했기 때문이었다.

"그건 네 말이고…… 어쨌든 너를 고구려에다 팔면 상당한 돈은 받을 수 있겠구나. 얘들아, 이 고구려 도적을 말에다 태워라. 어이, 고구려 도적! 묶인 채로 말을 몰 수 있겠지? 적어도 고구려 무사라면 말이야."

그는 자신이 도적이면서 만춘더러 자꾸 '도적, 도적' 하면서 잔인한 미소를 지었다.

"타던 말이라면 가능하외다. 대신 뒷결박을 앞결박으로 바꿔 주시오.”

만춘의 요청에 그는 웃으며 물었다.

“우하하, 역시 고구려 무사답군. 좋아. 사실 네가 말을 못 탄다고 했으면 네 목을 자르려고 했어. 돈도 좋지만 데리고 다니기 성가신 건 귀찮단 말이야. 네가 타던 말이 어느 말이냐?”

만춘이 턱으로 해룡을 가리키자, 그들은 해룡에게 안장을 얹고 만춘을 말에 태운 뒤 다시 손을 앞으로 꽁꽁 묶었다.

그런 다음 그들은 나머지 발가벗은 돌궐 병사 네 명을 나무에 묶어 놓고는 숲으로 난 다른 길을 통하여 만춘을 데리고 동쪽으로 재빠르게 사라졌다.

4. 유구

만춘을 묶은 말갈족 도둑 무리는 중도에서 점점 숫자가 불어나 만춘이 잡힌지 약 보름 뒤 요수에 이르렀을 때에는 거의 천여 명을 넘었다. 그들은 도중 두 곳에서 마을을 덮쳐 식량과 재물을 빼앗고 부녀자를 겁탈하기까지 하였다. 오줌으로 손과 얼굴을 씻기가 예사요, 거의 매일 밤 술을 취하도록 마시고는 저희끼리 춤을 추는데 마치 서로 싸우는 듯 하였다.

그러면서도 만춘을 철저히 감시하여 밥 먹을 때 빼고는 결박을 풀어 주지 않았다.

그들은 고구려 건안성(建安城) 부근에 이르러 숲 속에 숨은 채 백기를 든 병사 하나를 보내, 고구려 사신 아무개를 잡고 있으니 황금 30푼을 주면 풀어 주겠노라는 쪽지를 적어 화살 끝에 묶어 날렸다.

성 안에서는 회답이 오기를 '이 문제는 중앙의 결정이 있어야 되므로 평양에 사자가 다녀올 때까지 기다리라' 고 했다. 그러자 도적 두목은 '시간이 없어 그렇게 못 하니, 만약 사흘 안으로 결정 치 않으면 사신을 죽이겠다' 는 협박 조의 글을 써서 다시 성 안으로 전했다.

사흘 째 되는 날, 성에서는 '황금 30푼을 금방 준비하기 어려우니 15푼으로 하고 나머지는 비단으로 대신하자' 고 하면서, 우선 잡고 있다는 사신을 내보이라고 알려 왔다.

"호호, 네놈의 몸값이 꽤 나가는구나!"

도적 두목은 흡족한 표정이었다.

그는 그리 하겠다는 글을 전하고 무리와 더불어 만춘을 앞세우고는 성 앞 300보 정도 되는 곳까지 나아갔다.

"이만하면 되었느냐?"

두목이 성 위를 보고 소리쳤다.

잠시 뒤 성 쪽에서 다시 글을 묶은 화살이 날아왔다. 두목이 펴보니 '요구한 물건과 사신을 바꾸는 장소와 방법을 빨리 알리라' 는 내용이었다. 그때, 도적들이 모두 서신을 들여다보느라 주의가 약간 흐트러지는 틈이 생겼다.

'기회다!'

만춘은 말고삐를 쥐고 있는 졸개의 옆구리를 있는 힘을 다해 걸어찬 뒤에 말에게 세찬 박차를 가하였다. 말이 공중으로 한 번 껑충 뛰어오르더니 전속력으로 내달리기 시작했다. 성 위에서 '와 앗!' 하는 함성이 일어났다. 도적들은 급히 만춘을 뒤쫓았다.

"빨리 성문을 열어라!"

성 위에서 누군가가 소리쳤다. 그러나 만춘이 성문 앞에 다다랐을 때는 문이 채 열리지 않은 상태라 만춘은 성벽 오른쪽을 따라 돌기 시작했다.

"뒷문을 열어라. 동문을!"

성 위에서 다시 소리쳤다.

쫓아오는 도적들 일부는 만춘을 정면에서 잡으려고 방향을 바꿔 성벽 왼쪽으로 돌기 시작했다. 그러나 이들에게는 성 위에서 화살이 쏟아졌다. 이어 문이 열리자마자 성 안에서도 재빨리 군사들이 쏟아져 나와 양쪽의 도적 뒤꽁무니를 추격했다. 만춘이 성을 반 바퀴쯤 돌았을 때 다급히 외치는 고구려군들의 소리가 들렸다.

"동문이 열렸소! 동문으로!"

만춘의 눈앞에 고구려 기병들이 동문에서 뛰쳐나오는 모습이 들어왔다. 도둑들이 뒤에서 던진 창이 윙 하고 만춘의 귀밑을 스쳐 지나갔다. 동문에 거의 닿았을 때 화살 하나가 날아와 그의 어깨에 꽂혔다. 동문에서 나온 고구려 기병들이 그의 옆을 지나갔다. 이어 바로 뒤에서 칼과 창들이 맞부딪치는 소리가 들렸다. 만춘이 성 안으로 들어서자 누군가가 그를 부축하여 내리고 결박을 풀었다.

"이 칼 잠깐 빌립시다!"

만춘은 결박이 풀리자 옆에 있던 병사의 칼을 뺏듯이 받아 들고 도로 해룡 위에 올라탔다.

"어깨에 화살이 박혔소!"

뒤에서 누가 소리쳤다.

"관계없소."

그는 성문을 뛰쳐나갔다. 도둑들은 이미 쫓겨 달아나는 판국이었다. 만춘은 두목을 찾았다. 그는 앞장서 달아나고 있었다. 만춘은 그를 향해 말을 몰았다. 해룡은 나는듯이 달려, 두목이 탄 말과 나란히 서게 되었다. 만춘과 두목은 다섯 합을 부딪쳤고 이내 놈의 목이 땅에 떨어졌다. 나머지 일당들은 모두 항복하였다.

만춘이 두목의 수급을 베어 성에 돌아오자 돌궐로 떠날 때 하룻밤을 이곳에서 묵어 안면을 익힌 처려근지(處閭近支: 성주)가 그를 맞았다.

"참으로 대단하군. 호오! 이 자는 말갈 흑수부에서는 꽤 유명한 추장인데…… 우선, 자네 화살부터 빼게나. 자, 어서 이 분을 안으로 모시거라!'

다행히 화살은 그렇게 깊이 박히지 않았다. 그가 치료를 받느라고 엎드려 있는데 처려근지가 들어왔다. 만춘은 급히 자리에서 일어나 앉았다.

"음, 고생 많았구만. 무슨 변고가 있었던 모양이지?"

만춘은 주위를 한번 휘익 돌아보았다. 처려근지가 만춘의 뜻을 눈치 채고 모든 사람을 물러가게 했다. 만춘은 돌궐에서 일어났던 일의 자초지종을 죽 설명했다.

"흐음…… 양제가 선물을 잔뜩 가지고 칸을 직접 찾아왔다? 이것은 보통 일이 아닌데? 게다가 돌궐 대신들이 모두 돌아섰단 말이지……."

처려근지는 한동안 골똘히 생각에 잠겼다.

"도령은 빨리 평양으로 가서 국왕께 상세히 보고 하는 게 좋겠소. 부친의 안위는 내가 사람을 보내 알아보겠지만 그보다 국왕께서 돌궐칸에게 부친의 신변 안전을 요청하는 서찰을 직접 보내는 게 낫겠소."

만춘은 그 자리에서 일어나 평양으로 출발했다.

평양성에 도착한 만춘은 그의 부친이 시킨 대로 우선 외평욕살(外評褥薩: 외무장관)을 만나 전말을 소상히 보고했다. 외평욕살은 즉석에서 같이 국왕을 뵈어야겠다며 그를 어전으로 데리고 들어갔다. 낭하에 부복하자 영양왕은 그들을 별실로 데리고 갔다. 이 별실이란 것은 영양왕이 착안한 것인데, 예전에는 신하들이 보고를 드릴 때 꼭 낭하에서 한쪽 무릎을 꿇고 보고를 하고 어전 회의도 신하들은 선 채 옥좌를 올려다보며 논의를 주고받던 것을, 격식을 따지지 않는 영양왕은 보통 회의는 종전처럼 하되 중요한 논의나 시간이 오래 걸리는 일은 옆에 따로 방을 만들어 국왕의 탁자 옆에 관련자들이 가지런히 앉아 편안한 분위기에서 의견을 올릴 수 있도록 배려한 것이었다.

만춘과 외평욕살이 별실에 들어서자 대대로(大對盧: 총리) 연태조, 간의누살(諫議褥薩: 보좌관) 이문진, 국방의 총책인 도원수(都元帥) 강이식, 서부욕살 을지문덕, 내평욕살(內評褥薩: 내무장관) 고효원, 영양왕의 동생이자 수군원수(水軍元帥)인 고건무 등이 잇달아 들어와 동석하였다. 만춘이 국왕을 이렇게 가까이서 뵙는 것은 처음이었다. 두 해 전, 그가 선인에 임관되었을 때 열병식에서 멀리서 본 것, 그의 부친이 사신으로 떠나면서 알현하는 광경을 먼발치서 본 것이 전부였다. 가까이서 본 영양왕은 어딘가 비범함을 숨기고 있는 것 같으면서도 친근한 인상을 주었다. 넓은 이마, 광채가 나면서 위압감을 주지 않고 상대방의 마음 깊숙한 곳까지 어루만져 줄 듯한 그윽한 눈매, 흡사 촌로의 그것을 닮은 자애롭고 산산한 미소, 말을 아끼는 듯하면서도 평범한 말로 정곡을 찌르는 화술, 상대방의 이야기를 진지하게 듣는 태도, 이러한 것들이 만춘이 받은 인상이었다. 만춘은 처음에는 잔뜩 긴장하여 말이 떨렸으나 곧 중심을 잡고 전후 사정을 소상히 이야기하되 자기가 도적들에게 잡혀 고생한 부분은 많이 생략하였다.

"자네가 고구려 땅 밖을 나가 본 것이 이번이 처음인가?"

이야기를 듣고 난 영양왕은 만춘에게 뜻밖의 개인적인 질문을 던졌다.

"작년에 소장이 거란 도적들을 잡으러 북해까지 갔을 때 원정군에 끼인 적이 있는 친구입니다."

을지문덕이 이렇게 대신 답하자 영양왕은 고개를 끄덕였다.

"좋은 경험을 했구만!"

왕은 이어 좌중을 향해 말했다.

"앞으로 부서마다 젊은이들에게 좀 더 많이 밖의 경험을 쌓을 수 있는 기회를 마련하도록 하시오. 그리고…… 지난번에 경들에게 얘기했다시피 이번에 사신으로 간 양 대형(大兄: 고구려 벼슬 12관등 가운데 세 번째)은 계민칸에게 보내는 내 친서를 가지고 갔소. 그런데 지금 상당한 곤경에 빠진 것 같은데 양 대형을 신속히 구할 방책과, 양광(양제)이 왜 직접 돌궐로 갔는지 그의 발언의 진의가 무엇인지 경들의 의견을 허심탄회하게 얘기해 보시오!"

만춘의 이야기를 미리 들은 외평욕살이 먼저 입을 열었다.

"문제가 8년 전에 종실녀인 의성공주를 계민칸에게 출가시킬 때 이미 돌궐을 제 편으로 끌어들일 초석은 놓아 둔 상태이고 이번에 양제가 직접 그곳으로 간 것은 장차 우리를 겨냥해 수와 돌궐 사이에 군사동맹까지 맺자고 하기 위한 것으로 추측됩니다. 특별한 이유 없이 생일잔치에 선물 수레를 1만 2천 바리 이상 끌고 왔을 리 만무합니다."

이 말을 들은 영양왕의 표정이 굳어졌다. 그러자 간의누살 이문진이 말했다.

"저 역시 같은 생각입니다. 그러나 양 대형이 전하의 친서를 제대로 전달만 했다면 계민은 그렇게 섣불리 공수동맹까지 나아가지는 않을 것으로 추측됩니다. 왜냐하면 돌궐로서는 그렇게 되면 우리가 먼저 돌궐부터 공격할 것을 걱정할 터이고 또 수나라와 우리나라의 싸움에서 수나라가 반드시 이긴다는 보장이 있어야 하는데 9년 전에 수나라 30만 대군이 제대로 힘도 못 쓰고 쫓겨나는 것을 보아온 터라 웬만해서는 공수동맹에 가담하지는 않을 것으로 보입니다."

"수나라의 형편은 어떤가? 양광이의 망발은 자기네가 전쟁 준비를 다 마쳤다는 뜻 아닌가?"

영양왕의 질문에 대해서 서부욕살 을지문덕이 입을 열었다.

"저들이 지난번 전쟁 때 우리 서해 앞바다에서 배를 거의 다 잃어 지금 강남의 해구(海口)에서는 곳곳에서 징발되어 온 장정들이 배를 만든다고 난리인데 양제가 일을 빨리하라고 성화를 부려서, 인부들 열에 서넛은 죽는다고 하옵니다. 목표가 500척이며 이것을 다 만드는 데 앞으로 3~4년은 더 걸린다고 합니다. 우리나라를 침공하는 시기가 이때쯤이 되지 않을까 하옵니다. 또 강도(江都: 현재의 南京 동쪽 230리 지점)에서 낙양에 이르는 운하는 내년쯤에

완공된다고 하고 이어서 낙양에서 탁군(涿郡: 현재의 북경)까지 운하를 팔 모양인데 이렇게 되면 수나라는 수도 상안과 동서남북이 모두 물길로 연결돼 각지의 인력과 물자 수송이 한결 더 쉬워질 것 같습니다."

"수나라에 있는 우리 정보 요원은 뛰어난 사람들인가?"

이 말에 을지문덕은 약간 긴장하며 대답했다.

"훌륭한 이들을 뽑아 충분한 교육을 시키고 있습니다만 앞으로 수를 좀 더 늘리고 자질도 더욱 높이도록 하겠습니다."

"보고대로라면 백제가 수나라에 사신을 보내 우리를 쳐 달라고 했다는데 괘씸하기 그지없다. 내 이에 응징을 하고 싶은데 공들의 생각은 어떤가?"

"진위를 확인하는 대로 저들의 성 두어 개를 쳐서 본보기를 보이는 게 어떨까 합니다."

도원수 강이식이 답변했다.

"상세하게 말해 보시오."

"백제 북부의 성들 가운데 송산성(松山城)과 석두성(石頭城) 정도는 별 준비 없이 1만여 명의 병력이면 바로 칠 수가 있습니다."

강이식의 대답에 아무도 다른 의견을 제시하는 사람이 없자 왕은 지시를 내렸다.

"좋소. 그대로 시행토록 하시오. 다만, 백성들이 상하지 않게 유의하시오. ……그런데 지금 돌궐에서 양 대형이 사면초가 상태에서 위태로운 지경인 모양인데…… 짐은 금붙이 얼마와 비단 몇 필로 때웠는데 양제가 선물을 수십만 뭉치나 들고 와 뿌렸다니 그럴 만도 하지…… 어떻게 구해 낼 묘안이 없나?"

왕이 흡사 자기 잘못으로 그렇게 된 것처럼 죄책감을 느끼는 투로 말하자 좌중에서는 이 논의 저 논의, 심지어 결사대를 보내자는 말까지 나왔으나 모두 문제점들이 많아 결국 빨리 사자를 파견하여 신변 보호 요청 친서를 전달하는 것이 최선책이라 결론 짓고 당일로 사신을 출발시켰다.

그러나 이 사신이 요수를 건너기도 전에 돌궐 사신이 먼저 요동성(遼東城)에 도착했다. 계민칸이 친동생을 사신으로 보내면서 죽은 달문의 운구 마차와 함께 서신도 보내왔다.

'모월 모일에 고구려 사신이 연회를 마치고 숙소로 돌아가다가 갑자기 흉한의 습격을 받고 그 자리에서 절명한즉, 우리 돌궐에서는 즉시 책임을 물어 경비대장을 파직하였습니다. 그렇지만 귀국 대왕 폐하의 친서는 이미 받아 보았으며, 그 내용에 충분히 공감하고 어떠한 경우에라도 앞으로 돌궐이 고구려를 공격하는 일은 절대 없을 것임을 이 서한으로 보증하오니 불미한 사건으로 말미암아 양국의 우의에 금이 가는 일이 없기를 간절히 바랍니다.'

소식을 듣고 달려온 만춘이 관을 붙잡고 통곡을 했다. 고구려 궁중에서는 이 사건을 두고 난상토론이 벌어졌다.

대신들 모두가 달문의 평소 인품을 아끼던 터이라 강경론이 우세했다. 어차피 이제는 돌궐이 수나라 편에 설 것이 확실하며 다만 시간을 벌기 위해 그와 같은 서신을 보내온 만큼 당장 돌궐부터 치는 것이 현명한 방도라 주장하는 사람도 있었고, 전면전은 아니더라도 돌궐의 외성 몇 개를 쳐서 본때를 보여 줘야 한다는 사람, 우리도 상응하는 조치로 사신으로 온 계민칸의 동생을 목 베어 보내야 한다는 사람, 자객을 보내어 부르카이를 처단해야 한다는 사람

등 각양각색이었다. 다만 외평욕살과 을지문덕만이 신중론을 폈다. 신하들의 이야기를 다 들은 영양왕이 조용히 말했다.

"생각컨대 이 일로 말미암아 제일 슬픔이 큰 사람은 그 처자식들이겠지만, 고굉지신을 잃은 과인의 슬픔도 크다. 전후의 정황을 살펴보건대 이 일은 수나라가 돌궐과 고구려를 이간질하고자 꾸민 간계가 분명하다. 만일 돌궐을 치거나 징벌한다면 좋아할 사람은 양제일 것이고 우리와 돌궐과의 관계가 완전히 끊어지면 어부지리를 얻는 것은 다름 아닌 수나라다. 이것은 목숨을 걸고 임무를 완수한 고인의 뜻에도 거스르는 일이다. 이번 일은 친서를 보내는 시기를 잘못 택한 과인에게도 책임이 있다. 그러나 내 여러 중신들앞에 맹세하건대 언젠가는 양광이에게 백 배로 보복을 할 것이다. 고인이 된 양 대형에게는 이후에도 녹을 계속 지급하여 유족들이 곤경을 겪지 않게 하고 후히 장사를 지내 주도록 하라!"

만춘은 한참 동안—빈소에 줄을 잇던 문상객들이 거의 끊어졌을 때까지도—아버지를 잃은 슬픔에서 헤어나지 못 했다. 그는 충격을 이기지 못 하고 슬픔을 잊고자 술을 찾았다. 어머니가 여러번 타일렀지만 소용이 없었다. 아버지와 함께한 기억이 머리 속에 모락모락 피어오를 때마다 그는 술을 찾지 않고는 견딜 수가 없었다. 그렇지 않고 깨어 있을 때는 실성한 사람처럼 멍하니 하늘만을 쳐다보았다. 자연히 전에 그와 혼담이 오가던 집에서도 연락이 끊어졌다.

그럭저럭 9월이 되었다. 하루는 만춘이 꿈에 노한 선친의 얼굴을 뵙고 놀라 후닥닥 일어나니 문 밖에서 나직한 어머니의 음성이 들렸다.

"애야, 손님이 오셨다. 그만 일어나거라."

"누군데요?"

"을지문덕 장군께서 사람을 보내셔서 너를 보자신단다."

만춘은 급히 세수를 하고 오랜만에 구리거울을 들여다보았다. 그는 몰라보리 만큼 야윈 자신의 모습을 보고 깜짝 놀랐다.

'아버님께서 화를 내실 만도 하구나!'

을지문덕 장군이 있는 곳에 가니, 병사들의 훈련 모습을 지켜보고 있던 장군은 그를 막사 안으로 데리고 갔다.

"얼굴이 많이 수척했네 그려. 충격이 컸던 모양일세."

만춘은 술에 절어 그런 터라, 마음이 켕기어 아무 말도 못 했다.

"자네 돌아가신 어른은 나와 막역한 사이였는데…… 자네의 파리한 모습을 보니 안타깝군."

만춘은 죄를 지은 것 같아 을지문덕을 바로 쳐다보지도 못 하고 시선을 다른 곳으로 돌리고는 잠자코 있었다.

을지문덕은 한쪽에 놓인 책 몇 권 가운데 하나를 꺼내더니 그 사이에 끼워 둔 서찰을 만춘에게 주며 말했다.

"이 편지는 자네 선친이 돌궐로 떠나기에 앞서 내게 맡기고 간 걸세. 읽어 보게."

만춘이 얼른 받아 서찰을 펼치니 첫머리에 다음과 같은 글이 적혀 있었다.

'을지 장군, 이 글은 내가 돌궐에 갔다가 무사히 돌아오거든 불태워 버리고, 만에 하나 무슨 변고가 생겨 아들 혼자 돌아오거든

기회를 봐서 꼭 전해 주게.'

만춘은 두근거리는 가슴을 억누르고 계속 읽었다.

'만춘아 보아라. 이 글을 네가 읽을 즈음에는 이 아비는 이미 명을 달리하고 있을지도 모르겠다. 이 아비 역시 네가 이 글을 읽지 않기를 간절히 바라지만, 사람의 운명을 사람이 다 알기는 어려운 법. 행여나 해서 몇 자 적어 을지 장군에게 맡겨 둔다.

만약에 네가 나 없이 혼자 네 어미와 동생들 그리고 나머지 식솔들을 거느릴 경우란 상상하기도 싫지만, 그렇게 된다 하더라도 절대 낙담하지 말고 침착하게 대처해 주기 바란다. 네가 아직 어린 나이로 집안의 매사를 챙기기에는 너무 벅찰 테지만 네가 알다시피 이 아비는 13세 때 이미 네 할아버지가 전장에서 돌아가시는 바람에 네 할머니와 네 삼촌, 고모 등 여덟 식구를 떠맡지 않으면 안 되었다. 거기에 견주면 너는 훨씬 더 성숙한 나이이니 이 아비보다 잘할 줄로 믿는다. 알다시피 오랫동안 우리 가문은 훌륭한 귀족 가문으로 영예를 누리며 대를 이어 왔다. 그러나 귀족이란 그 집안에서 높은 벼슬한 사람이 많이 나왔다는 뜻과는 다르다. 귀족이란 살아서나 죽어서나 이름을 더럽히지 않으며, 아무리 어려워도 그 의무를 다하는 사람이다.

알다시피 네 14대 선조이시던 분은 고국천왕 때 한나라 요동태수의 침입을 물리치신 분으로 벼슬이 태대형(太大兄: 고구려 벼슬 12관등 가운데 두 번째)까지 올라갔지만 간신 좌가려(左可慮)가 방약무인하게 나랏일을 제멋대로 하는 것을 참지 못 하고 모든 신하들이 침묵하는 가운데 홀로 탄핵에 나섰다가 좌가려의 미움을 받아 횡산으로 유배되어 토굴 속에 5년 동안 갇혀 지내시더니, 그만 그 속에서 돌아가셨다. 그 뒤에도 많은 우리 선대들이 전통을 잘 지켜 국란이 일어났을 때는 발 벗고 나섰으며 불의가 퍼질 때에는 분연히 일어나셨다. 너도 이 전통을 잘 지켜 벼슬과 무관하게 행실에서 으뜸을 보여야만 양가(良家)의 후예로서 대접을 받게 될 것이다. 네가 알아서 모든 걸 잘 할 것으로 이 아비는 믿는다만 행여 스스로의 슬픔이 지나쳐 남의 마음까지 상하게 해서는 수신(修身)에 이르렀다고 할 수 없을 것이다. 재물이란 인간의 마음을 요사하게 만든다. 구차하더라도 떳떳하게 살아라…….'

여기까지 읽고 난 만춘은 눈물이 앞을 가리어 다음 글자가 눈에 들어오지 않았다. 겨우 마음을 가다듬어 다 읽고 나자 을지문덕이 말했다.

"네 아버지는 내 친구이지만 본받을 바가 많은 분이셨다."

그는 헛기침을 한 번 하더니 말을 이었다.

"자네 혹시 심신 전환도 할 겸 해외에 한 3년 나가 있을 생각이 없는가?"

뜻밖의 제안에 그 의미를 몰라 그냥 멍청한 표정으로 있는 만춘에게 을지문덕이 말을 계속했다.

"지금 궁에는 유구국(流求國)의 사신이 와 있네. 저들이 지난해에도 와서 우리와 동맹을 맺고 공동으로 수나라에 맞서자고 했었는데 그때 중론이, 첫째 동맹을 하여 행동을 같이 하기에는 거리가 너무 멀다, 둘째 동맹을 하려면 상대가 어느 정도의 힘이 있어야

116

하는데 유구는 그렇게 큰 힘이 되지 못 한다, 셋째 유구와 고구려가 동맹을 맺게 되면 수나라-백제-신라의 동맹을 부추길 것이다는 의견으로 대왕께서 점잖게 거절하셨는데, 이번에 또 사신을 보내서 동맹이 힘들면 군사교류라도 하자면서 고구려에서 육군 고문단을 보내 준다면 유구에서는 수군 장수와 조선 기술자를 파견하겠다고 통사정 조로 이야기하고 있네. 아마 수나라의 위협이 심한가 봐. 조정에서는 이번만큼은 거절하기 힘들어 군사 고문단 10명을 파견키로 하고, 내가 오늘 무예가 출중하고 노련한 30대의 중간 간부들 인선을 끝냈네. 그런데 이들을 인솔할 장교를 아직 찾지 못했어. 자네가 나이는 어리지만 그만하면 기량도 출중하고 작년에 북해 원정 때 해외 경험도 하지 않았는가? 어떤가? 이들을 이끌고 유구국에 한 3년 있다 오는 것은……?"

만춘은 한동안 삶의 방향을 잃고 헤매다가 이런 제안을 받고 보니 차라리 낯설고 물 설은 타국에 가서 고생하다 오면 생각이 정리되지 않을까 하여 부쩍 마음이 동했다. 그러나 어머니가 어떻게 생각하실지 마음에 걸렸다. 만춘의 마음을 읽기라도 하듯, 을지문덕은 넌지시 말을 이었다.

"가서 모친과 잘 상의해 보고 내일까지 연락을 주게. 자네가 동의하면 열흘 뒤에 떠나게 되네. 아마 자네 모친도 큰 반대는 안 하실 거야. 또 자네가 아직 삼년상을 끝내려면 멀었지만 옛 법에 장자가 유사시엔 차자가 대신할 수 있다 했으니 동생에게 부탁하면 될 게야."

사실 이 일은 아들의 비정상적인 행동을 보다 못한 모친이 달문의 죽마고우였던 을지문덕을 찾아가 상의를 한 끝에 을지문덕이 생각해 낸 안이었다. 만춘의 모친은 아들을 이역만리에 보내는 것이 안타깝긴 했지만 만춘이 넋 나간 채 행동하다가 완전히 미치광이가 되느니, 차라리 고생이 되더라도 그게 낫겠다 싶어 이미 동의한 상태였다.

만춘은 유구국으로 갈 결심을 굳히고 준비를 하랴, 가까운 사람들에게 인사를 다니랴, 모처럼 바쁜 나날을 보냈다.

떠나기 전날 고등신(高登神: 주몽의 신위) · 부여신(夫餘神: 주몽의 어머니 유화부인)을 모신 사당에 나아가 제사를 올리고, 또한 망친의 빈소에도 음식을 차려 고했다. 아버지를 그 누구보다 끔찍이 우러렀던 만춘은 빈소를 동생에게 맡기는 것조차 죄스럽기 그지없었다. 그런 다음 을지문덕 장군에게 인사를 하러 갔더니 그는 간소한 술상을 마주하고 앉아 잔을 권하며 몇 가지 당부를 하였다.

"유구가 여기서 뱃길로만 4천 리인데 그곳은 기후만 해도 이곳과 사뭇 달라, 덥고 습기가 많다고 들었다. 첫째는 건강을 조심해야 한다. 기후가 다른 곳에서 몸을 잘못 돌보면 풍토병에 걸리는데 귀와 코에서 피가 나고 결국 죽게 된다. 절대 몸을 혹사해서는 안 된다. 둘째 해외에서는 누구 잔소리하는 사람이 없으니 방탕해지기 쉽다. 그렇게 되면 고구려의 망신이 됨은 물론 부하들이 우습게 보고 따르지 않는다. 옛말에 장수가 사사로운 일과 집안일을 돌보게 되면 사졸들이 방탕을 일삼게 된다고 했다. 특히 지금 같이 가는 열 명은 나이로 보나 경험으로 보나 최소한 자네보다 열 살은 위이다. 기량도 모두 출중한 사람들이다. 단지 신분이 자네보다 못해 계급이 낮다는 것뿐이다. 고구려에서야 자네의 명령을 받고 따

르는 게 당연하다고 여기지만 우리 조정의 힘이 잘 닿지 않는 외국
에서, 그것도 장기간 있게 될 경우, 자네가 만일 조금이라도 처신
에 허점을 보인다면 자네를 우습게 볼 것이기에 더욱 행동거지를
잘 해야 한다. 그러나 만일 자네의 노력에도 불구하고 그들 가운데
행동을 함부로 하거나 명령에 따르지 않을 때는 즉결 처형하여도
좋다. 한마디 덧붙인다면 무리의 우두머리가 되면 과단성이 있어
야 한다. 내가 보기에 자넨 감수성이 너무 많은 것 같은데 정에 이
끌리면 큰일을 그르치는 수가 있다. 남자란 독한 마음을 먹으면 자
질구레한 일에는 눈을 감고, 밀고 나가는 면이 있어야 한다."

　을지문덕은 한 잔을 쭉 들이켜고 빈 잔을 만춘에게 권하며 말을
계속하였다.

　"이번 파견단의 목적은 군사교류이고 저들에게 군사들의 조련
과 전투기술을 가르치는 것이 첫째 할 일이며 저들의 수군, 특히
조선술과 해양전술을 익히는 게 부수적 목적이지마는 더 중요한
목적이 있다. 자네 일행들이 아무리 열심히 그들을 가르친다 해도
만약 수나라 대군이 전면전으로 유구를 공격한다면 이기기는 매우
힘들 것이다. 이럴 때 자네들은 목숨을 다해서 싸우려고 해서는 안
된다. 자네들은 가르치러 가는 것이지 싸우러 가는 것이 아니다.
이 점을 명심해야 한다. 더 중요한 것은 실제 전투에서 적들이 싸
우는 방법과 작전을 철저히 연구해서 장차 우리 고구려와 전쟁이
벌어졌을 때 유용하게 쓰일 수 있도록 지식을 쌓는 것이다. 물론
전에 수나라가 쳐들어왔을 때 우리가 싸운 경험이 있지만 그때는
우리의 힘보다 저들이 천시(天時)와 지리를 잘 모르고 덤비다가
자멸한 탓이 더 컸었다. 만약 머지않아 수나라가 또 고구려를 침공

한다면 예전보다 훨씬 더 큰 규모가 될 것이다. 그때를 대비해야 한다. 알겠느냐?"

만춘은 그의 임무가 막중함을 새삼 깨달았다.

"명심하겠습니다."

"마지막으로 당부할 것은 절대 그곳 주민들을 깔보거나 그들의 풍속, 습관을 우습게 봐서는 안 된다. 원래 어느 나라나 그 고유한 전통과 습속이 있는 법이고 그것을 캐어 보면 유래가 있다. 그것을 존중하여야 한다. 겉으로만 보고 쓸데없는 우월감에 빠져서는 안 된다. 따지고 보면 천하가 어지럽고 전쟁이 끊이지 않는 것도 저 중국인들이 중화사상에 젖어 저들 외에는 다 오랑캐라고 업신여기는 데서 말미암은 것이다. 우리가 그리해서는 안 된다. 우리 옛말에 '민(民)은 군(軍)의 부모다' 라는 말이 있다. 이 말을 늘 마음속에 새겨야 한다."

을지문덕은 당부의 말을 계속했다.

"아울러 내 젊을 때의 경험을 돌이켜 보건대 객지에 나가 시간이 남으면 자연히 잡기에 빠지거나 주색에 젖기 쉽다. 너는 절대 그리 하지 말고 시간이 나면 병서를 읽고 경서를 외우면서 마음을 갈고 닦아라. 자기와 싸우는 것이 외적과 싸우는 것보다 더 어렵느니라."

을지문덕은 만춘에게 미리 준비한 책 몇 권을 건네주었다. 만춘은 공손히 받고 나서 을지문덕에게 절하고 물러나왔다.

만춘이 그의 모친과 남동생 영춘, 여동생 영란 등 식구들과 친구들의 전송을 받으며 고구려 병사 열 명과 함께 장도에 오른 것은

9월 중순께였다. 배에는 20여 명의 유구국 병사들과 노잡이 30여 명이 더 있었다.

그 유구 배는 고구려 배보다 좀 더 컸다. 길이가 90척, 너비가 30척, 고구려 배가 두대박이 쌍 돛대인데 견주어 돛대가 세 개였고 앞 돛대가 중간 것보다 좀 작고 뒷것은 앞 돛대보다 더 작았으며 돛의 중간 중간에다 전폭에 걸쳐 대나무 막대를 여러 단으로 꿴 게 특이했다. 노가 좌우 각각 아홉 개씩 있고 갑판 위에는 세 개의 뱃집이 있어 군사들이 나누어 썼고 노잡이들은 갑판 아래에 있었다.

배가 패수(浿水: 대동강) 어귀를 빠져 나와 황해 바다를 헤쳐 나가자 배를 처음 타 보는 만춘과 고구려 병사들은 멀미를 하기 시작했다. 사흘이 지나자 겨우 적응이 되어, 그때부터 만춘은 유구 병사들과 이런저런 이야기를 나눌 수 있었다. 그들 가운데 몇몇은 중국말을 유창하게 구사하여 큰 불편 없이 대화를 나눌 수 있었는데, 그 가운데서도 우두머리 격인 손가영이란 사람은, 자기는 중국 삼국시대 오(吳)나라 황실의 후예로서 오나라가 진(晉)에 망했을 때 조상이 유구로 건너왔다고 하면서 금방 만춘과 친하게 되었다.

백제의 병선들을 피하려고 뭍에서 멀리 떨어져 항해하는 바람에 여러 날 동안 육지라곤 구경을 못 하다가 아흐레째 되는 날, 동쪽에서 작은 섬들을 볼 수 있었다. 가영의 말로는 여기서 동쪽으로 200리를 가면 백제 땅에 이르고 남쪽으로 400리를 가면 탐라라는 나라에 이른다고 했다. 만춘도 그의 선친에게서 탐라국에 대해 들은 바가 있었으므로 둘이서 탐라에 대해 이런저런 말을 나누고 있는데 선수에서 앞을 살피던 유구 병사가 뭐라고 외치면서 손가락으로 한쪽을 가리켰다. 그쪽을 보니 배 두 척이 이쪽으로 다가오고 있었다. 가영이 뭐라고 지시를 하자 유구 병사 가운데 몸집이 아주 작은 이가 가운데 돛대에 묶인 줄사다리를 타고 원숭이처럼 잽싸게 돛대 끝까지 기어올라 그쪽을 살피었다. 배가 좀 더 가까워지자 돛대 꼭대기의 병사가 가영에게 소리쳤다.

"뭐랍니까?"

유구말을 못 알아듣는 만춘이 가영에게 물었다.

"이상한데? 한 척은 왜선(倭船)이고 한 척은 신라선(新羅船)이라는데 왜 신라선과 왜선이 같이 다닐까? 일단 귀찮으니 도망칩시다."

가영과 만춘은 병사들에게 싸움 준비를 시키는 한편 노잡이들을 독려하여 속력을 내게 하였다. 그러나 상대편 배들은 점점 가까이 다가와 저쪽 사람들의 움직임이 만춘의 눈으로도 식별할 수 있을 지경이 되었다.

"왜의 해적선이다!"

망보던 병사의 말이 끝나자마자 가영이 유구말로 다시 소리쳤다. 가영의 지시에 비번인 노잡이들이 한 손에는 칼을 들고 한 손에는 방패를 든 채 뱃전을 일렬로 막아섰다.

"왜선은 선체가 약하니 부딪쳐 깨뜨리면서 건너오는 적들과 싸웁시다!"

가영이 만춘에게 말했다. 도망치던 유구 배는 그의 지시에 따라 오던 방향으로 선수를 거꾸로 돌려 전속력으로 돌진했다. 해적선과의 거리는 순식간에 가까워졌다. 고구려 병사들과 유구 병사들이 활을 쏘기 시작했다. 그러나 상대편은 나서지 않고 가만히 방패 뒤에 숨어 있었다. 사다리를 준비하는 것으로 보아 모두 이쪽으로 건너와서 싸울 태세였다.

쿵, 우지끈 소리와 함께 배끼리 부딪치자마자 방패 뒤에 숨어 있던 해적들이 사다리를 걸고 넘어오고 다른 배 하나는 선미로 접근하여 역시 사다리를 타고 몰려왔다.

해적들의 숫자는 어림으로 보아 이편의 두 배는 족히 되었다. 곳곳에서 칼과 칼이 부딪치는 소리가 요란했다. 만춘이 잠깐 사이에 세 명을 해치우자 머리에 검은 띠를 두른 자가 그에게 덤벼들었다. 이 자는 칼 솜씨가 보통이 아니었다.

'네가 두목인 모양이구나.'

만춘이 짐작하며 그 자와 겨루기를 여러 차례 한 끝에 마침내 상대방의 옆구리를 갈라놓았다.

이 날 해적들은 상대방을 완전히 잘못 고른 셈이었다. 이 당시 서남 해안에 출몰하던 왜구들은 원래 칼 쓰기에 자신이 있었기 때문에 늘 사다리를 걸고 넘어와 접근전을 벌이기 일쑤였는데, 숫자가 비슷할 경우엔 웬만해서는 당해 내지 못 한다는 게 당시 이곳을 항해하는 배들의 상식이었다.

그러니 숫자까지 우세한 해적들은 아무 거리낄 게 없이 건너왔던 것이다. 그러나 그들은 이편에 고구려에서도 내로라하는 무예의 고수들이 열한 명이나 타고 있다는 것을 꿈에도 몰랐다. 유구 병사들도 나름대로는 뽑히어 온 사람들이라 해적들보다는 한 수 위였으나, 이 날 거꾸러진 왜구들 열 명 가운데 일고여덟은 고구려 병사들에게 당한 것이었다.

드디어 남은 10여 명의 졸개들도 칼을 버리고 목숨을 구걸했다.

이쪽의 인명 피해는 세 명의 유구군 사망자뿐이었고, 그밖에 유구군 넷과 고구려군 둘이 약간의 부상을 입은 게 전부였다. 유구군들이 보는 앞에서 실력을 유감없이 발휘한 고구려 병사들은 순식간에 유구 병사들의 흠모 대상이 되었다. 그 전에 유구 병사들 가운데에는 고구려 병사 몇 명이 뭐 대단하다고 이처럼 모시나 하는 의구심을 가진 자들도 적지 않았는데, 그들의 태도가 확 바뀌게 된 것이다.

가영이 만춘에게 거듭 고맙다는 말을 하면서 뒤처리를 상의하여 왔다. 둘은 이미 반쯤 가라앉은 왜선은 불사르고 해적들이 뺏은 것으로 보이는 신라선에는 항복한 자들을 싣고 끌고 가기로 결정하고는 신라선에 올라 내부를 조사하였다.

만춘과 가영을 위시한 일행들이 갑판 밑으로 내려갔을 때 여러 가지 자루가 쌓여 있는 한쪽 구석에서 사람이 묶여 있는 것을 발견했다. 그는 신라인 복장을 하고 있었다. 묶인 줄을 풀어 주고, 물을 찾는 그에게 물을 준 뒤에 갑판 위에 꿇어앉히고는 만춘이 그를 심문하였다. 그는 아직 나이가 어려 보였다.

"우리는 고구려 군인들이다. 보아하니 신라 사람인 것 같은데 누구이며, 어떤 연고로 해적선에 잡혔는지 밝혀라."

만춘의 호령에 그는 한쪽 구석에 결박되어 고개를 수그린 채 꿇어앉아 있는 해적 잔당들을 한번 돌아보고는 대답했다.

"나는 부친을 모시고 수나라로 가다가 왜구들로부터 습격을 받고 싸웠으나, 중과부적으로 이기지 못 하고, 다른 사람들은 다 죽고 혼자 끌려가던 터였소."

그는 악몽이 되살아나는 듯 아랫입술을 깨물었다.

"무슨 연유로 수나라에 가는 것이며 언제 어디서 얼마나 많은 사람이 당했는가?"

"급습을 받은 건 사흘 전이었소. 우리 전사자는 30여 명이었고, 생포된 우리나라 사람 20여 명도 무참히 살해되었소. 그 밖의 사항은 밝힐 수 없소. 끝까지 싸우다 죽지 못 하고 해적에게 잡힌 것도 부끄러운데 이제 또 적군에 포로가 되다니 운이 다한 모양이오. 더 묻지 말고 내 목을 치시오."

만춘은 한숨을 한번 내쉬고 나서 물었다.

"너도 화랑 출신이냐?"

"그렇소."

"화랑 출신들은 다 너같이 죽음을 가볍게 여기느냐?"

"……."

상대방은 말이 없었다.

"너희 나라 국왕이 잘못 가르치고 있는 모양이다. 우리 고구려 임금께서는 군인들이든 백성들이든 목숨을 소중히 여기신다. 우리한테 귀순할 생각은 없느냐?"

"쓸데없이 우리 대왕을 모독하지 말고 어서 목을 쳐라."

상대방은 아예 눈을 감아 버렸다.

"이 자를 일단 묶어 둬라."

신라인이 다시 묶이는 모습을 보던 만춘은 무엇인가 갑자기 생각난 듯 가영에게 물었다.

"저 왜선을 불태우기 전에 내부를 한번 볼 수 없을까요? 배의 얼개를 알고 싶소."

만춘은 가영과 말동무가 된 이후 항해술, 별자리로 방위를 보는 법, 수군의 작전 등에 비상한 관심을 보여 온 터였다. 가영은 함께 왜선으로 올라가 그에게 설명을 했다.

"보통 왜선은 길이가 100자, 너비가 30자 조금 안 되는데 저 신라 배보다는 30자 정도 더 크죠. 그런데 왜의 배는 보시는 바와 같이 단순히 삼판들을 이은 다음 쇠못만을 박아서 선체가 약합니다. 그런데 아까 우리가 본 신라선은 삼판을 바깥으로 층층이 유선형으로 겹쳐 붙이고 나서 그 삼판들을 참나무 쐐기로 비스듬히 박은 것이지요. 또 가로로 삼판에다 장쇠들을 걸어 맞은편 상판들과 연결했으므로 신라선은 선체가 튼튼하고 바닷물의 압력이나 외부 충격에 잘 견딥니다. 우리 유구 수군의 배는 오래 전에 중국 삼국시대 오나라에서 건너온 사람들이 조선술을 많이 가르쳐 줘서 신라선보다 성능이 못지않습니다."

둘은 왜선에서 쓸 만한 물건만 옮기게 한 후 불을 지르도록 명했다. 만춘과 가영은 불에 타며 가라앉는 왜선을 물끄러미 바라보았다.

"그런데 양 공께서는 저 신라인 포로를 어떻게 하실 작정이십니까? 유구까지 끌고 가실 건지 아니면……."

가영이 궁금해 했다.

사실은 아까부터 만춘의 머리 속에서 떠나지 않고 있는 생각이 바로 그 문제였다. 그 신라인을 보는 순간 만춘은 몇 달 전의 자기 처지와 무척 비슷하다는 생각이 들었다.

사신의 일행으로 가는 길이었다는 점, 졸지에 아버지를 여의었다는 점, 도적들에게 잡혀 인질이 되었다는 점 등등……. 그러나 신라는 지금 엄연히 고구려의 적국이다. 그는 인간적인 연민과 공적인 처지 가운데서 고민했다.

"여기서 신라 영토까지는 얼마나 걸립니까?"

만춘이 침묵을 깨트렸다.

"바람만 좋으면 사흘? 아니면 나흘? 일기가 고르지 않으면 그보다 더 걸립니다."

"손 공, 내가 어려운 부탁 하나 해도 될까요?"

"말씀하시지요. 우리가 온전히 살아남은 게 다 공의 덕분인데, 생명의 은인에게 무슨 부탁을 못 들어 드리겠습니까?"

"사실은 저 포로를 놔 주고 싶소. 그런데 이 망망대해에서 작은 배에다 풀어준다 해도 죽으라는 거나 마찬가지 아니겠소? 그럴 바에야 아예 데려다 주는 것이……."

뜻밖의 제안에 가영은 잠시 고개를 갸우뚱했다.

"저는 반대하지는 않겠습니다. 그런데 갔다가 돌아오는 것까지 이레 아니면 여드레, 항해가 길어지면 식량과 식수가 좀 모자랄 것 같고…… 만일 신라에서 양 공을 도로 붙잡아 버린다면?"

"저들도 인간인데 그럴 리야 없겠지요. 허나 만약 그런 일이 생긴다면 끝까지 싸우는 수밖에…… 식량은 돌아오는 길에 탐라국에 들러 해적들로부터 얻은 물건과 바꾸면 안 될까요?"

가영이 고개를 끄덕이며 동의하자, 만춘은 고구려 병사들을 불러 모아 놓고 자기의 뜻을 밝힌 다음 의견을 물었다. 당연히 반대 의견이 나왔다. 그 가운데 나이가 가장 많은 병사가 말했다.

"그건 저얼대 안 됩니다. 신라는 우리 땅이던 한수(漢水) 유역을 뺏어 간 엄연한 적국입니다. 온달 장군께서는 그 땅을 되찾으려고 아차산성에서 목숨까지 잃으셨습니다. 그런데 어째서 이적행위를 하려고 하십니까?"

그는 특별히 '절대' 라는 말에 힘을 주어 말했다. 만춘은 무어라 그들에게 설득을 해야 했다.

"자네 말은 다 옳다. 그러나 옛말에 품 안으로 날아든 새는 죽이지 않는다고 했다. 나 역시 얼마 전에 수나라의 음모로 돌궐에서 아버지를 잃었다. 이역에서 억울하게 부모를 잃은 자식의 심정은 겪어 보지 않은 사람은 모른다. 생각해 보라, 그대들이 만약 이 뱃길에서 고혼이 되어 돌아온다면 지금 집에서 기다리는 처자식들의 슬픔이 얼마나 클 것인가를…… 나는 저 병사를 죽이고 싶지 않다. 그렇다면 저 병사를 호송하여 평양으로 돌아가 인계시키고 다시 출발하는 방법과 유구국까지 데리고 가는 방법이 있는데, 전자는 길이 너무 멀고 또 우리 임무도 아니다. 후자도 방법은 되겠으나 저 병사와 또 이유 없이 수중고혼이 된 많은 사람들의 식술들을 생각해 보라. 그들은 생사도 모른 채 몇 년이 될지 모르는 세월을 애타게 기다릴 것이다.

저 병사를 돌려보내 그들 일행의 생사라도 알려야 하지 않겠는가? 인륜은 천륜이라고 한다. 어찌 천륜에 국경이 있겠는가? 3년 뒤 귀국한 다음에는 이 일을 조정에 고하여도 좋다. 그때에는 조정에서 내리는 어떠한 처벌이라도 달게 받을 각오가 되어 있다. 그러나 지금은 내 뜻대로 할 터이니 더 이상 이의를 달지 말라!"

만춘의 설득과 단호함에 더 이상 아무도 이의를 달지 않았다.

다만 한두 명이 '우리 대장은 너무 마음이 약해서 탈이야. 젊어서 아직 때가 안 묻어서 그래' 하고 저희들끼리 중얼거렸을 뿐이었다.

바로 옆에서 이 광경을 지켜보고 있던 신라 포로는 고개를 푹 숙이고만 있었다.

만춘이 그에게 다가가서 묶인 포승줄을 풀어 주었다.

"뱃머리를 동쪽으로!"

가영이 그의 부하들에게 큰 소리로 외쳤다.

만춘 일행은 계속 동쪽으로 나아가 이틀 뒤에는 탐라와 대마도 중간쯤에 이르렀다. 그런데 어느 날, 갑자기 바다가 잔잔해지면서 사방이 쥐죽은듯 고요해졌다. 흡사 배가 잔잔한 연못 위에 가만히 떠 있는 것으로 착각할 정도였다. 아주 약한 가랑비만 살살 뿌렸다, 그쳤다 했다.

"하하, 바다가 이럴 때도 있구나!"

만춘이 한쪽에 서 있는 가영에게 말했다.

그는 아무 대꾸도 하지 않고 왼팔을 수평으로 어깨 높이로 뻗어 올리고, 뭔가를 관찰하는데 정신이 팔려 있었다. 그러더니 별안간 소리쳤다.

"큰일 났습니다! 태풍입니다. 어서 빨리 피난할 곳을 찾아야 합니다."

노잡이들은 전속력으로 북쪽을 향해 노를 저었다.

그러나 그들이 피난할 곳을 찾기 전에 태풍이 먼저 그들을 덮쳤다. 고구려 병사들로서는 난생 처음 보는 집채 같은 파도가 마치 거대한 산맥이 잇달아 몰려오듯 덮쳐들었다. 모두가 공포에 사로잡혔다. 배는 나뭇잎처럼 이리저리 흔들리면서 파도에 실려 두둥실 높이 떴다가는 푹 가라앉았다. 배 안의 짐도 사람도 이쪽 구석으로 와르르 쏠리는가 하면 반대쪽으로 사정없이 내동댕이쳐졌다.

밤이 되자 두려움은 더욱 커졌다.

만춘은 모두를 죽음의 길로 몰아온 것 같아 미안하기가 그지없었다.

'한 사람을 살리려다 수십 명이 떼죽음을 하겠구나.'

정에 이끌려 경솔한 결정을 내린 것을 후회해 보기도 했다.

"짐을 버려라!"

달빛에 흡사 귀신 모양을 한 가영이 배 안으로 덮쳐든 파도에 휩쓸려 한 바퀴를 구르고 나서 명령을 내렸다.

이에 유구인들이 짐을 마구 바다로 던져 버렸다. 배를 가볍게 하려는 뜻인 것 같았다.

사흘 동안 풍랑이 가라앉지 않자 배 안에 있던 중요 도구들도 모두 바다에 버렸다. 나흘째에 이르러 바람과 비는 다소 수그러들었지만 큰 풍랑은 여전하였고 해와 별이 보이지 않았다. 사람들은 먹을 것이 떨어져 기진맥진하였다.

엿새째, 다시 더욱 거센 파도가 몰려왔다. 우지끈 소리가 나더니 뱃전이 부서지면서 배 안으로 물이 쏟아져 들어오기 시작했다.

"배를 버려라! 신라 배로 옮겨 타라!"

가영이 소리 질렀다. 사람들은 유구 배와 신라선을 연결한 굵은 밧줄을 잡고 파도에 휩쓸려가지 않으려고 안간힘을 쓰며 신라 배로 건너갔다.

"신라 포로와 해적 포로들은 어떻게 할까요? 죽일까요?"

승선자들이 반쯤 옮겨가자 부하가 가영에게 물었다. 가영은 인상을 찌푸리더니 대답했다.

"일단 풀어줬다가 파도가 가라앉은 다음에 다시 묶어라."

그들을 다 옮긴 뒤에는 가라앉는 유구 배와 이어진 밧줄을 끊어 버렸다. 풍랑에 휩쓸린 채 열흘이 지나자 모두 탈진하여 희망을 접 었다. 열하루째 밤에 다소 파도가 잠잠해졌다. 가영이 뱃전에 나가 주위를 살피더니 부하에게 물 깊이를 재어보라 일렀다. 부하는 물 깊이를 재 보더니 스물네 길이라 했다. 조금 가다가 다시 재니 열 여섯 길이었다.

"뭍이 가까워지고 있습니다."

가영이 말했지만 만춘은 믿기지가 않아 그냥 멍하니 있었다.

"암초에 부딪치면 안 된다. 날이 샐 때까지 기다려야 한다! 닻을 내려라!"

가영은 명령을 내리고는 좀 쉬어야겠다며 안으로 들어갔다. 만 춘은 그냥 뱃전에 기대 있다가 저도 모르게 눈을 감았다. 새벽에 누가 흔들어 눈을 뜨니 가영이었다. 앞쪽에 뿌옇게 뭔가가 보였다. 분명 육지였다.

다들 축 늘어진 가운데서도 여럿이서 달려들어 다시 닻을 올리 고 돛을 달고 바닷가로 접근하였다.

그러나 해안이 모두 바위라 암초를 피하며 동쪽으로 나아가니 한참 뒤에 반원 모양의 널따랗게 움푹 패어진 해안선이 눈에 들어 왔다. 동쪽 끝에 모래밭이 나타났다. 마을은 눈에 띄지 않았다. 그 곳으로 접근하여 우선 기운이 조금이라도 더 남은 사람에게 명하 여 물에 뛰어들어 수영으로 육지에 오르도록 한 다음, 배를 밧줄로 끌었다.

일행이 모두 상륙한 뒤 인원과 물자를 점검해 보니 다행히 고구 려 병사들과 유구 병사들은 인명 손실이 없고 해적 포로 두 명만 행방불명되었다. 식량은 신라 배에 남아 있던 쌀 한 포대와 술 한 통이 전부였고 대신 신라에서 수나라에 보내려 했던 물품 가운데 부피가 작은 것은 고스란히 남아 있었다.

"이것이 섬인지 육지인지 짐작이 안 가네. 섬이라면 대단히 큰 섬인 것 같소."

가영이 만춘에게 말했다.

먼저 물을 찾는 일이 시급했다. 가영은 사람들을 나누어 물을 찾게 하는 동시에 지형을 알아 오도록 했다. 한 식경 뒤에 북서쪽으로 간 병사들이 와서 물이 흐르는 계곡이 있다고 해서 모두들 그쪽으로 이동하여 물을 잔뜩 들이마셨다.

병사들이 밥을 짓는 동안 만춘과 가영은 부하 몇몇을 거느리고 섬을 둘러보려고 산꼭대기까지 올랐다. 제법 높은 산 정상에 올라 사방을 둘러보니 그곳은 지게를 세워 놓은 모양의 큰 섬이었는데 서쪽 끝은 육지에 닿을듯 말듯하여 얼핏 보면 육지에 붙어 있는 것 같았다. 마을이나 집은 한 채도 보이지 않았다.

"이런 큰 섬에 사람이 살지 않는 게 이상하군. 도대체 이곳이 백제 땅이야? 신라 땅이야? 아니면 왜의 땅이야?"

만춘이 말하자 가영이 답했다.

"우리가 그간 풍랑에 헤맨 일수로 봐서 왜의 땅은 아닌 것 같습니다. 아마 신라 땅인 것 같습니다."

"미안하오. 제가 괜한 주장을 해서 여러 사람이 생고생했소."

만춘이 진심으로 사과했다.

"허허허, 바닷길에서 이 정도는 약과죠. 인명 손실이 없는 것만 해도 큰 다행입니다."

"그러나 저러나 식량을 어디서 보충하지요?"

"우선 병사들에게 한 끼라도 배불리 먹이고 잠을 재운 후에 저기 저 북쪽 건너에 보이는 육지로 상륙합시다. 저긴 틀림없이 마을이 있을 겝니다. 거기서 신라인들의 공물과 바꾸면 유구까지 갈 식량은 넉넉히 마련할 수 있을 겝니다."

둘은 상의를 마치고 산비탈을 내려왔다. 중간쯤에서 갑자기 가영이 손가락을 입에다 갖다 대며 만춘에게 조용하라는 시늉을 하고는 한곳을 조용히 가리켰다. 풀숲에서 토끼 두 마리가 놀고 있었다.

"내가 오른쪽을 잡을 테니 공은 왼쪽을……."

가영이 만춘의 귀에다 속삭였다. 만춘과 가영이 거의 동시에 화살을 날려 두 놈을 모두 잡았다.

일행이 밥을 지어 놓고 기다리다가 토끼 두 마리를 보고 환성을 질렀다. 토끼로 국을 끓여 밥 한 그릇 국 한 그릇의 식사를 하는데 눈 깜짝할 새에 해치웠다. 그런 다음 병사 몇몇이서 잡은 물고기를 안주 삼아 한 통 남은 술로 잔치를 벌였다.

"와따, 십년감수했다!"

술이 한잔 들어가 긴장이 풀리자 어느 고구려 병사가 질러댄 말이다.

"십 년이 뭐야? 죽었다가 다시 살아난 거지."

다른 고구려 병사가 대꾸했다.

만춘은 그 폭풍에도 한마디 불평 없는 부하들의 태도가 고맙기 그지없었다.

"자, 액땜 잘 한 기념으로 한잔씩 주욱 마십시다."

"그래도 우리가 출발 전에 고사를 정성껏 올린 덕에 하늘이 우리를 봐 주셨구만."

"아니야, 그때 보니 돼지머리 고기가 좀 덜 익었더라구…… 그러니까 이런 변을 당하지……."

"아니, 우리 가운데 누가 틀림없이 부정한 짓을 했을 거야. 자네 혹시 출발 전날 마누라하고 안 자고 오입을 한 거 아니야?"

고구려 병사들이 오랜만에 밝은 표정으로 농을 주고받으며 웃고 떠들었다. 가영이 끼어들며 말했다.

"아니올시다. 소인의 생각으로는 우리 양 공께서 어진 마음 씀씀이로 덕을 베푸셨기에 하늘이 감동하여 우리를 돌보신 겁니다."

"그렇지, 그게 제일 그럴듯한 해석이로구만!"

모두들 고개를 끄덕였다. 그제서야 생각난 듯 어느 병사가 한쪽에서 무언가 골똘히 생각하며 쭈그리고 있는 신라인에게 술을 권했다.

"어이, 이봐! 자네도 이리 와 한잔하지."

신라 포로는 못 들은 척 꼼짝도 않고 있다가 뭔가를 결심한듯 벌떡 일어나 비실비실 이쪽으로 걸어오더니 넙죽 만춘 앞에 엎드려 절을 올렸다. 일동이 떠들기를 멈추고 그의 돌연한 행동을 지켜보았다. 그는 일동을 돌아보았다.

"보잘 것 없는 목숨 하나를 구하기 위해 이렇게 고생하시는 여러 어른들께 진심으로 감사의 예를 올립니다."

그는 이어서 만춘을 향해 꿇어앉은 채 말했다.

"저는 서라벌 명활성에 사는 진골 출신으로 이름은 김문훈이라 합니다. 만일 귀공께서 받아 주신다면 저는 귀공을 평생 형님으로 모시겠습니다."

다소 엉뚱한 발언에 일동이 할 말을 잊고 있는데 누군가가 그에게 잔을 권했다.

"좋아! 역시 화랑답게 화끈한 태도로군 우선 한잔 받게나."

그는 공손히 두 손으로 받아 단숨에 비운 다음 잔을 준 사람에게 도로 돌리고 술을 따랐다.

만춘은 그의 말뜻을 파악 못 해 되물었다.

"그대와 나는 적국 사람인데 어떻게 의형제가 될 수 있단 말이오? 설마 마음을 바꿔 귀순하겠다는 뜻은 아닐 테고……."

"귀순은 절대 못 합니다. 그러나 삼국이 하나로 통일이 되는 날꼭 형님을 찾아 모시겠습니다. 아니, 그 이전이라도 언제나 형님으로 받들겠습니다."

"통일? 누가 누구를 통일한단 말인가?"

한 병사가 물었다.

"물론 신라가 삼국을 통일할 것입니다."

그는 서슴지 않고 대답했다. 맨 먼저 잔을 권한 병사가 발끈하였다.

"허, 이 친구 말하는 것 보게. 맘에 들었다 안 들었다 하네. 하룻강아지 범 무서운 줄 모르고……."

"에이, 철없는 어린 아이 말에 뭐 신경을 쓰고 그러나? 어이 자네, 내 잔도 한 잔 받게. 자네 올해 몇 살인가?"

가장 나이 많은 병사가 문훈에게 잔을 주며 물었다.

"올해 열여섯입니다."

"벌써 장가길 나이네. 아직 총각인가?"

"그렇습니다."

사실 문훈의 말을 모두는 애교로 받아들였다. 그 당시 사정으로는 고구려의 국세가 신라와 비교할 바가 아니었다. 고구려가 모든 일을 제치고 신라를 합방하기로 마음만 먹는다면 크게 어려운 일이 아니었다. 그렇게 못 하는 것은 대륙의 수나라와 용호상박의 관계에 있었기 때문에 돌아서면 상대가 꼬리를 물까 봐 등을 못 돌리는 형국이었다. 물론 수나라와 고구려의 국세가 용호상박이라는 것은 인구수에서 대등하다는 뜻은 아니었다. 수나라는 당시 190군, 1255현에 가구수가 890만 호, 인구 5천만 명에 이른 데 견주어 고구려는 이 인구의 10의 1 수준이었다. 그러나 자고로 국세란 인구수에 비례하는 것이 아니지 않는가. 만일 중국 대륙에서 수 · 당과 같은 통일 왕조가 30년만 늦게 출현했더라면 고구려 주도의 삼국 통일이 가능했을지도 모를 일이었다.

그러니 병사들이 문훈의 말을 우스개 소리로 받아들이는 것은 당연했다. 그러나 만춘은 그의 과장된 통일 발언보다 호형호제하자는 제안을 인간적으로 진지하게 받아들이고 있었다. 정에 약한 그의 마음이 또다시 꿈틀거리고 있었다. 병사들이 문훈과 잔을 주고받는 것을 가만히 지켜보던 만춘은 술을 한잔 그득 부어 문훈에게 주었다.,

"좋아, 문훈이라 했지? 내 자네 뜻을 정식으로 받아들이지. 내가 자네보다 한 살 위이니 앞으로 형님이라 부르게."

이때까지만 해도 병사들은 만춘의 말도 농으로 여겼다. 그러나 만춘이 옆구리에 찬 칼을 끄르더니 문훈에게 건네주자 모두들 표정이 달라졌다

"자, 의형제가 된 징표로 이 칼을 줄 테니 잘 간직하게."

"저도 보검을 한 자루 꼭 드리고 싶습니다만 불행히도 해적에게 빼앗겼습니다."

"저 가운데 혹 아우의 물건이 있나 찾아보게."

만춘은 배에서 꺼낸 물건들이 쌓인 곳을 가리켰다.

문훈이 일어나 뚜벅뚜벅 그쪽으로 걸어가더니 곧 칼 한 자루를 집어 들고 왔다.

"이 보검은 제가 정식 화랑이 되던 날, 선친이 주신, 대대로 물려받은 가보입니다. 받아 주십시오."

만춘은 그가 공손히 올리는 검을 받아 자세히 살펴보았다. 며칠 전, 만춘이 죽인 왜적 괴수가 쓰던 칼이었다. 칼집에는 물결 모양의 무늬가 새겨져 있고 손잡이에는 조그만 옥 장식 고리가 달려 있었다. 칼을 빼니 금방 광채가 번쩍였다.

"으음, 신라 대장장이들의 솜씨가 대단하군. 어쨌든 고맙네."

만춘이 옆의 병사에게 칼 구경을 하라고 주면서 말했다.

"아우, 혹시 이 근방 지리를 좀 아는가? 이게 섬인 줄은 알았는데 도대체 어느 나라에 속한 섬인가?"

술이 떨어질 때쯤 되어서 만춘이 문훈에게 물었다.

"이곳은 신라에서 떠나올 때 거친 곳이라 제가 압니다. 이 섬은 신라 땅이고 북쪽에 있는 육지는 법흥대왕께서 멸하시기 전에는 옛날 아나가야(阿那加耶: 가야 연맹 6국 가운데 하나. 현재의 경남 함안군 일대) 땅이었으며 서쪽으로 한나절을 가면 한다사군(韓多沙郡: 지금의 경남 하동군 지역)이 나옵니다."

"식량을 구하려면 어떻게 하면 좋소?"

이번에는 가영이 물었다.

"한다사군은 거타주(居陁州: 지금의 경남 거창~진주 지역)에 소속되어 있는데 거타주 도독을 제가 잘 압니다. 여러분들이 편히 쉬고 충분한 식량을 구한 뒤 떠날 수 있도록 조치하겠습니다."

"아니, 아니, 그럴 필요는 없고……."

만춘은 손을 내저었다.

"그건 아우의 뜻일 뿐이고…… 세상 물정이라는 게 그렇게 단순하겠나? 자넨 아직 너무 세상 땟물이 묻지 않은 것 같군. 나중에 때가 되면 이 세상이 돌아가는 모양을 알게 될 거야. 사람들이 제 욕심대로 움직이려 들지 자네처럼 순박한 마음으로 행동하겠나? 고구려 병사들이 평화롭게 입성하여 잘 대접 받고 돌아갔다고 해 봐. 그렇게 되면 우선 자네가 의심 받게 되고 도독은 그 날로 옷을 벗어야 할 거야. 서라벌에 있는 대신들이 가만있겠나? 다들 탄핵하고 난릴 걸세. 그러지 말고 우리 병사들과 신라 병사들의 충돌이 일어나지 않을 어디 조용한 곳으로 안내하게. 그리고 우리 고구려 병사들은 배에 남아 있고 유구 병사들을 시켜 식량을 구하도록 해주게. 올 때는 마을 장정을 몇 명 뽑아 저 해적 포로들을 호송하게. 저놈들에게 피해를 입은 건 신라이니 신라가 저놈들을 재판해야 될 거 아닌가? 우리가 데려가 봐야 양식 축내는 꼴밖에 안 되고…… 마을 사람들에게는 그냥 유구국 배의 도움을 받았다고만 하게."

만춘의 말을 듣고 나서 문훈과 가영, 만춘 셋은 식량 조달을 위한 상륙지점을 논의하였다. 결국 아나가야 땅이었던 북쪽의 소삼현(召彡縣)으로 결정되었다.

　그 날 밤, 모닥불을 피워 놓고서 만춘과 문훈은 마음을 툭 터놓고 많은 이야기를 주고받았다.

　"그런데 아우, 자네 정말 신라가 통일할 거라고 믿나? 아니면 괜히 허풍으로 해 본 소린가?"

　드러누워 잠을 청하기 전에 만춘이 물었다. 그러자 문훈은 누웠다 벌떡 일어나 정색을 하면서 말했다.

　"형님, 형님이 고구려 국왕을 존경하고 믿듯이, 저도 우리 임금을 존경하고 믿습니다. 저는 그 분의 말씀을 믿고 따를 뿐입니다."

　"알았어, 알았어. 골치 아픈 얘긴 그만두자구. 어쨌든 어서 통일이 돼서 아우를 맘대로 볼 수 있는 시절이 왔으면 좋겠구만……."

　만춘은 돌아누웠다.

　이튿날 그들은 북쪽으로 이동하여 어촌으로 보이는 작은 포구에 접근하였다. 닻을 내리고 거루를 띄워 유구군들을 먼저 내려 보냈다.

　"잠깐, 어디 나도 신라 마을이 어떻게 생겼는지 구경이나 해 볼까나?"

　가영과 문훈이 거루로 옮겨 타기 직전 만춘이 말했다. 만춘은 곧 옷을 유구 병사 옷으로 바꿔 입고 함께 내렸다. 그들은 마을로 들어갔다.

　그곳은 30여 호 되는 작은 마을이었다. 문훈은 우선 촌장을 찾아 신분을 밝히고 수나라로 왕명을 받아 가는 중에 왜구를 만나 혼자 살아남았다가 유구 선박에 구조된 것과 태풍을 만난 경위를 설명하고 유구 사람들이 식량과 피륙을 바꾸려 한다는 취지를 설명했다. 아울러 해적들을 끌고 갈 장정들의 도움도 요청했다. 촌장은 머리를 끄덕이며 작은 어선 두 척을 내어 주었다. 일행은 해적들을 실어오고 나서 신라선에 있던 물품들을 가져왔다. 그런데 값어치로 따지면 배에 남아 있던 피륙만으로도 양식을 구하기에 충분하였으나 정작 작은 마을에서 식량을 한꺼번에 많이 거두어들이기가 어려웠다. 결국, 우선 탐라국까지 갈 식량만 얻기로 하고 모자라는 것은 탐라에서 벌충하기로 하였다. 만춘은 노획한 물품들 가운데 피륙을 제외한 금, 은, 사향, 우황 등 신라 물품은 모두 문훈에게 돌려주었다.

"신라왕이 수나라 황제에게 꽤나 아부하려 했던 모양이지? 값나가는 게 퍽 많군. 어쨌든 관가에 반납하게. 배는 못 돌려주네. 우리가 타고 가야 하니까……."

만춘은 싱긋 웃으며 말했다.

"형님, 형님이 곁에 있다면 참으로 제가 듣고 보고 배울 점이 많을 텐데 헤어지게 돼서 정말 아쉽습니다. 훗날 꼭 그런 기회가 있어 제가 진 신세도 갚을 날이 오기를 간절히 바라겠습니다."

문훈은 눈물까지 글썽거리며 석별을 아쉬워했다.

하루를 묵고 가라는 촌장의 권유를 마다하고 식량 외에 항해에 필요한 도구 몇 가지를 꾸린 뒤 일행은 포구를 떠났다.

배는 방향을 돌려 다시 서남쪽으로 나아갔다. 별다른 풍파 없이 엿새 만에 탐라의 남쪽 해안에 이르렀다. 가영의 말로는 북쪽에 큰 항구가 있다고 했으나 만춘은 혹 무력 충돌이 일어날까 두려워 남쪽에 있다는 작은 항구를 택한 것이었다. 그런데 그들이 상륙하고 보니 마을은 개미 새끼 하나 어른거리지 않고 텅 비어 있었다. 모두들 황당해 하면서 빈집에서 양식만 챙겨 가지고 가자는 사람도 있었으나 만춘이 만류하고 기다리는데 가영이 이마를 탁 치며 말했다.

"아하! 알겠다. 사람들이 우리가 해적인 줄 알고 모두 숨어 버린 것입니다. 아마 저 숲 속 어딘가에서 우리를 지켜보고 있을 겁니다. 군사들을 모두 물립시다."

그의 말을 좇아 피륙 등 몇 가지 물건들을 해변에 쌓아 백기를 꽂아 놓고는 군사들을 모두 철수시켜 배를 육지에서 얼마쯤 물린 뒤에 가영과 만춘만 그 자리에 서서 기다리니 과연 숲 이곳저곳에서 사람들이 모여 들었다. 차림새는 대부분 돼지가죽 옷을 입었고 일부는 활로 무장하고 있었다. 만춘이 촌장을 찾자, 수염이 허연 노인이 나섰다. 만춘이 고구려 사람임을 밝히고 항해 중에 양식이 모자라 피륙과 바꾸고자 한다는 뜻을 전했다. 노인이 고개를 좌우로 흔들며 말했다.

"우리는 지금 백제국의 지배를 받고 있소. 고구려는 백제의 적국이라 하던데 우리가 양식을 보태 주기는 어렵소."

"제가 듣기로 이곳에는 고 씨 성을 쓰는 옛 북부여 사람들이 많이 산다고 합디다. 저희 고구려 역시 근본은 부여에서 갈라져 나왔습니다. 또 이 사람은 유구국 사람이고 저 배에 있는 대부분 사람들도 유구국 사람들입니다. 저희들이 이 마을에 오래 있자는 것도 아닌데 양식을 비단 몇 필과 좀 바꿨다 해서 백제가 무슨 시비를 걸겠습니까? 지금 저 배에는 군사들이 수십 명 있사온데 얼마 전에 이 부근에서 왜구들을 만나서 그놈들 배 두 척을 깨뜨렸습니다. 만약 우리가 깨뜨리지 않았다면 그들은 틀림없이 이 마을을 노략질하였을 것입니다. 그렇게 보면 우리가 여러분들에게 좋은 일을 한 것 아닙니까? 물론 촌장께서 거절하신다면 저희는 조용히 물러가겠습니다만 청컨대 너그러우신 아량으로 이 피륙을 오곡으로 바꾸어 주신다면 즉시 떠나겠습니다."

만춘은 정중히 청하였다. 노인이 만춘의 공손한 태도에 마음이 움직였던지 한참을 생각하더니 마침내 허락을 하였다.

일행은 배에 신호하여 군사들을 상륙시킨 뒤 대가를 후히 쳐서 주고 양식을 받아 싣고 떠나려는데, 촌장이 만춘을 불렀다.

"내 평생 여기서 여러 나라 군인들이 거쳐 가는 것을 봤고 해적들에게 시달린 적도 있지만 이렇게 예의 바르고 절도 있는 군사는 처음 보았소."

촌장은 따로 통돼지 두 마리를 선물로 주면서 일렀다.

"내 형편 때문에 여러분들을 이곳에 머무르게 할 수는 없지만 이곳에서 서남쪽으로 약 80리를 가면 작은 섬이 하나 있소. 평소에는 그곳에 사람이 살지 않지만 고깃배들이 가끔 머물렀다 오는 곳이 있으니 거기서 이 돼지를 배불리 드신 뒤 쉬었다 가시오."

만춘 일행은 사례를 하고 즉시 출발하였다. 만춘은 노인의 말대로 서남쪽으로 반나절 이상 나간 끝에 그 섬을 발견하여 병사들을 오랜만에 하룻밤 푹 쉬게 한 후에 남쪽으로 다시 항해를 시작했다.

이틀이 지났다.

이때부터 배의 속도가 눈에 띄게 떨어지기 시작했다. 또 바로 나아가지 않고 갈 지(之)자 모양으로 오락가락하며 진행하였다.

"배가 꼭 제자리에 있는 것 같습니다."

만춘이 가영에게 말했다.

"바다라고 출렁거리는 것만이 아닙니다. 바다에도 곳에 따라 흐름이 있는 경우가 있습니다."

가영의 이 말을 듣고 만춘은 약간 어리둥절했다.

"바다가 강처럼 흐른단 말이오?"

그러자 가영은 뱃머리 오른쪽 바다를 가리켰다.

"저 검은색을 띤 바다는 유구 북쪽에서부터 탐라국 서쪽까지 흐르는데 사람이 걷는 속도보다 더 빠릅니다. 그래서 유구에서 탐라까지 가는 데는 저 해류를 타면 금방이지만 거꾸로 탐라에서 유구까지 가려면 저 해류를 거슬러 내려가야 하기 때문에 아주 힘듭니다. 우리 배가 지금 갈 지자로 가는 것은 이 해류 때문입니다."

"그래요? 거참 신기하네. 바다가 강처럼 흘러 다니다니……."

만춘이 고개를 갸우뚱하는 것을 보고 가영은 잠깐 뭔가를 생각하더니 다시 말을 이었다.

"내가 만일 수나라 수군 장수여서 고구려를 친다고 하면 반드시 저 흐름을 이용하여 그들의 수군 본영이 있는 강도(江都)에서 바로 고구려 서해안으로 쳐들어가겠습니다. 강도에서 이레면 벌써 백제 서쪽 바다에 이릅니다. 번거롭게 물자와 인력을 내륙으로 북쪽으로 날라다가 다시 동래(東萊: 지금의 중국 산동 반도)에서 배로 출발시키는 것보다 훨씬 빠르고 편하죠."

"흐음……."

만춘은 생각에 잠겼다. 불현듯 어전회의 때 하던 을지문덕의 말이 생각났다.

'강도에서 낙양까지 닿는 운하는 내년쯤 완성되고 곧 이어서 낙양에서 탁군까지 닿는 운하를 판다.'

'그렇다면 운하를 이용하는 것과 저 해류를 이용하는 것 중 어느 편이 빠를까······?

어느 편이나 고구려에겐 심각한 위협이 될 수 있었다.

'아니, 양편 다 이용한다면?······.'

'엄청난 병력과 물자가 수송 가능하다······.'

'그런 일이 없기를 바래야지······.'

만춘은 한숨을 길게 내쉬었다.

만춘과 가영이 동지나해의 거친 파도와 싸워 가며 마침내 유구국에 도착한 것은 그로부터 거의 한 달 뒤였다. 평양을 떠난지 딱 50일 만이었다.

그들은 도착하자마자 국왕을 알현하였다. 도중에서 일어난 일을 가영에게서 들은 유구국왕은 매우 흡족해 하면서 대신을 불러 지시하였다.

"고구려에서 사람을 보내왔으니 우리 쪽에서도 수군에서 정예병을 뽑고, 고구려 사절 일행이 지내기에 불편함이 없도록 하라."

이튿날 만춘은 가영의 안내로 군을 시찰하였다. 유구의 군 체제는 육군의 경우 궁성을 지키는 친위군과 이 나라 영토 대부분을 차지하는 큰 섬의 북쪽 3분의 1을 지키는 북군, 중부를 맡은 중군, 남쪽을 지키는 남군으로 구성되어 있다. 수군은 서부 해안을 북서부와 남서부로 나누어 2개 선단이 분담하고 있고, 비교적 한산한 동해안과 북쪽에 흩어진 여러 작은 섬들은 육군과 수군의 구별 없이 동북군이라는 부대가 맡고 있었다. 가영은 이 부대의 사령이었다.

현황을 죽 둘러본 만춘은 우선 군사들의 개인기 향상을 위하여 중국어가 가능하고 똑똑한 기간요원들을 각 부대에서 20명씩 뽑아 이들에게 고구려식 훈련법을 가르치고, 그들은 또 부대로 돌아가 다른 부대원을 가르치도록 하였다. 그런 다음 부대 단위의 전투법을 가르쳤는데, 이 과정에서 그는 그동안 느낀 점들을 적어 유구 조정에 건의하였다.

가장 큰 문제는 유구에 기마병이 없어 기마병과 보병, 수군과 육군 사이에 합동작전을 수행할 수 없다는 점이었다. 기병을 육성하려면 말이 필요한데 유구에는 약간의 의전용 말을 빼고는 전투용 말이 없었다. 만춘은 이 문제를 지적하고 기병을 육성하는 것은 1~2년 안에 되는 일이 아니므로 국가 백년대계를 생각한다면 적어도 3년 이상의 장기계획을 세워 종마를 많이 수입할 것과 말의 번식, 육성, 길들이기를 위한 목장 조성을 건의하였다. 마침내 이 제안이 받아들여짐으로써 종마를 수입하는 문제가 논의되어, 우선 고구려가 그 대상으로 떠올랐다. 당시 고구려에는 여러 종류의 말들이 있었는데, 체구가 작지만 힘이 센 과하마는 산악 지방에서 싸우는데 유용했고 말갈·돌궐·몽고 말 외에 서역 지방에서 들여온 덩치가 크고 인내심이 강한 말들도 있었다.

유구국 대신 가운데는 멀리 서쪽에 위치한 천축국(天竺國: 인도 지역)과 더욱 먼 곳에 있는 파사국(波斯國: 페르시아. 지금의 이란 지방) 말을 들여오자는 사람도 있어서 결국 고구려, 천축국, 파사국 등지에서 골고루 들여오자는 안이 채택되었다.

만춘 일행은 유구국의 기후, 풍습, 음식에 차츰 익숙해져 갔다.

유구인들도 일을 하는 데는 열심이었다. 가족을 소중히 여기고 여자가 남편에게 잘 복종하는 것이며, 맏아들이 더 대우 받는 것, 결혼 후에도 부모와 함께 살며 모시는 것, 조상의 영혼을 숭배하는 것 등 고구려와 비슷한 점도 많았다. 이들 가운데 일부는 중국, 특히 삼국시대 때 대륙에서 건너온 사람들도 여럿 있었고 중국말을 잘 하는 사람이 많았다.

만춘은 자리가 잡히자 곧 유구말 공부를 시작했다. 가영이 그의 교사였다. 훈련이 끝나고 저녁 식사를 한 뒤 바로 가영의 집으로 가, 유구어와 중국어를 공부했다. 그 자신도 그의 부친에게서 배워, 어느 정도의 중국어 실력은 되었지만 가영처럼 능숙하지를 못해 높은 수준까지 더 배우기로 한 것이었다. 가영과는 날이 갈수록 더욱 친해졌다. 가영은 만춘더러 객사에 있지 말고 그의 집으로 와서 묵으라고까지 권했으나 만춘은 같이 온 병사들과 고락을 함께 해야 된다며 점잖게 사양했다.

어느 날, 두 사람이 막 공부를 시작하고 있었다. 가영의 열다섯 살 난 여동생 자옥이 쪼르르 달려왔다.

"오빠, 오빠 중국어만 가르쳐 주고 유구말은 내가 가르쳐 주면 안 돼?"

둘은 애교로 받아들이고 그냥 넘어가려고 했으나 그녀는 마구 떼를 쓰더니 나중에는 울려고 했다. 할 수 없이 결국 가영이 그녀에게 자리를 양보하였다. 그녀는 나이에 비해 훨씬 성숙해, 호리호리한 키가 만춘보다 더 컸다. 만춘은 천진난만한 표정의 그녀를 보며 그냥 귀엽다고만 생각했는데, 막상 둘이서만 마주 앉게 되자 가슴이 두근거렸다.

둘이서 중국어를 사용하여 유구말 발음 연습부터 시작하였다. 만춘이 여느 고구려 사람처럼 중국어의 'ㄹ' 발음과 '쌍ㄹ' 발음을 잘 구별하지 못하고 사성(四聲)을 서투르게 구사하자 그녀는 재미있어 죽겠다는듯 까르르 웃어댔다. 자옥은 고개를 쑥 내밀고 자기 입 안을 잘 들여다보라며 혀의 움직임을 몇 번이나 그에게 가르쳤다. 가영이 만춘에게 중국어를 가르칠 때는 어휘 위주로 가르치고 발음이 다소 서투른 것은 지나치고 넘어갔었는데 그녀는 여성답게 세심하게 가르치려 애썼다. 만춘이 여전히 발음을 떠듬거리자 그녀는 "안 되겠군!" 하며 벌떡 자리에서 일어나더니 냉큼 건너와 만춘 옆에 바짝 다가앉아 다시 자기 혀를 잘 들여다보라며 되풀이하여 시범을 보였다.

이성을 바로 옆에 앉히고 대화를 나누는 것은 난생 처음이라 만춘은 공연히 얼굴이 화끈화끈 달아올랐다. 향긋한 분 냄새가 그의 후각을 자극했다. 어쩌다 그녀의 부드러운 살결이 우연히 부딪치면 숨이 가빠왔다. 만춘은 야릇한 기분 때문에 그 날 그녀가 가르치는 내용의 반은 머리에 들어오고 반은 날아가 버린 듯 했다.

그 날 수업을 마치고 돌아와 자리에 누운 그는 자옥의 모습이 아른거려 잠을 이루지 못 했다.

'안 된다. 동생 영란이만한 어린애에게 내가 무슨 감정을 품고 있는 것인가?

만춘은 방탕해지지 말고 처신에 허점을 보이지 말라 당부하던 을지문덕의 말을 떠올리며 마음을 추스르려 애썼다.

그러나 다시 유구어 공부를 하러 가면 그는 다시 자옥의 일거수일투족에 홀리듯 빠져 들었다. 만춘은 부친의 모습과 을지문덕의 모습을 애써 떠올리며 풀리려는 마음을 도로 다잡으려 애썼다. 그렇지만 그 다음 날이면 하루걸러 진행키로 한 유구어 수업시간이 초조히 기다려져 견딜 수 없을 지경이었다. 이처럼 갈등을 일으키는 그의 마음을 아는 듯 모르는 듯 가끔 자옥은 엉뚱한 장난으로 만춘을 골탕 먹였다.

예를 들면 만춘에게 그녀 자신의 생김새와 몸매를 유구어로 묘사하게 한다든가 남녀의 애정 문제를 통역하게 하는 따위였다. 만춘이 얼굴이 벌겋게 되어 떠듬떠듬 시킨 대로 하면 그녀도 얼굴이 발갛게 달아오르곤 하였다. 만춘이 한쪽으로 달아나려는 마음과 그것을 붙잡아 두려는 마음 사이에 원심력과 구심력의 만만찮은 평형을 이루며 수업에 몰두하는 사이, 고구려 병사들은 이상한 입방아를 찧었다.

"우리 대장이 유구 처녀와 좋아 지낸다던데……."

"상대가 가영 사령의 여동생이라며……."

"에이, 갠 아직 열다섯 어린앤데……."

"이 사람아, 남방 처녀들은 훨씬 조숙하다는 거 몰라?"

"어디 증거가 있어?"

"내가 어제 두 사람이 같이 밤에 야자수 밑을 거니는 걸 봤다니까……."

"여보게, 우리도 유구어를 배우세."

"그럴까? 아니, 배우려면 중국말부터 확실히 배워야지……."

"내가 외국어를 확실히 빨리 배우는 비법을 가르쳐 줄까?"

"그게 뭔데?"

"그건 말이야. 그 나라 여자와 같이 자면서 이불 속에서 배우는 것이야."

"그럴싸한 얘긴데. 우리 대장한테도 말해 줄까?"

"말 안 해도 벌써 알고 있을 걸?"

어느 날이었다.

만춘이 유구말 공부를 끝내고 숙소로 돌아가니 고구려 병사들이 한 사람도 눈에 띄지 않았다.

'이상한데. 어디 놀러들 나갔나? 그렇다면 미리 내게 얘기를 했을 텐데…… 뭐, 잘 때 되면 돌아오겠지.'

그러나 그들은 자정이 지나도 나타나지 않았다. 거의 뜬 눈으로 밤을 새다시피 한 만춘은 이튿날 아침, 시간 맞추어 연병장으로 나갔으나 한 사람도 보이지 않았다.

할 수 없이 유구 병사들을 풀어 이들을 찾았다. 반나절이 지나서야 고구려 병사들이 북쪽 바닷가에서 빈둥거리며 놀고 있다는 보고를 받았다. 만춘은 부아가 치밀었다.

'이것들이 내가 나이가 어리다고 업수이 보고 떼로 분탕질을 하는구나…….'

만춘은 당장 가영에게 달려갔다.

"손 공, 군사 백 명만 빌려 주시오. 내가 당장 군법을 시행할 일이 있소."

가영이 놀란 표정으로 사연을 물었다. 만춘은 사연을 설명했다.

"당장 모두 잡아다 주모자가 어떤 놈인지 가려내어 혼쭐을 내어야겠소."

가영은 한동안 생각에 잠겨 있더니 만춘에게 권했다.

"그런 방법은 일을 더 나쁘게 만들 우려가 있소. 나도 전에 비슷한 걸 겪었는데…… 우선 병사들 하고 허심탄회하게 얘기를 나눠 보시오."

가영이 진지하게 권했으므로 만춘은 일단 돌아섰다. 하지만 마음이 편치가 않았다.

'같이 먹고 자면서 생사고락을 같이 하고 있는데 뭣이 불만이란 말인가? 설혹 불만이 있다 치자. 왜 내게 미리 말 한 마디도 하지 않고 일탈을 한단 말인가?'

그는 숙소에 돌아와 혼자 술을 들이켜며 고독을 달랬다.

부하들은 그 날도 돌아오지 않았다. 그 다음 날 저녁이 되어서야, 그래도 만춘과 가까웠던 두 사람이 엉거주춤한 태도로 만춘의 눈치를 슬금슬금 살피며 들어왔다.

만춘은 그들을 보자 속으로 다시금 화가 부글부글 끓었으나 꾹 참고 단도직입적으로 물었다.

"지금껏 어디서 무엇을 하고 있었는지는 묻지 않겠다. 도대체 무엇이 불만인가?"

그러나 둘은 서로 얼굴만 마주 보며 말이 없었다.

만춘이 다시 말했다.

"내, 할 말이 있으니 가서 다른 사람들도 데리고 오게. 여태껏 일어난 일은 불문에 부칠 테니 다들 오라고 하게. 만약 오늘 자정 때까지도 귀환하지 않는 사람이 있으면 탈영으로 보고 군법에 따라 엄히 다스리겠다고 하게."

둘이 떠난 뒤 시간이 흘렀다. 자정이 되어서야 그들은 꿀 먹은 벙어리 모양으로 입을 다문 채 하나 둘씩 들어왔다. 만춘은 그들 하나 하나에게 술잔을 돌린 다음 말했다.

"우리가 이곳에 온지도 여섯 달이 지났다. 다들 열심히 한 것으로 알고 있고 유구국에서는 대신들 이하 장졸에 이르기까지 우리에게 감사의 뜻을 표하고 있다. 그런데 요 며칠 일어난 일들은 참

황당하다. 인솔자로서 여러분들의 마음을 평소에 잘 살피지 않은 것은 나의 불찰이다. 오늘 이 자리에서 하는 말은 일체 문제 삼지 않을 테니 어디 허심탄회하게 각자 생각들을 말해 보라!'

성격이 괄괄한 한 병사가 앞에 놓인 술잔을 한꺼번에 훌쩍 비우더니 말했다.

"저희들은 졸병입니다. 대장님은 출신이 고귀하십니다. 대장님이야 여기서 훌륭하게 임무를 수행하고 난 뒤 귀국하면 승진도 할 테고 포상도 두둑이 받겠지만 우리는 무슨 재미로 이역만리 객지에 나와 생고생을 합니까?'

그가 말문을 열기 시작하자 다른 사람들도 따라서 입을 열기 시작했다.

"솔직히 일이 너무 고됩니다. 우리는 고구려에 있을 때도 이렇게 고달프고 혹독하게 일하지는 않았습니다."

"유구군을 다루기 너무 힘듭니다. 말도 잘 통하지 않고…… 알아도 못 알아듣는 척하고……."

"음식도 입에 잘 맞지 않습니다. 기후도 적응하기 힘들고……."

"대장님은 타고난 일 중독자 같습니다. 그러나 우린 그렇게 소, 말처럼 일하지는 못 합니다."

생각지도 않았던 불만들이 한꺼번에 터져 나왔다. 심지어는 이렇게 말하는 병사도 있었다.

"대장님이야, 매일 이쁜 처녀 마주 앉혀 놓고 말 배우는 재미라도 있지만 우린 뭡니까? 우리도 장가 좀 들게 해 주십시오."

이야기를 다 듣고 난 만춘은 말했다.

"내가 진작부터 여러분과 이런 대화를 나눴어야 하는 건데 여섯 달 동안 한 집에서 먹고 자고 하면서도 생각이 이렇게 다른 줄 몰랐소. 일이 고달프다고 한 것은 이해할 만하오. 내, 대책을 얼른 마련하겠소. 다른 문제는 하나하나씩 풀어 나갑시다. 내가 저녁 시간을 가영 사령 집에서 보내는 것은…… 오해가 있다는 것을 알고 있소. 굳이 이 자리에서 해명을 하고 싶진 않소. 때가 되면 알게 될 것이오."

그 뒤 만춘은 병사들에게 닷새마다 하루는 쉬게 했다.

쉬는 날이 되면 고구려 병사들은 바다에 나가 낚시질을 하거나 멱 감는 일로 소일했다. 만춘은 간혹 이들과 어울렸으나 대부분 아침 일찍부터 어디론가 사라졌다가 밤 늦게 들어와서는 녹초가 되어 쓰러져 잠들어 버렸다. 그것도 꼭 가영과 함께 나갔다. 부하들이 어디에 다녀오느냐고 물어도 대답이 없었다.

5. 왜(倭)

 왜왕의 궁궐이 있는 시키시마(磯城嶋: 지금의 일본 나라 현 사쿠라이 시 가네야)에서 멀지 않은 호류지(法隆寺)—

한 여인이 6척 9촌의 목조 관음상을 뚫어지게 바라보고 있었다. 가냘픈 몸매, 큰 키, 인자한 얼굴, 우아한 자태…… 어쩌면 이 관음상은 바로 앞에 있는 이 여인을 닮은 것 같기도 했다. 이 관음상은 1400여 년 뒤 프랑스 작가 앙드레 말로가 찬사를 보낸 바로 그 백제관음상이다.

"만일 일본 열도가 침몰해서 단 하나의 물건만 가지고 일본을 탈출하도록 허용된다면 나는 백제관음상을 갖고 나가겠다."

이 관음상은 55세의 이 여인— 스이코(推古)여왕이 등극하고 난 이듬해(593년)에 백제에서 보낸 것이다.

그때 왜 조정은 아스카(飛鳥: 지금의 일본 나라 현 아스카 강 인근의 마을)의 호코사(法興寺)에서 목탑인 찰주(刹柱)를 세우는 법요를 거행했는데 이때 만조백관은 모두 백제 옷을 입고 도열했다고 사서는 적고 있다(《부상약기》). 그녀는 백제의 성왕이 고구려의 우산성(牛山城)을 공격하다 패하자(540년) 왜로 건너가 왜국왕이 되었다는 설이 있는 킨메이천황(欽明天皇: 재위 538~571년)이 늦게 본 딸이자, 킨메이천황의 아들이며 이복 오빠인 비다쓰천황(敏達天皇)의 황후였다. 말하자면 그녀에겐 백제의 피가 흐르는 셈이었다.

킨메이천황이 성왕 본인이든 아니든 그는 백제에서 552년(538년이란 설도 있다)에 전파해 준 불교를 철저히 믿었고, 당시 최고위 대신이던 소가노 이나메(蘇我稻目)에게 금동석가상·불경 등을 주었다. 그러나 이때부터 백제계의 숭불파와 토착신을 섬기는 파벌들 사이에 암투가 생겨났다.

이 암투는 비다쓰천황의 죽음을 계기로 마침내 표면화했다. 당시 왜의 장례 풍습은 백제의 풍습을 따라 왕릉을 마련하고 매장을 하기 전까지 3년 동안 빈궁에 시신을 안치하였는데 이를 '백제의 대빈(百濟の大殯, 구다라노 오오모가리)'이라 한다. 뒤에 스이코 여왕이라 불리는 당시 32세의 미모 과부 가시키야히메(炊玉姬) 왕비가 히로세(廣懶: 지금의 일본 나라 현 코료초) 땅에 마련한 빈궁에서 두문불출 하고 남편의 명복을 비는 사이, 숭불파와 배불파는 유혈극을 벌였다. 숭불파에는 뒤에 쇼토쿠태자(聖德太子)로 알려진 '마구간 왕자(厩戸王子: 그의 어머니가 마구간 앞을 지나다가 낳았다고 해서 붙여진 이름)'의 아버지 요메이(用明)와 당시 최고의 실력파 대신이자 왕후의 외삼촌인 소가노 우마코(蘇我馬子: 소가노 이나메의 아들)가 있었고, 배불파에는 아나호베(穴穗部: 킨메이천황의 세 번째 왕비에게서 난 아들) 왕자와 대련(大連: 부총리급) 자리에 있던 모노노베노 모리야(物部守屋)가 있었다.

왕후의 친오빠인 요메이가 왕위에 오르자 아나호베는 자칭 왕위 계승권자로 떠벌리며 빈궁에 침입하여 왕후를 성폭행하려 했다는 설이 있다. 아마 너무 거칠게 항의하는 과정에서 주위의 사람들에게 성폭행으로 비춰졌는지도 모른다. 그러다 경비책임자인 비다쓰천황의 총신 미와노 키미사카후(三輪君逆)에게 쫓겨나자 아나호베는 모노노베노에게 군사를 주어 미와노를 죽였다. 그 뒤 아나호베는 자신의 본거지 아도(阿都: 현재 일본 오사카의 야오 시)로 돌아가 마침내는 반란군을 조직하였다. 이때 요메이는 2년 남짓 왕좌를 지키다 역질(천연두)에 걸려 병상에서 신음하고 있었다. 그는 조신들을 불러 모은 뒤 선언했다.

"짐은 삼보(三寶: 佛, 法, 僧)에 귀의하려 하오. 경들은 상의토록 하오."

조신들이 이에 따라 논의를 시작하자마자 배불파의 우두머리 모노노베노와 대부(大夫) 나카토미노 카쓰미(中臣勝海)가 숭불파의 소가노 우마코에게 소리를 지르며 대들었다.

"어찌하여 국신(國神: 왜의 신)에게 등을 돌리고 이신(異神)을 믿는다는 것이오? 도대체 모를 일이오!"

소가노 우마코는 어전에서 무엄하게 소리를 지르는 그들을 조용히 타일렀다.

"전하께서 조칙을 내리신 이상 불교를 따르도록 해야 합니다.

다른 계책은 용납이 안 됩니다.”

　그리고는 풍국법사(豊國法師, 도요쿠니노 호후시)를 불렀다. 풍국이란 백제를 지칭하는 말이다. 그가 들어와 병상의 왕을 위해 불교에 귀의하는 의식을 행하고, 마구간 왕자(뒷날의 쇼토쿠태자)가 눈물을 흘리고 있을 무렵, 오시사카베(押板部)의 관리가 모노노베노에게 다가가 귀엣말을 전했다.

　“어서 피하세요! 지금 궁궐 밖에서는 군사들이 퇴로를 막고 있습니다.”

　이는 소가노 우마코가 반란군과 통모한 혐의가 있는 배불파 대신들을 잡으려는 것이었다. 배불파 대신들은 급히 궁궐을 빠져나가 아도 땅으로 도주하였다. 얼마 뒤(587년 4월) 요메이천황이 죽자 아도의 반란군들은 환호성을 질렀다. 아나호베가 등극하리라고 확신했기 때문이다. 그러나 소가노 우마코는 이들보다 한발 앞서 움직였다. 그는 가시키야히메 왕후에게 이를 알리고 처분을 물었다. 왕후는 제신에게 명했다.

　“경들은 서둘러 군사들을 보내 아나호베와 그 일당을 주살토록 하시오!”

　이리하여 아나호베 일파는 차례로 제거되었다. 그리고 소가노 우마코는 총사령관이 되어 13세의 마구간 왕자와 함께 반란군 진압에 나섰다.

　마구간 왕자가 외쳤다.

　“이제 만약 우리가 적과 싸워 이기면 반드시 호세사천왕(護世四天王: 세상의 중심에 있다고 믿는 수미산 중턱에 자리한 四天王의 主神)을 위해 절과 탑을 세우겠나이다!”

소가노 우마코도 말했다.

"모든 천왕(天王), 대신왕(大神王)께서 우리를 도와주신다면, 그리하여 이로운 세상을 이루게 된다면 실로 모든 천왕과 대신왕을 위하여 절과 탑을 세우며 삼보(三寶)를 받들겠나이다!"

그리하여 출정한 그들은 고생 끝에 배불과 일당과 반란 동조자들을 완전 소탕하였다(587년 7월).

이때 이들을 이끈 소가노 우마코는 백제 개로왕의 대신이었던 목라만치(木羅滿致)의 4대손이다. 목라만치는 개로왕이 고구려 장수왕에게 살해된 후 문주왕을 왕위에 오르게 한 뒤 왜로 건너가 백제왕족들이 살던 백제강 일대의 이시카와(石川)에 자리 잡은 뒤 성을 소가(蘇我)로 바꾸었다 한다.

반란군 소탕 직후 가시키야히메 왕후와 그녀의 외삼촌 소가노 우마코 대신은 고도의 정치적 배려로 아나호베의 동생 하쓰세베(泊瀨部) 왕자를 왕으로 세우는데 이가 스순천황(崇峻天皇)이다 (재위 587~592년). 그러나 스순은 형을 죽인 소가노 우마코에게 사무친 원한을 품고 있었다. 어느 날 그는 사냥터에서 잡은 멧돼지를 선사 받은 자리에서 중대한 실언을 했다.

"언제쯤에야 이 멧돼지 목을 자르듯, 과인이 미워하는 자의 목을 치게 될 것인가?……."

이 실언으로 말미암아 그는 마침내 살해된다. 그러고 나서 소가노 우마코는 가시키야히메 스스로 왕위에 오를 것을 주청하였고, 그녀가 이를 받아들였으니 이가 곧 왜국 최초의 여왕 스이코이며 당시 39세였다.

16년이 지난 지금, 그녀는 아름다운 자태의 이 불상을 들여다보며 자신이 친가, 본가 양쪽 모두 백제의 피가 흐르는 백제의 후예로서 불교를 받아들인 것이 얼마나 다행스러운 일인지 모른다고 생각하고 있었다. 비단 숭불정책에 그치는 것만이 아니었다. 스이코는 나라의 빗장을 활짝 열고 고구려, 백제, 신라, 수나라의 모든 문물을 수용했다. 그 결과 왜의 이름은 해마다 명성을 높여갔다. 처음 그녀가 등극했을 때, 여자가, 더욱이 도래인(渡來人)의 후손이 왕위에 오른 사실 때문에 주위로부터 따가운 눈총을 받았다. 그러나 그동안 스이코여왕은 남자 왕 그 누구도 해내지 못 한 일을 말끔히 훌륭하게 해낸 것이었다.

그녀가 관음상 앞에서 합장을 하고 일어나 경내를 천천히 걷고 있을 때, 급히 신하가 달려와 아뢰었다.

"전하, 지금 궁궐에 수나라 사신이 도착했습니다. 문림랑(文林郎) 배청(裵淸)이라고 합니다."

"수나라에서 사신이?"

드문 일이었다. 몇 년에 한 번 있을까 말까한……. 그녀는 즉시 입궐하였다.

배청이라는 수나라 사신은 곧 양제의 조서를 올렸다. 조서를 읽어 내려가던 여왕의 표정이 일시 창백해졌으나, 옥좌 쪽을 슬쩍 곁눈질하는 배청을 의식하였음인지 금방 관음상 같은 본래 표정으로 되돌아갔다.

그녀는 배청을 물러나 쉬라고 한 다음, 소가노 우마코 대신을 급히 불러 조서를 보여 주었다. 그 내용은 이러했다.

'왜왕이 바다 멀리 구석진 땅에서 신하의 예로서 정삭을 받드니 심히 아름다운 일이다. 허나 듣자하니 근자에 고구려, 신라, 백제와 자주 통교하여 사람들의 내왕이 열도에 끊임이 없다 한다. 신라와 백제는 우리와 정기적으로 사신이 오가고 있는 터이라 짐으로서도 이의가 없다. 그러나 고구려는 태도가 제멋대로여서 짐이 심히 불쾌히 여기고 있다. 왜는 고구려와 관계를 끊고 언젠가 짐이 흐트러진 질서를 바로잡고자 행동을 개시할 때는 반드시 그 일조(一助)의 구실을 해야 할 것이니라.'

"흐음…… 언젠가는 대륙에서 한바탕 큰 먼지가 일겠군요."

소가노 우마코가 수염을 쓸어내리며 말했다.

"무슨 뜻입니까?"

"수나라가 언젠가는 고구려와 전쟁을 일으키겠다는 뜻입니다. 지금 거기에 대비해서 우리에게 고구려와 관계를 끊으라는 것이며 일조를 하라는 뜻은 나중에 전란이 일어나면 참전하라는 것입니다. 아마 전쟁이 일어나면 우리 보고 고구려의 동해안으로 상륙하라고 할지도 모릅니다."

"그럴 때 우린 어떻게 해야지요?"

"수나라가 완전히 이기고 고구려가 없어진다면…… 그리고 우리가 참전한 대가로 고구려의 동쪽 땅을 조금이라도 떼어 먹는다면…… 나쁠 건 없죠. 그러나 그럴 경우 신라가 우릴 가만 놔두겠습니까? 결국 신라에게 빼앗기게 될 것이고, 잘못하면 그 일로 신라에게 우리를 침입할 빌미를 주게 될 터인데…… 아무래도 참전해 봤자 실리가 없습니다. 그리고 또 수나라가 정말 이긴다는 보장이 없습니다. 잘못하면 지난번 과오를 되풀이할지도 모릅니다. 제가 보기엔 수의 양제보다 그의 아비 문제가 더 뛰어난 그릇입니다. 그런데 문제도 실패한 일을 양제가 하겠다니……."

여왕은 고개를 끄덕였다.

"답서는 이렇게 쓰는 게 좋겠습니다— 우리가 고구려와 내왕하는 것은 단지 그들의 문물을 흠모하기 때문에 그를 수입하려는 것이지 다른 뜻은 없다. 우리가 자진해서 사신을 보낸 적은 근자에 들어와서는 한번도 없다. 나중에 일조하는 문제는, 우리는 어차피 백제의 갈래이니 백제에서 하는 대로 좇아 하겠다."

"그 말이 참으로 명안이오."

대신의 말을 들은 여왕이 찬성했다.

6. 혈두

2년 남짓한 세월이 후딱 흘렀다. 여러 곳에서 들여온 말들은 망아지들을 낳아 그 망아지들이 늠름하게 커 두 해 정도만 지나면 마음대로 탈 수 있을 정도가 되었다. 만춘은 여전히 유구군들의 훈련에 열심이었다.

그 동안 고구려 병사들 사이에 몇 가지 변화도 있었다. 만춘과 같이 온 열 명의 고구려 무사들 가운데 한 명은 풍토병에 걸려 세상을 떠났다. 다른 한 명은 되풀이되는 따분한 생활을 견디지 못하고, 폭음에 빠졌다가 급기야 술 중독으로 반신불수가 되었다. 또 한 명은 혼자 낚시 갔다가 오는 길에 유부녀를 겁탈하여, 가영의 만류에도 불구하고 만춘이 일벌백계로 모든 사람들이 보는 앞에서 목을 베었다. 총각으로 온 사람들 가운데 둘은 유구 처녀와 눈이 맞아 장가를 들고 살림을 차렸다.

유구의 수도에서 서쪽으로 얼마 떨어지지 않은 강가— 한 소녀가 나무에 기댄 채 시선을 허공에 멍하니 두고 있고, 한 남자는 그 앞 바위에 걸터앉아 눈길을 땅에 두고 있었다.

소녀가 몸을 바로 세우며 남자에게 말했다.

"말해 봐, 오빠! 우린 계속 이런 식으로만 지내야 돼?"

남자는 꺼져라고 한숨만 쉴 뿐 눈을 내리깐 채 말이 없었다. 그들은 만춘과 자옥이었다.

만춘은 번민하고 있었다. 도대체 남녀관계란 무엇인가? 애정이란? 사랑이란? 그리고 결혼이란? 당시 고구려는 중국인들이 사서에 '음란하다'고까지 썼을 만큼 남녀관계가 자유로웠다. 결혼도 당사자 사이의 의견이 가장 존중되어 당사자가 합의하면 혼인을 하고 혼인절차도 번거롭지 않았다. 남자의 집에서 돼지고기와 술을 보낼 뿐이고 재물을 주고받지 않았다. 오히려 혼인에 재물을 받는 자가 있으면 대단한 수치로 여겼다. 그러나 남녀관계가 자유로웠다는 것은 어디까지나 결혼을 전제로 한 것이지, 그렇지 않은 남녀교제란 상상하기 어려웠다.

만춘의 번민은 여기에 있었다.

타국에 보내 놨더니 처녀 하나 덜렁 데리고 나타나 '이 처녀랑 결혼하겠소'라고 한다? 그러면 그의 어머니나 주변 사람들, 특히 을지문덕은 뭐라고 할까? '하필 왜 유구 처녀냐?'라고 하겠지. 고구려에서는 결혼 상대가 이민족이라 해서 차별을 두지 않는다. 그러나 그의 가문은 귀족이 아닌가? 대부분은 미리 주변에 알리고 국왕에게도 겉치레이지만 보고를 올려야 한다. 만일 주위에서 모두들 받아들이지 않으면 이 처녀의 운명은 어떻게 될 것인가? 도로 유구로 보낸다? 그땐 자옥이 미쳐버리겠지. 그리고 거리에서 방황

하는 여자가 되겠지…… 이 여자를 '노는 여자'로 만들지 않으려면 내가 다시 유구로 와서 살아야 한다. 그러면 과부인 어머니와 동생들은 누가 돌봐야 하나? 그냥 이것저것 잴 것 없이 이곳에 있을 동안만이라도 결혼을 해서 살림을 차린다? 아니, 결혼이 아니라 그냥 살아버려?

얼마 전, 그는 자옥과 유구어·중국어를 비교하면서 애인(愛人), 정인(情人), 타이타이(太太: 부인)의 차이를 논한 일이 있었다. 그때 자옥은 '정인'을 설명하면서, "결혼과는 상관없이 사랑하는 사이, 예를 들어 말하자면 당신과 나 사이와 같은……"라고 말하고는 까르르 웃어 버리더니 갑자기 얼굴이 빨갛게 달아오르지 않았던가?

결혼을 전제로 하지 않는 사랑— 그것이 진실로 가능할까? 아니다. 그럴 경우, 여자만 피해를 입게 된다. 남자의 만족 때문에…… 그건 진실로 상대방을 위하는 길이 아니다. 상대방의 장래를 고려하지 않은 사랑이 무슨 의미가 있단 말인가? 오직 동물적 쾌락? 그러나 만일 상대방도 그것을 원한다면?

만춘은 번민하다말고 자옥을 올려다보았다. 그녀는 금방이라도 울음을 터뜨릴 것 같았다. 눈언저리에 이미 이슬이 맺혀 있었지만 그녀는 억지로 참고 있었다. 다시 만춘은 깊은 한숨을 내쉬었을 뿐, 아무 말도 하지 못 하고 고개를 떨구어 버렸다. 이번에는 그녀가 주저앉더니 만춘의 어깨를 두 손으로 잡고 흔들었다.

"말해 봐! 오빤 날 사랑해, 안 해?"

그녀가 이렇게 대놓고 깜짝 놀랄 질문을 해 온 것은 처음이었다. 만춘은 하마터면 '그래, 사랑해. 진정으로'라고 말할 뻔했다.

그러나 그 말 대신 그는 맥없이 고개를 옆으로 돌려 버렸다. 그녀는 마침내 울음을 터뜨렸다.

"바보, 바보 같은 남자!"

그녀는 엉엉 소리 내어 울면서 저쪽으로 뛰어가 버렸다.

만춘은 주저앉아 멀리 북쪽 하늘을 바라다보았다.

한참 후에 고구려 병사 하나가 나타났다.

"여기 계신 줄 모르고 한참 찾았습니다."

만춘은 말없이 바지춤 뒤를 툭툭 털고 일어났다.

"내일은 휴일인데 뭘 하시겠습니까? 또 나갔다가 늦게 들어오십니까?"

병사는 의미 있는 웃음을 띠며 물었다.

"아니, 그 일은 이제 끝난 일이네. 남쪽에 있다는 그 큰 산에나 가 보세."

"아, 그 옥산(玉山)인가 하는 산 말인가요? 거긴 하루만엔 무립니다. 게다가 거기엔 고산족인가 뭔가 하는 사람 잡아 먹는 부족이 있다고들 합니다."

"하루로 안 되면 이틀, 사흘 아니 나흘을 잡세. 고구려군하고 유구 생도들하고 같이…… 교육의 일부라고 생각하면 될 게 아닌가? 나도 한번 심신 전환을 하고 싶네."

"평소 대장님답지 않으신…… 아니, 과연 대장님다운 말씀입니다. 그 산은 우리나라 태백산(백두산)보다 훨씬 더 높다 하던데……"

병사는 나흘을 논다는 말에 연방 싱글벙글 좋아하며 말했다.

"대장님, 그런데 대장님이 가영 사령의 여동생과 연애한다는 게 사실입니까?"

만춘은 힘없이 피식 웃었다.

"내가 아니라고 하면 그대로 믿겠나? 마음대로 생각하시게."

그는 더 이상 묻지 않았다.

유구가 군사를 조련하고 말을 키워 전쟁에 대비하고 있다는 소문이 수나라 양제의 귀에도 들어갔다. 양제는 크게 노하였다. 그는 자기의 권위에 머리털 만큼이라도 손상을 입었다고 생각되면 참지 못 하는 성격이었다.

"괘씸한 놈들! 내가 여러 번 입조하라 했거늘, 빈대 낯짝 만한 땅을 가진 주제에 무조건 복종할 생각은 않고 전쟁을 준비해? 생쥐가 호랑이 수염을 건드려도 유분수지. 당장 강도에 있는 내호아(來護兒)를 불러라!"

내호아가 도착하자 황제는 불같이 명령했다.

"너는 다음 달 안에 네 밑에 있는 모든 병력을 동원해 유구로 들어가 불충한 놈들을 다 죽이고 그 왕의 목을 내게 바쳐라. 병력은 많을수록 좋다. 이것을 그들과의 전쟁이라고 생각하지 말고 고구려 원정을 앞둔 예행연습이라 생각하라. 알겠느냐?"

이때가 서기 610년 정월이었다.

전쟁이 임박했다는 소식은 유구에도 곧 전해졌다.

"수나라가 쳐들어온다!"

오랜 세월 평화롭게 살던 이 섬나라의 주민들은 전쟁이 과연 어떤 것인지 얼핏 감이 오지 않는 모양이었다.

"전쟁? 그러면 우린 어디로 가야지?"

"가긴 우리가 어딜 가? 사방이 바단데? 여기 그냥 있어야지."

"산으로 가면 안 될까?"

"무얼 먹고 살지?"

"싸움이야 왕들끼리 하는 거니까, 누가 이기든 빨리 끝나겠지 뭐……."

궁중에서는 작전회의가 열렸다.

"우린 육군이 상대적으로 약하니 바다에서 최대한 적을 무찔러 야 한다."

국방대신이 말했다. 여기서 약간 의견이 엇갈렸다. 가영의 상관 인 동북군장은 지금 동북군에는 헌 배와 소형 함정 몇 척뿐이니 서 부 수군에서 함정 몇 척을 지원해 달라고 요구했다. 그러자 서부 수군장들은 적군이 지금 서부 해안에 상륙할 가능성이 높은데 함 정을 뺄 수 없다면서 정 자신이 없으면 작전권을 아예 넘기라고 요 구했다. 사실 이 감정싸움은 해묵은 것이었다. 동북군 관할 지역에 는 많은 섬들이 있었는데, 여기에 사는 몇몇 부족 추장들은 심심치 않게 토산물을 갖다 바쳤다. 동북군장은 이를 궁중에 주로 보내고 서부 장수들에게는 가물에 콩 나듯 가끔 체면치레만 했다. 이에 서 부군장들은 내심, 고생은 자기들이 다 하는데 곶감은 동북군이 다 빼먹는다고 생각하고 있었던 것이다.

"한심하다! 적이 코앞에 닥쳤는데 무슨 밥그릇 싸움이오?"

한바탕 장수들을 꾸짖은 국방대신은 절충안으로 북서부, 남서 부 양군에서 열 척씩 배를 빼어 동북군에 주기로 결정했다.

"동북군에는 육군이 있으니 이것으로 부족하더라도 최선을 다 하라."

여기에 육군에서 따로 2천 명을 더 빼내 병력을 덧붙여 주었다. 동북군장은 그것으로는 턱없이 모자란 상황이었지만 어쩔 수 없었다.

"모든 해안의 감시를 강화하고 봉화대를 손 보거라."

유구군이 급박하게 돌아가기 시작했다.

아침부터 비가 주룩주룩 내리고 있었다. 고구려군 합숙소에서는 병사들이 향수에 젖어 잡담을 나누고 있었다.

"전쟁이 나면 우리는 어느 군에 소속되는 거야?"

"대장이 돌아오면 무슨 지시가 있겠지, 뭐."

"결국 남의 나라에서 이름 없는 고혼이 되는구나. 나 죽으면 제사는 누가 지내 주나?"

"방정맞은 소리 말게. 우리가 왜 죽나?"

"젠장, 재수 옴 붙었네. 일곱 달만 채우면 돌아가는데 하필 이때 전쟁이 터질 게 뭐람."

"자넨 그래도 장가라도 들었으니 덜 억울하지. 에이, 이럴 줄 알았으면 나도 유구 처녀랑 장가라도 드는 건데……."

"우리, 유서라도 써서 맡겨 놓는 게 어떨까?"

"누구에게 맡긴단 말이야?"

"누군 누구야. 대장에게 맡겨야지. 대장이야 미리 살 궁리를 마련해 놓지 않았겠어?"

"자넨 우리 대장이 혼자만 살 궁리를 찾을 거라고 생각하나?"

"알 수 없지. 사람 속을…… 하긴 이 섬에서 망망대해로 헤엄을 칠 수도 없을 테고…… 수나라 군대가 한꺼번에 덮치면 다 포기해야지 뭐."

이런저런 말을 나누고 있는데 만춘이 들어왔다. 모두들 그의 주변에 모여 들었다.

"전부 말을 끌고 오너라!"

일동이 서둘러 마구를 챙겨 말에 오르자, 그는 따라오라고 이르고 남동쪽으로 달렸다.

100여 리를 달리자 밀림이 빼곡한 곳으로 들어섰다. 모두들 말에서 내려 말을 앞에서 끌며 만춘을 따랐다. 얼마쯤 지나니 갈대숲이 덮힌 개활지가 나타나고 그 너머로 바다가 보였다. 바다에는 큰배 세 척이 떠 있었다. 건조한지 얼마 되지 않는 듯 세 척 모두 선체가 반들반들하였다. 어리둥절해 있는 일동 앞에서 만춘이 입을 열었다.

"이 배들은 내가 유구에 온 직후부터 쉬는 날마다 나, 가영, 그리고 목수 다섯 명이 취미 삼아 2년 만에 만든 배다. 이 안에 실려있는 식량과 식수, 물자들은 얼마 전에 실은 것들이다. 이 배에 대해서는 나, 가영, 목수 다섯밖에는 그 누구도 모른다. 우리는 지금부터 유구국 동북군을 따라서 싸운다. 그러나 자네들은 내 지휘를 받는다. 하지만 만일 세가 불리하여 유구국이 항복하는 날에는 우리는 이 배로 고구려로 탈출하여야 한다. 그것은 내가 떠나 올 때을지문덕 장군께서 내린 특명이다. 유구국 피난민 일부도 태울 것이다. 그러나 탈출 시기와 방법은 내가 정한다. 만일 경거망동하여미리 도망하거나 이 배에 관해 기밀을 누설하는 자는 군율에 따라처단한다. 알겠는가?"

일동은 서로 쳐다보며 고개를 끄덕였다. 그제서야 왜 2년 남짓

동안 쉬는 날마다 만춘이 아침 일찍부터 밤늦게까지 자취를 감추었는가 하는 의문이 풀렸다.

이튿날, 드디어 서북 해안에 적의 대규모 선단이 나타났다는 보고가 들어왔다.

"적의 병선이 얼마나 되던가?"

작전회의에서 국방대신이 물었다.

"40~50척이라고 합니다. 지금 서북 수군이 총동원되어 쫓고 있습니다."

장수들은 지도를 들여다보며 신중하게 말했다.

"40~50척이라면 주력은 아닌 것 같습니다. 주력은 지금 다른 곳을 노리는 것 같습니다."

동북군장이 의견을 내놓았다.

"성동격서(聲東擊西)라 이 말이지…… 양 공의 의견은 어떻소?"

대신이 만춘을 보고 물었다. 만춘은 이즈음 작전회의에 꼭꼭 참석하였다. 이제 유창한 유구어 실력 덕분에 그는 유구 장수들과 자유로이 말을 할 수가 있었다.

"동감입니다. 저들이 10여 년 전, 고구려를 범했을 때의 선단이 수송선을 뺀 병선만 150척이라고 들었습니다."

그렇다면 적의 주력은 과연 어디로 들어올 것인가를 두고 장수들 사이에 의견이 엇갈렸다. 서남 수군장은 서남 해안이 길고 포구가 많으며 저들이 서북쪽에 관심을 끌려는 것으로 보아 서쪽 중부 해안이 될 것이라고 주장했다. 이와는 다르게, 적장 내호아가 성질이 급하고 양제가 속전속결을 독려한 만큼 수도에서 가장 가까운 북부 해안 쪽으로 상륙해서 동남 방향으로 내려올 것이라는 주장도 만만치 않았다. 지휘부가 결정을 못 내고 있는데 전령들이 속속 도착해서는 보고했다.

"적선들은 서쪽으로 도망갔고 서북 수군은 이들을 쫓아 이미 멀리 나갔습니다."

국방대신은 당황했다.

"야단이군, 적의 주력이 아무래도 북쪽으로 들어올 게 확실한 모양인데…… 동북군의 병선은 얼마나 되나?"

"지난번 지원해 주신 20척 외에 판옥선 12척과 소형선 22척이 있는데 거의 낡은 배들입니다."

국방대신은 고개를 설레설레 흔들었다.

"서남 수군이 북쪽 해안으로 이동하는 데는 얼마나 걸리나?"

"아무리 빨리 움직여도 닷새는 걸립니다."

서남 수군장이 대답했다.

국방대신의 얼굴에 딱한 기색이 또렷했다. 그러나 마침내 차선책을 지시하였다.

"서남 수군에 배를 20척만 남기고 나머지 60척은 있는 힘을 다해 북쪽 해안으로 가라. 동북군은 이들 지원군이 도착할 때까지 무슨 수를 쓰던지 닷새를 버티며 적의 상륙을 저지하라. 육군은 주력을 북부 해안에 배치하여 상륙하는 적군을 막아라."

"낡은 배로 어떻게 닷새를 버티나?"

작전회의 결과를 전해 듣고 난 가영이 한숨을 쉬며 말했다.

만춘이 한 방략을 내었다.

"좋은 방안은 아니지만 적들의 눈을 일단 속입시다. 육지 가까운 바다에다 통나무 밑에 돌을 묶어 세로로 죽 세우면 마치 목책을 박아 놓은 것처럼 보입니다. 아마 적군이 함부로 배를 대지는 못할 겁니다."

가영과 동북군장은 이를 묘안이라고 여겨, 나무를 2만여 개 잘라 한쪽 끝을 한 자 반 간격으로 묶고 돌을 매달아 다섯 자가량을 물 위로 내놓았다. 이렇게 세 겹으로 해안선을 따라 띄워 놓으니 흡사 목책을 쳐 놓은 것 같았다.

준비를 끝내고 배들을 모아 육지에서 북쪽으로 80리가량 떨어진, 꽃병 모양의 섬 근방에 진을 치고 있은지 불과 반나절 뒤에 수나라의 대규모 선단이 나타났다. 언뜻 보아 100여 척이 넘었다. 그러나 유구군을 놀라게 한 것은 배의 숫자보다도 배의 크기였다. 그 가운데 반수 이상이 배의 길이가 200척(尺), 돛대의 높이가 유구 배의 두 배 이상은 족히 되었다.

"도대체 저게 배냐? 산이냐?"

가영이 기가 질려 말했다.

"우리 목표는 닷새를 버티는 것이다. 치고 빠지는 것을 되풀이하되 너무 가까이 가지 마라."

동북군장이 엄명을 내렸다.

두 수군의 접전이 시작되었다. 화살이 비 오듯 오가고 불화살이 난무하였다. 적은 이쪽의 함선이 얼마 되지 않음을 알자 한꺼번에 덮쳐 버리려는 듯 몰려왔다. 그러나 유구선들은 섬 둘레를 요리조리 빠지며 불리하다 싶으면 도망가고, 조용하다 싶으면 달려와 괴롭혔다. 하루 꼬박 숨바꼭질로 시간을 허비하자 수나라 함선들은 두 패로 나뉘져 한 패는 유구선을 쫓고 나머지 한 패는 해안 쪽으로 향하였다.

"적이 두 패로 나눠 뭍에 오를 모양이다. 네게 큰 배 열 척과 소형선 열 척을 줄 테니 상륙하려는 적을 막아라."

동북군장이 가영에게 말했다.

적선들은 뭍 가까이로 배를 대려다가 전방에 목책이 삼중으로 쳐져있는 것을 보았다.

"안 되겠다. 배로 접근하기는 힘들다. 쪽배를 띄워 상륙하라."

적들은 쪽배들을 수십 척씩 내려 해안으로 내몰았다. 그러나 뒤따라온 가영의 소형 선단들이 이들을 공격하여 절반은 죽고 절반은 육지 쪽에서 날아오는 화살에 쓰러지고 말았다. 적은 나흘 동안이나 상륙을 시도하였으나 번번이 실패하자 다시 두 선단이 한 무리로 합쳐 유구 선단의 격파를 시도하였다.

닷새째 되는 날 겨우 유구의 서남 수군 선단 60척이 서쪽에서 나타났다. 그러나 동북군의 기대와는 달리 이들은 수나라 수군과 조우하자마자 전면전을 시도하다가 대패를 당하고 말았다. 숫자가 열세인데다가 엄청난 크기의 수나라 함선을 상대로 전면전을 벌인 자체가 무모한 시도였다. 유구군은 그들 배보다 두 곱절 높이에 있는 상대를 올려다보며 활을 쏘아야 하는데다 뱃전에 가리어 잘 맞출 수가 없었다. 반대로 내려다보며 쏘는 수나라 군사들은 적중시키기가 아주 수월했다.

유구군이 백병전을 시도하면 수나라 배는 유구선을 아예 부딪쳐 부숴 버렸다. 결국 유구 수군은 전함 대여섯 척만이 살아남아 도망쳤다. 낭패를 당한 것은 동북군이었다. 동북군 배도 이미 절반은 부서져 만일 상대방이 둘러싸고 공격해 온다면 독 안에 든 쥐 꼴이 될 판이었다.

"안 되겠다. 모두들 후퇴해서 육지에서 적을 막자!"

마침내 동북군장이 후퇴 명령을 내렸다. 그러나 이때 유구군은 커다란 실수를 저질렀다. 다급한 김에 해안선에 쳐진 가짜 목책을 비켜 가지 않고 그냥 넘어 버린 것이었다. 추격하던 수나라 함선에서 이 광경을 모두 보고 말았다.

"속았다. 저것은 목책이 아니라 그냥 떠다니는 나무다. 그대로 배를 돌진시켜라!"

아수라장이 벌어졌다.

상륙하려는 2만여 수나라군과 이를 막으려는 동북군 5천 및 북부 육군 7천 명, 도합 1만 2천여 유구 병사들이 치열한 공방전을 벌였다. 만춘과 고구려 병사들도 말을 타고 종횡무진으로 뛰며 적군을 닥치는 대로 살육하였다.

싸움은 어느새 화살을 쏘고 받는 싸움에서 치열한 백병전으로 바뀌었다.

"이상하다. 왜 적의 기병이 안 보이지……?"

만춘은 이마에서 흐르는 땀을 닦다가 불현듯 이상한 생각이 들었다. 언뜻 보니 수나라군은 이미 배에서 거의 다 내린 상태였다. 그런데도 기병은 눈을 씻고 봐도 없었다.

"수나라 대장이 유구군의 약점을 모를 리 없을 텐데……."

만춘은 머리를 쥐어짜 보았다. 그러다가 문득 생각난 듯 가영을 찾았다. 한참 만에 그는 모래주머니로 쌓은 울타리 뒤에서 부하들과 더불어 치열하게 싸우는 가영을 발견했다.

"손 형! 내 어디 다녀올 때가 있으니 이따가 산성 안에서 만납시다."

알았다는 그의 말을 듣자마자 만춘은 나는듯이 말을 몰았다.

'그렇다! 거기일지도 모른다.'

만춘은 불안한 예감이 빗나가기를 진심으로 바랐다.

만춘은 작년에 해안 군사시설을 죽 둘러볼 때, 섬 동북쪽 귀퉁이의 약간 후미진 해안을 지나면서, '여기는 군사 몇 만이 능히 진을 칠 수 있는 곳인데 왜 아무런 방비 시설이 없느냐?' 고 물어본 적이 있었다. 그때 동행하던 대장은 약 20~30리 떨어진 거북 머리처럼 생긴 섬을 가리키며 '저 섬과 이곳 사이에는 물밑에 수많은 암초가 있어 작은 고깃배조차 지나기 어렵고 저 섬에는 해안 감시 초소가 있습니다' 라고 말했었다. 그때 만춘은 이상하게도 꺼림칙한 기분을 떨칠 수가 없었다.

지금 그의 머리에 불현듯 불길한 예감을 준 것은 바로 그곳이었다. 그는 가쁘게 말을 몰아 산을 넘고 성벽을 따라 죽 나가다가 다시 밀림으로 접어들었다. 야트막한 언덕에 이르러 말을 묶어 놓고 울창한 숲을 헤치고 언덕 정점에 이르니 갑자기 시원한 바다 바람과 함께 시야가 탁 트였다. 그 순간 만춘은 '악' 소리를 지를 뻔했다. 바닷가에는 이미 무수한 기마병, 보병이 상륙해 창검을 번쩍이고 있었다. 저쪽 섬 근처에는 그가 조금 전에 본 거함들이 헤아릴 수 없이 떴는데, 해안과 함대들 사이에는 물자와 병력을 나르는 쪽배들이 가득했다. 마음을 가라앉히고 대강 숫자를 세어 보니 이미 상륙한 인원만 4만을 넘을 것 같고 배는 그 수를 알 수 없었다.

"아! 유구의 운명이 풍전등화로구나. 도대체 수 양제는 얼마 만한 전력을 여기에 투입한 것일까? 이미 들어온 병력만으로도 이 나라 전체 병력과 맞먹는데 그보다 몇 배 많은 군사들이 또 상륙하다니……."

그는 어깨에 힘이 빠졌다. 다시 말을 타고 원래 장소로 돌아오니 유구군은 약간 물러나서 양명산(陽明山)을 등지고 진을 쳤고 수나라 군사들은 바닷가에서 진을 치고는 싸움이 소강상태에 들어 있었다. 가영을 만난 만춘은 즉시 자기가 본 바를 얘기했다. 가영의 얼굴이 흙빛으로 변했다.

"4천이 아니고 4만이라고……?"

왕이 주재하는 어전회의가 열렸다. 대신들의 얼굴이 모두 어두웠다. 다만 국왕만이 침착한 표정을 잃지 않았다.

"지리를 믿고 방어를 허술히 해 적을 고스란히 상륙시킨 것은 큰 실책이오. 우선 친위군과 중군을 총동원해 지남궁(指南宮) 동쪽에 진을 치고 적들을 막으시오."

왕은 군사들을 보내게 한 뒤 회의를 계속했다.

"마마, 낮에 잡힌 적의 포로를 심문한즉 저들이 이번에 동원한 병력이 모두 10만이라 하옵니다. 우리의 군사는 모두 합쳐도 3만 5천에 불과하온데 수군은 이미 절반이 무너졌사옵니다. 황송한 말씀이오나 적에게 화의를 청하는 사자를 보내심이 어떨까 합니다."

한 신하가 아뢰자 다른 신하도 덩달아 거들었다.

"그것은 경들이 양광이를 몰라서 하는 소리요. 선전포고도 없이 전쟁을 일으킨 자들이 어떻게 화의에 응하겠소? 허나 경들이 모두 그렇게들 원하니 일단 사자를 보내 저들의 의도나 알아봅시다."

적진을 찾아간 사자가 유구 조정의 뜻을 전했다.

"우리나라는 전조 이래 어느 나라도 해치지 않고 평화롭게 살아

왔으며 특히 귀국이 중원을 평정하였을 때 우리가 사신을 보내 경하하자 문제께서 '너희들의 안위를 보장하겠노라' 하셨소. 그때 이후 지금까지 우리나라가 귀국의 변경을 침해한 일도 없고 우리 백성들은 오직 생업에 열심히 종사하고 있을 뿐인데 귀국 병사들은 무슨 일로 평화로운 나라를 침범하는지 이유를 알고자 하오."

내호아의 답신은 이러했다.

"나는 황제의 명을 받들어 온 몸으로서 다만 들은 바대로만 이르노라. 귀국은 대대로 중화에서 죄를 짓고 도망 온 자들을 받아들여 지금은 도적들의 소굴로 변한지가 오래 되었다. 그뿐 아니라 해마다 보내야 하는 조공도 게을리 하니 이는 황제를 업신여김에 다름 아니다. 황제께서 '도적들을 토벌하여 태평성대가 만방에 미치게 하라'고 하셨으니 그대들은 모두 항복하고 나와 엎드려 목숨을 빌라."

유구왕은 그 답신을 신하들에게 보여 주며 결연한 의지를 밝혔다.

"보라, 이것이 그들의 답변이다. 그들은 태평성대를 만방에 미치고자 전쟁을 일으킨다고 한다. 진나라가 수나라에 망하고 나서 백성들이 태평성대를 누리는가? 그들은 오직 노예가 되어 지금 배 만드는 일, 운하 파는 일에 동원되고 있다. 열에 다섯은 지쳐 죽는다고 한다. 이것이 저들이 말하는 태평성대이다. 경들은 들으라. 나는 최후까지 이 침략자들과 싸울 것이니 지금부터 누구든 화의를 주청하는 자가 있으면 이 칼로 직접 벨 것이니라."

곳곳에서 치열한 싸움이 벌어졌다. 유구군은 상하가 한 덩어리가 되어 악착스럽게 싸워 근 한 달을 버텼다. 초조해진 내호아는 본국에서 병력을 자꾸 실어 와 어느새 총 병력이 20만에 달했다. 전황은 눈에 띄게 유구국에 불리하게 전개되어 수나라 군대가 궁성을 압박하기에 이르렀다.

만춘은 가영과 함께 조용히 국왕을 알현하였다. 전황을 설명하고 지금 안전지대에 배를 준비해 놓았으니 고구려로 피하셨다가 후일을 도모하시는 게 어떠냐고 아뢰었다. 국왕은 지그시 눈을 감고 있다가 만춘에게 말했다.

"경을 위시한 고구려 전사들의 공적은 익히 들어 알고 있소. 자기 나라를 위해서도 그렇게 싸우기 어려운데 고문으로 와서 일찍 돌아가지 않고 지금까지 수고해 준 데 진심으로 사의를 표하오. 짐은 이미 여러 신하들 앞에서 최후까지 싸우겠다고 말한 바 있는데 지금 어찌 그 말을 뒤집겠소? 더구나 내가 고구려로 피신한다면 저들이 고구려를 칠 좋은 구실이 될 텐데 나 하나 때문에 어찌 남의 나라에 폐를 끼칠 수 있겠소? 그 세 척의 배에 얼마나 많은 사람이 탈 수 있는지 모르겠으나 가능하다면 군신들의 자녀들을 태워 그들을 전쟁 노비 신세에서 벗어나게 해 준다면 짐을 위해 목숨을 바친 신하들에게 작은 위로가 되겠소. 과인의 식구들은 다만 두 왕자만을 부탁하겠소. 그들에게 오늘을 기억하게 하고 원수를 잊지 않게 해 준다면 내 저승에서라도 양제의 뒤꼭지를 잡는 혼이 되어 고구려에 보답하겠소."

왕은 말을 마치자 만춘과 가영을 가까이 오게 하고는 손을 힘껏 잡았다. 가영은 흐느끼며 어전을 물러 나와 만춘에게 부탁했다.

"공은 두 왕자를 데리고 먼저 가서 출발 준비를 하시오. 나는 왕의 명대로 병사들을 데리고 군신의 가족들을 호송하여 가겠소.”

만춘은 두 왕자와 함께 왕에게 하직인사를 올렸다. 왕은 두 왕자를 가까이 오게 하고 이마를 쓰다듬고 나서 품에 안은 뒤에 얼마 동안 말이 없더니 이윽고 풀어 주었다.

고구려군 생존자들을 모두 모은 만춘은 암문(暗門)을 통해 성을 빠져 나와 남쪽 언덕에 이르렀다. 숲 사이로 돌아보니 이미 수나라 군사들이 무수히 성벽을 기어오르고 있었다. 누가 불을 질렀는지 성 안에서 시커먼 연기가 하늘 높이 피어올랐다. 만춘이 밀림 사이를 헤치며 배가 대기하고 있는 곳에 이르러 돛을 올리고 출발 준비를 시켰다. 한참 후 호송 병사 10여 명과 함께 피난 가족들이 도착했다. 300여 명을 세 배에다 나눠 태우니 거의 만선이었다. 그런데 가영이 보이지 않았다. 그의 가족들도 보이지 않았다.

“가영 사령은 어디 갔소?”

“모르겠소. 그냥 빨리 가서 배를 출발시키라고만 하셨소.”

만춘은 마음이 급했다.

‘이 사람이 혹시 국왕과 함께……?’

만춘은 모두들 잠시 기다리게 하고 얼른 고구려 병사 하나를 데리고 성 안으로 도로 들어갔다. 성 안은 이미 아수라장이 되어 있었다. 수나라 병사들이 유구 군민들을 상대로 처참한 살육전을 벌이고 있었다. 만춘과 따라온 병사는 지나가던 수나라 기병을 창으로 찌르고는 말 두 필을 뺏어 타고 가영의 집으로 향했다. 도중에 달려드는 수나라 병사들을 닥치는 대로 베었다.

집에 이르니 자옥과 노부부가 방 한쪽 구석에서 서로 꼭 부둥켜안고 있었다.

"오빠는? 오빠는 어디에?"

"아까, 왕궁으로 간다고 뛰어나갔어요."

"어르신! 지금 고구려로 피난 가는 배가 기다리고 있습니다. 어서 가십시다."

만춘이 가영의 부친을 보고 재촉하자, 그는 고개를 천천히 가로 저었다.

"나는 여기에 남겠소."

안 되겠다 싶어 만춘은 모친의 팔을 잡아 일으키려 하니 모친은 손을 내저었다.

"나도 영감을 따라 여기 남겠어요. 우리 자옥이를 데려가 주세요! 꼭 부탁해요."

할 수 없이 만춘은 울며 부르짖는 자옥을 한 팔로 부둥켜안고 말에 태웠다. 자옥을 껴안은 만춘과 병사는 또다시 악머구리처럼 덤벼드는 수나라 병사들을 베며 암문에 이르렀다.

"이 낭자를 잘 모시고 가라! 만일 내가 정오까지 가지 않으면 나를 기다리지 말고 즉시 세 척 전부 출발시켜야 한다. 이것은 명령이다. 알겠는가?"

그들이 떠나는 것을 확인한 만춘은 왕궁으로 말을 몰았다.

왕궁은 이미 수나라 병사들과 유구 친위병들이 뒤범벅이 되어 싸우고 있었다. 한 모서리에서 몇 명을 상대로 버거운 싸움을 하고 있는 가영이 얼핏 눈에 들어왔다. 만춘이 뛰어가 한 명을 쓰러뜨리고 계속 덤벼드는 다른 적병들을 칼로 막으며 가영에게 소리쳤다.

"다들 기다리고 있는데 빨리 안 가고 뭐하고 있소?"

"나는 여기서 국왕과 함께 죽겠소. 공은 빨리 가시오."

"공이 안 가면 나도 안 가겠소. 빨리 갑시다."

만춘이 다시 소리쳤다.

"그러면 안 되오. 귀공은 고구려 사람이고 나는 유구 사람이오. 처지가 다르오. 빨리 가시오!"

둘이 등을 맞대고 이렇게 실랑이를 하는 사이에 수십 명의 수나라 군사들이 그들을 에워쌌다. 갑자기 그물 하나가 휙 그들을 덮치더니 적병들이 둘에게 달려들어 창 끝을 겨누고 발로 차며 마구 구타한 뒤 칼을 뺏어 버렸다.

싸움은 끝났다. 유구왕은 처참히 살해되고 왕궁은 불탔다. 수백 년 평화롭게 내려오던 왕조가 종말을 고한 것이었다. 수나라 병사들은 마음껏 약탈을 일삼았다. 최후까지 싸우다 사로잡힌 유구군과 궁중에 남아 있던 대신, 궁녀, 그리고 민가에서 잡은 아녀자 등 도합 1만여 명이 포로가 되어 강도로 실려 갔다. 포로 일행에는 만춘과 가영도 들어 있었다.

7. 인연

 강도(江都)에 도착한 포로들은 바로 나뉘어졌다. 가영이나 만춘 같은 군 출신 6천여 명은 강도 남쪽에 있는 조선소로 투입되고 나머지는 장안으로 끌려갔다.

말로만 듣던 전쟁 노비 생활― 그것은 문자 그대로 짐승과도 같은 생활이었다. 새벽닭 울기가 무섭게 병사들이 몰려와서 자고 있는 그들을 발로 차거나 창대로 쿡쿡 찔러 깨웠다. 식사는 흡사 돼지죽과 비슷한 것을 퍼 주고는 그릇을 비우기가 무섭게 작업장으로 내몰았다.

이들이 배를 만드는 방식이란, 나무를 깎아 대패질을 하고 배의 밑판을 짠 다음 삼판을 올린다. 그런 다음 선체의 앞뒤를 판자로 막고는 물에 바로 띄운다. 이때부터 물속을 드나들며 격벽을 설치하는데 고구려 배와는 달리 용골이나 늑골이 없어 벽을 짜 세우기가 쉽지 않았다. 수없이 많은 격벽을 가로, 세로로 설치하고는 갑판을 덮는다. 이 작업이 끝나면 돛대를 세우고 갑판 위에는 뱃집을 짓는다. 전쟁 노비들과 부역에 동원된 백성들은 이 공정에 나누어 투입되는데 전쟁 노비들은 제일 힘든 공정과 가장 위험한 일에 투입되었다. 일이 끝나고 돌아오면 저녁이랍시고 주먹밥을 한 덩어리씩 먹이고는 쇠사슬로 발목을 줄줄이 묶었다. 위생시설이란 생각할 수 없고 잠자리에 들면 악취가 코를 찔렀다. 물속에 자주 드나드는 사람은 아랫도리가 썩어 구더기가 우글거렸다. 잘못 발을 헛디뎌 높은 데서 떨어져 다친다거나, 병이 생기면 그것은 곧 죽음으로 이어졌다. 작업량이 목표에 못 미치거나 건강상의 이유로 꾸물대면 가차 없이 채찍이 쏟아졌다.

만춘이나 가영이 제 나라에 있을 때는 험한 모든 일은 아랫사람을 시키면 되었기에 백성들의 설움이 어떤지를 몰랐었다. 이제 그들은 백성이 겪는 어려움, 그것도 가장 밑바닥의 고난을 피부로 체험하게 된 것이다.

처음에 그들은 물속에 드나드는 일을 했다. 살갗이 퉁퉁 붓고 잠을 자도 온몸이 쑤시고 아팠다. 그러다가 나무 깎는 솜씨를 인정받아 같이 톱질·대패질 하는 일을 맡았다. 유구에서 2년 동안 배를 만든 게 도움이 된 셈이었다. 그러나 이것도 힘들기는 마찬가지였다. 장강 상류 삼협(三峽) 쪽에서 떠내려 보낸 통나무를 장강 하구에 가두어 둔 뒤에 이것을 여러 개씩 끌어다가 강어귀에 있는 제재소에 올려놓고 톱질과 대패질을 잠시도 쉴 틈 없이 되풀이했다.

6월로 접어든 어느 날, 경비가 소홀한 틈을 타 가영이 조용히 속삭였다.

"이제 곧 장마가 오면 강물이 붇고 유속이 빨라지오. 이때가 탈출할 수 있는 절호의 기회요. 때가 오면 내가 나무를 운반하러 갈 때 통나무를 가두고 있는 긴 연결선을 잘라 버릴 작정이오. 그러면 급류를 타고 온 통나무들이 아래쪽에 있는 접안 시설들을 휩쓸어 버릴 것이오. 이 혼란을 틈타 나는 뗏목을 타고 내려갈 테니 공은 미리 목재 예인선에 숨어 있다 내려가 해구에서 만나 나를 건져 주면 되오."

그의 말대로 과연 우기가 닥치자 누런 흙탕물이 급속도로 불어났다. 빗속에도 조선소 작업은 멈추질 않았다.

아침부터 굵은 비가 주룩주룩 내리는 어느 날, 통나무를 가지러 가면서 가영이 신호를 했다. 만춘은 대패질을 하면서 가만히 경비들의 눈치를 살폈다. 궂은 날씨 탓에 그들은 실내에 들어앉아 저희들끼리 노름판을 벌이고 있었다. 만춘은 기회를 봐서 슬며시 아무도 없는 목재 예인선 안으로 숨어들었다. 말뚝에 묶인 줄을 풀어 슬쩍 걸쳐만 놓고 한끝을 잡고 있으면서 상류 쪽을 주시하고 있었다. 한참 뒤, 위쪽에서 통나무들이 무더기로 떠내려 오는 것이 보였다. 양안의 누구도 아직 눈치 채지 못 했다.

통나무 하나가 쿵 하고 그의 배에 부닥치는 순간 그는 잡고 있던 줄을 스르르 놓아 버렸다. 잇달아 떠내려 온 통나무들이 강가에 설치된 임시교량이며 시설들을 휩쓸고 지나갔다. 이때야 비로소 인부들과 경비병들이 이리 뛰고 저리 뛰며 소리치기 시작했다.

"통나무를 건져 내라!"

"줄을 가져오라!"

"저기 사람이 떠내려간다! 빨리 줄을 가져오너라!"

뗏목 위에서 엎드려 있는 가영의 모습이 그들 눈에는 안 떠내려 가려고 몸부림치는 것처럼 보였다. 누군가가 줄을 가져왔을 때, 가 영은 이미 하류 쪽으로 멀찌감치 흘러가 있었다.

예인선이 수군의 배들이 정박해 있는 곳을 완전 통과할 때까지 몸을 감추고 있던 만춘은 수군 진영이 멀어지자 고개를 들어 밖을 내다봤다.

좌우의 기슭이 5리가 되는지 10리가 되는지 까마득한데 전후좌 우가 온통 누런 물 천지였다.

'노비 신세 면하려다 잘못하다가는 물귀신이 되겠구나!'

전장에서 적과 싸울 때보다 더 두려운 마음이 생겼다. 속수무책 으로 배가 떠내려가는 대로 맡겨 둘 수밖에 없었다. 몇 시간이고 떠내려가다 보니 저 앞 강 복판에 섬이 하나 나타났다. 그는 있는 힘을 다하여 섬 쪽으로 노를 저어 갔다. 배가 섬 언저리를 스치자 닻을 섬 기슭의 나무를 향하여 던졌다. 다행히 닻이 나무 밑둥치에 걸렸다. 배가 줄의 힘으로 원호를 그리며 섬에 닿았다. 재빨리 뭍 에 오른 그는 배를 나무에 묶고 나서 뗏목을 타고 내려올 가영을 기다렸다. 한참 만에 그의 뗏목이 떠내려 오는 것이 보이자 만춘은 손을 흔들며 소리를 질렀다. 가영이 그를 발견하고 힘껏 외노를 저 어 섬 쪽으로 접근하려고 안간힘을 썼다. 그가 두 길 정도로 다가 오자 만춘은 얼른 밧줄을 던졌다. 가영이 가까스로 줄을 잡고 뗏목 을 섬에다 대었다. 그들은 굵은 빗줄기를 맞으며 노역장을 탈출했 다는 기쁨에 서로 부둥켜안았다.

이 작은 섬에서 오래 있으면 곧 발각될 것이다. 두 사람은 일단 바다가 보일 때까지 나갔다가 북쪽 해안으로 올라가 상륙하기로 하고 비가 그치는 대로 출발하였다.

예인선에 탄 그들은 다시 하류로 떠내려갔다. 강 하구 삼각주에 이르러 왼쪽으로 방향을 틀었다. 날은 이미 어두웠다. 그들은 불안과 공포 속에서 거의 뜬눈으로 밤을 새웠다. 바깥을 보니 배는 어느새 바다 위에 떠 있고 멀리 육지가 가물가물, 보일듯 말듯하였다. 돛을 달고 북쪽이라 생각되는 해안을 따라 나아가다가 어느 한적한 어촌 근방, 인적이 드문 곳에 상륙하였다. 잡초가 우거진 풀숲을 기어 외딴 헛간에 숨어들었으나 배가 고파 견딜 수가 없었다.

우선 급한 굶주림을 해결하려고 위험을 무릅쓰고 마을에서 뚝 떨어진 농가를 찾았다. 부엌으로 살금살금 기어들어 솥뚜껑을 열었다. 그러나 무쇠로 된 솥뚜껑을 잘못 떨어뜨려 소리가 나고 말았다. 그들이 몸을 숨길 사이도 없이 방문이 열리고 한 노파가 얼굴을 내밀었다. 둘이 엉거주춤하고 있는데 노파가 잠시 그들의 옷차림새를 보더니 쉰 목소리로 말했다.

"강도에서 또 도망쳐 나온 게로군. 들어와."

"죄송합니다, 할머니. 너무 배가 고파 그만⋯⋯."

"들어와. 강도에서 도망친 게 무슨 죄가 되나⋯⋯?"

노파가 동정하는 눈빛을 띤 것 같아 둘은 서로 마주 보다가 슬금슬금 방 안으로 들어갔다.

"쌀은 다 떨어졌고⋯⋯ 식은 죽이라도 줄 테니 먹고 가게."

노파는 방 한구석에 베로 덮어 놓은 죽 그릇을 찬 한 가지와 함께 내놓았다. 둘이서 게걸스럽게 먹어 치우는 것을 보던 노파가 혀를 끌끌 찼다.

"고생들 하셨수. 난 20년 전 진(陳)이 망한 뒤 강남에서 옮아왔소. 우리 강남 사람들은 진나라 때가 훨씬 살기 편했는데……."

이 말을 듣고서야 둘은 어느 정도 안심을 했다. 강도의 노역장이 생지옥이라는 것은 이제 천하가 다 아는 사실이라 사람들은 거기서 빠져나왔다 해도 죄인 취급을 하지 않았다. 게다가 강남 사람들은 진나라가 수나라에 망했다는데 대해 아직도 반감이 남아 있었다.

"그래, 이젠 어디로 갈 생각이오?"

노파의 질문에 둘은 다시 서로 얼굴을 마주 보았다.

"장안으로 갈 겁니다."

한참 만에야 만춘이 입을 열었다. 만춘은 장안으로 가서 형편을 살피면 고구려로 가는 길을 찾을 수 있지 않을까 막연히 생각하였던 것이다.

"여기는 대체 어딥니까? 장안으로 가려면 어떻게 가야 됩니까?"

이번에는 가영이 물었다.

"여긴 장강 해구 바로 위쪽에 있는 마을이야. 서쪽으로 죽 가면 다시 강도가 나오고 운하를 따라 2500리를 가다 서쪽으로 빠지면 허창(許昌)이고 거기서 서쪽으로 1200리를 가면 장안이라 하던데 나도 잘은 몰라. 그런데 그 길로 가면 길 잃을 염려는 없지만 황제가 자주 다니는 길이라 경비가 삼엄할 텐데……."

강도란 말을 듣고 만춘이 진저리를 쳤다. 가영은 노파가 아직 못 미더운지 유구말로 얘기했다.

"양 형, 차라리 배를 타고 다시 남쪽으로 가서 옛 오(吳)의 수도인 건업(建業) 남쪽으로 해서 장강 남쪽 연안을 타고 서쪽으로 갑시다. 길은 훨씬 더 멀지만, 이 노파처럼 강남 사람들은 아직 수나라에 반감이 많아, 우릴 보고 고자질하는 사람도 적을 것이오."

"그 다음에는?"

"3천 리쯤 가면 조조가 주유한테 당했던 유명한 적벽(赤壁)이 나오고 거기서 강을 건너면 북쪽이 형주(荊州)인데 여기서 옛 촉(蜀)과 위(魏)의 경계선을 따라가다 북쪽으로 가면 바로 장안이오. 길은 전부 6천 리 길이라 훨씬 더 멀지만 그게 안전할 것 같소."

둘이서 합의하고 길을 떠나려 하자 노파는 번상(番上) 나간 아들 것이라며 헌 옷가지와 좁쌀 몇 홉, 그리고 부싯돌을 챙겨 주었다.

둘은 다시 배를 타고 장강 하구 남쪽에 도착하여 온갖 위험을 겪으며 길을 헤쳐 나갔다. 도중에 남의 밭에 들어가 덜 익은 콩이나 수수를 구워 배를 채우기도 하고 검문하는 병사들을 피해 밤중에 산길을 더듬기도 했다. 숲에서 한둔하기가 일쑤였고, 때로는 말을 훔쳐 타고 달리기도 했다. 천신만고 끝에 장안에 이른 것은 8월 말이었다.

장안은 역시 대제국의 중심이었다. 광동거, 한거, 영제거, 통제거 등 운하를 타고 각지에서 올라온 산물이 쌓이고 기이한 옷차림을 한 온갖 종류의 인간들이 저잣거리에 들끓고 있었다. 둘은 저자에서 행상 행세를 하면서 돌아가는 형세를 살폈다. 한편으로 만춘은 자기가 겪은 수나라의 군 동원 방식, 전투 방법, 수군의 현황, 전함의 크기와 얼개, 민심의 움직임 등을 자세히 정리하여 놓고 고구려에 전할 방법을 찾고 있었다.

우연히 그럴 기회를 만났다.

만춘에게는 장안의 기름기 많고 느끼한 음식이 입에 잘 맞지 않았다.

'사람이란 참 간사하구나. 강도에서 노예 생활을 할 때에는 제대로 된 밥 한 그릇만 먹는 게 소원이었는데 이제 겨우 쇠사슬 신세를 면했다고 입이 호사스러워져 찬을 가리게 되다니……'

그는 자신을 꾸짖었다. 한번은 저자 한 귀퉁이에 있는 산동(山東)식 음식점에 들리었는데 그 집 음식 맛이 고구려 사람 입맛에는 썩 맞았다.

어느 날 저녁, 만춘이 그 집에서 만두 한 그릇을 먹고 계산을 하려고 서 있었다. 앞 사람이 역시 계산을 하려고 허리춤을 슬쩍 들추는 순간, 이상한 물건이 그의 눈에 들어왔다. 그것은 엄지손가락만하게 다듬은 목각 인형— 다름 아닌 부여신과 고등신을 새긴 것이었다.

'고구려 사람이로구나!'

고구려인들은 그들의 조상인 유화부인과 주몽의 모습을 나무로 깎아 모시는 습관이 있었다. 어떤 사람들은 이처럼 아주 작게 깎아 부적처럼 차고 다니기도 했다. 특히 위험한 일에 종사하거나 전쟁에 나가는 군인들은 이것을 차고 있으면 액운이 비껴간다고 믿었다.

만춘은 가영에게 집으로 먼저 가라고 이른 뒤에 그 사람이 눈치채지 않게 조심하면서 살금살금 뒤를 밟았다. 그는 저잣거리를 점점 벗어나더니 어느 변두리, 천인들의 집단 거주지로 들어갔다. 그가 인적이 없는 외진 곳에서 큰 나무 밑을 지나려 할 때 만춘은 성큼성큼 다가가 뒤에서 한 손으로 그의 오른팔을 잡고 다른 손으로 허리춤을 잡으며 그의 귀에다 대고 나직이 말했다.

"꼼짝 마라! 너는 고구려의 첩자지?"

순간 그 자는 허리를 슬쩍 빼며 만춘의 몸을 어깨 위로 번쩍 들어 공중으로 한 바퀴 돌려 내동댕이치더니 만춘의 배 위에 올라타려 했다. 보통 솜씨가 아니었다. 만춘은 달려드는 그의 윗도리 깃을 잡고 두 발로 가슴팍을 걸어 머리 위로 던져 버렸다. 그는 한 바퀴 구르더니 다시 일어나 이번에는 만춘의 허벅지를 공격하여 왔다. 몇 번을 엎치락뒤치락하는 사이에 만춘은 상대가 고구려의 정통 무술을 익힌 사람임을 확인했다.

"잠깐 멈추시오! 나도 고구려 사람이오."

상대가 비로소 자세를 약간 누그러뜨리며 고구려말로 물었다.

"뉘시오?"

"난 고구려 포로요. 강도에서 탈출한 사람이오. 을지문덕 장군의 명을 받고 유구로 갔던 사람이오. 양만춘이라 하오."

"잠깐, 저쪽으로 갑시다."

그제야 그 사람은 주위를 한번 휘익 살피더니 만춘을 약간 구석진 곳으로 이끌었다. 그는 나뭇등걸에 걸터앉으며 말했다.

"좀 더 소상히 얘기해 주시오."

만춘은 을지문덕 장군의 명으로 유구에 파견된 사실과 유구에서 있었던 일, 포로가 된 뒤 강도에서 탈출한 사실을 대충 밝혔다. 상대는 직업상 자기의 이름은 밝힐 수 없다며 양해를 구한 뒤 자기도 을지문덕 장군 휘하의 첩보부대 요원으로 일하고 했다. 그는 조용한 곳으로 가서 다시 얘기하자며 만춘을 데리고 골목길을 요리조리 돌더니 어느 자그마한 오두막집으로 안내하였다.

방 안에 들어서서 불을 밝히자 만춘은 얼핏 방 안을 살펴보았다. 그는 포목상 행세를 하는 듯 방 안에는 몇 가지 고급 천들이 차곡차곡 쌓여 있었다. 상대방은 차를 한 잔 끓여 내놓았다.

"미안하오. 혼자 살다 보니 대접할 게 없소."

만춘은 상대방이 믿음성이 있는 인물임을 재차 확인한 뒤, 자기가 겪은 지난 일들을 좀 더 차근차근 설명하고는 자기의 소식을 본국 을지문덕 장군에게 알려 줄 것을 청했다. 또 유구를 떠난 피난민과 고구려 병사들이 무사히 도착했는지, 지금 자기가 알아낸 몇 가지 정보를 어떻게 전달하면 좋을지 가르쳐 달라고 했다. 상대는 들은 내용을 보고하겠지만, 단 자기는 수집한 정보를 지시 받은 접선 대상에게 전달만 할 뿐, 그것이 어떻게 고구려까지 가는지, 언제 회신이 올지는 전혀 알 수 없으므로 매달 보름에 그 산동 식당으로 나와 기다리라고 하였다.

자신을 '보라매'로 불러 달라는 그 첩보원과 헤어진 만춘은 고구려로 돌아갈 희망이 생겨 마음이 적잖게 들떴다. 만춘은 가영에게 이 일과 그의 누이동생 자옥을 포함한 유구 피난민 소식도 알아봐 달라고 부탁했다는 말을 전했다.

그들이 기다리던 소식을 전해 들은 것은 그로부터 두 달 뒤인 동짓달 중순이었다.

'양 공의 생존 소식에 을지문덕 장군이 대단히 기뻐함. 즉시 양 공의 집으로 이 소식을 전함. 유구 피난선 세 척 가운데 두 척은 무사히 도착했으나 한 척은 실종되었음. 최근 이들이 백제 연안에서 표류 도중 구제되었다는 정보가 들어와 이를 확인 중. 손자옥이라는 이름은 고구려에 도착한 유구인들 명단에는 없는 것으로 보아 백제에 있는 듯함. 석 달 뒤에 밀선(密船)을 보낼 터인즉, 그 배로 돌아오도록 하고 그때까지는 보라매와 함께 정보 수집에 노력할 것. 이미 수집한 정보는 보라매를 통해 즉시 전달할 것.'

소식을 들은 가영은 그의 누이가 고구려에 도착하지 않았다는 데 이만저만 실망하는 눈치가 아니었다.

"염려 마시오! 백제에 도착했다면 저들이 유구인들을 박대하지는 않을 것이오. 백제와 유구는 사이가 괜찮았지 않소?"

만춘의 머리에도 자옥의 모습이 아련한 그리움으로 떠올랐다.

'그럴 줄 알았으면 좀 더 잘 해 줄 걸……'

만춘은 그제서야 후회하는 마음이 생겼다. 적극적으로 다가오는 그녀에게 자신은 마음속으로도 꺼 버리려 할수록 피어오르는 연모의 정을 일부러 '귀엽다'는 마음으로 왜곡시켜 자제하고 억눌러서 일정한 선은 넘지 않으려고 무진 애를 써 왔다. 그러나 막상 떨어져 지내고 보니 자기도 모르는 사이에 그녀는 차츰 완전한 이성으로서 그의 머리에 자리 잡아 버린 것이다. 심지어는 그 혹독한 강도의 노예살이 가운데서도 자주 그녀의 모습이 떠오르곤 했다.

만춘은 을지문덕이 지시한 대로 보라매와 더불어 곧 첩보 활동에 들어갔다. 수집한 정보를 깨알 만한 글씨로 얇은 한지에 옮겨 적어 보라매에게 주면 그는 이것을 콩깍지 광주리 속에 숨겼다. 이 광주리는 어느 할머니가 와서 가지고 갔다. 이 할머니가 어디로 가는지, 누구에게로 가는지는 보라매도 만춘도 알지 못 하였다.

　보라매가 수집하는 정보는 광범위했다. 군의 편제, 배치 상황, 이동 상황, 무기 지급 상황에서부터 그들의 식사 배급량과 종류, 심지어는 수나라 조정 대신 가운데서 누가 양제에게 반감을 지니고, 누가 호감을 가지는지 빠삭한 정보도 있었다. 이런 정보는 때로는 저잣거리에서, 때로는 음식점에서, 때로는 군 납품을 핑계로 직접 군부대를 방문하여 얻어 내기도 했다. 군 간부 가운데에는 보라매에게 이미 포섭된 자도 있었다. 만춘은 뛰어난 정보원 한 사람의 힘이 일반 병사 수만 명 이상에 해당한다는 사실을 실감했다. 보라매는 어느 규모로 고구려 정보원이 장안에서 활동하고 있는지 자신도 모른다고 했다.

　2월이 다가왔다. 귀국 날짜가 임박하자 마음이 들뜬 만춘은 큰 실수를 범하고 말았다. 그 날은 양제가 강남거(江南渠) 개통을 축하할 겸 문무백관을 모아 놓고 노고를 치하하기 위하여 강도로 행차하는 날이었다. 만춘은 먼발치로 군중들 틈에서 황제 행차를 종이에 자세하게 그리고 있었다. 주위에 감시하는 사람이 있는지를 미리 살피지 않은 것이 실수였다. 양제의 시위 무사들 가운데 평복 차림의 감시원이 그의 모습을 예의 주시하고 있음을 몰랐던 것이다. 양제 일행이 운하에 띄운 배에 올라타는 것을 보고 그는 집으로 돌아왔다. 뒤에 미행이 붙은 것도 눈치 채지 못 한 채.

　이튿날 새벽, 만춘과 가영이 곤한 잠에 빠져 있을 즈음 한 무리의 병사들이 그들을 덮쳤다.

　둘은 좌위영으로 끌려갔다. 곧바로 심문이 시작되었다.

　"네 이름이 뭐냐?"

　순간 만춘은 망설였다. 다른 이름을 대려 하다가 따로 심문을 받고 있는 가영이 뭐라 대답할지 몰라 본명을 말해 버렸다. 강도의 포로수용소에서는 가영이나 그나 다른 이름을 댔었고 중국에도 양씨 성이 많아 그것이 문제되지는 않으리라 생각했던 것이다.

"같이 잡힌 네 친구 이름은?"

"손가영입니다."

"네 고향은?"

"검남입니다."

만춘은 되도록 멀리 떨어진 변두리 지역의 이름을 대었다.

"그곳 성주 이름이 뭐지?"

만춘은 모른다고 하려다 적당한 이름을 말해 버렸다.

"황제의 행차 모습을 그린 이유가 뭔가?"

"그림에 취미가 있습니다. 고향에 돌아가서 사람들에게 황제의 행차 모습을 얘기해 주면서 보여 주고 싶었습니다."

취조관은 이것저것 물어본 뒤 나가더니 한참 만에 어떤 병사 하나를 데리고 다시 나타났다. 그는 진짜로 고향이 검남인 병사였다. 만춘의 거짓말은 금방 들통이 나고 말았다.

"바른 대로 말해라. 너는 고구려의 첩자지?"

심문하는 자가 정곡을 찔렀다. 만춘은 물론 아니라고 부인했다. 상대가 잔인한 미소를 지었다.

"고구려에 아직 우리 좌위영 간자 색출부 소문이 안 난 게로구나. 좋아, 본때를 보여주지."

고문이 시작되었다. 먼저 주리를 틀기 시작했다. 뼈 관절 마디마디가 떨어져 나가는 것 같은 고통이 가해졌다. 만춘은 이를 악물고 참았다.

"꽤 독한 놈이군……."

그들은 만춘을 묶어 천정에 거꾸로 매달았다. 한 사람은 아주 매운 것을 탄 물을 콧구멍으로 쏟아 넣고, 다른 사람은 등에다 사정없이 채찍질을 시작했다.

만춘이 까무러쳤다가 다시 눈을 뜨며 말했다.

"이런 법은 없소. 고문은 이미 법으로 금지되었잖소?"

사실이었다. 수나라는 문제가 제위에 오르고 난 뒤 율령을 정비하면서 죄의 경중에 따라 양형(量刑)을 세분하고, 혹독한 고문을 없앴다. 그러자 그 옆에 있던 자는 비정한 웃음을 짓더니 숯에 벌겋게 달군 인두를 그의 코앞에 들이대며 말했다.

"이놈 보게. 그런 것까지 아는 걸 보니 이놈이 첩자 가운데서도 고급 첩자인 모양일세. 이놈아, 그건 간자나 첩자에겐 적용이 안 돼. 일단 여기에 들어오면 다 불거나 죽거나 둘 중 하나야."

다시 고문이 시작되었다. 만춘이 이전에 상상도 할 수 없었던 고통이었다. 만춘은 차라리 그들이 깨끗이 목을 쳐 주기를 간절히 바랐다. 동시에 자신의 실수로 고통 받는 가영에게 한없이 미안하였다. 보름 동안 만춘과 가영의 입에서 아무 것도 얻어 내지 못 하자 그들은 둘에게 칼을 씌워 소달구지에 태우고는 어디론가 향하였다.

'이제 처형장으로 끌고 가는 모양이다. 다 끝났다.'

만춘은 모든 것을 체념했다.

지나간 세월이 주마등처럼 그의 머리를 스치고 지나갔다. 어릴 적, 정월 초승이면 패수 위에 모여 강 가운데 던진 왕의 옷을 따라 조약돌을 던지며 떠들고 쫓아다니던 일, 어머니를 따라 이웃 동네

잔치에 가서 어머니가 춤추는 모습을 보고 배꼽 잡고 웃던 일, 사냥터에 따라가 사슴을 쫓던 일, 그가 처음으로 무사가 되던 날 어머니가 밤새 옷을 지어 만들고 자줏빛 비단으로 소골(고깔의 일종)을 지어 새깃을 꽂아 주던 일, 10월이면 늘 아버지를 따라 제사에 참여했을 때 본 그 엄숙한 노인들의 모습, 아버지의 빈소를 찾아와 그를 격려하던 친지들의 다정한 얼굴들, 지옥과 같이 보내던 시간들— 이 모든 추억들이 또렷하게 기억 속에 떠올랐다.

'아버지, 저도 이제 아버지 곁으로 갑니다.'

그는 담담한 심경으로 죽음을 맞을 마음의 준비를 했다. 문득 얼굴을 돌려 저승의 동반자가 될 가영을 홀깃 바라보았다. 그도 눈을 지그시 감은 채 무언가 생각에 잠겨 있었다.

두 죄수를 태운 달구지는 느릿느릿 성문을 벗어나더니 인적이 없는 고갯마루를 돌아 넘었다. 멀리 까마귀 떼가 날아다니는 것이 보였다.

'처형장이 멀지 않은 모양이구나.'

별안간 앞쪽 큰 나무 위에서 복면을 한 괴한이 훌쩍 뛰어내리더니 다짜고짜 호송하는 경비병들에게 달려들었다. 어느새 뒤에서도 한 괴한이 나타나 둘이서 순식간에 여섯 명의 호송병을 해치우고는 그들에게서 열쇠를 찾아 옥문과 칼을 벗기고 둘을 끌어내었다. 그들은 소나무 숲으로 만춘과 가영을 데리고 들어갔다. 거기에는 말 네 필이 묶여 있었다. 일행이 말에 올라타자 그 중 한 괴한이 복면을 벗어 던졌다.

"형님! 자세한 얘기는 나중에 하고 우선 절 따라 오십시오."

만춘은 소스라치게 놀랐다. 그는 다름 아닌 3년 반 전, 그가 왜

적에게서 구해 준 신라인 '김문훈' 그 사람이었다.

그들은 말을 달려 때로는 숲길로, 때로는 산길로, 때로는 살얼음이 언 시냇물을 거슬러 올라갔다. 문훈은 추적하는 병사들이 흔적을 발견하지 못 하게 세심히 신경 쓰는 듯하였다.

그들은 하루 종일, 거의 쉬지 않고 말을 몰았다. 도중 잠시 멈춰 흐르는 물에 목을 축이면서 문훈이 복면을 썼던 다른 사내를 보며 말했다.

"아우! 인사하게, 내가 말하던 그 형님이야."

문훈은 만춘을 바라보았다.

"형님, 이 아우는 백제인 성충이라고 합니다. 나중에 자세한 말씀 드리겠지만 형님과 저와 같은 비슷한 인연으로 제 동생이 되었습니다. 형님에 관한 정보를 제게 준 사람도 이 아우입니다."

말을 듣고 난 만춘은 도무지 이해가 되지 않았다. 그들이 왜 장안에 있는가? 어떤 연고로 견원지간인 백제인과 신라인이 형제가 되었는가? 백제인이 어떻게 고구려인이 간첩 혐의로 잡혔다는 정황을 알아냈는가? 그렇다면 백제의 정보망이 고구려보다 한 수 위라는 말인가? 이런 의문이 말을 타고 가는 그의 머리 속을 내내 맴돌았다.

날이 이미 캄캄해졌다. 그들이 도착한 곳은 어느 산골의 암자였다. 암자에는 촛불이 켜져 있고 사람 그림자 하나가 문에 내비치었다.

"스님! 다녀왔습니다."

문훈이 문 밖에서 고개를 숙여 아뢰자 안쪽에서 은은한 음성이 흘러나왔다.

"그래, 오늘은 너무 늦었으니 일찍 쉬도록 해라."

그들은 물러나 시냇가의 얼음을 깨어 땀을 씻고 난 뒤, 암자에서 좀 떨어진 움막에 들었다. 어디서 준비했는지 성충이란 사람이 잡곡밥에다 산나물 몇 가지를 차려 왔다. 문훈이 술병 하나를 들고 뒤따라 들어왔다.

"형님, 궁금한 게 많으시죠? 우선 술이나 한잔 들고 얘기를 나눕시다."

문훈이 가지고 온 고량주를 따라 한 잔씩을 들이킨 후 들려준 이야기의 자초지종은 대충 이러했다.

"3년 반 전 그때, 제가 서라벌로 돌아가 신라 사신 일행이 불의의 변을 당한 사실을 아뢰자 대왕께서는 '할 수 없다. 내년까지 기다리자' 라고 하셨습니다.

이듬해 대왕은 아까 암자 안에 계시던 원광(圓光)법사에게 고구려가 자꾸 우리 강역을 넘보니 수나라에 청하여 군사를 일으켜 고구려를 치도록 표(表)를 지어줄 것을 부탁했으나 원광법사께서, '자기 살기를 구하여 남을 멸하는 것은 승려로서의 행동이 아닙니다(求自存而滅他 非沙門之行也)' 라고 사양하였지만 대왕이 세 번, 네 번 간청하므로 '빈도가 대왕의 땅에서 살고 대왕의 물과 풀을 먹고 있으니 할 수 없이 명을 따르겠습니다(貧道在大王之土地 食大王之水草 敢不惟命是從)' 고 하시고 글을 지어 올렸습니다.

그런데 금년 들어 대왕이 또다시 국서를 가지고 직접 수나라에 가 줄 것을 청하였습니다. 아무래도 신라에서는 언어에서나 인맥에서 11년 동안 수나라에서 공부하신 법사 이상 가는 중국 전문가를 구할 수 없었기 때문이기도 합니다. 법사께서는 마지못해 '이것도 다 이승에서 내가 겪어야 할 업인가 보다' 라고 승낙하시면서 절 데리고 오셨습니다.

그런데 제가 온지 얼마 지나서 몸이 좋지 않아 한 의원에 들렸다가, 이 아우의 이야기를 전해 들었습니다. 이 동생이 그 당시 국지모(國智牟)라는 백제 사신을 따라 저보다 먼저 장안에 와 있었는데 몹쓸 병에 걸려 백약을 써도 무효하고 오직 죽을 날만을 기다리고 있었습니다. 형님이 절 구해 주시던 생각이 나 법사께 말씀드렸더니 법사께서 직접 가서 보시고 기맥을 손으로 몇 번 주무르신 후에 약 세 첩을 주셨는데 그것을 복용하고는 거짓말 같이 나아 버렸습니다.

그 뒤로 이 동생이 저를 형님으로 여기고, 같이 온 사신 모르게 사흘이 멀다 하고 저와 만나고 지냈습니다. 하루는 어디서 정보를 알아냈는지 고구려 첩자 둘이 잡혔다는데 한 사람은 유구 사람인 것 같다고 제게 알려 줍디다. 이 말을 듣고 저는 혹시나 하는 생각에서 자세히 좀 알아 오라고 했더니 이름도 똑같고 얼굴 생김새를 얘기하는 걸 듣고 바로 형님인 줄 알았습니다.

제가 법사께 3년 반 전에 일어난 일을 자세히 설명 드리고 구해 오겠다고 뜻을 말씀드렸더니, '내, 그렇잖아도 이번 일에 내가 나선 것이 가슴이 돌부처에 눌린 듯 무거웠는데 네가 그 백분의 일이라도 덜어 준다니 다행이다' 하고는 쾌히 승낙하셨습니다. 제가 혼자 일을 결행하려는데 이 아우가 같이 거들겠다고 나서서 오늘 일이 이렇게 되었습니다."

이야기가 끝나자 만춘은 성충이라는 백제 사람에게 고개 숙여 인사를 했다.

"생면부지의 사람을 구해 주서서 무어라 감사 드려야 할지 모르겠습니다."

옆에 있던 가영도 덩달아 고맙다고 예를 표했다.

"천만의 말씀입니다. 공께서 우리 형님께 덕을 베푸셨고, 그 덕으로 제가 죽으려다 살았고 그 덕이 이제 다시 돌아간 것인데 어찌 제가 한 일이라 하겠습니까? 마침 백제에서 제가 모시고 온 국지모님이 양제를 따라 강도에 가셨기 때문에 제가 나서기가 훨씬 수월했습니다. 그 분은 도량이 원광법사님처럼 넓지 못 해서……."

성충은 겸손해 했다. 만춘이 보기에 그는 얼굴이 곱상한 게 무사라기 보다는 글 읽는 서생 같았다.

이야기를 주고받는 사이에 밥그릇이 말강말강 비었다. 문훈이 다시 말을 이었다.

"형님, 저와 형님은 의형제를 맺은 사이고 이 아우와 저는 다시 형제의 의를 맺은 사이니 아예 셋이서 형제가 되는 게 어떻겠습니까? 이 아우가 저보다 한 살 아래니까 형님보단 두 살 아랩니다."

만춘은 잠시 생각하였다.

"나야 이렇게 훌륭한 두 아우를 갖는 게 하늘 아래 더 없는 영광이니 반대할 이유가 전혀 없소. 단지 지금 고구려, 백제, 신라가 원수지간이 되어 있는 마당에 다들 주군을 모시고 있는 신하로서 이것이 나라에 불충하는 일이 되지나 않을까 그게 걱정이오."

성충이 이 말을 듣더니 문훈에게 의견을 내었다.

"형님, 이 일을 내일 법사님께 상의 드리는 게 어떨까요? 그 분도 지금 비슷한 고민을 하고 계실 테니 좋은 충고를 해 주시지 않겠습니까?"

문훈은 그럴듯한 생각이 들어 동의하고 만춘에게 부탁했다.

"이제 형님이 그간 겪은 얘기나 해 주십시오."

"아니, 그 전에 내가 물어볼 게 하나 있소. 혹시 백제에 유구 난민선 한 척이 닿았다는 소식 못 들었소?"

만춘이 성충에게 물었다. 성충은 자기가 직접 보지는 못 했지만, 작년 봄에 외국 배 한 척이 표류하여 기벌포(伎伐浦: 현재의 충남 장항 일대) 근방에서 구조되었는데 자기들은 유구국의 피난민이라 함으로 이들을 대목악군(大木岳郡: 현재의 충남 천안시 목천면 지역)에 옮겨 살게 했다는 말을 들었노라고 했다. 이에 만춘이 그 가운데 자옥이란 이름의 낭자가 있을 것인즉 꼭 소식을 알아봐 달라고 한 뒤, 유구에서 겪은 일과 강도에서 겪은 일들을 죽 이야기해 주었다. 문훈과 성충은 흥미진진한 표정으로 얘기를 다 듣고 나서 옆에 있던 가영에게 마음에서 우러나오는 위로의 말을 했다. 가영은 나라를 잃고 동족이 노예가 되어 끌려간 설움이 다시 한번 북받치는 듯 떨리는 목소리로 말했다.

"모든 게 양광이라는 한 인간의 탐욕과 허영심에서 비롯된 것입니다. 그러나 망한 나라의 설움을 누가 알아주겠습니까? 저는 왜 고구려, 백제, 신라가 서로 싸우는지 이해가 잘 안 갑니다. 말씨도 같고 얼굴 생김도 같은데 왜 못 뭉칩니까? 같이 뭉쳐 싸우면 양광이 같은 놈은 얼마든지 멸할 수 있습니다. 여러분께서 더 잘 아시겠습니다만 지금 중국인들 가운데 자기들 황제를 좋아하는 백성들이 얼마나 되겠습니까? 신라, 백제, 고구려가 동맹이 되어 중국 동해안에 상륙했단 소식만 들려도 중국 안에서 '일어나라! 양제를 끌어내리자!'는 소리가 사방을 진동할 것입니다."

가영의 **뼈** 있는 한 마디에 셋 모두 할 말을 잊었다.

다음 날. 네 사람은 일어나자마자 세수를 하고 원광법사께 문안 인사를 드리려고 암자로 올라갔다. 간밤에 눈이 제법 와 발이 푹푹 **빠졌다**. 암자에 이르러 아무리 헛기침을 해도 안에서는 인기척이 없었다. 문을 열어 보니 법사는 온데간데없고 밥상만이 차려져 있었다. 밥상에는 '먼저 먹고 기다릴 것'이라는 쪽지가 놓여 있었다. 일동이 법사가 손수 아침밥을 차려 놓은 일에 황감해 하며 식사를 하고 설거지까지 끝내고 있자니 법사가 한 손에 빈 바가지를 들고 산비탈을 내려왔다. 법사는 바짓가랑이에 묻은 눈을 툭툭 털어 내고 들어서며 말했다.

"어, 눈이 제법 왔구나! 자네들을 위해선 다행일세. 발자취가 눈에 다 덮혔을 테니까……."

넷이서 좁은 공간에 어깨를 부딪치며 절을 올리고 꿇어앉았다.

"편히 앉게."

법사가 말했지만 넷은 여전히 무릎을 꿇은 채였다.

"어딜 다녀오셨습니까?"

문훈이 물었다.

"어, 눈이 와서…… 산짐승들이 굶을까 봐 콩을 길목에 몇 바가지 뿌리고 왔네. 어디, 잠들은 푹 잤는가?"

"예, 덕분에 편히 자고 아침도 배불리 들었습니다."

문훈이 대답했다.

"비천한 목숨을 구해 주셔서 무어라 감사를 드려야 할지 모르겠습니다."

만춘이 인사를 했다.

"어디 내가 살린 것인가? 부처님이 자네들을 어여삐 봐서 살리신 것이지."

"법사님, 여쭐 말씀이 있습니다. 저희들이 의기가 투합해서 의형제를 맺고자 하는데 이것이 나라에 불충이 되고 왕명을 거역하는 일이 될까 봐 감히 결행을 못 하고 있습니다. 어찌하면 좋겠습니까?"

문훈이 조언을 구하였다.

법사는 '허허허' 하고 너털웃음을 터뜨렸다.

"천지 사이에 원래 불법(佛法)이 있고 나서 국법(國法)이 있었느니라. 자네들이 이제 불심(佛心)을 회복하여 형제애로 지내겠다는데 그 누가 말릴 수 있겠는가? 국권이 존엄한 것은 그 구성원인 백성들의 행복을 위함이며 민심을 등지고 백성을 괴롭히는 나라는 오래 버틸 수 없으니 먼 장래에는 민권이 국권을 능가하는 시대도 오리라."

"법사님의 말씀대로라면 수나라는 곧 망한다고 보아도 되겠습니까?"

만춘이 물었다.

"그렇다. 양제는 지금 진시황 때에 못지않는 토목공사로 그 영화를 안팎에 자랑하고 있으나 자신의 허영심으로 결국 당대에 그 종말을 고할 것이다."

"법사님, 외람되지만 저희들 앞날의 운세도 좀 봐 주시죠?"

이번에는 문훈이 물었다.

"예끼, 이 사람아! 운세가 이미 다 정해져 있고 그게 하늘의 뜻이라면 어찌 내세에 극락과 지옥을 구분하여 덕행과 악행에 따라

인간을 처벌하고 상 줄 수 있겠는가? 운이란 다 움직이기에 달린 것이며, 마음속에 부처를 모시느냐 도적을 모시느냐는 마음의 주체에 달린 문제야. 최선을 다 하는 게 곧 성(聖)일 뿐이지. 그런데 자네 만춘이라고 했던가?'

"그렇습니다."

법사의 물음에 만춘이 공손하게 대답하였다.

"여기 자네 의형제들이 다 나라를 위해서 한몫씩 할 인재들이네만 자네의 몫이 특히 중요하네. 내 충고 한마디 한다면 자네가 손자를 보게 되거든 꼭 성씨를 바꾸게."

만춘은 무슨 말인지 영문을 몰랐으나 속으로 '이 난세에 손자 볼 때까지 사는 것만도 큰 복이다' 라고 생각하였다.

"꼭 명심하겠습니다."

"우리 삼국의 운명은 어찌 되겠습니까?"

이번에는 성충이 물었다.

"그것은 천기에 속하는 일이라, 내가 알 수 없으며, 또 알아도 말할 수 없느니라. 다만 우리 동방 땅이 방위로 보아 장차 열국들이 서로 탐을 낼 자리에 놓여 있는 즉, 우리가 서로 열린 마음을 갖지 않고, 분열하고 싸우면 장차 열국의 군대가 다투어 우리 땅에 상륙하는 때가 올 것이다."

말을 마치자 법사는 불상을 향해 돌아앉아서 목탁을 두드리며 예불에 들어갔다.

일행은 물러나와 의형제를 맺는 고사를 지내기로 하였다. 가영이 문훈의 활을 빌려서 잠깐 산 위쪽으로 올라가더니 잠시 뒤 꿩한 마리를 잡아 왔다.

204

"세 분의 결의를 축하하고자 잡은 것이니 제물로 써 주십시오. 세 분은 오늘 같은 날 살생을 하면 좋지 않을 것 같아서 제가 잡았습니다."

세 사람이 모두 고마워했다.

이윽고 상 차릴 준비가 끝나자 아늑한 장소를 골라 눈을 쓸어내어 자리를 정돈하고는 간소하게 예물을 차렸다. 향을 피우고 절을 한 다음 만춘이 축문을 읽었는데 이 자리에 원광법사가 와서 일동을 위하여 불공을 올렸다. 고사 분위기가 한층 더 엄숙해졌다.

고사를 마친 뒤 법사를 제외한 모두가 술이 가득한 잔을 들며 우의를 다졌다.

"꿩 요리가 일품이네. 아우들, 우리 나중에라도 오늘의 증인인 가영 공을 잊지 마세."

만춘이 말하자 문훈과 성충이 서로 다투어 가영에게 술잔을 권했다.

곁에서 지켜보던 원광법사도 흐뭇해 하며 격려했다.

"아마 단군성조께서 오늘 자네들의 모습을 지켜보신다면 매우 기뻐하실 걸세."

이튿날 문훈과 성충은 장안으로 가고 만춘과 가영은 이곳에 숨어 지내며 그동안 그들에게 일어난 일을 전혀 모르고 있을 '보라매'에게서 소식을 기다리기로 했다. 보라매와의 연락은 성충이 맡기로 했다.

사흘이 지나자 보라매에게서 연락이 왔다. 고구려에서 연통이 오기를 3월 초하룻날 술시(戌時)에 산동 반도 급수성 동쪽 70리 강어귀에 고깃배로 꾸민 밀선이 있을 테니 만춘과 가영을 보내라고 하였다는 것이다. 그들은 출발하기 전날 원광법사의 충고에 따라 중 행세를 하는 게 신분을 감추는 데 좋겠다고 생각하고 머리를 박박 깎았다.

저녁 때 문훈과 성충이 찾아와 의형제끼리 다시 한번 석별의 정을 나눴는데 성충이 그들의 모습을 보고 농담을 던졌다.

"큰형님은 아예 법사님을 따라서 불제자가 되는 게 더 어울릴 것 같습니다."

이튿날 아침. 그들이 떠나려 하자, 원광법사는 승복 두 벌을 내놓으며 갈아입으라고 한 뒤, 약도가 그려진 한지 몇 장을 건네주며 거기에 그린 대로만 따라가 먼저 숭산(嵩山)에 있는 소림사로 가라고 일렀다.

장안에서 낙양 부근까지 900리 길을 때로는 말을 타고 때로는 산길로 접어들어 걸으며 이레 만에 숭산 소림사에 도착했다. 원광의 약도는 무척 정확하고 세밀하여, 중간 중간에 마을이나 군사 초소가 있는 곳을 기막히게 돌아가게 되어 있었다. 어떤 때는 고갯마루에 올라서면 눈 아래 빤히 보이는 곳에서 군사들이 움직이는 모습이 관측되기도 했다.

"원광이라는 스님, 대단한 분이야. 어떻게 중국 지리를 손바닥 들여다보듯 알고 있다니……."

만춘이 혀를 내둘렀다.

"중국에 11년이나 있었다잖소. 어쩌면 그 사람, 신라의 첩자인지도 모르지……."

가영이 농담 삼아 말했다.

소림사에서 법사가 일러 준 승려를 찾아 법사의 서신을 내밀자 그는 두말 않고 둘에게 소림사 소속 승려라는 증명서를 내주었다. 그것을 받아 들고 거기서 100리쯤 떨어진 낙양 북쪽 강가에 이르렀다. 그곳 나루터는 검문검색이 삼엄하였다. 그들은 원광이 일러준 대로 그곳에서 배를 타지 않고 동쪽으로 80리쯤 더 나아가 외딴 강가에서 소림사 중이라는 증명서를 흔들어대며 배를 세워 승선하였다.

배는 며칠에 걸쳐 물길로 제남(濟南) 가까이까지 왔다. 거기서도 그들은 원광이 말한 대로 제남에 이르기 얼마 전 다리 근처에서 미리 내렸다. 그리고는 말을 구해 동쪽으로 사흘을 달리자 멀리 급수성이 가물가물 보였다. 거기서 오른쪽으로 꺾어 한참을 달리니 과연 작은 강이 나왔다. 둘은 말을 버리고 하류로 내려가 갈대밭에 몸을 숨기고 밤이 깊어지기를 기다렸다. 바람에 실려 오는 특유의 비릿한 바다 내음을 맡으며 만춘은 여기서 뱃길로 불과 사흘이면 고구려 땅이라 생각하니 가슴이 뛰었다.

칼로 한번 벤 자욱과 같은 초승달이 떴다가 질 무렵. 철썩거리는 물결 소리 빼고는 사방이 고요한데, 바다 저쪽에서 배 한 척이 소리 없이 다가오더니 강과 바다가 만나는 어귀에서 멈췄다.

그들은 보라매가 말한 대로 뱃전에 흰 천 두 폭이 드리워져 있는 것을 확인한 뒤 다가가 "물쥐"라고 군호를 대었다.

"양 공 일행 맞소?"

배 안에서 물어 왔다. 그제서야 두 사람은 얼른 배에 올랐다.

사흘 뒤, 이 배는 만춘과 가영을 요동반도의 끝 고구려 땅에다 내려놓았다.

8. 백제

만춘이 수나라를 탈출하여 고구려에 이른지 약 보름 뒤. 백제 궁궐에서는 수나라를 다녀온 사신 국지모가 무왕에게 결과 보고를 하고 있었다. 같이 따라온 수나라의 상서기부랑(尙書起部郎) 석률(席律)도 동석하였다.

"먼 길에 수고가 많았소. 좋은 소식이 오기를 고대하고 있던 참이오. 강도(江都)까지 다녀왔다던데— 어떻게 볼 만하던가?"

무왕이 물었다.

"예, 황제께서는 전하의 친서를 보시고 심히 흡족해 하시면서 저를 보고 '머지않아 강도로 가서 그간 수고한 문무백관들을 포상코자 하는데 귀공은 돌아가지 말고 기왕이면 동행하자'고 하셔서 따라가게 되었습니다. 가는 길은 운하를 이용하였는데 5천 리 길이 물길로 연결되어 동서남북의 물자가 자유로이 드나드는 실로 장대한 광경이었으며 황제의 위업이 얼마나 눈부신지를 알게 되었습니다.

강도에 도착하신 황제께서는 수나라 문무백관에게 골고루 후한 상을 내리시고 말씀하시기를 '이제 경들의 노고로 대역사를 이루었다. 이제 남은 일은 우리의 위업을 아직 깨닫지 못 하고 있는 일부 지각없는 오랑캐 무리에게 짐의 뜻을 깨우쳐 주는 일만 남았다'고 하셨습니다. 제가 나서서 황제의 덕을 칭송하고 '아예 군기(軍期)를 정하여 주시면 저희들이 미력하나마 보조를 같이 하겠습니다'고 아뢰었더니 황제께서는 대단히 만족해 하시면서 제게 특별히 후한 상을 내리시고 여기 동행하신 상서기부랑 공께 말씀하시기를 '곧바로 백제로 들어가 상세히 상의한 후에 돌아오라' 하셨습니다."

국지모의 보고가 끝나자 옆에 있던 수나라 사신 석률이 나서서 아뢰었다.

"우리 황제께서는 선제께서 못다 이룬 고구려 정벌의 꿈을 늘 심중에 두고 계셨는데 이제 중화를 자유자재로 연결하는 수송로가 완성됨으로써, 고구려 정벌의 첫걸음을 마친 참에 귀국에서 때맞춰 이에 호응하는 사자를 보내오시니 어찌 황제께서 기꺼워하지 않으시겠습니까? 황제의 말씀을 대신하여 전하께 사례 드립니다."

무왕은 사신에게 먼 길을 직접 찾아온 수고를 치하하고 자세한 의논은 다음 날 하기로 하면서 후히 대접을 할 것을 지시하였다.

석률이 자리를 뜨자 무왕은 국지모를 따로 은밀히 불렀다.

"이제 중국 사신이 없는 자리이니 솔직하게 얘기해 봐라. 그들이 고구려를 칠 생각은 확고하더냐?"

"확실한 것 같습니다. 오는 도중에 사신을 통해서도 확인한 사항입니다."

"그렇다면 그 시기는?"

"석률의 말이 100만 대군이 쓸 물자를 각처에서 동원하여 북쪽으로 실어 나르려면 1년 가까이 걸리지 않겠느냐고 했습니다."

"100만이라고?"

무왕이 눈을 크게 뜨며 반문했다.

"예, 그것도 전투병만 그렇답니다."

"으음……."

무왕은 신음소리를 내고는 말을 이었다.

"그래, 그대 생각에는 우리가 어떻게 하면 좋을 것 같은가?"

"정말 100만 이상의 정병이 동원된다면 고구려가 이를 막기는 어려울 것입니다. 그러나 만일 고구려가 막아 낸다고 하면 다른 문제가 생길 듯 합니다."

"어떤……?"

"잠깐 이 글을 보십시오. 이것은 13년 전 여수전쟁 직후에 산동 일대에서 떠돌다가 수나라 조정의 단속으로 뜸하더니 요새 다시 수나라 백성들 사이에 번지고 있는 〈요동낭사가(遼東浪死歌)〉라는 것입니다."

국지모는 소매 속에서 여러 겹 접은 종이 한 장을 꺼내 무왕에게 건네었다. 무왕이 종이를 펼치니 오언체(五言體) 시문이 빼곡히 적혀 있었다.

내 형은 요동에 출정하여　　　　　　　我兄征遼東

청산 밑에서 굶어 죽고	餓死靑山下
지금 나는 용선(황제가 탄 배)을 끌며	今我挽龍舟
지친 몸으로 둑길을 따라가네	又困隨堤道
온 세상이 굶주리는 때라	方今天下饑
길가 소나무는 잎이 남아 있지 않고	路松無紫蘇
갈 길은 삼천 리인데	前去三千程
이 몸이 과연 무사할까?	此身安可保
한 맺힌 백골은 황량한 모래밭에 누웠는데	恨骨枕荒沙
외로운 넋은 풀숲에서 울겠구나	幽魂泣煙草
문간에서 슬퍼할 아내여	悲換門內妻
오매불망 기다리시는 부모님이시여	望所吾家考
누가 주인 없는 내 주검이라도 거둬 태워	焚此無主屍
외로운 혼이나마 돌아갈 수 있게	引其孤魂回
백골이라도 고향에 보내지기를 비노라네	負其白骨歸

"흐음……."

읽고 난 무왕이 긴 한숨을 내쉬는 것을 보고 국지모는 말했다.

"지금 장안에서 활동하고 있는 우리 정보원들의 보고에 따르면 수나라 민심이 이미 양제를 떠났다고 합니다. 무리한 역사를 단기 간에 완성하느라 지쳐 있는데다가 또 고구려에서 많은 사상자가 발생한다면 필시 중원이 다시 어지러워질 거라는 얘기입니다."

"흐음…… 그거 그럴듯하군……."

"그러나 만약 우리가 중립을 지키겠다고 하면 저들은 틀림없이 고구려를 친 뒤에는 내친걸음으로 우리나라까지 밀고 올 것입니다. 제 생각에는 적극적으로 저들에게 동조하는 척하면서 먼저 나서지는 말고 양단책을 쓰는 게 좋을 듯합니다. 저들이 고구려에 이기더라도 우리 영토까지 넘볼 명분은 주지 않는 대신, 고구려가 이기더라도 우리가 괜히 불난 집에 부채질하는 인상을 주어, 끝난 뒤 우리에게 보복할 빌미를 줘서는 안 된다고 생각합니다."

국지모의 이야기를 듣고 난 무왕은 한참을 생각하더니 입을 열었다.

"경의 이야기가 마땅하다. 수나라 사신을 극진히 대접하고 우리가 적극적으로 나서는 척하되 가능한 많은 정보를 빼내 몰래 고구려에 넘겨주도록 하라."

왕은 이어서 물었다.

"이번에 따라간 성충은 잘 하던가?"

왕은 2년 전 왕립 교육 기관인 태학 출신의 젊은 인재들을 친히 면접하여 20여 명을 뽑은 뒤에 이들을 중요 관청의 초급 간부로 임명한 터라 이들의 행동거지며 성과에 특별한 관심이 있었다.

"예, 판단이 빠르고 사물을 예리하게 관찰하는 능력이 있어서 잘 키우면 동량지재가 될 소질이 있습니다. 단, 흠이라면 너무 동정심이 많고 외골수라 타협을 모르기 때문에 외교보다는 내치 쪽이 더 적성에 맞지 않나 싶습니다."

성충이 대목악군 장수 밑의 중간 관리인 시덕(施德: 백제의 벼슬 등급 16개 가운데 여덟 번째)으로 발령을 받은 것은 그로부터 며칠 뒤였다.

발령을 받은 그 다음 날로 부임한 성충은 전임자로부터 서류를 인계 받고 사흘 동안 검토한 뒤, 군에 소속된 구지현(仇知縣: 지금의 충남 연기군 전의면 일대)과 감매현(甘買縣: 지금의 충남 천안시 풍세면), 두 개 현의 순시에 나섰다. 구지현은 그 첫 번째 대상이었다. 그가 구지현을 먼저 둘러보려는 이유는 다름 아닌 만춘의 부탁 때문이다. 구지현에 유구 난민들이 집단으로 살고 있는 곳이 있다 하여, 혹 자옥이라는 처녀가 있는가 알아보려는 것이다.

"땅이 과히 좋지 않구나……."

그가 구지현에 들어서면서 받은 첫 인상이었다.

서류에는 '논밭을 주어서 정착시킴' 이라고 되어 있어서 그런 줄로만 알았는데 실제로는 거의 묵정밭에 가까운 땅을 준 것이었다.

20~30호가량 되는 동네 어귀에 들어서자 지나가는 어린 소녀 둘을 만났다. 그 소녀들은 성충을 보자 침을 탁 뱉고는 달아나 버렸다. 수행 병사 둘이 뛰어가 잡으려는 것을 말렸으나 속으로는 그도 기분이 언짢았다.

동네 입구에서 가장 가까운 집에 들렀으나 말이 잘 통하지 않아 한문으로 써서 필담을 한 뒤 겨우 집을 알아내었다. 마당으로 들어서니 중년 부인이 아이 둘을 데리고 쑥을 다듬고 있었다. 집은 초가로 벽에는 진흙을 발랐는데 솜씨가 서툴러서인지 곳곳이 터져 있었다. 마루는 없고 왼쪽에 조그만 방 두 칸이 붙어 있는데 오른쪽에 조그만 부엌이 있었다. 그 여인과도 손짓 발짓으로 겨우 의사를 통하여 손자옥이란 낭자의 행방을 물었다. 그 여인이 문밖까지 나와 멀리 떨어진 산비탈을 가리켰다. 성충은 병사 둘을 여인의 집에서 기다리게 하고 혼자 터벅터벅 걸어 올라갔다. 젊은 여인이 성충이 가까이 다가온 것을 아는지 모르는지 밭 매는 일에 열중하고 있었다. 호리호리한 몸매에 아직 험한 일에 익지 않은 듯 하얀 손이 움직였다. 성충은 안쓰러운 느낌으로 내려다보았다.

"낭자의 이름이 자옥이 맞소?"

그제서야 그녀는 고개를 들어 그를 쳐다보았다. 오뚝한 콧날 위의 큰 눈동자가 자신을 바라보는 순간 성충은 가슴에 작은 충격을 받았다. 그녀는 말없이 고개를 끄덕였다.

"우리말을 할 줄 아시오?"

그녀는 다시 한번 고개를 끄덕였다.

"가영이라는 오빠가 있지요?"

순간 그녀는 호미를 손에서 떨구며 벌떡 일어났다.

"네, 그런데요?"

"제가 오빠를 수나라 장안에서 만났어요."

"정말이에요? 놀리시는 건 아니겠지요?"

자옥의 큰 눈에 금방 눈물이 핑 돌았다.

"정말입니다. 두 달 전에 만났습니다."

"만춘 오빠는요? 함께 있던가요?"

그녀의 물음에 성충은 야릇한 느낌이 들었다. '만춘 오빠' 라 부른다? 둘은 어느 정도 가까운 사이일까? 아니, 그보다 내가 왜 그런 데 관심을 가져야 하나? 그는 스스로의 마음을 정돈하며 답했다.

"예, 같이 있었습니다. 그 분은 내겐 형님입니다. 두 분은 지금 아마 고구려에 도착했을 겁니다."

"무슨 말씀이지요? 제발 자세한 말씀 좀 해주세요. 네?"

자옥은 거의 하소연 조로 말했다.

둘은 밭두렁에 주저앉았다. 성충은 자기 소개를 한 후 장안에서 보고 들은 이야기를 죽 해 주었다.

이야기를 다 들은 자옥은 눈물을 주르르 흘리더니 두 무릎에 얼굴을 파묻고 울기 시작했다.

나라를 잃고 뿔뿔이 헤어져 이산가족이 된 가련한 소녀의 슬픔 앞에 성충도 가슴이 찡해졌다.

"너무 염려 마시오. 꼭 다시 만날 날이 있을 겁니다."

그가 위로의 말을 했지만 그녀는 북받쳐 오르는 슬픔을 어찌할 수 없는 듯 울음을 멈추지 않았다. 낡은 유구 옷을 걸친 둥그스름한 그녀의 어깨가 흐느낄 적마다 작은 물결을 일으켰다.

성충의 가슴에 무어라 표현할 수 없는 연민의 정이 솟아올랐다.

'그 무엇이, 그 누가 이 소녀의 마음을 이리도 아프게 만들었나……?'

성충은 먼 하늘과 소녀를 번갈아 바라볼 뿐이었다.

이윽고 자옥이 울음을 그치자, 성충은 일어났다. 눈이 퉁퉁 부어오른 그녀의 얼굴을 보며 다음에 꼭 다시 들르겠다고 한 다음 걸음을 떼려던 그는 다시 돌아섰다.

"낭자, 한 가지만 물어봅시다. 다른 사람에게 물어보려 해도 말이 안 통해 물어볼 수가 없구려. 내가 이 동네에 들어서자마자, 두 어린애가 내게 침을 뱉고 도망쳤소. 이 동네 사람들이 백제 관리를 미워하는 특별한 이유라도 있소? 그것이 꼭 알고 싶소."

성충의 물음에 그녀는 멈칫멈칫하다가 다시 입을 다물었다. 성충은 내친김에 다시 다그쳐 물었다.

"낭자. 나는 이 고장에 새로 온 관리로서 그 이유를 꼭 알아야 하오이다. 아무한테도 말하지 않고 비밀을 지키겠으니 이야기해 보시오."

자옥은 하고 싶지 않은 얘기를 마지못해 하는 듯 기어들어가는 목소리로 사연을 꺼냈다.

이 고을 현령 밑에는 '호태' 라는 세리(稅吏)가 있다. 계덕(季德: 백제의 벼슬 16관등 가운데 열 번째) 벼슬인 그는 걸핏하면 나타나 세금을 면해 주겠다며 부녀자를 유린하고 다녔다. 피해자들은 우선 말이 통하지 않아서, 두 번째는 무거운 세금이 두려워서, 세 번째는 당한 사람이 창피해서, 어디에도 하소연을 하지 못 했다. 어젯밤에는 자옥의 집에 침입하여 혼자 자는 그녀의 방문을 열고 들어오려 하므로 문고리를 쥐고 끝까지 버티었더니 결국 물러가면서 엄포를 놓았다는 것이다.

'내, 사흘 뒤에 다시 올 테니 잘 생각해서 행동하라.'

이야기를 다 듣고 난 성충은 어이가 없었다.

"기가 막히군. 나라에서 이미 유구국 난민들에게 10년 동안 세금을 걷지 말라고 문서로 지시해 놓았는데 자기가 새삼 무슨 세금을 면제한단 말이오? 어쨌든 이 문제는 내가 해결할 터이니 낭자는 아무에게도 말하지 마시오."

성충은 마을을 나오면서 그는 남정네가 없이 여인들과 아이들의 힘으로만 살아가야 하는 유구민족의 피난민 동네가 겪어야 하는 슬픔이 가슴 깊이 와 닿았다.

대목악군 관아로 돌아온 그는 생각 같아서는 호태를 당장 잡아다가 혼찌검을 내고 싶었다. 하지만 자옥에게 피해가 갈까 걱정되어 애써 참고, 관아에서 오래 일한 사람을 불러 그 자가 어떤 인물인지 살짝 물어보았다.

호태는 전직 담로(擔魯: 백제 때, 꽤 큰 규모의 지방 행정 구역) 수장의 아들로서 그의 삼촌은 달솔(達率: 백제의 16관등 가운데 두 번째)이었다. 무왕이 관제를 중앙 중심으로 고치는 바람에 그는 아비의 뒤를 잇지 못 한 대신, 요직이라 할 수 있는 세리가 되었다. 비록 사람이 능글맞지만 처세술이 좋아 자기가 빼돌린 공금을 직속 상관인 현령과 이곳 대목악군 장수에게 꼬박꼬박 갖다 바치기 때문에 아무도 그를 깔보지 못 했다. 그보다 훨씬 높은 자리에 있는 관리들도 그의 비호 세력과 든든한 '줄' 덕분에 함부로 대하지 못 했다.

성충은 분노가 더욱더 부글부글 끓어올랐다.

그 날 밤, 성충은 극단적으로 대조되는 인간― 가냘프고 순진하고 맑은 자옥과 반대로 본 적도 없는 음흉하고 추한 호태라는 인물을 상상하며 잠을 이루지 못 했다.

이틀 뒤, 어둑해진 무렵에 성충은 병사 둘을 데리고 다시 마을에 나타났다. 그는 조용히 자옥의 집에 이르러 자옥과 뭔가 귓속말을 주고받았다.

그는 병사 둘을 부엌에 숨어 있게 하고 자옥에게는 부인과 아이들이 자는 옆방으로 가게 한 뒤 스스로 자옥의 방에서 아래 내의만 걸치고는 이불을 뒤집어썼다. 이부자리에 배어 있던 감미로운 자옥의 체취에 성충은 무어라 형용할 수 없는 짜릿한 황홀감을 느끼며 몸을 이리 뒤척 저리 뒤척 하면서 시간이 가기를 기다렸다.

이윽고 해시(亥時)가 다 끝났을 성싶은 시각이 되었다. 어설프게 걸어 둔 문고리가 '달그락' 소리를 냈다. 노곤해져 있던 성충은 정신이 번쩍 들었다. 방문이 나지막이 '삐익' 소리를 내며 열렸다가 닫혔다.

연이어 거칠거칠한 손이 이불 속을 더듬거리더니 성충의 어깨를 만졌다.

"옳지, 착한 애로구나. 미리 옷까지 벗었단 말이지. 나와 한 번 잘 때마다 1년씩 세금을 면제해주마!"

성충은 이런 같잖은 말에 당장 면상을 후려치고 싶었지만 꾹 참았다.

"그래, 그러면 이 아저씨도 옷을 벗어야지."

이어서 옷가지 벗는 소리가 났다. 그런 다음 그 자는 이부자리 속으로 기어들어 와 새우처럼 꼬부린 성충의 등을 손으로 더듬더니 이윽고 손목을 꼭 잡았다.

"애야, 이 아저씨의 물건이 얼마나 훌륭한지 한번 만져 보련?"

그는 성충의 손을 제 국부에 갖다 대려 하였다. 이때 성충은 잽싸게 그 자의 남근을 꽉 움켜쥐고 고함을 질렀다.

"이노옴!"

이어서 이불을 걷어차며 다른 한 손으로 상대의 면상을 힘껏 쥐어박았다.

"아구구구구……."

급소와 면상 두 군데를 동시에 맞은 호태는 비명 소리도 제대로 내지 못 했다. 부엌에서 숨어 있던 병사 둘이 횃불 하나씩을 들고 들어왔다.

"이놈을 당장 끌고 나가 묶어라!"

성충은 옷을 챙겨 입으면서 병사들에게 명령했다. 얼굴이 피범벅이 되어 흉측한 모습을 한 호태가 알몸으로 끌려 나갔다. 성충이

의관을 정제하고 밖으로 나가니 그 자는 등 뒤로 손을 꽁꽁 묶인
채 꿇어앉아 있었다.

"여봐라! 저 자의 상판이나 좀 자세히 보자. 횃불을 더 밝혀라."

병사 둘이 미리 준비한 횃불 여러 개를 밝히자 마당이 대낮처럼
환해졌다. 구경꾼들이 모여들었다. 그 가운데는 옆방에 있던 자옥
과 그 방에서 자던 부인과 아이들도 있었다.

"네 이놈! 너는 어째서 나라에서 10년 면제해 준 세금을 핑계로
네 멋대로 무고한 아녀자를 농락했느냐?"

성충이 호태를 내려다보며 호령했다.

"용서해 주세요, 나리! 어쩌다 한 번 눈이 뒤집혀 실수를 범했습
니다."

그 자가 연신 머리를 조아리며 빌었다.

"어쩌다 한 번? 여봐라. 저 자의 볼기짝 열 대를 힘껏 쳐라!"

말이 떨어지기 무섭게 병사들은 호태를 엎드려 놓고 볼기짝을
사정없이 내리쳤다.

"나으리, 같은 백제 관리끼리 이래도 되는 겁니까? 대관절 나리
가 뭐관데……."

호태는 성충의 검은 띠를 보고 계덕인 자기보다 겨우 두 품계
위인 시덕으로서 젊디젊은 약관인 것을 알고 자기의 든든한 '줄'
을 믿으면서 악을 썼다.

"여봐라! 저놈이 아직 정신을 덜 차린 모양이다. 다시 서른 대를
힘껏 쳐라."

구경꾼들이 성시를 이룬 가운데 병사들이 다시 30대를 내리치
자 호태는 거의 초주검이 되어 입을 다물었다.

"이놈 듣거라! 유구 백성도 이제 엄연히 나라에서 땅을 내리고 호구에 올린 백제 백성이다. 네 놈이 부녀자와 아이들만 사는 동네라 깔보고 짐승만도 못 한 짓을 되풀이했으니 죽어 마땅하다. 어서 이놈을 끌고 가 하옥하라."

이튿날 아침, 성충은 일찍 등청하여 호태의 죄목을 열거하고 엄벌에 처할 것을 대목악군 장수에게 주청하였다.

그러나 며칠 뒤 장수가 성충을 부르더니 넌지시 말했다.

"호태가 잠깐 육욕에 눈이 어두워 못 할 짓을 범했으나 평소 업무 능력이 뛰어나고, 중앙에서 특히 아끼는 자이며, 본인이 죄를 깊이 뉘우치고 있으니 훈계 방면하는 것이 어떻겠나?"

장수는 호태에게서 평소부터 뇌물을 받아 온 터라 혹시 호태가 물귀신처럼 자기를 걸고넘어지면 입장이 난처해질까 봐 적당히 넘어가려는 수작을 부렸다. 성충은 분개하여 그 자리에서 사표를 내고 사비성으로 떠나 버렸다.

그런데 일이 점점 커졌다. 경직된 관리 사회에 신선한 피를 수혈하고 지방에서 제멋대로 구는 토박이 세력을 견제하고자, 젊은 인재들을 뽑은 무왕은 이들의 거취를 전내부(前內部: 왕명 출납 및 내무 담당 부서)로 하여금 직접 챙기게 하였던 터라, 성충의 사표는 곧 전내부로 올라갔다.

전내부에서는 사건을 샅샅이 조사하여 이를 국왕에게 보고했다. 무왕은 '왕명을 속이고 파렴치한 짓을 저지른 범인을 참수하여 그 머리를 군내에 효수하고 대목악군 장수와 구지 현령은 뇌물죄로 파직하고 성충은 원래 자리보다 한 등급을 올려 복직하라' 는 명을 내렸다.

　이 일로 성충은 유구 난민 사이에서는 일약 영웅이 되고 대목악
군 일대에서는 '못 말리는 청년'으로 이름을 얻었다.

9. 서라벌

8월 보름, 서라벌 반월성.

왕을 비롯하여 문무백관, 일반 백성들이 모인 가운데 한가위 잔치가 열리고 있었다. 이 행사의 백미는 17세에서 21세 사이의 화랑들이 홍군-청군으로 나뉘어 벌이는 무술 경기였다. 이제 그 첫 번째인 마술(馬術) 경기의 한 종목인 장애물 넘기가 펼쳐지고 있었다. 양편에서 처음에 다섯 명씩 나왔다가 장애물 높이를 다섯 자로 높이자 두 편 모두 네 명씩 탈락하고 한 명만 남은 상태였다.

운집한 구경꾼들의 입에서 탄성이 터져 나왔다.

"우왓!"

막 홍군의 대표 선수인 문훈이 다섯 자 두 치 높이의 장애물을 획 타 넘는 순간이었다. 문훈은 말의 목을 툭툭 두들겨 주며 의기양양하게 자기 진영으로 돌아왔다. 문훈은 상대편에서 이 이상 높이의 장애물을 뛰어 넘을 선수는 없다고 생각했다. 홍군 뒤편에서 응원을 하고 있던 군중들도 "문훈 만세!"를 외치고 있었다.

문훈은 말 위에 앉은 채 조용히 상대편 진영을 넘겨다보았다. 상대편에서는 검은 말을 탄 선수가 출발선에서 방금 문훈이 넘은 장애물을 응시하고 있었다.

이윽고 그 말은 땅을 박차고 나가더니 주저 없이 두 지주 사이에 걸쳐 놓은 대나무 장대를 획 타넘었다.

"우와!"

이번에는 청군 쪽에서 함성이 터졌다. 장대는 떨어지지 않았다.

"도대체 쟈가 누구야?"

3년째 이 경기에 나오는 문훈으로서는 웬만한 화랑들의 얼굴은 환히 알고 있는 터였는데 오늘 나온 저 선수는 전혀 생면부지였다.

"유신이라 카네요. 단석산(斷石山)에서 수도하다가 얼마 전 하산했다 카니더."

문훈보다 한 살 아래이자 화랑의 한 기수 후배인 해론(奚論)이 그의 말고삐를 잡은 채 말했다.

"어라라! 절마 봐래이, 또 대나무를 두 치 더 높이네. 저 자슥 단석산에서 산삼을 캐 묵었나? 아이머, 말한테 100년 묵은 더덕을 쳐 멕있나?"

해론의 말대로 유신이란 자는 대나무를 두 치 더 높이게 하고는 출발 채비를 하고 있었다. 곧 검은 말이 땅을 박차고 나아갔다. 그러더니 유연한 자세로 장애물을 훌쩍 넘어버렸다.

"와아!"

청군 응원단은 신이 나서 함성을 더 크게 질렀다. 이제 문훈의 차례였다. 해론에게서 고삐를 받아 쥔 문훈은 출발선에 서서 목표물을 노려보았다. 심호흡을 한번 하고 난 그는 말에게 박차를 가하였다. 그러나 그의 말은 장애물 바로 앞에서 뛰어넘지 않고 방향을 돌려 버렸다.

"우우!"

관중들의 야유가 들렸다. 문훈의 이마에서 비지땀이 흘렀다. 이 다음 번에도 못 넘으면 탈락이고, 그러면 마술 경기에선 유신이란 자가 우승을 하게 된다.

"영추야, 한번만 도와 다오!"

문훈은 그의 갈색 말의 목을 두드리며 부탁했다. 그는 다시 출발선에 섰다. 그가 신호를 주자 말이 힘차게 나아갔다.

장애물 앞에서 그는 다시 한번 영추에게 박차를 가하였다. 말의 상반신이 휙 솟구쳤다. 동시에 그의 윗몸도 앞으로 쏠렸다. 말발굽이 땅에 닿을 때까지 대나무 떨어지는 소리가 들리지 않았다.

'넘었구나!'

생각하는 순간, 그의 오른편에 위치한 홍군 응원단의 함성이 들렸다. 그리고는 잠잠해졌다. 이제 문훈 쪽에서 더 높일지 말지 먼저 결정할 차례였다. 문훈은 두 치를 더 높이라고 했다. 관중들은 숨을 죽이고 지켜보았다. 그러나 아깝게도 두 번 시도한 도약에서 말 뒷다리가 두 번 모두 대나무 장대에 걸리고 말았다. 문훈은 자기 자리로 돌아와 유신의 모습을 지켜보았다. 유신도 문훈처럼 한 번은 말이 돌아서는 바람에 실패하고 한 번은 말 뒷다리가 걸려 실패했다.

"휴우……."

문훈은 안도의 숨을 내쉬었다. 결국 마술 시합은 무승부였다.

다음은 60보 밖의 과녁을 쏘는 활쏘기 시합이었다. 문훈은 이번에도 다섯 선수 가운데 끼였다. 그는 열 대 가운데 여덟 대를 맞히고 두 대는 약간 빗맞혔다. 상대편에는 이번에도 유신이란 자가 끼어 있었다. 그는 열 대 가운데 한 대만을 빗맞혔다. 그러나 홍군의 다른 선수들이 선전하여 종합 전적으로는 활쏘기에서 홍군이 앞섰다. 그러나 다음번, 말을 달리며 활을 쏘는 시합에서는 청군이 앞섰다. 또 다음, 창던지기에서는 다시 홍군이 앞섰다.

이제 대표 선수 열 명씩을 뽑아 말을 타면서 긴 봉을 가지고 서로 어울려 싸우는 시합이 시작되었다. 긴 봉으로 상대방을 말에서 넘어뜨리거나 봉 끝에 묻은 숯검정을 상대측 윗옷에 묻히기만 하면 상대방은 탈락하고 두 식경 뒤에 많이 살아남은 선수가 속한 쪽이 이기는 시합이었다.

여기서도 청군에서는 유신이 나와 순식간에 홍군 선수 세 명을 물리쳤다.

'으음…… 저 유신이란 놈, 보통 내기가 아니구나.'

문훈은 말을 몰아 그의 옆구리를 겨냥하여 봉을 날카롭게 찔렀다. 그러자 유신은 봉 끝으로 문훈의 봉을 가볍게 받아쳐 올리고는 왼쪽으로 휙 돌면서 도로 문훈의 어깨를 내리치려 하였다. 10여 합을 이런 식으로 부딪쳐도 결판이 나지 않는 가운데 싸움의 멈춤을 알리는 북소리가 났다. 문훈이 둘러보니 홍군은 자기 혼자 남았고 청군은 유신을 비롯해서 세 사람이 남았다. 이래서 이 시합에서는 청군이 이겼다.

마지막으로 홍군의 모든 병사들과 청군의 모든 병사들이 참가

해 봉술을 겨루는 시합에서는 홍군이 선전하여 이겼다.

　종합 전적에서 홍군이 이기자 주장 격인 문훈이 나아가 국왕께 예를 올리고, 전통에 따라 그의 모자를 원화(原花)인 덕만공주에게 바쳤다. 덕만공주는 문훈보다 아홉 살 위였다. 덕만공주는 답례로 그에게 보검을 내렸다. 보검을 받들자 구경꾼들과 응원석에서 열렬한 박수 소리가 쏟아졌다.

　이밖에도 양쪽 화랑들 가운데 개인기가 훌륭한 사람들 몇몇이 뽑혀 말 한 마리씩과 비단 다섯 필씩을 상으로 받았다. 문훈과 유신도 여기에 포함되었는데 문훈은 자기가 지금 타는 말도 2년 전에 상으로 받은 말이었으므로 응원석에 돌아오자 새로 받은 말은 오늘의 응원단장이자 늘 그를 그림자처럼 따르는 해론에게 선물로 주었다.

　해론은 입이 함박 만큼 벌어졌다. 이때 유신이 문훈 쪽으로 와서는 손을 잡고 승리를 축하하였다. 문훈은 상대편 주전 선수가 이긴 편을 찾아와 축하한 사례가 전에 없었던 일이므로 그가 갸륵하게 생각되어 칭찬 겸 물었다.

　"자네, 유신이라 했나? 대단하두만. 몇 기재?"

　"34기이시더."

　옆에 있던 해론이 다시 물었다.

　"니 고향이 어데고?"

　"원 고향은 남가락이시더."

　"햐, 일마 이거 골치 아프네. 니가 너무 잘 해서 내 손 좀 봐줄라 했디마는 또 같은 구지(龜旨) 출신이라 카네. 다음부턴 그래 잘 하머 안 된데이, 알겠나? 아이머, 아예 홍군으로 적을 옮기 삐리라.

안 그라머 니 쥑이뿐데이. 청군 형님들한테 32기 깡돌이가 누군지 물어 봐라. 다 알끼다."

해론은 손으로 유신의 팔과 허벅지를 만져본 뒤, 소매를 걷어 문훈에게 보이며 말했다.

"헹님요! 야 팔뚝 좀 보소. 야! 일마 진짜 통뼈데이. 나이도 어린 기…… 우옛든 수고했다. 한잔 묵어라."

해론은 양동이에서 술을 한 바가지 철철 넘치게 떠서 유신에게 주었다. 유신은 단숨에 술을 비웠다.

"고맙니더. 이제 가보겠니더."

유신은 자기들 편으로 돌아갔다.

반월성 무술대회에서 거나하게 취하여 자리를 파할 때쯤, 문훈이 집으로 가려 하자 해론이 말렸다.

"헹님요, 2차 가시더."

"2차? 어디 좋은데 있나?"

"지난번, 윤을곡(潤乙谷) 가다 중간에 들렀던 그 집 어떻던교?"

"글쎄……."

"그 집에 요새 새로운 색시가 하나 왔다 카던데, 인물이 절색이라 카네요. 가야금도 그리 잘 탄다니더."

"한번 가 보까?"

"다른 아들 다 보내뿌리고 31기, 32기 가운데서 선수들만 데리고 가시더."

"에이, 좋다. 비단 다섯 필이면 충분하겠지. 통지는 니가 해라."

문훈과 해론은 그때까지 남아 있던 31기, 32기 선수들 여섯 명을 데리고 반월성을 나섰다. 서남쪽으로 난 길을 걷다가 오릉(五

陵)을 마주보는 지점에서 왼쪽으로 꺾어 내려가니 오른쪽에 있는 울창한 숲 속에 기와집 한 채가 반쯤 모습을 드러내었다. 벌써 저녁을 준비하는지 연기가 모락모락 피어오르고 있었다.

문을 들어서자 촐랭이라는 별명이 붙은 여종 아이가 쪼루루 뛰어나오더니 떠들어대기 시작했다.

"아이고, 깡돌이 장군님! 어서 오시소. 오늘 응원 멋지디더."

"니 자꾸, 장군, 장군 칼래? 진짜 장군이 들으면 나는 닷새 기합이다."

해론이 촐랭이의 볼을 살짝 잡아 비틀며 말조심을 시켰다.

"장군감 보고 장군이라 카는데 뭐 잘못 됐능교?"

"까불지 마라. 느그 오늘 다 가서 봤다나?"

"그라머예. 문 닫아 놓고 갔다가 쬐끔 전에 왔니더."

"그래? 그럼 느그 이 형님 하시는 것 봤겠재? 알아서 모시래이!"

해론이 문훈을 가리키며 말하자, 안방 문이 열리고 이 집 주모 격인 여자가 화장한 머리를 만지며 나타나 반겼다.

"아이고 이게 누궁교? 빨리 안 들어오시고 뭐하능교?"

"오늘 천관이, 그 아 있나?"

해론이 물었다.

"그라머요. 지금 단장하고 있니더. 빨리 저쪽 방으로 들어 가시소. 상 차려 들여 보내겠니더."

일행은 그 여자가 가리키는 방으로 들어가 앉았다. 일동 가운데는 이미 술을 많이 마셔 앉자마자 벽에 비스듬히 기대어 쓰러지는 사람도 있었다.

"들어가도 되니꺼?"

　방문 밖에서 소리가 들렸다. 문 쪽에 있던 해론이 문을 열자 네 여자가 사뿐사뿐 들어와 인사를 했다. 그 가운데 일동의 주목을 받은 것은 스스로를 '천관'이라고 소개한 기생이었다.

　호리호리한 몸매에 대리석처럼 흰 피부가 우선 돋보였다. 살짝 내려다보는 눈매는 물기에 젖어 무언가를 애절하게 호소하는 것 같았다. 그녀의 호수처럼 맑고 깊은 눈동자는 상대방을 빨아들이는 힘을 지녀서 모두를 압도하였다.

　그녀가 인사를 마쳤는데도 화랑들은 얼이 빠져 누구 하나 앉으라고 권하는 사람이 없었다. 마침내 천관 스스로가 입을 떼었다.

　"소녀는 어디에 앉아야 하나요?"

　그제서야 해론이 입을 열었다.

　"니, 저기 저 형님 옆에 가 앉거라. 잘 모셔야 된데이."

　천관이 문훈 왼쪽으로 와 살포시 앉았다.

　문훈이 그윽한 분 냄새에 취하여 있는데 그녀는가 잔을 내밀었다.

　"한잔 받으셔요. 오늘의 주인공을 모시게 되어 영광이에요."

　문훈은 헛기침을 한번 하고 잔을 받았다. 술이 잔에 차는 동안 손을 가볍게 떤 쪽은 술병을 쥔 천관이 아니라 잔을 쥔 문훈이었다.

　"제게도 활 쏘는 법 좀 가르쳐 주면 안 되나요?"

　"안 될 것 없지. 진흥대왕 때는 무술대회 때 활쏘기에서 1등을 한 사람이 모두 여자였다네."

　문훈은 벌써 그녀의 손을 잡고 활시위 당기는 법을 가르쳐 주는 자신의 모습을 상상하고 있었다.

"그 분들이야 모두 원화 출신들이었지만 어찌 저 같은 기생을 그 분들 하고 건줄 수 있나요?"

"무도(武道)에 귀천이 없다네. 자, 내 잔 받게."

문훈은 천관의 손목을 슬쩍 잡고는 금방 자기가 비운 잔을 그녀에게 권했다. 천관은 젓가락으로 집은 안주를 문훈의 입속에 넣어 주고 잔을 받았다.

"반만 주세요."

문훈이 반 잔쯤에서 술병을 떼자 그녀는 잔을 들어 한 모금을 마셨다. 술자리는 질탕하니 무르녹아 갔다. 잔을 이리저리 돌리며 홍에 겨워 떠들썩한 가운데 갑자기 바깥에서 와자지껄하는 소리가 들렸다. 해론이 문틈으로 바깥을 내다보았다.

"아니, 절마들이 우째 알고 여기까지 왔네!"

"누군데?"

문훈이 물었다.

"아까 그 유신인가 뭔가 하는 놈 말이시더. 그 패거리가…… 가만 있자 요놈아들을 불러 기합 좀 주자."

해론이 일어나 나가려 하자 문훈이 말렸다.

"놔둬라, 놔둬. 쟈들도 좀 즐기게. 어이, 자네 이따 쟈들이 자리를 잡으면 술 두 동이하고 돼지 다리 두 개만 갖다 넣어 주게. 셈은 내 쪽으로 하고."

"소녀, 잠시 나갔다 오겠습니다."

천관이 나갔을 때 좌중은 그녀가 문훈의 부탁을 전달하려는 줄로만 알았다. 그러나 그녀는 한참이 지나도 돌아오지 않았다.

"야가 죽었나? 살았나? 한번 나가더니 와 소식이 없노?"

성질 급한 해론이 불만을 터뜨렸다.

"와 그리 눈치가 없능교? 꽃이 고우면 벌이 많이 꼬이는 법이지예……."

옆에 앉은 여자가 대꾸하자마자 해론은 술상을 탕 치며 고함을 질렀다.

"아니, 그라머! 갸가 새로 온 애들 시중을 들고 있다 이 말이가? 이런 법이 어딨노? 가서 당장 오라 캐라. 당장 안 오면 이 술상 엎어 뿔 끼다."

"아니, 그렇게 아니라 그 유신이라는 놈 불러다 기합을 좀 줍시더. 어디 건방지게 후배인 주제에 계집을 가로채다니……."

일동 가운데 누군가가 말했다.

"맞다. 그게 옳다."

해론이 일어서려는데 문훈이 그를 도로 주저앉혔다.

"계집 하나 때문에 화랑들끼리 옥신각신 하는 게 무슨 챙피고? 진흥대왕 때 남모(南毛)와 준정(俊貞)이 죽은 화근이 뭐였는지 아나? 쓸데없는 짓 하지 말고 앉아 있거라."

하지만 문훈도 속으로는 은근히 괘씸하게 여겼다.

한참 만에야 들어온 천관은 문훈 옆에 앉으며 변명을 했다.

"죄송해요. 새로 오신 분들에게 인사만 드리고 나오려 했는데 자꾸 말을 시켜서……."

"니, 혹시 저 유신이란 녀석하고 무슨 관계가 있는 거 아이가?"

해론의 말에 천관은 얼굴이 확 붉어지며 말을 얼버무렸다.

"관계는 무슨…… 그저 두어 번 뵀을 뿐인데……."

그때였다. 문 밖에서 소리가 들렸다.

"선배님들 좀 들어가도 되겠능교?"

누군가가 문을 열자 유신이 얼굴을 들이밀었다.

"선배님들이 여기 기신 줄 모르고 결례를 범했니더. 술과 고기까지 내려 주시니 저희들이 감사히 먹겠니더."

그는 문 앞에서 넙죽이 엎드려 절을 했다.

"오냐, 니 잘 왔다. 이리 좀 들어오너라!"

유신을 벼르던 해론이 마침 잘 됐다는 듯 그를 들어오게 했다.

"니 일마, 아무리 간뎅이가 부었기로서니 대선배님의 여자를 함부로 희롱해?"

해론이 시비를 걸었다. 유신은 할 말을 잊고 멍한 표정이 되었다. 이때 천관이 끼어들어 유신을 감쌌다.

"이 집에서 시중드는 여자가 모두 다섯 명뿐인데 이 방에서 네 명이나 차지했잖아요? 새로 오신 분들은 숫자는 많은데 여자 한 명이서 감당하기 힘들어 제가 잠시 도운 것 뿐이에요."

"느그 일행이 몇 사람이고?"

듣고 있던 문훈이 유신에게 물었다.

"예, 저까지 모두 여덟이니더."

"헹님요, 쟈들이요. 용화낭도이니 뭐니 해 가면서 패거리를 만들어 댕긴다 아잉교."

해론이 딴지를 걸었다.

"오늘 온 사람들이 모두 용화낭도들인가?"

"예, 모두 간부들이시더."

"그러면 기생 애들 숫자도 적고 한데 자리를 합치자. 어떻노?"

문훈이 제의했다. 유신은 속으로 선배들 틈에 끼어 술자리를 같이하는 게 약간은 거북하였으나 십중팔구 공짜 술이 될 것을 생각하니 마다할 이유가 없었다. 유신은 선선히 고맙다고 인사를 하고 그를 따라온 낭도들을 불러 일일이 문훈 일행에게 인사를 시켰다. 문훈은 한 사람씩 자리를 정해 주어 앉힌 뒤, 유신은 그의 왼편, 천관 옆에 앉게 하였다. 유신과 해론은 서로 마주 보고 앉게 되었다.

문훈이 천관에게 유신을 가리키며 말했다.

"너는 오늘 이 사람을 잘 모셔라. 오늘의 주인공은 내가 아니라 이 사람이다."

문훈이 천관을 좀 더 유신 옆으로 가까이 앉게 했다.

"에이, 우리 헹님은 마음이 너무 좋아 탈이야. 니 일마 오늘 헹님 덕분에 살았다. 안 그라마 내가 반 쥑이뿔라 ?는데…… 에따, 한 잔 받아 처무라."

해론이 자기 잔을 비우더니 유신에게 건넸다. 유신은 잔을 단숨에 비우고 도로 해론에게 돌리고는 용서를 구했다.

"선배님, 제가 너무 무례하게 굴어서 죄송하니더."

"그래 됐다. 좁은 땅에서 혼자 너무 잘 나가도 시빗거리가 된데이. 알았재?"

"땅이 좁으면 넓히면 될 거 아입니꺼?"

유신이 말을 받았다.

"히야, 일마 말 한번 쥑이네. 헹님요, 들었지예? 일마가 이런 놈입니더."

잠자코 있던 문훈이 자기 잔을 비워 유신에게 권하였다.

"그래, 니 말이 맞다. 우리가 삼국을 통일하면 중원 만큼은 못 돼도 우리가 맘껏 활개 칠 정도는 될 게다."

그러자 해론이 정색을 하며 끼어들었다.

"헹님, 헹님은 장안까지 갔다 오셨으니 견문이 넓으실 거 아잉교? 우리가 진짜 삼국을 통일할 실력이 되능교?"

삼삼오오 제각기 떠들던 좌중이 어느새 잠잠해져서 셋의 대화에 귀를 기울이고 있었다.

"글쎄다. 지금은 아무래도 고구려의 힘이 막강하니 우리 힘만으로는 어렵고…… 그래서 지난번에 수나라에 '걸사표(乞師表)'를 보낸 것 아니냐?"

"선배님, 저는 그 '걸(乞)' 자가 마음에 안 드니더. '걸'이란 구걸한다는 뜻 아잉교? 왜 우리나라가 수나라에 구걸을 해야 하는지……"

유신이 이의를 제기하였다.

"내가 원광 스님을 모시고 갔다 왔지만, 스님인들 어디 마음에 들어서 그렇게 했겠나? 조정에서 제목을 정해 줬으니 그렇게 했지. 외교란 묘해서 상대방의 마음을 움직일 수 있느냐 없느냐에 초점을 두지 자존심이나 체면, 이런 건 뒷전이란 말이야. 우리가 어디 혈기만으로 국제정세를 좌우할 형편이 되나?"

다른 화랑이 물었다.

"그럼 수나라는 진짜로 고구려를 치게 될 것 같습니까?"

문훈은 표정이 굳어졌다.

"열에 아홉은 틀림없이 그렇게 될 거야. 단지 시기가 언제냐가 문제지. 빠르면 몇 달 안에 일이 벌어지겠지."

"그럼 그때는 우리도 남쪽에서 협공을 하게 되는 겁니까?"

또 다른 화랑이 물었다.

"그건 위에서 결정할 문제고…… 그럴 때를 대비해 준비를 철저히 하는 게 우리들의 소임이야."

"수나라가 전 병력을 동원하여 친다면 고구려가 막아낼 수 있을까요?"

"글쎄다. 그러나 고구려도 만만치 않을 걸…… 일당백으로 싸운다면 말이야……."

문훈의 머리 속에는 어느덧 만춘의 모습이 떠올라 있었다. 해적선에서 그를 구출해 주었던 늠름한 고구려 용사들의 모습도 떠올랐다.

그들이 술집을 나선 것은 새벽 첫닭이 울고 나서였다. 반월성에서 웬만큼 취한 상태에서 2차로 밤새껏 술을 마신 그들은 곤드레만드레가 된 상태였다. 일부는 곯아떨어지고 아직 걸을 정신이 남아 있는 사람들만 술집을 나섰는데, 유신은 정신이 맑은 축에 속했음에도 선배들의 강권과 명령으로 타의 반, 자의 반으로 천관과 함께 잠자리를 같이 하게 되었다.

그 뒤에도 사수-조수 사이였던 문훈-해론과 같은 고향 출신인 해론-유신 그리고 왕초 노릇을 좋아하고 무술 실력이 비등한 문훈-유신 사이에 죽이 잘 맞아 셋은 수시로 천관이 있는 그 술집을 드나들게 되었고 거기에서 여자들을 끼고 자는 일이 잦아졌다. 그에 따라 천관과 유신 사이도 점점 깊어져 갔다.

해가 바뀌어 정월이 되었다. 이 날 밤에도 셋은 천관의 집에서 술잔을 나누고 있었다. 술기운이 반쯤 올라 있는데 말발굽 소리가 들리더니 한 병사가 해론을 찾았다. 해론이 마당으로 나간지 얼마

안 되어 곡성이 들려 왔다.

"아이고 아부지!⋯⋯."

문훈과 유신이 놀라 뛰어나가니 해론은 마당에 엎드려 대성통곡을 하고 있었다.

문훈이 병사를 불러 까닭을 물었다. 병사는 이렇게 전했다─ 작년 10월 초, 백제군이 가잠성(椵岑城)을 포위 공격하였다. 그곳 현령인 해론의 부친 찬덕(讚德) 공은 보급이 끊어진 상황에서 100일 동안 버티며 저항하였다. 양식이 떨어지고 먹을 물이 없어져 심지어는 송장을 먹고 오줌을 마시며 끝까지 싸웠다. 그러나 결국 성은 함락되고 찬덕 공은 회나무에 부딪혀 자결하였다는 소식이었다.

"아부지! 이 불효자를 용서하시소. 이 원수는 제가 꼭 갚겠니더. 아이고 아부지!"

땅을 치며 울부짖는 해론을 문훈과 유신은 말없이 바라보았다. 마당에는 어느새 눈이 펑펑 쏟아지고 있었다.

"우리가 그동안 너무 흥청거렸어. 이제 그만 가세."

문훈이 유신의 소매 끝을 잡아끌었다.

며칠 뒤였다. 유신은 술에 취한 채 말을 타고 집으로 가고 있었다. 한참을 졸다가 정신이 번쩍 들어서 깨어 보니 말은 천관의 집 앞에 도착해 있었다. 유신은 지난날 자신의 방종한 행위를 뉘어치며 새 사람이 되기를 결심하였다. 유신은 자신의 분신처럼 아끼던 말의 목을 단칼에 베었다. 솟구치는 피가 눈 속에 스며들어서 그 주변을 붉게 물들였다는 이야기를 문훈도 전해 들었다.

문훈은 유신을 위로할 겸 그를 부르러 사람을 보냈다. 그런데 도리어 그 사자는 엉뚱한 소식을 가지고 돌아왔다.

"낭도님, 드디어 수나라가 고구려로 출병을 했답니다. 지금 수나라의 사신이 양제의 조서를 가지고 궁중에 도착해 있답니다."

"뭐? 그게 정말이냐?"

문훈은 서둘러 무장을 챙기고는 소속 부대로 향하였다.

궁중에서는 진평왕이 손을 가늘게 떨며 양제의 조서를 읽고 있었다.

'고구려 도적들이 제정신을 못 차리고, 발해(渤海)와 갈석 사이를 차지하고 요수와 예수(濊水)의 경계를 잠식하였다. 저들이 한때 한나라와 위나라에게 거듭 주륙 당하여 소굴이 위태로운 듯하더니 난리로 막힘이 많자 종족들이 다시 모여 지금 어느새 냇물과 수풀처럼 번창하였다. 중국은 땅이 잘리고 백성들은 오랑캐의 부류가 되었다. 세월이 오래되니 악이 쌓이고 쌓여 이제 하늘의 도가 음란한 자에게 화를 내리고 망하게 할 징조가 나타났다. 난상패덕(亂常敗德)은 표현할 길이 없고 간교함을 품은 것은 헤아릴 수도 없을 지경이다. 경고하는 서신을 보내도 우습게 알고 받지 않았으며 조정에 알현하는 예도 하는 둥 마는 둥 했다. 도망친 반도들을 꾀어냄이 끝이 없어 변방에 가득 차 봉후를 괴롭히니 문빗장이 조용하지 못 하고 백성들이 생업을 폐하게 되었다. 지난날 쳤을 때 하늘의 그물에서 빠졌으며, 잡아 죽이려다 뒷날 복종할 것이라 믿고 미루어 줬는데, 이 은혜는 생각지 않고 도리어 악을 쌓아, 거란의 무리를 합쳐서 수군 초소를 공격하고 말갈 복장으로 위장해 요서를 침범하였다. 신라에서는 공물을 보내고 벽해 변두리에서 정삭을 받드는데 이들의 보물을 빼앗고 왕래를 못 하게 하니 잔학함이 죄 없는 사람에게 미쳐, 이들은 정성을 바치고도 화를 입는 꼴이 되었다. 우리의 사신이 해동에 미치고 답례를 하자면 번국의 경계를 지나야 하는데 도로를 막고 사신을 거절하여 임금을 섬길 마음이 없다면 어찌 신하라 하겠는가? 이래도 참는다면 어디까지 참으라는 말인가?……

……이러므로 내 친히 육사(六師)를 거느리고 구벌(九伐)을 펴서, 위태함을 구제하여 하늘의 뜻을 따르며 이 무리들을 쫓아 멸하여 선대에 고하고자 한다. 지금 마땅히 군율을 내려 시행하되 길을 나누어 출발하여, 발해를 우레 같이 덮치고, 부여를 번개 같이 쓸어버려라. 방패와 갑옷을 단단히 챙기고, 군령을 단단히 일러 시행함으로써, 이긴 후에 싸우는 군대가 되게 하라.

왼쪽 12군은 누방 · 장잠 · 명해 · 개마 · 건안 · 남소 · 요동 · 현도 · 부여 · 조선 · 옥저 · 낙랑 등 길로 나아가고, 오른쪽 12군은 염제 · 함자 · 혼미 · 임둔 · 후성 · 제해 · 답돈 · 숙신 · 갈석 · 동이 · 대방 · 양평 등 길로 나아가서, 서로 연락을 취하며 나아가 평양에서 총집결하라.'

다 읽고 난 진평왕은 대신들에게 명하였다.
"당장 문무백관을 모두 불러라!"

10. 여수대전(麗隋大戰)

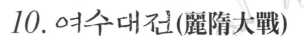

　　　　　　숲 속에 잠복한 양만춘은 저 멀리서 피어오르는 거대한 먼지 구름을 지켜보고 있었다. 때는 3월, 아직은 쌀쌀한 바람이 옷깃 사이로 스며들어 오싹오싹 한기를 느끼게 했다. 다만 말들은 이런 날씨가 기분 좋은지, 몸을 부르르 떨면서 가볍게 '흐흥' 소리를 내기도 하고 앞발로 땅을 긁기도 하였다.

　'저것이 113만이라는 대병력이 내는 먼지 구름이로구나. 수송 인력은 그 두 배가 넘는다지……'

　만춘은 113만이라는 숫자의 의미가 도대체 실감이 가지 않았다. 자신이 거느리고 있는 기마병력은 500명, 다른 소사자(小使者: 고구려 관등 12개 가운데 아홉 번째)들이 거느리고 있는 기병들을 합해 지금 이 숲에는 1500명의 병력이 숨어 있는데, 113만이라면 그 750배가 넘지 않는가?

만춘은 조금 전 대사자(大使者: 고구려 12개 관등 가운데 여덟
번째)가 내린 작전 지시를 다시 되새겨 봤다.

"적은 우리가 요하 위의 모든 다리를 끊어 버리고, 요수 서쪽의
성들을 다 비운 것을 알고, 우리가 요하 동쪽 언덕에 총 방어진지
를 구축해 놓고 있다는 것도 알 터이다. 요서에 병력이 남아 있으
리라고는 꿈도 꾸지 못 할 것이다. 우리는 이 틈을 노려 적의 전력
을 시험해 볼 겸, 적들에게 한 방을 먹이는 것이다. 그러나 본격적
인 공격이 아니니 깊숙이 들어가지 말아야 한다. 적당히 치고 빠져
라. 세 부대가 적의 측면을 함께 치고 들어가다가 1대는 좌로, 2·
3대는 우로 한 바퀴 돌아 요하로 후진한다. 후진할 때도 그냥 내빼
지 말고 돌아보면서 활을 쏘도록 병사들에게 지시하라. 즉, 후퇴가
아니라 돌아서 공격하는 것이다. 이번 싸움에서 을지문덕 장군이
내리신 기본 전략은 바로 이것이다. '치고 빠지면서 계속 적을 피
곤하게 만드는 것' — 알겠는가?"

만춘은 고구려 기병이 간밤에 미리 준비한 부교를 놓고 이곳 요
수 서쪽 숲으로 이동한 사실을 적들이 눈치 채지 않기만을 간절히
바랐다.

이제 먼지의 실체들은 점점 가까워져 맨눈으로도 움직이는 모
습을 샅샅이 볼 수 있는 거리가 되었다. 엄청난 수의 깃발이 휘날
리고 북과 나팔소리가 똑똑히 들리었다.

"역시 어마어마하구나."

만춘은 그가 수나라에서 보았던 양제의 행차 모습을 떠올리며
대체 양제는 어디쯤 있을까 살펴보았다. 그러나 아직 양제는 선두
대열에 끼이지 않은 듯 눈에 익은 용기의 모습은 찾아볼 수 없었

다. 대체 얼마나 행군해 오는지 끝이 보이지 않았다.

만춘은 갑자기 쿵쿵 뛰는 가슴을 진정시키고자 고등신에게 기도를 올렸다. 그 순간 기이하게도 자옥의 모습이 머리에 떠올랐다. 그들 앞을 지난 인원이 1천여 명은 족히 되었다 싶을 즈음 돌격 명령이 떨어졌다.

박차를 받은 그의 말이 시위를 떠난 화살처럼 튀어 나갔다. 바람이 윙윙 소리를 내며 그의 뺨을 스쳐 지나갔다. 적들이 이편을 발견하고, 대열 중앙이 어지러운 움직임을 보였을 때는 이미 만춘이 반쯤 전진한 상태였다.

화살 몇 개가 만춘의 옆을 스쳤다. 곧 그는 첫 적병과 맞닥뜨렸다. 적병은 창으로 그를 겨누다가 만춘이 전진하는 힘으로 창을 튕겨 내며 장검으로 내리치자 목에서 피를 쏟으며 픽 쓰러졌다. 그는 명령대로 말을 왼쪽으로 틀며 몇 사람을 건너뛰어 다시 한 명을 거꾸러뜨렸다. 멈칫멈칫 물러나는 적병들을 지나쳐 세 번째로 적을 찌르고 나자, 어디선가 나타난 수나라 기병들이 달려들었다.

"적은 소수다. 섬멸하라!"

중국말로 외치는 소리가 만춘의 귀에 또렷이 들렸다. 첫 번째 마주친 기병의 장창을 만춘이 칼로 막음과 동시에 왼손으로 창 자루를 잡고 홱 잡아끌자 적은 말에서 굴러 떨어졌다. 이어서 두 번째 적 기병은 칼로 만춘과 어울리기를 세 합 만에 목이 떨어졌다. 이때 숲에서 후퇴를 알리는 나팔소리가 들렸다.

"강 쪽으로!"

만춘은 부하들에게 소리쳤다.

그들이 달아나자 수나라 기병들이 추격해 왔다. 수나라 보병들은 활을 쏘면 자기편 기병들이 맞을까 봐 이 추격전을 구경만 하고 있었다.

"뒤로 활을 쏴라."

만춘은 소리를 지르며 자기도 화살을 빼어 한 대를 쏘았으나 빗나가고 말았다. 두 번째 화살도 빗나가자 만춘은 아예 몸을 날려 말 궁둥이를 향해 돌아앉아 활을 쏘아 맨 앞에서 달려오는 적군을 맞혔다. 마술(馬術)에 능한 몇몇 병사들이 만춘을 흉내 내어 돌아앉아 달리며 활을 쏘았다. 이러자 적의 추격 속도가 눈에 띄게 느려졌다.

마침내 그들이 요수에 이르러 미리 설치한 부교를 건너기 시작하자 맞은편 언덕에서 진을 치고 있던 고구려군들이 수나라 기병을 향해 활을 쏘았다. 부교 가운데까지 나아가 활을 쏘는 병사들도 있었다. 이러는 사이에 고구려 기병들은 마지막 한 명까지 무사히 부교를 건넜다.

"부교를 걷어라!"

명령이 떨어졌다. 몇 토막으로 연결된 부교들의 양쪽을 연결하고 있는 밧줄 가운데 상류 쪽 연결선을 끊어버리자 부교가 다시 물살의 힘으로 토막이 나서 고구려 진영인 동편 기슭으로 몰렸다. 수나라 기병들이 닭 쫓던 개 지붕 쳐다보듯 엉거주춤 저쪽에서 머뭇거렸다. 고구려 군사들은 온갖 야유와 욕설을 퍼부어댔다. 그들은 그렇게 야유를 받으면서 보병들이 올 때까지 이쪽 편 화살이 닿지 않는 거리에서 머물고 있었다.

이 작은 싸움에서 고구려 기병들의 피해는 10여 명뿐이었고 수나라군의 피해도 1천여 명 정도에 지나지 않았지만 심리적 효과는 적은 것이 아니었다. 수나라군들은 척후의 보고에 따라 고구려군들이 모두 강 서쪽 성들을 비우고 다리를 끊은 뒤 동쪽 언덕에 진을 친 줄로만 알았지, 밤을 틈타 부교를 놓고 고양이처럼 건너와 잠복했다가 대담무쌍한 공격을 감행할 줄은 상상도 하지 못 했던 것이다. 이것은 나중에 강을 건넌 뒤에도 의외의 기습이 두려워 대군임에도 함부로 전진하지 못 하는 실마리를 만들었다.

이제 양군은 강을 사이에 두고 대치하는 국면에 접어들었다.

고구려군은 4개 군 6만여 군사들을 거의 100여 리에 걸쳐 종(縱)으로 배치하고 그 바로 후방에 1만 5천여 군사를 두어 그때그때 약한 방위선을 돕도록 하였다. 맞은편의 수나라군은 첫날에 3만여 군사가 운집하더니 날마다 갑절씩 수가 늘어나 보름 뒤에는 50여 만 명을 넘어섰다.

이때부터 수나라의 도강작전이 펼쳐졌다. 처음에는 부대 단위로 물이 얕은 곳을 골라 헤엄을 쳐 건너기를 시도하기도 하고, 뗏목을 엮어 몇 사람씩 타고 건너려고도 하였으나 고구려군의 화살 세례로 모두 실패하였다. 한편으로는 방패로 화살을 막으면서 돌을 실어 날라 강을 메우는가 하면 다른 한편으로 부교를 만들기 시작했다.

이때는 이미 양제가 강변에 도착하여 도강을 재촉하는 성화가 빗발 같았다. 양제는 원래 전문가에게 일을 맡기는 형이 아니라, 작은 일도 직접 챙겨야 직성이 풀리는 성격이었다. 이걸 잘 아는 장수들은 양제에게 고구려 원정에 직접 나서지 말 것을 여러 번 간청했으나 그는 듣지 않았다. 양제는 오히려 속으로 부하들을 비웃었다.

'이놈들이 내가 가면 번거롭고 귀찮으니 나를 따라오지 못 하게 하는구나. 어림없다, 이놈들아. 너희들이 그럴수록 나는 갈 마음이 더 굳어진다.'

후진에서 나무를 날라 오랴, 공병을 불러 오랴, 법석을 떤 끝에 모두 세 개의 부교가 마무리 단계에 이르렀다.

한편 고구려 진영에서는 서부욕살 을지문덕이 각 군을 돌며 맡은 지역을 고수하도록 독려했다.

제3군의 조학성 장군이 부장들을 불러 모았다.

"지금 강 건너편을 보니, 수나라군들이 우리 지역으로 부교를 걸고 넘어올 모양이다. 어떻게 하는 게 좋겠는가?"

여러 의견이 나왔다. 궁극적으로는 수나라군이 도강을 한다는 전제 아래 도강 예상 지점들로 지원을 요청해야 한다는 견해가 많았다. 임시방편으로 별동대를 짜서 밤에 적진으로 건너가 부교를 부숴버리자는 의견이 나왔다. 듣고 있던 조학성 장군이 고개를 가로 저었다.

"적은 부교를 삼중, 사중으로 삼엄히 지키고 있을 것이 분명한데 무모한 작전으로 희생을 낼 수는 없다."

그러자 한 참모가 대안으로 군사들 가운데 중국어에 능통한 열명을 뽑아 수나라 병사로 변복을 하고 침투시켜 부교에 불을 지르자는 방안을 내놓았다. 그 안이 그럴싸하게 생각되어 예하 부대에서 중국어에 능통한 장병들을 차출하게 되었다. 만춘이 이 가운데 끼어, 특공대 열 명을 이끄는 책임을 맡았다. 한밤중에 그들은 수나라 병정의 시체에서 벗긴 옷 열 벌로 바꾸어 입고 상류 쪽으로 올라갔다.

　낮에 미리 보아 둔, 경비가 뜸하고 물풀이 우거진 곳으로 일행은 칼을 입에 문 채, 염초 더미가 물에 젖지 않도록 조심하면서 조용히 강물에 몸을 담갔다. 차가운 물이 뼛속까지 스며들었다. 맞은편에 다다른 만춘은 손 신호로 두 명만을 따르게 하고 다른 사람들은 물풀 가운데 숨어 있게 했다.

　보초들이 왔다 갔다 하는 둑 밑에 바짝 접근한 그들은 보초가 교대할 시간까지 끈질기게 기다렸다. 이윽고 둑 위에서 저들끼리 군호를 주고받는 소리가 들렸다.

　만춘은 그 날 밤 그들의 군호가 '물오리' 임을 알았다.

　조금 있으니 제방 위의 보초 둘은 앉아서 서로 잡담을 하고 있었다. 만춘은 옆에 있는 병사들에게 신호를 하고, 함께 날쌔게 달려들어 소리 없이 그들을 해치우고는 강에 숨어 있던 병사들을 오게 했다. 만춘은 대원 두 명에게 군호를 일러주고 대신 보초를 서게 한 뒤 여덟 명을 이끌고 적진 안으로 숨어들어 부교 작업장으로 향했다.

　부교 작업장은 예상대로 경비가 삼엄한데 불을 대낮 같이 밝혀 놓고 철야 작업을 하고 있었다. 만춘은 아무리 생각해도 아홉 명의 힘으로 삼엄한 경비를 뚫고 불을 지른다는 것은 불가능하게 여겨졌다. 뾰족한 수가 생각나지 않아 서성거리고 있는데 목재를 실은 마차가 당도하여 군사들이 짐을 내리기 시작했다. 그들은 짐을 다 부린 뒤, 말을 수레에서 풀어 작업장에서 얼마 떨어지지 않은 마구간으로 데리고 갔다.

　만춘은 대원 한 명과 함께 마구간으로 접근하였다. 거기에는 수백 마리의 말이 있었고 한쪽에는 말먹이로 쓸 건초가 가득 쌓여 있었다. 입구에는 병사 한 명만이 지키고 있을 뿐이었다. 그 병사를 해치운 뒤 건초 더미에 불을 질렀다. 불은 이내 활활 타올랐다.

만춘은 부교 작업장으로 뛰어가며 소리 질렀다.

"불이야! 불이 작업장으로 옮겨 붙기 전에 꺼라!"

"불이야! 불이야!"

변장한 고구려 병사들도 잇따라 소리를 질렀다.

경비병들이 우왕좌왕했다.

"명령이다! 강으로 가서 물을 투구에 퍼 담아 와라!"

만춘이 병사들 사이에서 떠들고 다니자 수나라 병사들은 정말로 명령이 떨어진 줄 알고 투구를 벗어 강으로 달려갔다.

그 틈을 타 고구려 특공대는 거의 다 완성된 세 개의 부교 끝에다 염초를 놓고 불을 지르고는 쌓아 놓은 목재 더미에다가도 불을 붙였다.

"자네들 뭐하는 거야?"

수나라군 몇이서 그들을 보고 소리치며 달려왔으나 이내 칼을 맞고 쓰러졌다.

"고구려 놈들이다!"

멀리서 이 광경을 본 수나라 병사가 고함을 질렀다.

"안 되겠다. 튀자!"

특공대원들은 마구간에서 풀려난 안장 없는 말을 하나씩 잡아 타고 원래 침투했던 지점으로 달아났다.

도착해 인원을 점검해 보니 두 명이 행방불명이었다. 만춘은 남은 인원만을 수습해 강을 건너 고구려 진영으로 돌아왔다.

"불은 붙였습니다만, 곧 꺼질 것 같습니다."

만춘의 보고를 들은 조학성 장군은 격려를 아끼지 않았다.

"그만하면 반 성공이다. 수고했다."

한편 수나라 진영에서는 한바탕 소란이 일어났다. 좌효위대장군(左驍衛大將軍) 형원항(荊元恒)이 자다가 깨어나서는 직접 피해 상황을 점검하였다.

어렵사리 모아 온 목재들은 몽땅 다 탔고, 새벽까지 마무리하기로 했던 부교 셋은 끝 부분이 거의 일곱 자에서 열 자가량씩 타 버렸는데 그나마 병사들이 투구에 담아 온 물 덕택에 나머지는 건질 수 있었다.

형원항은 한숨을 내쉬었다.

"나는 이미 황제께 내일 아침 총공격이 개시될 거라고 보고를 드렸다. 황제께서 이 일을 아시면 이곳 경비대장은 물론 너희들 모두 참수를 면하지 못 할 것이다. 모든 사실을 비밀로 하고 탄 자국은 톱으로 잘라 내어 강에다 버려라. 다리가 짧은 것은 몸으로 때울 수밖에 없다. 맞은편의 수심이 얕아 쉽게 건너기를 하늘에 빌어야지."

그가 부하를 감싸려는 마음에서 내린 이 결정을 아무도 비난할 수는 없었다.

이튿날 아침이 되자 수나라군의 본격적인 도하작전이 시작되었다. 그들은 우선 부교 셋을 끌어다 띄웠다. 전날 밤의 사건으로 부교 셋이 모두 10척 이상 짧아졌으나 장교들의 독촉으로 병사들은 부교를 건너 물속으로 첨벙첨벙 뛰어들었다. 많은 수의 인파가 뒤에서 연이어 밀어대니, 앞에 가던 군사는 떠밀려서 싫어도 그냥 물속으로 뛰어들었다. 이들에게 고구려군이 언덕 위에서 쏘는 화살들이 비 오듯 쏟아졌다. 전날 부교 경비를 맡았던 대장인 맹차(孟叉)가 병졸을 다그치며 부교를 건너 물에서 빠져나와 언덕으로 돌진하였으나 언덕 위에서 뛰어내려 온 일단의 고구려 병사들과 접전을 하다가 쓰러졌다.

이것을 보고 있던 그의 직속 상관 전사웅(錢士雄)이 나서서 군졸들을 데리고 강을 건너와 고구려군과 칼싸움을 벌였으나 그 역시 맥없이 나자빠졌다.

이렇게 동쪽 강기슭에 교두보를 확보하려는 수나라 군대와 이를 막으려는 고구려군 사이의 전투는 종일 계속되었다. 해가 질 무렵에야 수나라군은 좌돈의대장군 맥철장(麥鐵杖)을 비롯한 많은 장교들과 5만여 명의 병력을 잃고 부교를 거두고는 물러났다.

전황보고를 들은 양제는 곧바로 부교 제작 책임을 맡은 공부상서 우문개(宇文愷)를 잡아들였다. 다리를 짧게 만든 책임을 물어 그 자리에서 참수하려 하였으나, 그가 운하 건설 때 이바지한 공적을 헤아려 극형만은 면하여야 한다고 주위에서 극력 주청했다. 양제는 우문개의 직위를 박탈하고 장안으로 압송하도록 시켰다. 그리고 소부감(少府監) 하조(何稠)에게 부교 공사를 맡겼다.

우문개를 가둔 수레가 장안으로 출발하려 할 즈음, 형원항은 자기가 부하들을 감싸려고 한 일로 애꿎게 엉뚱한 사람이 불똥을 맞은 게 미안해서 그를 위로하며 사실을 말했다.

"과연…… 내가 그 일보다 몇 십 배 어려운 역사도 해낸 사람인데 어찌 실수를 했겠나? 문제는 황제가 나를 못 믿는다는 것일세. 변명해도 소용없고 다시 기회를 달라고 빌었지만 소용없었네. 내가 설계도와 실물을 견주어 보자고 했으면 금방 드러났겠지만 그렇게 됐으면 또 다른 사람들이 다쳤을 게 아닌가?

이제 모두들 황제를 두려워하여 제대로 소신을 말하는 사람이 없고 언로가 막혀 있네. 내 감히 말하지만 이번 전쟁은 이기기 힘들 것일세. 자네들도 몸조심들 잘 해서 장안에서 다시 만날 수 있기를 바라네."

우문개는 한숨을 내쉬면서 떠나갔다.

이튿날 새벽—

오랜 습관대로 일찍 일어난 을지문덕은 당번병만을 데리고 조용히 강가를 산책하고 있었다.

그는 새벽의 풋풋한 공기와 동트기 전의 어슴푸레한 여명, 아직 생물들이 부산을 떨기 직전의 고요함을 좋아했다. 어려서부터 그랬고, 젊어서도 그랬으며, 장년이 되어서도, 또 장군이 되어서도 그랬다. 대부분은 도보로, 가끔은 말을 타고 산책을 하며 하루 일과나 작전을 구상하곤 했다.

을지문덕은 강변을 그윽이 응시했다. 강물 위에는 새벽 물안개가 자욱이 피어오르고 있었다. 이따금 강물에 떠다니는 적군의 주검을 제외한다면 강변 풍경은 한 폭의 그림 같았다. 저쪽 수나라군의 진지에서는 아침을 준비하는지 모락모락 연기가 피어오르고 있었다. 아직 쌀쌀한 기온 때문인지 보초를 서면서 몸을 이리저리 움직이던 초병이 을지문덕을 알아보고 부동자세를 취했다.

"으음, 간밤에는 별일 없었나?"

"넷, 이상 없습니다. 다만 저쪽 수나라군 진지 한 곳에서 계속

밤에도 불을 환하게 밝히고 있는 것으로 보아 부교를 고치는 것 같습니다."

을지문덕은 병사가 가리키는 곳과 주변 지형을 유심히 살펴본 뒤에 그 자리를 떠났다.

도중에 그는 전날 싸움에서 포로가 된 수나라 병사들이 갇혀 있는 곳을 지났다. 1천여 명 가운데 절반 정도는 서로 기댄 채 잠에 젖어 있었고 나머지는 모두 초점 없는 눈동자를 멀뚱멀뚱 굴리고 있었다. 대부분 바짓가랑이에는 흙이 묻어 있었고 상의가 찢겨진 자, 얼굴이 피범벅이 된 자가 여러 명이었다. 을지문덕은 그 가운데 아주 앳되 보이는 포로에게 능숙한 중국어로 나이를 물어보았다. 포로가 핏기 없는 얼굴로 열다섯이라고 대답하자 그는 고개를 끄덕이더니 그 지역 작전 책임자인 제2군장 정태구 장군을 불렀다. 정 장군에게 을지문덕이 지시했다.

"포로들 가운데 16세 미만인 자와 50세를 넘은 자들은 아침을 먹인 뒤 뗏목을 띄워 수나라 진영으로 돌려보내고 나머지는 오늘 안으로 영성으로 이송시키게. 우리는 식사 뒤 내 숙소에서 작전을 의논하세."

아침 식사를 마치자, 이민수 · 정태구 · 조학성 · 최일만 · 을서삼용 등 제장이 모였다. 을지문덕은 제장의 노고를 치하하고 각 군단의 현황과 각자의 의견들을 경청한 뒤에 다음과 같이 결론을 내렸다.

"적은 부교 작업이 끝나는 대로 다시 공격해 올 것이다. 우리는 최선을 다해 막아야겠지만, 적이 인해전술로 나오면 현 진지를 지키기는 힘들 것이다. 300리에 달하는 전선을 고수한다는 것은 불가능하며 전선을 100리 이내로 줄여야 한다. 새로운 방어선은 다음과 같다.

제4군은 요동성으로 들어가 성을 고수하고, 제1군은 영성으로 들어가 성을 고수한다. 어떤 경우에도 성을 내주어 아군의 성들이 적의 보급기지로 이용되면 안 된다. 제2군과 제3군은 현 지점에서 60리를 후퇴하여 혼하(渾河: 요하의 지류) 건너편에 새로운 진지를 구축한다. 제5군은 미리 물러나 중간 지점에 있는 이 숲에 매복하고 있다가 추격하는 적을 기습하고 적이 주춤하는 사이에 2·3군과 합류한다. 하늘을 보니 며칠 안에 비가 올 조짐이 있다. 비가 오면 적이 뻘밭을 헤치고 추격하기는 어려울 것이다. 우리 군은 경장(輕裝)이니 훨씬 신속히 움직일 수 있다. 평야전에서는 장애물이 적고 숨을 곳이 마땅치 않으며, 개방된 공간 속에서는 상황이 수시로 변해 예측을 불허한다. 이럴 때 기동성 부족은 큰 재앙을 부른다. 하급 부대에 명령을 내리는 과정에서 행동의 자유를 얽매는 지나친 체계, 틀에 박힌 원칙을 강요하지 말고 임기응변으로 상황에 따라 적절히 움직일 자유를 줘라. 우리는 동원 가능한 모든 전투력을 한 곳에 집중하여야 한다. 분산 포위당할 우려가 있는 짓은 절대 금물이다. 후퇴도 작전의 하나이다. 우리가 결정적인 일전을 택하는 시기는 적의 피로가 최대한에 달한 시점이다. 그러므로 우리는 후퇴하면서도 끊임없이 공격하여 적을 지치게 만들어야 한다. 그러나 결정적인 시기가 올 때까지는 되도록 인력 소모를 줄여야 하는 만큼, 장수의 공명 때문에 부하의 목숨을 잡는 무리한 작전은 절대 해서는 안 될 것이다."

작전회의를 끝낸 장군들이 물러가고 전선에는 다시 폭풍 직전의 정적이 감돌았다.

그 다음 날, 부교를 완성한 수나라군은 다시금 대규모의 도하작전을 감행하였다.

양제가 직접 강가에 나타나 엄명을 내렸다.

"강을 건너는 데 공을 세운 자는 특별한 상과 봉작을 내릴 것이로되 후퇴하는 자는 그 자리에서 가차 없이 목을 벨 것이다."

송장이 산을 이루고 흘러내린 피가 강을 붉게 물들였다.

이 날도 수나라군은 5만 이상의 희생자를 냈지만 마침내 동쪽 언덕에 교두보를 확보하는 데 성공하였고 도하하는 인마가 해일처럼 밀려왔다.

고구려군도 1만에 가까운 희생자를 낸 뒤에 을지문덕의 지시에 따라 후퇴를 했다. 수나라의 설세웅(薛世雄)·장근(張瑾)·조효재(趙孝才)·최홍승(崔弘昇) 등이 이끄는 4개 군은 내친김에 고구려군을 맹추격했다. 그들이 약 20리를 쫓아가자 돌연 양쪽 숲에서 함성이 일며 무수한 기치가 휘날리는 가운데 북소리와 꽹과리 소리가 천지를 진동하더니 고구려군들이 양쪽에서 몰려왔다. 도망가던 고구려군들도 뒤돌아서 다시 공격하여 왔다.

"안 되겠다. 포위되기 전에 퇴각하라."

수나라군들이 겁을 집어먹고 서쪽으로 도망을 쳐 강 가까이까지 물러났다.

이때 잠복했던 고구려 제5군은 병력이 많은 것처럼 보이려고 숲에다 수많은 깃발을 꽂은 뒤 북과 꽹과리를 동원해 적군을 속였다.

후퇴한 수나라군은 다시 전열을 가다듬고 3개 군을 더 보태어오던 길을 되돌아갔지만 고구려군은 흔적도 없이 사라진 뒤였다. 나중에 온 우익위대장군(右翊衛大將軍) 우중문(宇仲文)이 추격을 고집하였으나 날이 이미 어두워진데다가 비까지 부슬부슬 내렸으므로 그만두기로 했다. 숲에서 숙영을 하자고 주장하는 장수도 있었으나, 고구려군의 야습 우려도 있고, 수십만 대병이 밥 지을 물을 마땅히 구할 데가 없어 도로 강기슭으로 돌아갔다. 애꿎은 병정들만 80리를 헛걸음치며 왔다갔다 한 꼴이었다.

이튿날, 양제는 12개 군장들을 모아 놓고 작전을 논의했다. 바로 고구려군을 쫓는 것이 옳으냐, 요동성과 영성을 먼저 점령하는 것이 옳으냐를 두고 격론이 벌어졌다. 후자를 주장하는 사람들은 지금 고구려군의 주력이 아직 건재한 마당에 추격을 계속할 경우, 두 성에 들어간 고구려군들이 나와 뒤편에서 보급로를 차단한다면 100만 대군이 물자 부족으로 큰 곤경에 처할 것이라고 걱정했다.

'차라리 두 성을 손에 넣어 보급창고로 사용하면서 추격 작전을 개시해도 늦지 않다. 그 사이에 만일 강도에서 출발한 내호아의 수군이 성공적으로 상륙작전을 전개하여 적을 좌우에서 협공한다면 더욱 금상첨화다.'

양제는 이 의견을 그럴싸하게 여겨, 일단 추격을 접어두고 두 성 공략에 힘을 쏟기로 하고 내호아의 수군으로부터 소식이 오기를 눈이 빠지게 기다렸다.

수군의 전투상황이 궁금한 것은 고구려군도 마찬가지였다. 그 상황에 따라 을지문덕이 이끄는 서부총군의 작전방향도 달라지기 때문이었다.

　제2선에서 방어진 구축을 끝낸 을지문덕은 2군·3군·5군의 장수들을 모아 작전회의를 하였다. 그는 수군과 연락을 취할 필요성을 말하고, 작전본부의 강민수 도원수에게 전황을 보고함과 동시에 수군과 연락을 주고받을 이를 추천하도록 했다. 3군의 조학성 장군이 나서며 말했다.

　"6년 전 바이갈 달라이 원정 때 같이 갔던 양만춘을 보내면 어떻겠습니까? 지금 기병 소사자로 있는데 판단이 빠르고 날쌥니다. 이번 싸움에서 기습공격과 부교 파괴의 수훈을 세워 대사자로 진급을 상신코자 했습니다만, 진급을 잠시 미루고 수륙 협력관으로 파견하는 게 어떨까 합니다. 유구에서 수군을 다룬 경험도 있어 알맞은 인재라 여겨집니다."

　"오, 그 친구가 조 장군 밑에 있었군. 좋아, 이따가 내게 보내 주게."

　만춘이 조학성의 명령을 받고 을지문덕의 장막에 이르자 장군은 그를 앉힌 뒤 말을 꺼냈다.

　"자네가 으뜸가는 무공을 세웠다 하니 내 마음이 기쁘다. 조 장군에게 들었겠지만 우리는 지금 후퇴작전을 구상 중이고 이것은 수군의 성패와 아주 밀접한 관계가 있다. 예를 들어 우리 수군이 패하여 양쪽에서 우리가 협공을 받는다면 고구려는 평양성을 뺏길 수도 있다.

　그러니 자네의 정확한 판단 보고는 대단히 중요하다. 부하 두 명을 데리고 강민수 도원수께 가서 내가 올리는 서찰을 드린 뒤, 수군 본영으로 가 고건무 총관의 지휘를 받으며 부하를 통해 전황

을 수시로 보고하고, 불리하든 유리하든 전황이 확실해지면 돌아
오너라."

만춘은 속으로 이 임무가 무척 기뻤다. 수군에 출정한 가영을
만날 수 있기 때문이었다.

만춘은 을지문덕의 서찰을 들고 바로 평양으로 달려가 강민수
도원수에게 올렸다.

강 도원수는 서찰을 읽고 난 다음 실제 전투상황, 수나라군의
사기, 무기 등에 대해 자세히 묻고 나서는 지시를 내렸다.

"협력관이라…… 을지 총관다운 생각이군. 이쪽을 거쳐서 전황
을 알 수도 있겠지만 아무래도 늦겠지. 수군에서도 서부군단에 협
력관을 파견하는 게 좋겠구만. 자넨 바로 수군 본영으로 가 보게"

수군 본영은 패수 하구에 있었다.

만춘이 장막에서 기다리니 잠시 뒤 태제(太弟: 왕위를 이을 왕
의 동생) 건무와 유관수 제독이 함께 들어왔다.

영양왕의 동생인 건무는 30대의 혈기왕성한 나이임에도 말이
적고 퍽 차분한 인상을 주었다. 두 사람은 을지문덕의 서신을 읽고
나서 요동 전투에 비상한 관심을 가지고 이것저것 궁금한 점을 물
어보았다.

대답하는 짬을 내어 만춘은 유 제독에게 가영의 소속 부대를 물
어보았다.

"자네 이름이 만춘이랬지? 아하, 손 대사자와 수나라에서 포로
생활을 한 사람이 바로 자네로군. 내, 이야기는 많이 들었네. 손 대
사자는 지금 특수 돌격대 일을 맡고 있네. 자네가 같이 거들어 준
다면야 좋지. 좀 위험하긴 하지만 말이야. 내가 사람을 붙여 줄 테

256

니까 그리로 가 보게."

만춘이 한 병사의 안내로 가영의 진에 가니 그의 막사는 비어 있었다.

혹시나 하고 물가로 나가니 분명 가영의 뒷모습이 확실한 사내가 물에 낚싯대 같은 것을 드리우고 열심히 줄을 놓았다 당겼다 하고 있었다.

"한가하게 웬 낚시질이야?"

만춘이 그의 어깨를 툭 쳤다. 가영이 돌아보더니 깜짝 놀라 벌린 입을 다물 줄 몰랐다.

"여긴 어쩐 일인가? 자넨 지금쯤 양광이의 목덜미를 잡아 비틀고 있을 줄 알고 있었는데……."

나이는 가영이 만춘보다 여섯 살이나 많았지만, 가영이 고구려에 귀화한 뒤로 그들은 이제 전혀 흉금 없는 친구 사이가 되어 있었다.

"그보다…… 자네 벌써 대사자가 되었네 그려. 이야, 나도 이럴 줄 알았으면 수군으로 입대하는 건데 잘못 했구만"

만춘이 가영의 절풍건에 두른 비단을 보고 농담을 건넸다.

"바로 며칠 전에 진급한 거야."

"자, 우리 석 달 만인데 어디 가서 한잔하면서 얘기하세."

"잠깐만 기다리게. 금방 끝나니까 이 실험을 마저 하고 가세"

가영은 다시 낚싯대에 매단 것을 물에다 담갔다. 낚싯대 끝에는 모형 배가 달려 있었고 그 위에는 돌과 쇳조각이 실려 있었다.

"저게 뭔가?"

"음, 배의 부력을 시험하는 중이야. 저 돌을 배에 탄 사람과 물건이라고 생각하고 쇳조각을 방패라고 생각하게."

"그래서?"

"자네도 알 잖는가? 수나라 대선(大船)에는 측면 앞부분에 치명적으로 약한 부분이 있다는 것을……. 예전에 유구 함선들은 배 안에 염초를 싣고 배 앞에 뾰족한 쇠막대기를 붙여 이 약한 부분을 들이받아 불태우는 방법으로 꽤 재미를 봤지. 전속력으로 돌격해서 낚싯바늘처럼 생긴 쇠막대기가 취약 부분을 뚫고 꽂히면 분리시킬 수가 없지. 적의 대선 절반을 이런 식으로 가라앉혔어.

그런데 그 다음 싸움에선 적선들이 약점을 보강했더라구. 이 취약부 바깥에다가 방패를 못질해서 박았어. 뚫리지가 않더라고…… 그러니 고전이야.

적선의 갑판이 워낙 높아 우리는 늘 올려다보고 활을 쏘아야 하니 잘 맞지 않는데, 적은 우리 배 안을 환히 내려다보고 쏘니 불리할 수밖에……. 시간이 있었으면 우리도 큰 배를 건조해야 하는 건데……."

"적은 지금 어디에 있는가?"

"저 포구 앞 바다, 돌섬에 수십 척이 정박해 있어. 아마 후속 부대가 도착하기를 기다리는 모양인 것 같아. 지금은 싸움이 소강상태야."

"그래서 자네는 무슨 실험을 하는 건데?"

"적이 활을 쏴도 무방하도록 배 위를 완전히 덮어씌운 뒤 전부 방패를 붙여 막고 좌우에 구멍을 여러 개 내어 이곳으로 불화살을 쏠 생각인데, 지금 그렇게 해도 배가 뜨는지 실험하는 거야."

"결과는?"

"음, 만족스러워. 사흘 안으로 돌격선에다 모두 철판을 씌워야겠어. 사흘 뒤에는 출범해야 되거든……."

그는 바지 엉덩이 자락을 툭툭 털며 일어났다.

"어디 근처에 괜찮은 주막 하나 있나?"

만춘이 가영의 뒤를 따르며 물었다.

"그보다 같이 술 마실 사람이 있네. 자네가 보면 놀라 자빠질걸……."

"그게 누군데?"

"같이 가 보면 아네."

그는 웃기만 하면서 만춘의 궁금증을 불러일으켰다.

가영은 막사로 들어가 실험 도구들을 챙겨 넣어 놓고 만춘을 데리고 조금 떨어진 다른 막사 앞에 이르러 헛기침을 한 번 한 뒤 외쳤다.

"계시오?"

안에서 누가 불쑥 얼굴을 내밀었다. 만춘은 눈이 휘둥그레졌다.

"아니? 아우가 여기를 어떻게……?"

그는 뜻밖에도 낙양에서 의형제를 맺고 헤어진 백제의 성충이었다.

"저도 형님까지 만날 줄은 생각도 못 했는데…… 자, 형님 먼저 절부터 받으시오."

성충도 깜짝 놀라며 만춘을 장막 안으로 끌어 앉힌 뒤 큰절을 하였다.

"혹시? 자네…… 고구려로 귀순했나?"

만춘이 미심쩍어 묻자 성충은 너털웃음을 터뜨렸다.

"으하하, 제가 귀순하면 형님이 버슬자리 하나 만들어 줄라오? 그게 아니고……."

성충이 들려준 바에 따르면— 백제는 수나라가 전쟁을 일으키자 수나라와 고구려 사이에 양다리를 걸치기로 했다. 즉, 수나라의 파병 요청에 계속 핑계를 대고 출병을 늦추면서 몰래 고구려에 협조하기로 했다는 것이다. 만일 수나라에서 나중에라도 알 경우, 이 일(고구려에 정보 제공)은 일개 지방관인 성충의 '일탈' 일 뿐 백제 조정에서는 몰랐던 일로 발뺌을 할 셈이었다. 성충은 '닷새 전에 수나라 배 150여 척이 백제의 남서쪽 바다를 지나 북상했다' 는 정보를 갖고 왔다. 아울러, 수나라의 재촉에 신라 역시 고구려를 칠 것이라는 정보도 있었다.

"적 함대가 백제 서남 해안에 나타났다면…… 적은 내주(萊州: 중국 산동 반도)에서 출발한 게 아니라 강도(江都)에서 바로 온 것 아니오?"

만춘이 긴장된 표정으로 가영을 보며 말했다.

"이번에 오는 적함은 분명 내호아란 놈이 끌고 올 것이오. 그놈이 아니면 감히 그 생각을 할 줄 아는 놈이 없거든…… 내가 언젠가 양 형께 얘기한 적이 있잖소. 강도에서 그 검은색 해류를 타면 탐라 서해안까지는 이레밖에 안 걸린다고……."

가영의 말을 듣고 만춘이 고개를 끄덕였다.

"만만찮은 상대를 만나겠군……."

"신라가 참전한다니 잘못하면 큰형님과 신라의 작은형님이 한판 붙는 사태가 나겠는데요……."

성충이 말했다.

"그런 일이 없기를 바라지만, 그래도 그럴 운명이 되면 어쩌겠나? 싸워야지…… 공은 공이고 사는 사니까…… 그런데 가영이 자네 여동생의 소식은 들었나?"

만춘이 가영을 보고 물었다.

"마침, 이 분이 재임하는 고장에 살고 있는 모양이네. 불행 중 다행이라 해야 할지……."

"음, 그래……?"

성충은 만춘의 표정을 유심히 살펴보았다.

'자옥에 대한 생각을 많이 하고 있구나……'

"전쟁이 끝나면 한번 찾아가 볼 수 있을까?"

만춘 자신이 찾아온다는 말인지 가영이 찾아온다는 말인지 확인하고 싶어서 성충이 말했다.

"형님이 찾아오신다면 제가 방법을 써 보지요."

"글쎄, 전쟁이 끝나고 나서도 백제와 고구려 사이가 좋기를 바라야지."

"전쟁이 오래갈 것 같습니까?"

"양제라는 사람이 권위의식으로 똘똘 뭉친 사람인 모양이야. 자신의 체통이 훼손 당하는 건 절대 용납하지 않는다는군. 그러니 한번 물러난다 해도 두 번, 세 번, 아마 나라가 망할 때까지 덤벼들지 않을까?"

만춘이 말을 끝내자 가영이 거들었다.

"불쌍한 건 백성들이야…… 위정자들은 전쟁을 시작할 때 백성들에게 묻지도 않고 멋대로 시작하고, 그런 다음에는 온갖 거짓을 동원해 백성들을 구렁텅이에 몰아넣고 살림을 빼앗지 않나? 헛된

말로 과대포장해 놓고 그것을 영광이네 역사적 사명이네 하면서
떠들어대지만 실은 자기 권력욕일 뿐이지. 전쟁이 실패로 돌아가
면 장군들에게 책임을 뒤집어씌우면 그만이고……."

"자, 이젠 술이나 마시러 가세."

만춘의 재촉에 그들은 인근 강가에 있는 주막집으로 갔다.

"전쟁이 나도 술집은 잘 되는군. 어이 주모, 여기 술 한 단지 주
시오."

셋은 오랜만에 만난 정이 새삼스러워 통음을 하며 회포를 풀었
다. 화제는 주로 수나라 군사들과 싸운 무용담, 장안에서 있었던
일 등등이었다. 만춘이 성충에게 궁금한 것을 물었다.

"그런데 참, 지금 백제왕의 마누라가 신라 공주 출신이라면
서……?"

"형님, 형님은 마누라라 해도 되지만, 저는 왕비마마라 불러야
됩니다. 그렇지요, 왕비마마가 신라에 있을 때는 선화공주님이었
지요."

"그런데 백제왕은 처갓집인 신라를 왜 그렇게 미워하나?"

"그건 우리 대왕이 그러는 게 아니고 왕비마마가 옆에서 부추기
는 듯 합니다."

"그건 왜?"

"신라 진평왕에게 세 공주가 있는데 둘째 천명공주는 인물이 별
로고 첫째인 덕만공주와 지금의 왕비마마인 선화공주는 인물과 재
주가 빼어나, 둘이 경쟁의식이 매우 강했던 모양입니다. 그런데 선
화공주가 구설수에 올라 왕궁에서 쫓겨나 귀양지로 가다가 지금
우리 대왕과 만나 결혼을 했는데, 지금 신라에서는 덕만공주를 미

륵선화로 선포했고 별일이 없으면 진평왕의 뒤를 이을 게 거의 확실합니다. 왕비마마는 신라에 있었으면 자신이 그 자리를 차지했을 텐데 것이라고 생각하지요. 그러니 두 공주 사이에 시기·질투가 없을 수가 없지요."

"한마디로 백제왕도 바깥에 나가서는 용맹하지만 안에서는 공처가로군."

만춘이 거들자 성충은 대답 대신 그냥 피식 웃었다.

셋은 술이 곤드레만드레가 된 뒤, 특별히 마련된 성충의 객사로 가서 함께 곯아떨어졌다.

만춘이 눈을 떠보니 가영은 이미 나가고 없었다.

아직 동이 트기 전이었다. 포구로 나가니 가영이 배 위에서 종이를 들여다보며 뱃전을 열심히 자로 재고 있었다.

"아니, 자넨 잠도 안 자나?"

가까이 간 만춘이 말을 걸었다.

"며칠 안으로 부모의 원수, 국왕의 원수, 나라의 원수, 동족의 원수인 내호아와 맞닥뜨리게 될 텐데 잠이 제대로 오겠나?"

가영의 말투에 독이 서려 있었다.

"장수는 싸움에서 생사를·초월하고, 애증을 초월하여 담담한 심정으로 임해야 한다고 하네. 너무 감정에 치우치면 일을 그르치기 쉬워. 그 내호아라는 자는 진(陳)을 배반하고 제 호강을 좇아 양제에게 빌붙은 놈이라 천벌을 받을 것이니 너무 집착하지 말게."

만춘이 점잖게 충고하였다.

"알았네. 명심하지. 그런데 자네 글피에 정말 나와 함께 출정할 텐가?"

"물론이지. 협력관이라는 게 애매한 직책이야. 남의 진영에 와서 빈둥거려서야 쓰겠나?"

"그럼, 오늘 공사 일도 좀 감독해 주게. 자넨 배 만드는 일도 해 봤잖나? 이틀 만에 50척에 지붕을 씌운다는 게 보통 일이 아니야. 유 제독께서 아침에 필요한 자재들을 보내 준다고 하셨네."

그는 설계도를 보여 주며 공사 방법을 설명했다. 일 자체는 그렇게 복잡하지 않았다. 일반 짐배의 뱃전에다 두꺼운 판자를 죽 연결하여 뱃전을 좀 더 높인 뒤 기와지붕보다 기울기가 약간 급한 지붕 뼈대를 잇달아 세우고 각진 방패 가장자리에 못을 박아 지붕을 덮는 일이었다. 지붕 사이사이에는 가로세로 한 자 크기의 구멍을 내어 불화살을 쏠 수 있게 하였다. 이렇게만 만들면 수나라 대선들의 갑판 높이와 우리 배들의 구조를 감안할 때 50보 정도의 거리에서 불화살을 날릴 수 있는 가장 좋은 각도라는 가영의 설명이었다. 지붕의 기울기가 급하니, 적이 사다리를 타고 배를 건너오더라도 미끄러진다는 것이었다.

1천여 명의 인원을 동원하여 이틀 만에 50척의 배에다 철제 지붕을 씌우는 작업을 마치고 보니 근사한 전투함이 되었다. 고건무 총관과 유 제독이 와서 보더니 이번에는 시간이 없어 50척에 그치지만 앞으로 이런 형태의 배들을 더 만들자고 하였다.

배 공사가 끝난 다음 날 이른 아침, 진수식이 거행되었다.

고등신과 해신에게 제사를 올렸다. 수군들의 함성이 패수 일대를 진동하였다. 우선, 일대의 쾌속선단이 섬 뒤쪽에 진을 치고 있는 적선들에게 싸움을 거는 척 유인해 이들을 북쪽으로 이동시켰다. 대기하고 있던 120여 척의 선단은 섬의 남쪽을 빠져 해안선을 따라 나아갔다. 그렇게 남하한 선단은 일단 창란도 일대에 진을 치고 척후선을 보내 남쪽에서 올라오는 적선의 행방을 탐지하였다.

이튿날 오전, 과연 성충이 준 정보대로 150여 척의 대선단과 수를 헤아릴 수 없는 수송선단이 서남방 해상에 나타났다는 첩보가 들어왔다.

유관수 제독은 즉시 전군에 전투태세를 갖추게 하였다. 적 함대가 서해안의 큰 섬과 육지 사이의 해로에 진입했을 무렵 앞을 가로막아 섰다.

유 제독은 일반선 70여 척을 초승달 모양으로 벌리고 가영의 돌격선 50척은 가운데에 줄을 지어 배치하여 전체 모양이 삼지창처럼 되게 했다.

이에 맞서 수나라군은 전함들을 어린진(魚鱗陣: 'ㅅ'자 형태의 진법. 'ㅅ'자 머리 부분이 적을 향함) 형태로 배치하고 수송선단을 그 뒤에 세운 뒤에 접근하여 왔다.

적장 내호아는 내심 당황했다. 그는 고구려군이 전통적으로 육전(陸戰)에는 강해도 수전(水戰)에는 약하다고 알고 있었다. 부총관 주법상(周法尙)의 지휘 아래 내주(萊州)에서 미리 출발시킨 150척의 전함으로 충분히 제해권을 장악했으리라고 여기고, 자신이 지휘하여 강회(江淮: 양자강 북쪽 연안)에서 출발한 본 선단과 함께 상륙작전을 펼칠 생각이었다. 그는 패수에 이르기 전에 고구려 선단이 자기들을 가로막아 설 줄은 꿈에도 생각하지 못 했다.

그러나 고구려 함대의 규모가 그리 크지 않음을 보고 휘하 장교들에게 말하였다.

"당황하지 마라! 적선은 쪽배일 뿐이다. 단숨에 박살을 내라!"

그러나 수나라 전함들이 채 싸움 준비를 갖추기도 전에 괴상한 모양을 한 고구려 배들이 빠른 속력으로 양쪽으로 쫙 퍼지면서 무섭게 다가오더니 불화살을 날리기 시작했다. 수나라 쪽에서도 즉각 고구려선을 공격하려 했으나 고구려 돌격선은 지붕이 모두 방패로 뒤덮여 있었고 옆에 난 작은 구멍 외에는 공격할 틈이 없었다. 움직이는 배 위에서 좁은 구멍을 맞힌다는 것은 쉬운 일이 아니었다.

삽시간에 앞쪽에 있던 수나라 배 수십 척에 불이 붙었다. 온 바다가 연기로 자욱하였다. 뒤이어 고구려의 판옥선들이 오더니 쇠갈고리와 사다리를 걸고 병사들이 건너와 육박전을 벌였다.

가영이 이끄는 공격선은 큰 함선 사이를 요리조리 빠지면서 뒤쪽에 있던 수송선단을 공격해 불태웠다.

만춘도 돌격선 한 척에 타고 30여 명의 수군을 지휘하며 여러 적선을 불태웠다. 해가 질 무렵 적들은 불타는 배들을 남기고 서쪽으로 달아났다. 꽁무니가 부서져 3분의 1쯤이 가라앉은 적선 한 척이 백기를 올리고 항복하는 것을 본 만춘은 그쪽으로 접근했다. 판옥선이 도착할 때까지 대신 물에 빠진 적군을 건져 올리고 있을 때였다. 별안간 고구려 공격선 하나가 쏜살같이 오더니 백기를 세우고 뱃전에 늘어서 있던 수나라 군사들에게 무자비하게 화살을 퍼붓고는 불화살을 날리기 시작했다. 만춘이 깜짝 놀라 그 공격선을 살피니 그것은 가영의 지휘함이었다. 만춘은 자신의 배를 그 지휘함 옆에 대게 하고 옮겨 탔다. 그는 가영에게 소리쳤다.

"무슨 짓이오? 항복한 적을 죽이면 군율에 어긋남을 모르오?"

만춘의 항의에 가영은 싸늘하게 웃으며 대답했다.

"양 공, 저들이 우리 유구 사람들을 군인, 민간인 할 것 없이 얼마나 무자비하게 죽였는지 잊었소? 이것은 그 만분의 일도 안 되오. 침략군에게 자비는 없소."

만춘은 더 이상 말을 잇지 못 했다. 그는 와락 가영에게 달려들어 멱살을 잡고 눈을 부릅뜨며 소리쳤다.

"이번이 처음이자 마지막이오. 손 형이 아무리 내 절친한 친구이기로서니 군율을 어기는 것은 용납 못 하오. 또다시 이런 일이 생길 때에는 내 반드시 고발할 터이니 그리 아시오!"

싸움이 끝났다. 이 날 해전에서 수나라 전함 80여 척이 불에 타고 수송선단의 3분의 2가 가라앉았다. 그나마 남은 선단을 이끌고 싸우는 틈의 혼란을 이용하여 내호아는 간신히 서쪽 해상으로 도망을 쳤다. 고구려군의 피해는 30척 미만이었다.

"이만하면 대성공이다. 적들이 패수에 이르기 전에 우리가 먼저 가야 한다. 빨리 돌아가자!"

유 제독은 명령을 내린 뒤 오늘의 수훈을 세운 가영과 만춘을 특별히 치하했다.

한편 병선과 물자 및 병력 수송선단의 절반 이상을 잃고 서쪽으로 도망쳤다가 우회하여 패수 입구의 섬에 이른 내호아는 주법상의 선단을 만나 보니 주법상의 선단도 같은 몰골이었다. 주법상이 자기에게 벌주기를 청하자 내호아는 고개를 저었다.

"네 잘못이 아니다. 우리가 고구려 수군을 얕본 게 잘못이다. 고구려에 틀림없이 우리 함대의 약점을 잘 알고 있는 놈이 있을 것이다. 우리는 설욕할 방법을 찾아야 한다."

둘은 작전에 골몰하였다.

"작전을 바꾸자. 내가 애초에는 배로 패수를 거슬러 올라가서 평양 남쪽에 상륙하려 했는데, 적의 수군이 저렇게 막고 있으니 안 되겠다. 우리가 병력의 절반을 잃었다고는 하지만 아직 9만이 남아 있다. 부총관은 2만 군사를 거느리고 포구 입구에서 싸움을 거는 척하라. 나는 그새 나머지 병력으로 북쪽 해안으로 상륙하여 평양성으로 쳐들어가겠다."

내호아의 설명에 주법상은 신중론을 폈다.

"공격하는 세력은 방어하는 세력의 다섯 곱절 이상은 되어야 한다고 병법에 나와 있지 않습니까? 상륙하는 건 좋으나, 진을 치고 기다렸다가 본진이 요동 쪽에서 진군하면 함께 평양성을 치는 것이 좋지 않을는지요."

"전쟁은 이기려고 하는 것이다. 적이 방심할 때를 이용해 속전 속결로 허를 찌르는 것이 상책이야. 유구를 멸할 때를 생각해 보게. 적이 미처 생각하지 못 한 지점에 상륙하여 곧바로 수도로 진격하여 승전을 하지 않았나?"

"하지만……."

주법상은 유구와 고구려는 다르다고 말하려다 입을 다물고 말았다. 그는 내호아의 성격을 누구보다 잘 알고 있었다. 공명심이 유달리 강한 내호아는 다른 장수에 앞서 평양성을 점령했다가, 양제가 오면 편안히 성문을 열어 모시겠다는 의도였다. 옆에서 간한다고 고집을 꺾을 내호아가 아니었다. 그는 또 양제의 명령이라면 절대적으로 받드는 무조건 충성파이기도 했다. 곧 그들은 내호아의 계책을 실행에 옮겼다.

주법상이 대전투함들을 전면에 내세워 싸움을 거는 동안, 내호아는 대선 30여 척과 소형 수송선단에 7만의 병력을 싣고 60리 정도를 북상하여 작은 포구에 군사를 상륙시켰다. 그는 전투병들을 앞세우고 수송부대를 뒤로 배치한 뒤 동쪽으로 진군하였다.

그동안 패수 어귀에서는 아침부터 싸움다운 싸움을 해보지도 않고 양측 선단이 나아갔다 물렀다 하는 사이에 하루해가 꼬박 지나갔다.

"이상한데…… 적들이 이리 저리 빠지기만 하고 도통 전의가 없는 것 같아."

이때 북쪽 바닷가에 대규모 함대가 새카맣게 몰려 있다는 첩보가 날아들었다.

"속았다! 적은 엉뚱한 곳에 상륙했다."

당황한 유관수 제독은 급히 이를 고건무 총관에게 보고하고 작전회의를 소집하였다.

고건무의 주재 아래 회의가 시작되었다. 유 제독이 지도를 놓고 적의 상륙지점을 표시하고 예상 병력수와 진로를 설명했다.

"적이 바닷가에서 30리 지점에 있는 이 산악지대만 지나면 바로 평양에서 100리 안팎입니다. 우리가 막지 않으면 이틀 안으로 평양에 이르게 됩니다. 산악은 방어하기가 쉬우나 문제는 우리가 거기까지 가는 사이에 벌써 적은 통과해 버린다는 점입니다."

유 제독이 설명하자 회의에 참석한 사람들이 모두 근심스러운 표정으로 듣고만 있는데 건무가 조용히 말했다.

"그곳 산기슭에 금정사라는 폐사(廢寺)가 하나 있소. 내 혹시나 하는 생각에 닷새 전에 근위병 1만 5천을 절 뒷산에 숨겨 놓았소.

그 숫자로 적을 섬멸할 수는 없겠으나 어느 정도 타격은 줄 수 있을 것이오. 만약 적이 나타나거든 수송부대를 집중 공격하고 퇴로를 막으라 일렀으니 지금부터 거기서 앞으로 빠져나오는 적을 어떻게 처리할 것인가를 의논합시다.”

건무 총관의 말에 비로소 제장의 얼굴에 안도의 빛이 돌았다.

한편 내호아는 전 병력이 상륙하는 동안 고구려군의 저항이 전혀 없자 승리를 확신하였다.

“멍청한 놈들! 상륙작전에서 제일 중요한 시점은 상륙부대가 함정을 타고 물가에 접근하는 순간이다. 이때를 놓치지 않고 공격력을 총 집중하여야 한다. 그런데 고구려 놈들은 이미 그 시기를 놓쳤다.”

그는 장졸들을 다그치며 계속 동진(東進)하였다. 해질 무렵이 되자 그들 앞에 험준한 산이 나타났다.

“산이 너무 험해 보입니다. 복병이 있을지도 모르니 조심해야 하겠습니다.”

부장의 말에 내호아는 콧방귀를 뀌었다.

“복병이 있었다면 우리가 상륙하는 모습을 뻔히 보고만 있었겠느냐? 그래, 아무튼 조심해서 나쁠 것은 없으니 척후를 내보내고 오늘은 이곳에서 숙영을 하고 가자.”

그는 오랫동안 바다에 떠 있느라고 피곤한 병사들을 쉬게 했다.

저녁 식사를 끝냈을 무렵, 산간에는 전혀 사람의 기척이라고는 없다고 척후병이 보고해 왔다.

날이 밝자 내호아의 부대는 꾸불꾸불한 산골짜기로 들어갔다.

“참, 고구려에는 장수다운 장수가 없구나. 이런 골짜기 양쪽에 군사들을 숨겨 놓으면 한 사람이 능히 100명을 당하고도 남을 텐데……."

내호아는 깎아지른 양편의 산세를 보며 수하에게 말했다.

정오가 거의 다 되어서 그들은 웬 낡은 절간 앞에 이르렀다.

폐쇄된 지 오랜 듯 기와지붕은 푹 꺼져 있고 벽은 헐고 기둥에 조차 이끼가 끼어 있었다.

"여기서 보급부대가 오기를 기다렸다가 점심 요기나 하고 가자 꾸나."

절간 앞 넓은 터에 꾸역꾸역 도착한 병사들은 한군데 모여 목을 축이기도 하고, 투구를 벗고 세수를 하며 한숨을 돌렸다.

갑자기 맞은편 숲과 절 뒤 산기슭에서 함성이 일어나더니 수나라 병사들 위로 화살이 비 오듯 쏟아졌다.

"복병이다!"

"고구려군이다!"

수나라 병사들은 혼비백산하여 이리 뛰고 저리 뛰었다. 내호아도 당황했다. 얼른 투구 끈을 고쳐 매고 나서 명령을 내렸지만 제대로 먹혀들지 않았다.

"침착하라! 원진을 갖춰라!"

고구려군은 바위와 큰 나무들의 보호를 받으며 마음대로 활을 쏘는데 비해 수나라군은 완전히 사방에 노출되어 있었다.

"안 되겠다. 일단 피하고 보자. 나를 따르라."

내호아는 오던 길로 말을 돌려 달리기 시작했다. 그러나 얼마 못 가서 일단의 고구려군이 앞을 막아섰다.

"수나라 졸개 내호아는 이 고정의(高正義)에게 목을 내놓아라!"

벽력 같이 소리치는 한 장수가 사모창을 휘두르며 달려왔다. 내호아의 부장 하나가 막으려 했으나 일거에 목이 떨어져 버렸다. 내호아는 혼비백산하여 다시 방향을 바꿔, 젖 먹던 힘을 다해 도망쳤다. 아비규환의 골짜기를 몇 시간 달렸는지 주위가 어둑어둑해져서야 겨우 조그만 강 너머로 평야가 보였다.

물가에 이르러 인원을 점검해 보니 그를 따르는 병사는 4만이 채 되지 않았다. 뒤쪽 보급부대와는 허리가 잘려 연락이 끊기고 산골에서 죽은 자는 얼마가 되는지 알 수조차 없었다.

이 싸움에서 고구려군은 8부 능선쯤에 철저히 위장을 하고 숨어 있었는데 적군의 움직임을 손바닥 들여다보듯 하면서 신속히 이리저리 움직이는 바람에 수나라 척후병들은 이를 발견할 수 없었다.

"걱정하지 마라. 이제부터는 들판이다. 적들도 마음대로 못 덤빈다."

내호아는 겉으로 큰 소리를 쳤지만 속으로는 걱정이 한두 가지가 아니었다. 우선 수송부대와 단절되어 버려 당장 저녁 지을 쌀이 없었다. 인근을 다 뒤졌지만 농가는 텅텅 비어 있었다.

"이제 어떻게 하지요?"

부하가 걱정스런 표정으로 물었다. 그는 답변이 궁했다.

'이제는 이판사판이다. 물러설 수도 없다. 이를 악물고 평양성까지 쳐들어가는 수밖에……'

이렇게 결심한 그는 뱃심 좋게 말했다.

"걱정하지 마라. 평양성이 눈앞에 있다. 평양에 입성하면 먹을 것 입을 것이 다 해결된다. 금은보화가 그대들을 기다리고 있다.

힘을 내라! 배가 고파도 이틀 동안만 참아라.”

기진맥진한 병사들은 물만으로 배를 채우고 강변에서 하룻밤을
잔 다음 다시 평양성을 향해 행군했다. 이 날은 어디에도 고구려군
이 보이지 않았다.

‘이상하다. 우리를 공격하지 않는 이유가 뭘까? 고구려는 아직
우리의 진로를 모르고 있는 게 아닐까? 그렇다면 산속의 그 병사들
은 그냥 상주하고 있던 부대였나? 아니면 요동 방면으로 군을 대거
출동시키는 바람에 병력이 모자란 것인가? 그렇다면 평양성을 지
키는 병사들은 의외로 소수일지도 모른다.’

내호아는 점점 더 병법에서 꺼리는 요행수에 기대를 걸었다.

그 이튿날은 비가 부슬부슬 내렸다. 피로와 굶주림에 시달린 수
나라 장병들은 기진맥진하였다.

“저기, 평양성이 보인다! 힘을 내라!”

이 말이 군사들의 정신을 번쩍 들게 했다.

과연 저 멀리서 웅장한 모습의 성채가 모습을 드러내었다.

이쪽의 모습을 발견한 성 안에서도 일단의 군사들이 쏟아져 나
왔다. 그 수는 1만 명 정도였다.

“적은 숫자가 얼마 안 된다. 단숨에 쳐라!”

내호아는 내심 성 안에 남아 있는 군사가 적으리라는 자신의 기
대가 맞아떨어져 주기만을 빌었다.

창과 칼을 부딪치는 백병전 끝에 숫자에 밀린 듯 고구려군이 도
로 성 안으로 도망치기 시작했다.

“적이 도망친다. 바짝 붙어 쫓아라.”

내호아가 소리쳤다.

"장군님, 고구려 놈들의 계략인지도 모릅니다. 신중하십시오."

옆에서 누군가가 간했다.

"설사 계략일지라도 우리에겐 선택의 여지가 없다. 굶어 죽느니 싸우다 죽는 게 낫다."

내호아는 고구려군의 꽁무니를 바짝 따랐다. 수나라군이 워낙 같이 붙어 뒤섞여서, 고구려군은 성문을 다 닫지도 못 했고 수나라 군이 외성 안으로 밀려들었다.

외성 안에서 양쪽으로 흩어져 달아나는 고구려군을 추격하던 굶은 수나라 군병들은 힘에 지쳤다. 수나라군은 숲 속 이리저리로 모습을 감추어 버리는 고구려군을 닭 쫓던 개 지붕 쳐다보듯 그냥 보고 있었다.

어디선가 이상한 냄새가 코를 찔렀다. 더 정확히 말하면 그 냄새는 코를 찌른 정도가 아니라 수나라 군사들의 오장육부를 견딜 수 없을 만큼 무한대로 자극하고 있었다.

그것은 이틀 반을 꼬박 굶은 그들에게 더 할 나위 없는 유혹으로 다가온 구수한 밥 냄새와 고깃국 냄새였다. 군사들은 냄새의 진원지를 찾아 민가에 몰려갔다. 사람들은 온데간데없고 부엌 가마솥에 국이 끓고 있고 옆에는 흰 쌀밥이 그득 담겨 있었다. 방에는 비단 등 옷가지가 널려 있었다.

"이야! 얘들이 밥 짓다가 도망을 갔구나!"

누구의 지시고 명령이고가 필요 없었다. 너도나도 삼삼오오 떼를 지어 아무 집에나 들어가 손으로 밥을 뭉쳐 넣고 투구로 국을 퍼 마셨다. 배를 채운 병사들은 비에 젖은 옷을 보송보송한 새 옷과 바꿔 입느라고 난리였다.

274

"이거야 원, 대제국의 군대라 할 수 있나? 완전 잡병들이
지……."

내호아가 혀를 끌끌 찼다.

"이놈들아, 정신 좀 차려라! 밥을 처먹더라도 절도를 지켜라, 절
도를!"

고래고래 소리를 질렀으나 소용이 없었다.

이때였다. 사방에서 함성과 북소리, 꽹과리 소리가 진동하며 언
제 숨었다 나타났는지 고구려군들이 새카맣게 몰려들었다.

"빨리 대오를 정비하라! 대오를!"

수나라 장수들이 수습에 나섰지만 이미 때는 늦었다. 이리저리
흩어졌던 수나라군은 밥을 먹다가 손을 들고 포로가 되는 자, 팽개
쳐 두었던 무기를 들기도 전에 처참히 살육되는 자, 방향도 모르고
이리저리 뺑소니치다 칼을 맞고 쓰러지는 자 등등 오합지졸 최고
의 추태를 연출하며 붕괴되었다.

"이럴 수가…… 다 글렀다. 퇴각하라!"

내호아는 주위에 있던 몇몇 부장에게만 명령을 내리고 가장 먼
저 방향을 돌려 도망쳤다.

"내호아, 어디를 도망가느냐? 이 고건무의 칼을 받아라!"

왼쪽에서 회색 말을 몰고 비호같이 달려드는 장수를 보고 그는
기겁하며 대장의 체통도 잊고 소리 질렀다.

"저놈을 막아 다오!"

부장들이 고건무 일행을 막아서자 그는 그대로 내뺐다. 그래도
여러 명의 고구려 군사들이 그를 보고 달려왔다.

"에이, 이놈의 투구를 보고 달려드는구나!"

내호아는 대장의 신분을 숨기려고 투구도 벗어 던져 버리고 도망쳤다.

고구려군은 계속 쫓아왔다. 정신없이 쫓기다 보니 어느새 바다가 눈에 들어왔다. 그러자 앞쪽에서 일단의 군사들이 나타났다.

"이제 죽었구나!"

내호아의 가슴이 철렁 내려앉았다. 그러나 그것은 천만뜻밖에도 주법상이 거느린 군대였다.

"뒷일은 저희들에게 맡기고 어서 배에 오르십시오."

주법상은 자기가 끌고 온 선단을 가리키며 말했다.

"오오, 고맙네. 내 이 은혜는 잊지 않으리."

내호아는 도망쳐 온 병사들과 재빨리 배에 올랐다. 배가 출발하고 나서야 인원을 세어 보니 불과 2천여 명— 처참한 패배였다.

뒤쫓아 온 고구려군은 주법상의 군대와 접전하였으나 수나라군들이 배수진을 치고는 죽기를 각오하고 덤비는 통에 주춤주춤하였다. 밤이 되자, 수나라군은 어둠을 틈타 배로 퇴각해서는 포구 앞섬에 진을 치고 미동도 하지 않았다.

고건무는 유 제독에게 잔당들에 대한 감시를 소홀히 하지 말 것을 지시하였다. 유 제독은 전투가 일단락되었다고 보고 제장을 불러 치하하고 공로자들에게 응분의 포상을 내렸다. 이때 돌격선으로 적선을 불태우는데 혁혁한 공을 세운 가영은 다시 한 품계가 올라갔다. 고건무는 만춘을 보고 말했다.

"내, 협력관의 활약이 누구 못지않은 것을 잘 알고 있네. 당장 무훈을 표창하고 싶지만 자네가 내 소속이 아니라서 그렇게 못 하네. 하지만 내 을지 총관에게 자네의 특진을 권하는 서찰을 써 주겠네."

만춘은 황송하기 그지없었다. 그는 이제 여기서는 별로 할 일이 없다 생각되어 데리고 온 부하 가운데 한 명만을 가영의 부대에 남기고 서부 본영으로 돌아가기로 했다.

떠나기 전날. 만춘은 다시 가영, 성충과 모여 술을 마셨다. 성충은 전황을 보고 가려고 그때까지 백제로 돌아가지 않고 있었다.

"두 분께, 진심으로 전과를 축하합니다. 저도 내일 돌아가서 이 상황을 국왕께 상세히 보고 드려야겠습니다."

"뭘, 아우가 훌륭한 정보를 준 덕이지."

만춘이 응수했다.

가영이 서찰을 꺼내 성충에게 주었다.

"내 여동생에게 꼭 이 편지를 전해 주고 전쟁이 끝나면 찾아가겠다고 말해 주시오. 요번에 우리 유구국의 선왕과 부모의 원수를 반은 갚은 셈이지만 그래도 아직 내호아를 잡아 죽이지 못 한 게 한이오."

덧붙여 그는 자옥을 잘 돌보아 달라고 부탁했다. 성충은 얼굴이 벌게지며 최선을 다 하겠노라고 다짐했다.

셋은 전투 이야기, 고건무의 선견지명 이야기, 앞으로 벌어질 상황에 대한 추측, 등등을 화제로 삼으며 밤새도록 술을 마셨다.

이튿날 만춘은 요동으로 출발했다. 그런데 그가 평양에서 요동으로 가는 동안에 지나올 때와 뭔가 달라진 것을 느꼈다.

그것은 다름 아닌 들판의 모습이었다. 요동-압록수-평양의 모든 벌판에서 보리, 밀 등 사람 먹을 것은 물론 말먹이가 될 만한 것까지 추수할 것은 다 추수했고 자라고 있던 것들은 밑줄기까지 깨끗이 잘려 있었다.

"을지문덕 장군께서 유사시 평양성까지 후퇴를 하실 모양이구나……."

전투를 알았을 뿐, 전략에는 아직 미숙한 만춘으로서도 어느 정도의 짐작은 할 수 있었다.

11. 전멸

 만춘이 요동 전선에 도착했을 때 을지문덕의 본
영은 오골성(烏骨城: 지금의 중국 요령성 봉성현)
으로 옮아 있었다.

벌써 한 달이 지났지만 이곳의 전황은 아직 제자리걸음이었다.

요동성을 1차 공격 목표로 삼은 수나라군은 별 수단을 다해 봤
지만 소용이 없었다.

양제는 형부상서 위문승(衛文昇)을 시켜 요동성 인근의 백성들
을 달래게 하고 10년 동안 조세를 면해 준다는 등 회유책을 썼다.

그러나 이 정책은 전혀 먹혀들지 않았다. 장군들이 이 정책을
선포하고 방(傍)까지 붙여 놓았지만 장군들이 떠나고 나면 수나라
병사들은 오히려 자기네 조국의 정책에 훼방을 놓으며 고구려 백
성들에게 〈요동낭사가〉를 불러줬다.

"절대로 수나라 백성이 되지 마시오. 수나라 백성이 되면 우리

처럼 명분 없는 전쟁터에 끌려나가 개죽음을 하거나, 평생 부역에 시달리다가 피골이 상접해 죽지 못 해 살 뿐이오. 10년 면세? 웃기는 농간이오. 이 땅이 수나라 땅이 되는 순간 그 법은 폐지되는 것이오."

이런 사정을 모르는 양제는 천하의 모든 백성들이 자신을 우러러본다고 착각했다.

'폐하, 저희는 너그러우신 폐하의 신민이 되기를 진심으로 원합니다. 이제 머지않아 이 성은 저희의 힘으로 고구려왕의 앞잡이들을 몰아내고 폐하께 바칠 테니 조금만 참아 주십시오.'

고구려 요동성 사람들이 연명으로 이런 내용의 거짓 편지를 써 보내자 양제는 이를 진정으로 믿고 엄명을 내리기까지 했다.

"요동성이 항복하면 마땅히 백성들을 어루만져서 받아들일 것이며 절대 함부로 군사를 풀지 말라."

고구려에서는 위급할 때만 되면 이 계책을 여러 번 써 먹으면서 석 달을 버텼지만 양제는 끝내 자신의 망상을 깨지 못 하였다. 때문에 공격 시기를 놓친 장수들의 불만이 높아 갔다.

"병법에 군왕이 군사방면에 끼치기 쉬운 세 가지 해(害)가 있다고 했다. 공격과 후퇴 명령을 제대로 못 내려 군대를 속박하는 것, 군대의 형편을 모르면서 간섭하여 군대를 혼란에 빠뜨리는 것, 병법상의 권모술수를 모르면서 장수가 하는 일에 참견하여 의심을 불러일으키고 두렵게 만드는 것이라고 한다. 우리 황제는 이 세 가지 모두에 해당한다."

"그러게 황제는 애초에 따라오지 않았어야 했어."

어느 과잉 충성파가 장군들의 불만을 양제에게 일러바쳤다. 양제는 요하 서쪽에 있던 행재소를 떠나 직접 요동성 전투 현장으로 와 이것저것 살펴보고는 제장을 불렀다.

"그대들은 지위가 높고 가문이 훌륭하다고 짐을 어리석고 약한 인간으로 보는 겐가? 모두들 짐이 오는 것을 원치 않았는데 그건 낭패 볼까 겁이 났던 게다. 짐이 지금 이곳에 온 건 바로 그대들의 소행을 보고 목을 자르러 온 것이다. 그대들은 지금 죽음이 두려워 힘을 다하지 않고 있다. 그렇다면 짐이 그대들을 죽이지 못 할 것으로 여기느냐?"

양제가 서슬이 시퍼렇게 힐책하자 장군들은 두려워서 얼굴이 새하얗게 질렸다. 양제는 요서로 돌아가지 않고 아예 요동성 근처에 있는 자그만 폐성인 육합성(六合城)에 머물면서 장군들을 닦달하였으나 요동성은 도무지 난공불락이었다.

장군들이 모여서 의논을 했다.

"이러다간 우리 목이 적군이 아니라 황제에게 먼저 달아나겠소. 차라리 요동성 공략을 접어 두고 평양성으로 진격하도록 주청을 올립시다."

그들은 양제에게 건의하였다.

"폐하, 곧 7월이 닥칩니다. 겨울이 오기 전에 이 전쟁을 끝내지 않으면 모든 병졸이 추위와 굶주림에 시달릴 것으로 사료되옵니다. 저희들에게 적들의 수도로 곧장 진군하도록 명해 주십시오!"

'이것들이 성들부터 치자고 할 때는 언제고, 지금 와서 동쪽으로 진격을 하자고 하나?

양제는 괘씸하게 생각하였지만 제장들이 이구동성으로 들고 나오니 어쩔 수 없이 수락하였다. 병력 손실이 적고 경험이 많은 장수들이 지휘하는 아홉 개 군의 정예병들을 뽑아 각기 진군할 방향을 정해 주고 나서 한 달 안에 모두 압록수 서쪽에 모여 우중문의 지휘 아래 모두 평양으로 진군하도록 했다.

이에 따라 우문술(宇文述) · 우중문(于仲文) · 형원항(荊元恒) · 설세웅(薛世雄) · 신세웅(辛世雄) · 장근(張瑾) · 조효재(趙孝才) · 최홍승(崔弘昇) · 위문승(衛文昇) 등 아홉 개 군이 각각 3만 4천 안팎의 병력을 이끌어 도합 30여만의 정예병들을 평양성 쪽으로 보내고 나머지는 양제의 요동성 공략에 가담하게 하였다.

아홉 개 군은 진로에 따라 거리에 차이가 있었지만 대개 진로가 800~900리 길이었다. 처음 이들은 하루에 50리를 목표로 행군하였으나 이 목표가 불가능하다는 것을 곧 알게 되었다. 비만 오면 발목까지 푹푹 빠지는 요동 진흙탕에서, 걸핏하면 보급품을 실은 수레가 진창에 빠져 오도 가도 못 하게 되었고 이럴 때마다 군사들을 동원하여 밀고 당겨서 끌어내야 했다.

거기다가 수시로 나타나 공격을 하고는 번개 같이 사라져 버리는 고구려군에게 쉴 사이 없이 얻어터졌다.

"이러다간 한 달이 아니라 석 달이 지나도 압록수 구경도 못 하겠다."

대장들은 마침내 진군에 가장 지장을 주는 수레를 없애고 대신 각자의 식량과 휴대품을 나누어 주고, 공용 품목은 말에다 직접 싣고 나아가게 했다. 그러자 무게를 이기지 못 한 병사들은 밤중에 몰래 구덩이를 파고 쌀을 묻어 버렸다. 나중에 이를 알고 '군량을 버리는 자는 목을 벤다' 고 했지만 별 소용이 없었다. '배가 고파 어제 한꺼번에 많이 먹었다', '어제 내 자루에서 퍼내어 같이 밥을 해 먹었고 오늘은 갑돌이 자루에서 퍼내어 밥을 짓기로 했다' 고 둘러대며 병사들끼리 서로 덮어 주고 감싸니, 단체로 처벌하는 것밖에는 방법이 없었다.

태백산(백두산)에서 흘러내려온 물 빛깔이 오리 머리 빛깔 같다 하여 이름 붙여진 압록수(鴨淥水), 일명 아리수('아리' 는 '오리' 의 옛말) 또는 아리라('라' 는 '물' 의 옛말)—

아리라 바로 남쪽에 위치한 고구려군 지휘부에서는 을지문덕이 지도를 펴 놓고 휘하 장수들과 방어선을 점검하면서 후퇴 전략을 짜고 있었다.

"청야전술(淸野戰術)이 성공하려면 한 톨의 양곡, 한 섬의 말먹이도 적군에게 넘겨줘서는 안 된다. 평양성까지 들판은 이삭 한 톨 남김없이 다 깨끗이 치워져야 한다."

을지문덕이 다짐을 했다. 그러자 을서삼용이 입맛을 쩍쩍 다시며 말했다.

"장군님, 살수(薩水) 북쪽의 농민들이 며칠만 지나면 수수가 여무는데 나흘 뒤엔 꼭 추수할 테니 그때까지만 기다려 달라고 애걸복걸하고 있습니다."

"안 됩니다, 장군님. 세세한 사정을 다 들어주다가는 이 작전은 실패합니다."

최일만이 말했다. 그러나 을지문덕은 을서삼용의 말을 무시하지 않고 물었다.

"피땀 흘려 가꾼 작물에 농부라면 왜 애착이 없겠나? 그쪽 수수밭 넓이가 얼마나 되나?"

"모두 2천 정보(町步)입니다."

"여기서 몇 리나 떨어졌지?"

"150리 안팎입니다."

"너무 가깝군……."

을지문덕이 길게 한숨을 쉬었다. 그리고 물었다.

"강 너머에 도착한 적군은 얼마나 되나?"

"적장 조효재, 우문술의 10만 군이 도착해 있고, 설세웅 등의 10만이 저녁이면 도착하고 나머지 우중문과 최홍승이 거느린 10여만 명도 내일이면 당도할 것 같습니다."

"강 건너에 있는 아군 병력은?"

"2군은 이미 오골성으로 들어가 적이 후퇴할 때 타격할 준비를 하고 있습니다."

"적의 뒤통수를 쳐서 며칠 끌어 보려 했더니 이미 오골성에 들어갔으면 안 되겠군."

대답을 듣고 난 을지문덕은 장수들끼리 잠시 의논하라 한 뒤 장막 밖으로 나왔다.

농민들이 다 익지도 않은 작물을 베기가 아까워 하소연을 해 올 때마다 을지문덕은 가슴이 아팠다. 하지만 청야작전 앞에서는 어쩔 수 없었다.

"이놈의 전쟁이 빨리 끝나야지……."

불현듯 어릴 때 자신을 소 등에 태우고 밭을 갈던 부친이 생각났다.

을지문덕은 이리저리 서성거리며 걷다가 하늘을 쳐다보다가를 되풀이하였다. 그는 마침내 결심한듯 장막 안으로 들어가 부장들 앞에서 말했다.

"내일 저녁, 적이 모두 도착하거든 사자를 보내게. 내가 사흘 뒤에 직접 적장을 만나러 갈 테니 회담을 하고 싶다고 전하게. 내가 나흘을 끌어 보겠네."

그러자 모두들 이구동성으로 펄쩍 뛰었다.

"지금 적의 기세가 아직 등등한데 어찌 범 아가리에 머리를 들이밀려 하십니까? 절대 안 됩니다."

"어찌 장군님의 목숨을 수수밭과 바꾸려 하십니까?"

그러나 을지문덕은 단호한 어조로 말했다.

"나는 결심이 섰네. 수나라 군대는 백성들을 핍박하는 군대지만 우리는 백성을 위한 군대일세. 백성들이 피와 땀으로 가꾼 곡식에 어찌 애착이 없겠나? 좀 위험하긴 하지만 백성들의 요구사항도 들어줄 겸, 적의 동향을 직접 눈으로 파악도 할 겸 다녀오겠네. 그 대신 농민들에겐 나흘 뒤엔 어떠한 일이 있더라도 수수를 거둬들이고 만일 시간이 없을 땐 불태워 버리라고 전하게!"

아리라 북쪽 수나라군 진영—

요동성에서 한 달 보름을 걸려 우여곡절 끝에 이곳에 도착한 수나라의 장수들이 군막을 치느라고 부산을 떨고 있었다. 건너편에 있는 고구려군으로부터 사자가 왔다는 소식에 장수들은 우르르 우중문의 군막으로 모여 들었다.

우중문이 사자로부터 받은 편지를 들고 고개를 갸우뚱하였다.

"뭐랍니까?"

우문술이 물었다.

"을지문덕이란 놈이 사흘 뒤에 이곳으로 올 테니 직접 담판을 하자는 구만."

여러 장수들은 어이가 없다는듯 서로 얼굴을 바라보았다.

"그놈이 돌았나? 제 발로 우리한테 오다니……."

설세웅이 빈정대었다.

"무슨 흉계가 있는 건 아닐까요? 자객과 동행한다든지…… 과거 위나라 시절 유주자사(幽州刺史) 관구검(毌丘儉)의 군대가 고구려를 쳤던 일 말입니다. 그때 고구려의 유유(紐由)인가 하는 놈이 위나라군 진영에 와서 항복하는 척하다가 비수를 휘둘러 위나라 장수를 죽이고 마침내는 위나라군이 철수했다는데……."

장근의 말에 위문승이 되받았다.

"그거야 혼자 오게 하면 되지……."

"우리를 염탐하러 오는 거 아닐까?"

조효재가 말하자 신세웅이 고개를 흔들었다.

"그럼 염탐꾼을 보내면 되지, 군의 총 지휘를 맡은 사람이 목숨을 내놓고 나타난다는 게 말이 되나?……."

"혹시 우리가 요동을 지나 압록수까지 들이닥치자 겁이나 항복하려는 건 아닐까요?"

최홍승의 이 말에 모두들 고개를 갸웃했다. 그럴 리가 없다고 생각하면서도 그렇게 되면 얼마나 좋을까 하는 요행 심리가 없는 게 아니었다.

결국 일단 회담을 수락하되 강을 건너오는 수행원은 열둘 이내로 제한하고 회담장에는 을지문덕 본인과 통역관만이 들어올 것이며, 나머지는 배에 머물러야 한다는 조건을 붙였다.

고구려 진영에서는 을지문덕을 말리는 막료들이 많았다. 그러나 을지문덕은 뜻을 굽히지 않았다.

"최상의 승리는 싸우지 않고 이기는 것이네. 가능하다면 피를 흘리지 않고 이기는 방법을 찾되, 최소한 시간을 벌 수는 있네."

그는 장교들 가운데 중국어에 능통한 사람을 하나 뽑으라고 지시했다.

"중국어는 장군께서도 잘 하시지 않습니까?"

"내가 중국어를 못 해 그런 게 아닐세. 그러나 적장과 담판하면서 어떻게 적국의 말을 쓸 수 있겠는가?"

결국 만춘이 통역으로 따라가게 되었다.

사흘 뒤, 을지문덕은 떠나기 전에 장수들을 불러 놓고 단단히 일렀다.

"이틀 안으로 내가 돌아오지 않거든 무슨 일이 생긴 줄 알게들. 그러나 그런 경우에도 나를 구출하려고 경거망동하거나 섣불리 공격에 절대 나서지 말고 원래 작전계획대로 밀고 나가도록."

만춘을 비롯한 군사 열두 명은 나룻배를 타고 강을 건넜다.

'그놈이 뱃심 좋게 오겠다는 얘기는 했지만, 설마 호랑이 굴 안으로 스스로 들어오기야 하겠느냐?'

반신반의하던 적장들은 적이 당황했다. 수나라군은 물자가 넉넉한 것처럼 보이려고 회담 장소 근처 막사에다 솥을 걸어 밥을 짓고, 돼지고기를 매달아 굽는 등 부산을 떨었다.

　　같이 간 나머지 군사들을 강가에 기다리게 하고 수나라군 진영을 지나가던 을지문덕이 빙긋이 웃으며 만춘을 보고 말했다.

　　"아닌 척한들 무슨 소용이 있나? 병사들이 못 먹어 모두 황달기가 얼굴에 나타나 있는데 고기 굽는 연기를 피운들 어찌 속일 수 있겠는가?"

　　바짝 긴장을 하여 이것저것 살필 마음의 여유가 없었던 만춘은 그제야 수나라 병사들의 얼굴에 굶주림과 피로가 겹친 것을 보았다.

　　안내원이 이끄는 장막에 이르렀다. 이윽고 세 명의 장수가 들어와서 스스로 우익위대장군(右翊衛大將軍) 우중문, 좌익위대장군(左翊衛大將軍) 우문술, 상서우승(尙書右丞) 유사룡(劉士龍)이라 소개를 하였다. 그들 나름대로는 중원에서 둘째가라면 서러워할 인사들이었다.

　　"그래, 찾아온 이유가 뭐요?"

　　서로 자리를 마주하고 앉자마자 팔자수염을 기른 우중문이 윗몸을 한껏 뒤로 젖히고 거드름을 떨며 먼저 입을 열었다.

　　"먼저 알고 싶은 게 있소이다. 대관절 수나라에서 전대미문의 대병력을 동원하여 우리나라에 쳐들어온 이유가 무엇이오?"

　　우문술이 나섰다.

　　"허허, 그걸 몰라서 묻소? 선제께서 개국한 이래 덕이 사해에 고루 미쳐 동으로는 왜국에서 서로는 토번(吐蕃: 티베트)에 이르기까지, 북으로는 돌궐에서 남으로는 안남(安南: 베트남)에 이르기까지 지금 수나라에 조공을 보내지 않는 나라가 없고, 또 우리가 답례하지 않은 나라가 없는데 유독 고구려만 이를 시행하지 않고 있소. 이를 어찌 좌시할 수 있겠소?"

우문술은 무장이기도 했지만 수나라 사현(四賢)이라 일컬을 만큼 당시로서는 안팎에서 꽤나 존경 받는 위치에 있었다.

"조공이라는 것은 그 나라에서 물자의 필요가 있거나, 상대방에게서 배울 게 있거나 친할 필요가 있을 때 하는 것 아니겠소? 말하자면 서로 좋아서 하는 것이오. 싫다는데 억지로 시킨다 해서 안 될 일이 되겠소? 그런데 지금 우리는 필요한 물자도 없거니와 귀국에서 우리가 배울 게 뭐가 있소? 황제의 도를 배우겠소? 백성을 살리는 법을 배우겠소?"

을지문덕이 반박하자 우중문이 발끈하며 나섰다.

"말씀이 지나치오. 그러면 영영 조공은 하지 않겠다는 것이오?"

"그 문제는 내가 결정할 사항은 아니오만 우리 대왕께서 그럴 뜻은 전혀 없는 것 같더이다."

"그렇다면 우리가 쳐들어가서 억지로 시키는 수밖에…… 가서 목을 씻어 놓고 기다리시오."

우중문이 망발을 하는데 유사룡이 나서며 분위기를 바꾸었다.

"잠깐, 아까 장군께서는 조공은 물자상 필요가 있거나, 배울 게 있거나, 친할 필요가 있을 때 한다고 했는데, 장군 말대로 지금 고구려는 우리에게 필요한 것도 없고 배울 것도 없다고 칩시다. 그럼 친할 필요는 어떻소? 최소한 친할 필요는 있지 않소?"

"서로 친하고자 한다면 평화가 먼저 있어야지 어찌 군대를 동원하고서 평화를 말할 수 있겠소?"

"그것은 생각하기 나름이오. 지금 장군이 고구려 국왕과 함께 우리 황제의 행재소로 와서 알현하기만 하면 황제는 금방 군사들을 거두실 것이오."

그는 이미 무력으로 고구려를 굴복시키는 것은 어려울 것으로 짐작하고 어쨌든 명분만 세우고 회군할 방법이 있으면 그 방법을 찾고 싶었다. 을지문덕이 이것을 모를 리 없었다.

"귀국의 군대가 온 요동을 뒤덮고 있는 판에, 우리 국왕께서 어찌 행차를 하시겠소? 귀국의 군대가 먼저 완전히 물러난다면 소장이 우리 국왕 폐하께 아뢰어 외교사절을 보내자고 주청을 올려 보겠소."

을지문덕의 이 말은 우선 수나라가 조건 없이 철군하라는 뜻이었다. 우중문이 유사룡을 보며 목청을 높였다.

"대감, 이런 자를 설득하려고 해 봤자 소용없는 짓이오. 이 자들은 목에 칼이 들어가기 전에는 우리 말이 귓전에도 와 닿지 않을 사람들이오."

그는 벌떡 자리에서 일어났다.

분위기가 험악하게 돌아갔다. 통역을 실수 없이 하려고 잔뜩 긴장해 있던 만춘은 저도 모르게 칼자루에 손을 갖다 대었다. 만춘은 을지문덕의 중국어 실력이 자기보다 나음을 알고 있는 터라 더더욱 통역에 신경이 곤두섰다.

을지문덕은 조금도 흔들리지 않고 차분하게 다시 입을 열었다.

"여러분들도 수십만 병사들의 목숨을 책임지고 있는 장군들이며, 나도 무수한 고구려 병사들과 백성들의 안위를 책임지고 있는 사람— 어찌 명분 없는 싸움으로 무고한 군민(軍民)을 죽음의 구덩이로 몰아넣으려 하시오?"

"우리 병사들은 동으로는 유구, 서로는 부국(附國=티베트), 북으로는 돌궐, 남으로는 남조 진나라를 굴복시킨 백전의 용장들—
어찌 고구려 따위 오합지졸들과 견주려 드는가?'

우중문이 위세를 떨었다.

을지문덕은 묵묵히 듣고 있다가 소매에서 두루마리 종이를 꺼
내어 그들에게 건네었다.

'아니, 이것을 저 자가 어떻게……?'

수나라측이 놀란 것도 무리가 아니었다. 그것은 바로 그들이 며
칠 전, 양제에게 올린 장계였다. 그들은 장계에다가 그간의 공적을
상당히 과장하고 부풀려 보고한 다음, 지금 패퇴하는 적들을 쫓아
곧 평양성에 이를 것이나 단지 식량과 보급품이 매우 모자라니 급
히 수송을 요망한다는 내용을 적었다. 을지문덕에게 이 장계를 뺏
길 줄이야! 수나라측은 자기네 최대 약점인 보급품 부족을 공공연
히 드러낸 셈이라 할 말이 궁했다.

우문술이 입을 열었다.

"장군, 우리들도 좀 숙의를 할 시간이 필요하오. 오늘 밤은 푹
쉬시고 내일 아침에 다시 만납시다."

"잘들 생각해 보시오. 전쟁이란 수십만 젊은이의 생명을 앗아
가고 수백만 백성들이 고초를 겪는 일이오. 때문에 대의명분이 뚜
렷해야 하오. 오직 황제 한 사람의 영광 때문에 수십만 명이 죽어
야 하는 건 완전히 미친 짓이오."

을지문덕은 자리에서 벌떡 일어났다.

을지문덕이 나간 뒤, 우중문은 제장을 모은 다음 숙의를 거듭하
였다. 이미 적에게 이쪽의 약점이 모두 드러난 이상, 진군을 계속
하는 것은 무리이니 철군을 해야 된다고 주장하는 사람도 있었다.

하지만 이대로 철군하는 것은 양제의 진노를 북돋울 뿐, 신속히 진군하여 적의 본거지를 탈취하는 방법밖에는 달리 길이 없다는 주장이 우세하였다. 그런 다음 화제는 을지문덕을 온전히 돌려보내느냐 잡아 놓고 인질로 삼느냐 하는 문제로 옮겨갔다. 우중문은 그를 잡아서 양제에게 호송하여야 한다고 강경론을 폈다.

그러나 유사룡이 가로막았다.

"강화 회담을 하러 홀로 온 사람을 잡아 가둔다면 대국의 체면이 뭐가 되겠소? 우리가 그 한 사람을 잡아 둔다고 질 싸움을 이기고, 놓아 준다고 이길 싸움을 지겠소? 옹졸한 행동으로 후세에 오점을 남길 행동은 하지 맙시다."

이 말에 모두들 입을 다물었다. 군의 통솔권은 우중문에게 있었으나 유사룡은 황제의 위무사(慰撫使) 자격으로 따라온 만큼, 황제의 명을 최종적으로 해석할 권한을 쥔 그에게 장군들이 함부로 반대를 못 하였다. 그러나 뒷날 유사룡은 이 일로 말미암아 패전의 책임을 뒤집어쓰고 양제의 가혹한 처벌을 받게 된다.

한편 을지문덕의 숙소를 혼자 지키고 있는 만춘은 불안해서 견딜 수가 없었다.

"저들이 우리를 해치려 한다면, 너 하나가 지킨다고 해하지 못하겠느냐? 신경 쓰지 말고 일찍 쉬거라."

을지문덕이 권유했지만 만춘은 그럴 수가 없었다. 만약에 적이 몰려온다면 너 죽고 나 죽자 식으로 목숨을 걸고 끝까지 항거하다 죽어야겠다고 단단히 마음먹었다. 밤이 이슥해서도 눈을 말똥말똥하게 뜨고는 장막 밖에서 서성이고 있었다. 가까이에서 인기척이 났다. 만춘은 칼을 반쯤 빼고 주위를 두리번거렸다. 어둠 속에서 나지막한 목소리가 들려왔다.

"날세, 무장을 안 했으니 걱정 말게."

낮에 본 상서우승 유사룡이 모습을 드러냈다.

"을지 장군과 할 말이 있으니 안내해 주게."

만춘이 을지문덕을 깨우자 장군은 곧 그를 맞았다.

"잠을 깨워 미안하구려."

"천만의 말씀입니다. 제가 너무일찍 잠자리에 들었나 봅니다."

을지문덕은 중국말로 유창하게 대답하고는 금방 얼굴빛이 맑아졌다. 만춘은 아차 싶었다. 순간적으로 통역을 놓친 것이다.

"장군께서도 중국말을 능통하게 하시는구려. 내 그럴 줄 알았소. 어쨌거나 수십만 적군이 목숨을 노리는 한가운데서 태평스레 잠에 취한다? 하하, 역시 귀공은 간담이 우리 전조의 장비를 능가하실 분이오."

"원, 별 과분한 말씀을…… 우리 고구려에 소장 같은 인물은 지천으로 널렸소이다."

"허허, 지천으로 널렸다? 그렇다면 우리 중원이 위태롭겠구려. 공의 말대로 빨리 돌아가서 장안을 방어할 궁리를 해야 겠구려. 어쨌든 고구려에 귀공과 같은 출중한 인재가 있는 건 고구려의 홍복이오. 우리 장수들은 용맹만 있지 귀공처럼 문무를 겸한 인물은 없단 말이오."

그는 긴 한숨을 쉬었다.

"귀공도 분위기를 눈치 채셨겠지만 우리 장수들이 귀공의 제안을 받아들일 만한 분위기가 아니오. 아홉 장수들 가운데 위문승과 우문술이 어느 정도 귀공의 뜻을 이해하고 있는 정도요. 지금은 거꾸로 귀공을 잡아 두느냐 아니냐로 왈가왈부하고 있소. 내 오늘 이들을 일단 진정시켜 놓기는 했지만 언제 분위기가 달라질지 알 수 없소. 내일 아침에 장수들과 만나거든 적당한 핑계를 대고 빨리 빠져나가시오. 난 이만 가야겠소."

그가 일어섰다.

"하찮은 사람의 안위를 이처럼 심려해 주셔서 무어라 감사해야 좋을지 모르겠습니다."

을지문덕이 따라 일어서며 인사를 하는데 유사룡이 만춘을 보더니 을지문덕에게 넌지시 물었다.

"허어, 준수한 젊은이오. 귀공의 자제이시오?"

"아니올시다. 유명을 달리한 친구의 아들입니다."

"흐음, 동방에 인걸이 많다더니 빈 말이 아니었군."

그는 어둠 속으로 총총히 사라졌다.

"중국에도 의인이 없는 게 아니야. 단지 양제란 자가 황제로 있다는 게 백성들에게 불행이야."

을지문덕이 한숨을 쉬며 말했다.

만춘이 나중에 들은 사실이지만, 유사룡은 박식하기도 하지만 사람의 관상을 보는데도 일가견이 있는 사람이라고들 했다.

이튿날 을지문덕은 일찍 일어났다. 수나라 군사들의 행동거지와 장비들을 살펴보고, 또 병사들에게 이것저것 물어보면서 수나라 대장들이 기다리는 회담장으로 향하였다.

또다시 회담장은 '고구려에서 먼저 입조를 하여야 철군할 수 있다', '수나라군이 먼저 물러가야 외교사절 파견을 검토할 수 있다' 로 옥신각신하였다. 을지문덕이 마침내 일어섰다.

"좋소, 내가 돌아가서 우리 국왕께 여러분들의 의견을 충분히 아뢴 뒤에 다시 오겠소."

을지문덕과 만춘이 재빨리 장막을 빠져나왔다. 배가 있는 곳에서 막 출발하려는데 사자 하나가 급히 달려왔다.

"우중문 장군께서 다시 긴히 얘기할 게 있으니 빨리 돌아와 주시라 하오."

그러나 을지문덕은 뒤돌아보지도 않고 건너편으로 향했다. 일행이 안전 지역으로 들어온 다음 만춘이 물었다.

"장군님, 저는 십 년을 감수했습니다. 그런데 장군님은 왜 하찮은 일에 목숨을 거셨습니까?"

"전쟁이란 국가의 대사요, 만백성의 생사와 왕조의 존망이 걸린 중차대한 일이지만 한편으로 가장 야만적인 폭력 행위이기도 하네. 전쟁의 목적은 상대방을 굴복시키는 것이지 상대방을 얼마나 많이 죽이느냐에 있지 않네. 적의 목숨이라고 귀하지 않은 것은 아닐세. 내가 우리 농민들에게 시간을 벌어 주기 위해 그 생각을 했지만, 진심으로 가능하면 대량 살생을 줄이는 길을 택하고 싶었네. 그러나 이제는 어쩔 수 없지. 적이 우리를 이길 수 없는 것은 이제 자명해. 저들을 되도록 모두 섬멸하여 후세에 다시는 동방을 넘보지 않도록 교훈을 주어야겠어."

그는 진중에 도착하자 즉시 제장을 불러 모았다.

"적은 지금 극도로 피곤해 있고 보급품 부족에 허덕이고 있다. 우리는 이들을 우리 지역 깊숙이 끌어들여야 한다. 적들이 우리를 따라 오는 속도가 적의 추가 보급품이 그들에게 도착하는 속도보다 빨라야 한다. 적들을 평양성 인근까지 유도하되 적이 퇴각할 때 공격할 소임을 맡은 부대는 절대 움직이지 말고 적이 나타날 때까지 기다려야 한다."

그는 주의를 시키고 각 군마다 맡을 소임을 주었다.

수나라군 진지에서는 장수들 사이에 다시 논쟁이 일었다. 혹시나 을지문덕이 고구려왕에게 진언을 드린 후에 좋은 소식을 가져오지 않을까 기대하던 이들은 희망이 물거품이 되자 향후 행동 방침을 논의하였다.

우문술이 과감히 철군을 주장하자 우중문은 발끈 화를 내었다.

"장군! 우리가 30만 대군을 거느리고 작은 도적 하나 격파하지 못 하고 무슨 면목으로 돌아가 황제를 뵙겠소? 나 우중문이 공명심에 눈먼 사람인 줄 아시오? 자고로 싸움에 이기려면 책임 있는 장수의 명령에 일사불란하게 움직여야지 장수마다 중구난방, 백화제방이 되어서야 어떻게 적을 이길 수 있겠소?"

그는 황제가 그에게 전군의 지휘권을 맡겼음에도 장수들이 그의 명령에 고분고분 따라 주지 않는 것에 자존심이 상해 있던 터라 참았던 울분을 터뜨렸다. 분위기가 어색해지자 신세웅이 나서 회의 분위기를 바꾸었다.

"자자, 이제 이 문제로 더 이상 왈가왈부할 시간은 지난 것 같소이다. 우리가 힘을 합쳐 속전속결로 적을 치면 왜 이기지 못 하겠소? 이제 적을 칠 방도만을 의논합시다."

막상 공격 방침이 정해지자, 우문술과 신세웅이 앞장을 서겠다고 나섰다.

우중문은 강을 건널 때에는 전군이 여러 지점에서 나누어 한꺼번에 건너게 하고 강을 건넌 뒤에는 우문술을 선두에 세우기로 하였다.

압록수 도하가 시작되었다. 이번에는 부교를 만들지 않고 손쉽게 뗏목을 100여 개 이상 만들어 방패로 막고 건넜다. 수나라군이 일단 강 남쪽에 교두보를 마련하자 뗏목들이 서로 연결되어 부교 노릇을 하였다. 마침내 강가를 지키던 고구려군들이 밀리기 시작했다.

"바짝 뒤쫓아 섬멸하라!"

명령에 따라 수나라 군사들이 쉴 새 없이 고구려군을 추격했다.

그러나 10리쯤 달아나던 고구려군은 대오를 갖춰 반격해 왔다.

그러다가 수나라의 후군(後軍)들이 닥치자 다시 도망치기 시작했다. 이러기를 하루에도 몇 번씩이나 되풀이했다. 처음에 적에게 무슨 계교가 있는 게 아닌가 의심을 하던 수나라 장수들은 거듭되는 승리에 '이미 고구려군은 주력이 궤멸된 모양이다. 적은 이제 방어 능력을 잃었다'고 짐작하고 공격 속도를 올렸다. 그리하여 엿새 만에 다시 살수를 건너고 다시 사흘 만에 평양에서 100여 리 지점에 있는 어느 산마루에 이르렀다.

길이 좁아 20여만의 군사들이 60여 리에 걸쳐 꾸불꾸불 행진을 계속하였다. 가랑비에 옷 젖듯 그간 하루에도 몇 차례씩 되풀이되는 싸움에서 어지간히 많은 병력이 없어진 상태였다. 병력의 3분의 1쯤이 산악 지역을 지나 평야 지역으로 내려섰을 때였다. 갑자기 양쪽 산기슭에서 하늘을 찌를듯한 함성이 일어나며 골짜기를 통과하던 수나라군에게 화살을 소나기 같이 퍼부었다. 앞장선 부대를 지휘하던 장수들이 방향을 돌려 산속에 갇힌 부대를 구원하려 하였다. 그러나 유리한 지형을 배경으로 화살과 돌 세례를 퍼부어대는 고구려군의 진형을 뚫을 수가 없었다. 산속에 갇힌 군사들은 사력을 다해 오던 쪽으로 탈출했으나 양쪽 산에서 공격하는 고구려군에게 엄청난 피해를 받아야 했다. 도로 산악 지대 이북으로 후퇴하였다. 살아 남은 병력은 5~6만 명에 불과했다. 7만여 병력이 사라진 것이었다.

이제 수나라군은 완전히 두 동강이 났다. 산기슭 북쪽 평야 지대에 모인 부대와 남쪽 평야 지대에 위치한 전진 부대로 나뉘었다. 앞쪽 부대에 있던 우중문·우문술·형원항·장근 등이 머리를 맞댔다.

"다시 저 산을 통과하여 후속부대와 합류하기는 힘들다. 후속부대의 운명은 그쪽에 맡기고 우리는 전진하는 수밖에 없다. 평양성은 100리 안팎이다. 제장은 최선을 다하라."

모두 침울한 표정으로 아무 말도 하지 않았다. 군사들은 이미 식량이 거의 떨어져 들쥐, 뱀을 잡아 주린 배를 채웠다. 심지어 몰래 군마를 잡아먹는 자들도 있었다.

그들은 이튿날 하루를 꼬박 걸어 평양에서 30리가량 떨어진 곳의 언덕을 의지하고 진을 쳤다. 허기진 배를 움켜쥐고 밤을 지낸 수나라 군사들이 눈을 뜨자 멀리서 은은한 북소리가 들려오더니 점점 가까워졌다.

"고구려의 대병력이 몰려옵니다!"

전령의 다급한 보고에 우중문 등이 후다닥 일어났다. 과연 지평선을 새카맣게 메운 고구려의 대병력이 서서히 접근하고 있었다.

화들짝 놀란 수나라 군사들이 아침도 먹지 못 하고 전투 채비를 하느라 부산을 떨었다.

"대체 어디에 숨어 있다가 저 많은 군사가 이제 나타나는가?"

우중문이 언뜻 가늠해 보아도 이쪽 군사의 수를 능가하는 것 같았다. 기가 질리기는 다른 장수들도 마찬가지였다. 이때 고구려 진영에서 말 탄 병사 하나가 뛰어 나오더니 화살을 날리고는 돌아갔다. 그 화살은 우중문이 서 있는 곳에서 네댓 걸음 앞에 떨어졌다. 부장이 화살 끝에 묶인 종이를 풀어 중문에게 건넸다. 종이를 펼쳐 든 중문의 얼굴이 일그러졌다.

神策究天文
妙策窮地理
戰勝功旣高
知足願云止

천문지리에 통달한 그대, 이미 그 정도 공을 세웠으니 그만하고 물러가라는 내용이었다. 문장에 과히 능하지 못 한 우중문이었으나 상대방이 자기를 놀리고 있다는 뜻임은 알 수 있었다. 그는 부르르 수염을 떨었다.

"이놈을 당장……."

그가 말을 달려 나가려고 하는 것을 장근이 말렸다.

"어찌, 소국의 조무래기를 대장군께서 상대하려 하시오? 소장이 본때를 보여 주겠소이다."

장근은 타고 있던 말을 채찍질하여 앞으로 나아가며 외쳤다.

"고구려의 졸장부, 을지문덕은 어디 있느냐? 입만 나불대지 말고 나와 우어위장군(右禦衛將軍) 장근의 칼을 받아라."

그는 황제가 직접 참관하는 무술대회에서 7년 연속 우승한 경력이 있을 정도로 무예가 출중하여 장안에 있을 때는 양제를 가까이서 호위하던 장수였다.

을지문덕이 나서려 하자 부장이 말렸다. 그러나 그는 빙긋이 웃으며 창을 비껴 잡았다.

"내, 전장에서 몸을 푼 지가 오래되어 운동 삼아 나서려 하니 말리지 마라."

을지문덕은 백마에 올라타고 박차를 가하였다.

양국의 군사들이 지켜보는 가운데 두 장수가 창끝을 겨누고 어울렸다.

1합, 그리고 2합. 둘은 빙글빙글 돌며 상대의 허점을 노리고 있었다.

3합, 그리고 4합— 정확히 5합 만에 장근의 목이 땅에 굴러 떨어졌다. 이를 신호로 고구려 병사들이 우레와 같이 함성을 지르며 기마병들을 선두로 달려 나갔다.

피로와 굶주림에 지치고 사기마저 땅에 떨어진 수나라 군사들은 애당초 고구려군의 상대가 아니었다. 삼면에서 몰려드는 고구려군의 칼끝 아래 쓰러지는 수나라 병사들의 비명 소리가 들판을 메웠다.

"우중문은 어디에 있느냐?"

"우문술은 목을 내놓아라!"

고구려군들이 외치는 소리가 곳곳에서 들려왔다.

"안 되겠소. 장군, 전멸하기 전에 후퇴 명령을 내리시오."

우문술이 우중문에게 결단을 촉구했다.

"아아, 내가 귀공의 말을 진작 들어야 하는 건데 면목이 없소. 후퇴 명령을 내리시오."

"후퇴, 후퇴하라!"

그러나 수나라 군사들은 명령이 떨어지기도 전에 이미 너도나도 앞 다투어 도망을 치고 있었다.

우중문 자신도 호위병들의 사력을 다한 혈투 끝에 그를 덮치려는 고구려군들을 간신히 피하여 서북쪽으로 단숨에 80리가량을 도망쳤다. 그러자 맞은편에서 한 무리의 군사들이 이곳을 향해 달려왔다. 그것은 뜻밖에도 그들과 토막 나 떨어진 수나라의 후속 부대들이었다. 우중문이 구세주를 만난듯 기뻐하며, 도망쳐 오는 군사들을 모아 겨우 대오를 가다듬었다. 이에 고구려군들은 추격을 멈추고 물러났다.

"고맙소, 왕 공. 공이 아니었더라면 우린 모두 까마귀밥이 될 뻔했소."

우중문이 후속 부대를 이끌고 나타난 천수(天水) 사람 왕인공(王仁恭)을 보고 말했다.

"저희들도 형편이 말이 아닙니다. 그 골짜기에서 병력의 3분의 2를 잃고 남은 군사들로 겨우 산을 우회하여 이곳으로 오는 길입니다."

그 자리에 진을 친 우중문 등은 제장을 불러 모았다.

"나의 실책으로 위풍당당하던 우리 군대가 이 지경이 되었소. 면목이 없소. 나는 이미 여러분들을 이끌 자격을 잃었소. 이제 나

는 통솔 권한을 우문술 장군에게 넘기려 하니 모두 우문술 장군의
명을 따라 주시오."

그는 스스로 직위를 내놓았다. 우문술 등 여러 장수들이 말렸으
나 그는 듣지 않고 황제가 지휘권의 상징으로 내려 준 보검을 우문
술에게 건네었다. 우문술이 마침내 그것을 받아 들었다.

"이제 더 이상 일체의 과거지사는 거론하지 맙시다. 우리에게
남은 병력은 도합 8만여 명, 보급 상황은 이미 아시는 바와 같소.
앞으로 어찌하면 좋을지 한 사람씩 허심탄회하게 말해 보시오."

그는 각자의 의견을 물었다. 참모들의 공통된 의견은 이 상황으
로는 적의 야전 병력을 감당하기도 힘든 마당에 험하고 튼튼한 평
양성 공략은 불가능에 가깝다는 것이었다. 다만 이대로 군사를 돌
렸다가는 나중에 양제가 책임을 물어 목숨을 보전키 어려울 테니,
끝까지 싸웠다는 증표로 마지막으로 을지문덕에게 최후통첩장을
보내, 후퇴할 명분이라도 찾자는 안이 나와 그 안을 따르기로 했다.

사자를 보낸 결과 답신이 오기를 '군대를 돌리어 양제에게 가
있으면 답신을 보내겠다'는 내용이었다. 이에 제장들이 후퇴할 길
을 궁리하였다.

"왕인공 장군이 돌아온 산기슭을 다시 우회하여 해안 도로를 따
라 북상하다가 지나왔던 길로 가서 살수를 건넙시다. 정예군 2만
을 뽑아 드릴 테니 후위(後衛)는 신세웅 장군이 맡아 주시오."

철군을 최종 결정한 우문술이 말했다.

회의가 끝나고 각 장수들이 흩어질 때, 신세웅이 우문술을 보고
말했다.

"아니, 왜 그 자리를 맡으셨소? 우중문의 속셈을 모르시오? 형

세가 유리할 때는 공을 독차지 하려고 하더니, 이제 형세가 불리하여 책임을 질 때가 되자 그 책임을 남에게 떠넘기려고 하는 것을……."

"내가 왜 그 속셈을 모르겠소? 그러나 누군가는 맡아야 할 자리가 아니오? 다른 사람이 맡는다면 돌아가는 즉시 황제 앞에 목숨을 부지하기 어렵소. 그러나 나야 따지고 보면 황제의 사돈인데 날 죽이기야 하겠소?"

우문술의 막내아들은 양제의 딸과 혼인한 사이였다.

"장군은 참으로 대인답소."

그 다음 날, 수나라 장병들은 주린 배를 쥐고 행군에 나섰다. 그러나 그들이 산기슭을 돌았을 때, 벌써 산속 지름길을 통해 앞질러 와 기다리고 있던 을지문덕의 고구려군이 측면을 공격하여 왔다.

"방진(方陣)을 쳐라 방진을."

무참히 짓밟히는 수나라 군병들을 보고 우문술이 소리쳤다. 신세웅이 수하 군사들을 데리고 방진을 치고 대항하는 사이에 나머지 군사들은 북쪽으로 도망쳤다. 고구려군은 다시 어디론가 사라져 버렸다.

수나라 군사들은 행군에 지장을 주는 거추장스러운 중장비는 모두 버리고, 피로한 몸을 이끌고 북상하였다.

도중에 고구려군은 한 차례 더 공격하여 왔으나 신세웅이 선방하여 간신히 궤멸을 막았다.

이윽고 살수에 도달했다. 제대로 먹지도 못 하고 한여름 뙤약볕 아래 걷다가 지친 병사들은 너도나도 강가로 달려가 물을 벌컥벌컥 들이마셨다. 우문술은 척후로 하여금 강 건너기에 좋은 곳을 알아보게 했다.

척후들은 강 상류 쪽으로 5리쯤 거슬러 올라갔다. 강폭이 매우 넓은 한 지점에서 중 세 사람이 겉옷을 허리 위로 둘둘 말아 올리고 있는 광경이 눈에 들어왔다.

"스님들 지금 뭐 하시오?"

척후 가운데 고구려말을 할 줄 아는 병사가 물었다.

"우리는 칠불사(七佛寺)의 중들인데 지금 강을 건너려 하오."

중들은 물속으로 첨벙첨벙 뛰어들었다. 중들이 강 가운데까지 들어가도 물은 허리 위 정도로 올라올 뿐, 수심이 그리 깊지 않은 것 같았다. 척후들은 돌아가 그대로 보고하였다. 이에 모든 군사들이 그쪽으로 이동하였다.

"음, 모래밭이 넓어 방어하기도 괜찮은 곳이군."

우문술은 그곳을 도하 지점으로 결정하였다. 그는 신세웅에게 모래톱에서 방진을 치게 하여 만일에 있을지 모를 고구려군의 공격에 대비케 하였다. 도하 명령이 떨어지자 전군이 앞을 다투며 강물에 뛰어들었다. 그러나 강바닥의 수심이 얕은 곳은 생각보다 폭이 좁았다. 겨우 두 명이 한꺼번에 건널 수 있을 뿐이었다. 대병력은 길게 줄을 늘어뜨리고 차례를 기다리지 않으면 안 되었다.

"제발 강을 건널 때까지는 고구려군이 나타나지 말기를……."

그것은 장수에서부터 병졸에 이르기까지 한결같은 바람이었다. 그러나 그 바람은 헛것이었다. 일부 군사들이 강 건너편에 도착하고 5만여 이상의 병력이 모래밭에 진을 치고 있었다. 일부 군사들은 허리까지 잠긴 채 강을 건너고 있었다. 이때, 상류 쪽 기슭에서 기병을 앞세운 고구려의 대군이 무서운 속도로 달려왔다.

그들은 이쪽 방진을 친 군사들의 사정거리가 못 미치는 지점에 이르러 멈춰서는 강노(剛弩)와 경궁(梗弓)을 쏘기 시작했다. 당황한 수나라 군사들이 사궁(射弓)을 쏘아댔으나 거리가 짧아 효과가 없었다. 화살 하나 더 얹어도 무겁다고 느낄 정도로 지친 수나라군들은 강노나 경궁 같은 것은 아예 길바닥에 버린 뒤였다. 을지문덕은 그들이 버리고 지나간 무기를 노획하면서 숫자까지 정확하게 헤아려 수나라 군사들의 무장 실태를 손바닥 들여다보듯 알고 있었다.

사방이 노출된 지역에서 방진을 친 수나라 군사들의 수는 금세 줄어들었다. 결국에는 화살마저 다 떨어졌다. 그러자 고구려 기병들이 돌진해 왔다.

방진이 무너지고 수나라 군사들은 얕은 곳, 깊은 곳 가리지 않고 모두 첨벙첨벙 물속에 뛰어들었다.

그때쯤, 상류 쪽에서 또 다른 고구려군들이 배를 타고 내려오면서 활을 쏘아댔다. 강을 건넌 수나라 병사들은 걸음아 날 살려라고 도망치기에 바빴다. 물속에 뛰어든 군사들은 아비규환을 이룬 가운데 고구려군의 처참한 제물이 되었다. 수심이 깊은 곳에서 도하하려던 군사들은 강물에 떠내려갔다. 신세웅이 일부 군사들을 데리고 저항했으나 결국 고구려군의 칼 아래 쓰러졌다.

강을 가까스로 건넌 수나라 군사들은 흡사 귀신이 뒷덜미를 잡는듯한 공포에 사로잡혀 하루 낮, 하루 밤 사이에 450리를 도망쳐 압록수에 이르렀다. 즉, 시간당 8킬로미터를 24시간 꼬박 숨 돌릴 틈 없이 달린 것이다. 장수들도 체면이고 뭐고 모두 팽개치고 허겁지겁 도망치기에 바빴다. 오직 왕인공만이 정신을 차리고 신세웅

대신 추격하는 고구려군에 대항해 추격군의 속도를 늦추었다.

압록수를 건너서 생존자를 점검해 보니 겨우 1만여 명에 불과했다.

"아아, 군문에 몸을 담고 중원과 서역을 누비며 숱한 전장을 누빈지 40여 년, 이런 참담한 꼴은 내 처음일세."

우중문이 우문술에게 말했다.

압록수를 건넌 그들이 요동에서 또 지긋지긋하게 덤벼드는 고구려군들에게 병력을 거의 다 잃고서 몰골이 말이 아닌 패잔병 2700여 명만을 데리고 양제 앞에 선 것은 8월 초순 무렵이었다.

양제는 노여움이 극에 달했다. 장수들을 모조리 참형에 처해도 화가 풀리지 않을 것 같았다. 주위 대신들의 만류로 양제는 겨우 화를 억누르고 왕인공을 제외한 장수들을 몽땅 쇠사슬에 묶어 호송 수레에 싣고는 회군을 서둘렀다.

양제도 장수들에게 체면이 서지 않기는 마찬가지였다. 우중문 등에게 딸려 보낸 30여만 명 외에도 그에겐 수십만의 병력이 남아 있었는데 그때까지 단 한 곳의 성도 함락시키지 못 했던 터였다. 회군을 하기 전 최후로 분풀이할 곳을 찾던 양제는 고구려 성 가운데 제일 서쪽에 있는 무려라성(武厲邏城)을 그 대상으로 삼고 병력을 모두 모아 공격하였다.

그러나 며칠만에 을지문덕의 대병이 들이닥쳤다.

"을지문덕이다!"

이 말을 듣는 순간 굶주림과 피로에 시달린 채 사기가 떨어질 대로 떨어진 수나라군은 싸우기도 전에 두려움에 휩싸였다. 싸움이 붙자마자 어떤 초자연적인 힘이 작용한 것처럼 대열이 무너지며 너나 할 것 없이 달아났다.

그러나 퇴로도 험로였다. 요서 지방에는 요택(遼澤)이라 부르는, 디디면 진창에 발이 빠지는 늪지대가 200여 리에 걸쳐 이어진 곳이 있었다. 잘못 들어섰다가는 몸 전체가 서서히 땅 속으로 가라앉는다. 이 늪지대에서 수십만의 군대가 무질서하게 날뛰자 저희들끼리 엎친데 덮쳐 밟혀 죽는 숫자가 고구려군의 화살에 죽는 숫자보다 더 많았다.

결국 양제는 쓸데없이 분풀이 대상을 찾다가 후퇴 시기를 놓치는 바람에 무고한 인명만 더 잃은 꼴이 되었다. 양제의 비참한 패주 소식이 전해지자, 패수 하구에서 잔병들을 거느린 채, 실낱같은 희망에 기대어 눈치만 살피던 내호아는 남은 선단을 챙겨 해로로 황급히 도주하였다.

12. 말노비

서역 멀리 성숙해(星宿海)에서 발원한 황하가
서북쪽으로 길게 흘러 만리장성을 벗어났다가는
다시 만리장성을 뚫고 남쪽으로 흐르다가 화산(華
山)의 준령에 막혀 방향을 90도 동쪽으로 틀어 황해로 향하는 지
점, 이곳에서 위하(渭河) 300여 리를 거슬러 올라가는 곳에 위치한
수나라의 수도 장안—

양제는 황제가 되자 통제거(通濟渠)를 파면서 이곳의 곡수(穀
水)와 낙수(洛水)를 끌어다가 황하로 들여보내고, 황하를 끌어다
가 변수(卞水)로 들여보낸 뒤 변수를 끌어다가 사수(泗水)로 들여
보내 회수(淮水)에 이르게 했다.

이 운하는 강남의 물자를 대량으로 나르는 수송로로 이용되기
도 했지만, 양제의 호화로운 용선(龍船)이 유람하는 노선이기도
했다. 장안의 서원(西苑)과 강도 사이에 40여 곳에 별궁을 지어 놓

고 좌우 언덕에서 밧줄로 연결하여 8만여 명의 군인들이 끄는 길이 2천 자, 높이 50자의 초호화 유람선을 타고 가다가 기분이 내키면 궁녀들을 거느리고 그 가운데 아무 곳에나 머물렀다. 양제는 돈에 인색하고 성질이 엄격했던 아버지 문제(文帝)와는 전혀 다른 성격이었다.

서원(西苑)이라는 별궁을 지어 주변 200리를 막고, 물을 끌어들여 둘레 10여 리의 큰 호수를 만든 뒤에, 호수 가운데 봉래·방장·영주 등 인공 산을 100여 자 이상의 높이로 만들고 그 사이사이에 망루와 궁전을 즐비하게 세웠다.

호수 북쪽에는 도랑을 파서 시내를 만들고, 이 시내가 이리저리 휘어 돌아 호수에 들어가게 했는데, 그 도랑을 따라서는 열여섯 개의 전각을 세우되, 창문을 모두 냇가 쪽으로 내어, 밤이면 등불 그림자가 물에 휘황찬란하게 비치게 했다. 이곳 궁궐에서는 겨울에 나뭇잎이 떨어지면, 갖가지 색의 비단으로 꽃이며 잎의 모양을 만들어 매달아, 흡사 나무가 계절을 모르고 꽃핀 것처럼 꾸며 놓았다. 뿐만 아니라 숲과 늪 사이사이에도 비단으로 마름과 연꽃을 만들어 띄우고, 빛이 바래면 곧 새것으로 바꾸게 했다. 양제는 툭하면 달밤에 궁궐을 떠나 궁녀 수천 명을 말에 태워 가지고 서원으로 행차하여 진탕 마시고 떠들며 즐겼다.

그는 오늘 아침에도 이곳 서원의 한 방, 비단 금침 속에 비스듬히 누워, 온몸을 조물조물 주물러 주는 궁녀 오강선(吳降仙)에게 비대한 몸을 맡긴 채, 생각에 잠겨 있었다. 밖에는 소리 없이 눈이 내리고 있었다. 그는 3천여 궁녀 가운데 오강선을 특히 총애했다. 미모는 그리 뛰어난 편이 아니었으나 방중술(房中術)을 잘 익혀

기교가 뛰어나고 애교가 있었다. 그녀의 손이 종아리를 주무르다가 차츰 허벅지 쪽으로 올라왔다. 손 마디마디를 놀릴 때마다 간밤에 쌓였던 피로와 술에 절어 몸에 남아 있던 노폐물 찌꺼기가 한 바가지씩 달아나는 느낌이었다.

"누가 네게 방중술을 가르쳤더냐?"

양제는 그녀에게 새삼스러운 질문을 했다.

"가르치다뇨? 전 책을 보며 혼자 독학했어요."

양제는 갑자기 자리에서 벌떡 일어나더니 고함을 꽥 질렀다.

"네 이년! 독학을 해? 그럼 필경 실습 상대가 있었겠구나! 그렇지 않고서야 어떻게 남자 몸 구석구석을 그리 잘 안단 말이더냐? 바른대로 대지 못 할까?"

양제의 진노에 오강선은 몸을 바들바들 떨며 두 손으로 싹싹 빌었다.

"마마, 제발…… 제가 결백한 것은 입궁할 때 받은 검체 기록을 보면 다 나와 있습니다. 제발 노여움을 거두소서……."

그녀는 금방이라도 울음을 터뜨릴 것 같았다. 그러자 양제는 음흉하게 웃었다.

"아니다. 장난으로 해 본 소리다. 계속 주무르기나 해라."

그는 도로 이불 밑으로 들어가 누웠다.

양제는 황제의 지위를 이용하여 상대를 두려움에 빠지게 만들고 그것을 보며 은근히 즐겼다. 또 변칙적인 행동으로 사람을 놀라게 하곤 했다. 한밤중에 갑자기 신하를 불러놓고 업무 지시를 하는 것은 비일비재했고 화가 나면 주위의 물건을 상대방에게 내던지기도 하였다. 그러나 머리가 나쁜 것은 아니었다. 오히려 가끔 신하들의 생각을 앞질러 미처 생각지도 않은 질문을 하여 그들의 답이 막히면 핀잔을 주면서 자기의 총명을 과시하였다. 그는 덕행·수양 따위를 믿지 않았다. 오히려 인간이란 항상 표리부동한 것이라 생각하였다.

"도덕군자? 내 궁녀 가운데 한 명만 발가벗겨 이불 속에 넣어 줘 봐라. 안 덤비고 베기나!"

양제는 다시 몸을 뒤척여 옆구리를 바닥에 대었다. 엎드리고 싶었지만 배가 이미 비대해질 대로 비대해져 바로 엎드리는 것은 불가능해 이렇게 반쯤 엎드리는 것이 고작이었다. 이런 자세를 한다는 건 그가 사색을 하고 있다는 증거였다. 그는 어제 아침 조례에서 좌광록대부(左光祿大夫) 곽영(郭榮)이 한 말을 떠올리고 있었다.

"천균의 활(千鈞之弩)은 생쥐를 보고 쏘지 않는 법인데 어찌 천자의 존귀하신 몸으로 작은 도적을 대적하려 하시나이까?"

새해 들어 첫 번째로 열린 어전회의에서 양제가 다시금 고구려에 친히 원정할 뜻을 내비치자 나온 말이었다.

'무슨 뜻인지 안다, 이놈들. 너희들은 신하랍시고 내 앞에서 말은 그럴싸하게 꾸미지만 속으로는 나를 비웃고 있는 줄을……. 한심한 놈들, 역사가 무엇이고 영웅이 뭣인지 모르는 놈들, 내가 아니면 누가 이 엄청난 대역사를 이루어 중원을 가로지르는 장대한 운하 공사를 한단 말이더냐? 그래, 이놈들아. 내가 죽으면 내 무덤에 침을 뱉어라. 그러나 후세 사람들은 나를 기억할 것이다. 내가 작년에 고구려 원정 때 애꿎은 목숨 수십만을 죽였다고 원망을 해? 같잖은 놈들……. 홍수가 한번 나도 10만이 죽을 수 있다. 한 세대의 희생 없이 어찌 후대의 영광이 있을쏜가? 진시황을 보라. 그가 무자비했다고 너희들은 욕하지만 그가 아니었으면 누가 감히 저 엄청난 장성을 세웠겠는가? 그래, 하기는 뱁새가 어찌 대붕의 큰 뜻을 알리? 너희들이 나만큼 되면 너희들이 천자가 되었겠지. 천자의 자리란 하나뿐인데……. 그런데 고약하게도 고구려의 고원(高元: 영양왕의 본명) 오직 그 한 놈만이 천하에 천자란 한 사람뿐이라는 사실을 부인하고 있다. 고얀 놈…….'

"고얀 놈! 이놈!"

양제는 저도 모르게 주먹으로 방바닥을 쾅 쳤다.

"마마, 소녀가 잘못한 일이라도……?"

몸을 주무르던 오강선은 황제가 또 발작을 하자 어찌할 바를 모르고 허둥대며 물었다.

"흠, 아니다…… 그냥…… 이만하면 됐다. 너는 이만 물러가고 마구를 챙겨 놓으라 해라. 내 곧 궁궐로 가야겠다."

궁궐에 도착한 양제는 우문술을 찾았다. 우문술은 지난해 고구려에서 철병한 뒤로 감옥에 갇혔으나, 그의 막내아들 우문사급(于文士及)이 양제의 장녀 남양공주(南陽公主)와 결혼한 덕분에 죄를 면하고 다시 기용되었다. 그의 다른 아들들인 우문화급(于文化及)과 우문지급(于文智及)은 시위무사로 양제를 호위하고 있었다.

"그래, 원정 준비는 어떻게 되어 가나?"

부름을 받고 달려온 우문술에게 양제가 물었다.

"거의 끝났습니다. 단지 충제(衝梯: 성을 공격할 때 쓰는 사다리의 일종)와 누차(樓車) 몇 대가 덜 끝났습니다만 보름 안에 마무리하겠습니다."

"보름이라고? 뭣 때문에 그리 오래 걸리나? 닷새 안에 끝내라고 해! 아니면 대목수 한 놈을 골라, 여러 사람 앞에서 오른손을 짤라 버려! 그러면 보름이 아니라 사흘 만에 끝낼 거야. 기술자라는 놈들은 그렇게 다루어야 돼⋯⋯."

우문술은 더 이상 반박할 수가 없었다. 바로 어제, 제신의 만류에도 양제가 또다시 고구려 친정(親征) 결정을 내렸을 때, 한 신하가 지난번 고구려 원정 때 장수들이 너무 재량권이 없어 황제의 눈치만 살피느라고 제대로 못 움직였던 것이 패배의 한 원인이라고 감히 지적하자,

"좋다. 오늘부터는 전쟁에 관한 한 장군들과 대신들이 알아서 하라."

고 하지 않았던가? 그런데 겨우 하루만에 자기가 한 말을 다 잊어버렸단 말인가?

'사람이란 자기 머릿속에 박힌 관념의 틀을 바꾸기는 무척 힘든 것이로구나.'

우문술의 이런 생각을 아는 듯 모르는 듯 양제는 고개를 뒤로 젖히며 말했다.

"내, 그대 아들들의 공로를 헤아려 다시 한번 기회를 준 것이니 이번 원정에는 실수하지 않도록 하오!"

얼마 전, 양제는 고구려 원정 전사자 유가족들 손에 죽을 뻔했다. 이 암살 위기를 막아 준 것이 우문화급과 우문지급이었다.

"명심하겠습니다."

"그리고 신라에 사람을 보내어 우리가 4월쯤, 요동에 도착하여 공격할 터인즉 미리 준비하고 있다가 우리와 때를 맞춰 남쪽에서 고구려로 쳐들어가라고 하고 지난번처럼 꾸물거리지 말라고 단단

히 이르시오."

"백제에는 어떻게 할까요?"

"그놈들은…… 아무래도 미심쩍은 데가 있단 말이야. 지난번에
도 군기(軍期)를 정하자고 먼저 말을 꺼내 놓고는 출병은 차일피
일 미루기만 하고…… 장군 생각도 그렇지? 맞지?"

"저도 그 점에 관한 한 같은 생각입니다."

"그 점에 관한 한이라?…… 그럼 다른 점에서는 나하고 견해가
많이 다르다는 뜻인데? 혹시 우문 대감도 내게 모반할 뜻이 있는
게 아니오?"

유달리 의심이 많은 양제의 성격을 아는지라 우문술은 이 말을
듣는 순간 온 몸에 소름이 좍 끼쳤다.

"하하, 농담으로 한 말인데 무슨 얼굴빛까지 변하고 그러시오?
내가 우리 사돈을 못 믿으면 누굴 믿는단 말이오? 그러나 요즘 궁
궐 안에서도 내게 불만을 품은 자들이 많단 말이야. 우문 대감, 만
일 조금이라도 언동이 수상쩍은 놈들이 있으면 즉각 내게 알려 줘
야 하오. 알겠소?"

"네"

우문술은 간신히 대답은 했지만 등골에 식은땀이 좍 흘렀다.

그 날 밤. 우문술은 화급·지급 두 아들을 불렀다.

"아비는 며칠 안으로 다시 전쟁터로 떠난다. 우리는 지금 도저
히 이기지 못 할 적과 싸우러 가는 것이다. 만일 아비에게 무슨 일
이 생기면 너희들은 아비의 뒤를 따르지 말고 잘 판단하여 너희들
갈 길을 가거라.

지금 생각하니 내가 사급이를 양제의 사위가 되게 한 게 뼈저리

게 후회스럽다. 그러나 어찌하랴? 양제가 먼저 내게 혼담을 넣었던 것이니 거절할 수도 없었고…… 그도 다 운명인 것을……."

"고구려가 그렇게 강합니까?"

지급이 물었다.

"강하고 아니고는 쉽게 판단할 수 없다. 우리에겐 명분이 없는 전쟁이지만 그들에게는 국토방위라는 명분 있는 전쟁이다. 고구려 백성들도 우리 백성 못지않게 착하고 그 장수들도 우리 이상으로 용맹하고 현명하다. 문제는 싸움에서 제일 중요한 것이 사기이며, 백성이 군과 국왕을 신뢰하고 한마음 한뜻이 되어 생사를 두려워하지 않는 열성과 신념이 있어야 하는데, 고구려에는 그런 게 있지만 우리는 그렇지 못 하다는 것이다. 양제의 유아독존적 사고방식이 화근이다. 인간은 타고난 신분으로서 귀천이 정해지는 것이 아니라, 하는 행동으로서 귀천이 결정된다. 너희들도 이 점을 명심하거라."

두 형제가 아버지의 말을 듣고 나오다가 지급이 그의 형을 보고 말했다.

"아버지도 이제 늙으신 것 같지, 형?"

"아니다. 아버님은 정확하게 판단하고 계신다. 나는 만일 성발로 아버님께 무슨 일이 일어나면, 황제를 죽이고 말 것이다."

"형, 무슨 그런 엄청난 말을?"

지급이 떨리는 목소리로 말했다.

"우리가 하는 일이 뭐냐? 양제는 백성의 온갖 고혈을 빨아 누각을 지어 3천 궁녀를 거느리면서 주지육림을 헤매고, 우리는 밤낮으로 그 침소를 지킨다. 내 아버님의 안위를 생각해 어쩔 수 없이 이 일을 맡고 있지만, 아버님이 안 계신다면……."

가만히 생각에 잠겨 있던 지급이 말했다.

"난 비밀을 지킬 테니― 형, 그때가 되면 알려 줘. 나도 같이 할 거야."

"고맙다. 그러나 처신에 각별히 조심해야 한다. 그때가 언제일 지도 모르고……."

4월, 수나라군은 요하를 건너 두 방면으로 진격하였다. 왕인공 은 10만여 명의 병력으로 신성을 공격하고, 우문술과 양의신(楊義 臣)은 평양으로 가고자 20만 군사로 요동성을 공격했다. 양제는 요동성 공격을 다그치며 물자와 인명은 무한정 써도 좋다고 했다.

준비 또한 전보다는 훨씬 치밀한 것이었다. 비루(飛樓)·동차 (瞳車)·운제(雲梯)·충제(衝梯)·지도(地道) 등 각종 신무기가 등장하였다. 운제·충제는 장대의 길이가 열다섯 길이 넘어 거기 에 올라서면 성을 내려다보며 활을 쏠 수가 있었다. 또 꼭대기에는 군사들이 타게 되어 있고 바퀴가 여덟 개가 달린 누차 역시 성보다 높게 만들었는데 이것 하나로도 성을 공격하는 훌륭한 무기가 되 었지만, 이것을 여러 개 동원하여 이 누차 사이에 30보 넓이의 어 량대도(魚梁大道)라는 것을 만들어 성벽과 높이를 맞췄다. 이 어 량대도는 여러 사람이 올라가도 무너지지 않게 베주머니 100만여 개에다 흙을 채워 받쳤다.

그러나 이런 갖가지 수단을 써도 요동성은 도무지 난공불락이 었다. 다만 신성을 지키던 군사들이 왕인공의 부대를 우습게 알고 나와 싸우다가 꾐에 빠져 성을 빼앗기고, 영성으로 옮겨 성문을 굳게 닫고 지켰다.

한편 평양에서는 다시 침공해 온 수나라군을 물리치는 방안을 논의하였다. 지난번과 달리 요동으로 파병하여 요동에서 결판을 내자는 주장과, 요동으로 파병하면 적이 그 공백을 이용하여 수군 (水軍)을 평양으로 보낼 테니, 일이 어렵게 된다는 주장이 엇갈려 결론을 미루고 있는 가운데 급보가 날아들었다.

1만여 신라군이 국경을 넘어 이미 200여 리 북방으로 올라오고 있다는 것이었다.

고구려측에서는 조학성 장군에게 1만여 군사를 주어 이를 막도록 하였다. 고구려군이 신라군과 맞부딪친 곳은 진림성(津臨城: 지금의 개성 남쪽) 남쪽 10여 리에 있는 벌판이었다.

양군은 진용을 가다듬고 서로 노려보고 있었다.

"신라의 쥐새끼들아! 서라벌에서 보리알이나 까먹고 있지 남의 땅에는 왜 들어왔느냐? 썩 나와서 이 조학성의 창을 받으라."

조학성이 말을 타고 뛰어나가 소리쳤다.

"무도한 놈, 진흥대왕이 개척한 옥토를 뺏어간 건(신라 진흥왕이 고구려 영토인 지금의 원산-장진-이원-단천까지 진출했으나 이 가운데 장진-이원-단천은 나중에 고구려가 수복한 일을 이름) 바로 너희들이다. 이 우수(牛首: 지금의 춘천) 도독 김술종(金述宗)이 상대해 주마."

신라 장수 역시 당찬 목소리로 응수하고는 뛰쳐나왔다. 두 장수가 어울려 서로 치고 받았다. 조학성의 사모창과 김술종의 언월도가 맞부딪치기를 20여 합. 힘은 아무래도 30대인 술종이 나은 것 같았으나 기량면에서는 수나라군을 상대로 산전수전을 다 겪은 조학성이 우세했다. 마침내 술종이 밀리기 시작했다. 보고 있던 고구려 병사들이 함성을 질렀다. 그러자 신라 편에서 바람과 같이 한 장수가 달려 나오더니 조학성을 막았다. 조학성은 물러나는 김술종에게 소리치며 쫓아갔다.

"이 수나라의 꼭두각시 놈, 도망치지 마라!"

그러나 새로 나타난 자가 워낙 날카롭게 그를 공격해 오는 통에 뒤따라 잡을 수가 없었다.

"웬 놈이냐? 성명이나 밝혀라."

"성명은 알 필요 없다. 목이나 내놓아라."

상대방은 다짜고짜 창을 휘두르며 달려들었다.

"애송이 놈이로군. 버릇을 가르쳐 주마!"

상대방은 입을 꾹 다물고 공격해 왔다. 그 자는 도무지 정통 봉술 같지 않고 전혀 불규칙적인, 막되어 먹은 봉술을 써서 공격할 틈이 보이지 않았다.

"어디서 배운 사도(邪道)를 써먹으려는가?"

조학성이 허리로 날아드는 상대의 공격을 막아내며 말했다.

"이것이 정통 화랑의 창봉술이다."

그제서야 상대방이 입을 떼었다. 그가 무궁무진한 창봉술을 구사하며 시간이 갈수록 더욱 맹렬한 기세로 공격해 오자, 마침내 조학성이 피로한 기색을 보이기 시작했다. 이번에는 신라 진영에서 함성이 올라갔다. 보고 있던 만춘이 달려 나갔다. 그는 이때 조학성 장군 밑에서 기마병을 총괄하는 자리에 있었다.

"장군님, 저놈은 제가 맡겠으니 좀 쉬십시오."

"오오, 만춘 고맙네. 역시 나이는 못 속이겠군."

만춘은 맹렬한 기세로 적장을 향해 장검을 빼어 들고 돌진하였다. 서로의 창과 그의 칼이 맞부딪쳤다. 만춘의 칼이 상대방 창의 목을 날리는 순간, 상대방과 만춘의 시선이 마주쳤다. 그러자 동시에 둘의 눈이 휘둥그레졌다.

"어엇! 형님!"

"오, 아우!"

그는 다름 아닌 문훈이었다.

"형님, 들어가십시오! 형님과는 싸우기 싫습니다."

"공은 공, 사는 사, 아우의 손에 죽는 것도 영광이다. 최선을 다하라."

만춘은 말은 이렇게 했지만 칼등으로 문훈의 말안장을 슬쩍 내리쳤을 뿐 공격다운 공격을 하지는 않았다.

창을 잘린 문훈이 칼을 빼 들었지만, 그도 연방 헛손질만 했다.

10여 합을 이렇게 하자 보고 있던 군사들에게 민망했던지 문훈이 먼저 도망쳤다.

"형님, 저는 이만 들어갈랍니다."

만춘은 쫓을 생각이 없었다. 내용을 모르는 고구려 군사들이 함성을 지르며 기세를 올렸다. 그러자 신라측에서 한 장수가 흑마의 긴 갈기털을 흩날리며 달려 나왔다.

"고구려의 졸개는 김유신의 칼을 받아라."

그는 만춘의 가슴을 노리는 척하다가 금방 옆구리를 찌르려 하였다.

"흠, 제법이군."

만춘은 이를 되받아넘기면서 상대방의 허점을 노렸다.

둘이서 부딪치기를 20여 합. 그야말로 어느 편의 우세도 장담할 수 없는 용호상박의 대접전이었다. 보고 있던 양편의 장수들도 손에 땀을 쥐었다.

이윽고 유신의 칼이 만춘의 갑옷 한쪽을 좍 갈라놓았다. 다행히 칼이 살 속까지 미치지는 못 했다.

'침착해야 한다. 이럴 때일수록 마음이 흐트러져서는 안 된다. 분노해서도 안 된다.'

심호흡을 가다듬은 만춘이 유신에게 다가갔다. 그는 들어오는 칼을 막음과 동시에 허리 아래를 공격하는 척하던 칼로 번개 같이 유신의 머리를 내리쳤다. 신라군·고구려군 양측에서 모두 "앗", "엇" 하는 비명 소리를 냈다. 신라군은 유신이 틀림없이 머리가 두 쪽 난 줄 알았기 때문에 비명을 질렀던 것인데 다행히 그는 약간 빗겨 맞았기 때문에 투구만 짜개져 벗겨졌을 뿐 머리는 말짱했다. 그러나 유신은 머리 속이 얼얼하였다.

한편 고구려군이 소리를 지른 것은 만춘의 방패가 두 쪽이 난 때문이었다. 만춘은 아예 방패를 버리고 허리에서 조금 짧은 칼을 하나 더 빼어 들고 그것을 방패 겸 공격용으로 삼아 두 칼을 양손에 나누어 잡고 휘둘렀다.

다시 20여 합. 싸움은 더욱더 치열해 갔고 춤을 추는듯한 둘의 칼부림이 점입가경을 이루었지만 어느 누구도 밀리는 기색이 없었다. 막상막하란 이런 경우를 두고 하는 말이었다. 부하를 아끼는 장수의 심경은 같은 것일까? 마침내 돌아오라는 신호를 알리는 징 소리가 양쪽 진영에서 동시에 울렸다.

두 사람이 각 진영으로 돌아오는 것을 신호로 양군이 돌진하여 접전을 시작하였다. 시간이 지나자 점차 고구려군의 우세가 두드러졌다. 마침내 신라군은 배후의 얕은 강을 건너 후퇴하였다. 고구려군은 강을 건너 추격을 하였으나 이번에는 신라군에게 밀렸다. 이렇게 일진일퇴를 거듭하다가 양 진영은 강을 사이에 두고 맞서 버티는 형국이 되었다.

중원의 장안—

양미간이 유난히 넓고 약간 사팔눈을 한 작달막한 사나이가 예부 앞에서 경비병들과 실랑이를 벌이고 있었다.

"통행증이 없이는 못 들어갑니다."

"허허, 이 사람. 사흘마다 오는 사람을 못 알아보나?"

"죄송합니다. 저는 규정대로 할 뿐입니다."

그들이 실랑이를 하고 있는데 안에서 수문장인 듯한 사나이가 나오다가 이 광경을 보더니 얼른 달려와 절을 꾸벅하였다.

"아이구, 포산공 어른, 어서 오십시오. 안 그래도 대감께서 '오늘쯤은 오실 텐데' 하고 기다리고 계십니다."

경비병들은 대번에 무안해졌다.

"죄송합니다, 대인. 저희들이 오늘 새로 경비를 서게 되서 몰라뵙고……."

"천만에, 나도 다음부턴 통행증을 꼭 가지고 다니겠네."

그는 너털웃음을 보이며 안으로 들어갔다.

"저 사람이 누구에요?"

경비병이 수문장을 따라온 병사에게 물었다.

"아, 저 사람! 우리 양 대감과 둘도 없는 친구지. 이름은 이밀(李

密)이라 하고……."

이밀— 그의 가계는 대대로 벼슬을 한 명문 집안으로서 서위(西
魏)의 주국대장군(柱國大將軍) 이필(李弼)의 종손이며, 아버지 이
관(李寬)은 수의 문제가 나라를 일으킬 때 세운 공으로 포산군공
(浦山郡公)이란 작위까지 받았다. 그러나 이밀 자신은 수 양제 밑
에서 벼슬하는 무리를 경멸하였다. 원래 젊을 때부터 사람 사귀기
를 좋아해서 호걸이라 생각되면 돈을 아끼지 않고 지원했고, 머리
가 비상한 데다 책 읽기를 좋아해서 어디를 갈 때도 황소를 타고
책을 쇠뿔에다 걸어 놓고 읽으면서 다녔다.

초공 양소(楊素)는 수 문제가 남조 진(陳)을 토벌할 때에 수군
(水軍)을 거느리고 출정해서 큰 공훈을 세웠을 뿐 아니라 양제가
즉위하는데 큰 이바지를 한 사람이었다. 그러나 황제가 되자 양제
는 조야(朝野)에 비중 있는 원로인 양소를 차츰 멀리하게 되었다.

양소는 시대의 흐름을 재빨리 읽는 사람이었다. 아니, 어쩌면
너무 빨리 읽는지도 몰랐다. 그는 양제의 폭정이 이어지자 당초 양
제를 도운 것을 후회하면서 이밀을 눈여겨보았다. 그는 또한 도참
에 관심이 많았는데 당시 이런 도참설이 크게 유행했다.

'도리자(桃李子)가 있어 황후가 양주(楊州)로 달아나 화원(花
園) 속을 전전하리. 함부로 말을 마라. 누군가 그렇다 하던 것
을……'

양소는 이 뜻을 해석하기를 '도리자란, 도망한 이 씨의 아들',
'황후란 황제를 가리킨다', '황제는 양주의 놀이동산에 빠져 돌아
오지 못 하고 화원 안의 도랑 안에 굴러 떨어질 것이다', '함부로
말하지 말라는 것은 비밀(秘密)이라는 뜻이다. 곧 이밀(李密)을 일

걸음이다'라고 여겼다. 그는 진작부터 아들 현감(玄感)을 이밀과 사귀게 했다. 둘은 의기가 잘 투합했고 현감이 예부상서가 된 후에도 무직자나 다름없는 이밀과 죽마고우처럼 지냈다.

"영감, 왜 그렇게 우거지상을 하고 있나?"

이밀이 방에 들어서면서 양현감을 보고 말했다. 양현감은 언제 봐도 학자풍이었다. 그는 마음이 겸손하고 성격이 결백해 군량 조달 업무를 맡고 있으면서도 한 번도 뇌물이나 부정 등으로 세간의 입에 오르내린 적이 없었다. 그의 아버지를 욕하는 사람들도 현감에 대해서는 예외였다.

"이것 좀 보게."

양현감은 아무 말도 하지 않고 자기가 보고 있던 서찰을 이밀에게 건넸다. 그것은 양제가 보낸 것이었다.

'요동성 공략이 생각보다 늦어져 군량이 바닥나 간다. 여섯 달 치 식량을 징발하여 수군장 내호아 편에 발해만 쪽으로 보내라.'

"갈 때 아홉 달 치 식량을 싣고 갔는데 그건 어떡하고 또 다시……."

양현감이 꺼질듯이 한숨을 내쉬었다.

"고구려군에게 또 뺏긴 모양이지 뭐."

이밀이 한탄했다.

"관중, 하북, 강남 할 것 없이 이제 백성들에게 남은 것이라곤 집집마다 좁쌀 몇 됫박뿐이네. 또다시 무슨 수로 거둔단 말인가? 더 이상 징발했다가는 선량한 백성들을 도적 떼가 되도록 내모는 꼴이야."

"별수 있나? 자네가 죽기 싫으면 해야지. 양제 같은 인간은 저승 사자도 빨리 안 데려가나?"

"여보게, 말조심하게."

양현감이 주의를 주었다.

"아니, 그런 인간은 빨리 죽어야 해. 이 시대에는 왜 항우와 유 방 같은 인재가 안 나타나나?"

"자네가 항우나 유방이 되어보지 그러나?"

"못 될 것도 없지. 자네가 좀 도와준다면야."

"나보고 역적모의에 가담하라고?"

"역적모의가 아니지. 황음무도하고 백성의 피를 빨며, 이기지 못 할 전쟁으로 무수한 인명을 빼앗는 자를 없애는 일이야말로 천 하를 태평케 하는 일이지."

"그게 어디 말처럼 쉽겠나?"

그러자 이밀은 목소리를 낮췄다.

"지금이 더 없이 좋은 기회네. 양제는 멀리 요동성에 가 있고, 장안을 지키는 군대라야 위문승의 부대뿐이네. 우리가 만약 거병 을 하면 천하의 호걸들이 사방에서 호응을 할 거야."

"글쎄……."

양현감은 생각에 잠겼다.

"잘 생각해 보게. 사내대장부로 태어나 할 일이 뭐겠나? 천하의 폭군을 몰아내고 만백성을 위하여 건곤일척, 거사를 하는 것이야 말로 배운 사람의 할 일이 아니겠나?"

"자, 그만. 여기는 긴 이야기를 하기에 적당치 않은 장소이니,

다음에 하세."

양현감은 대화를 멈추었다.

이밀은 원래부터 천하를 도모할 뜻이 있어 기회를 노리고 있었다. 그러나 자신과 같은 무명 인사가 전면에 나선다면, 호응도가 낮을 것을 알고, 양현감처럼 지명도가 높은 사람을 등에 업고자 했다. 이때부터 이밀은 매일 사석에서 은밀히 양현감을 만나 끈질기게 설득하기 시작했다.

"우리에게 세 가지 방안이 있을 수 있네. 첫째 방안은 고구려에 몰래 사람을 보내 협조를 구하는 일이야. 우리가 거병하여 양제의 뒤쪽을 치는 동안 고구려는 앞쪽을 공격하여 협공하자는 것이지. 그렇게 되면 양제 휘하의 군은 틀림없이 반란을 일으킬 것이고 우리에게 협조하게 될 것이니 이것이 상책이요, 중책은 장안을 점령하여 백성을 위무하고 방어를 튼튼히 하고 있으면 양제가 돌아와도 설 땅을 잃게 될 것이며, 하책은 동도 낙양을 점령하고 사방에 격문을 띄워 천하의 호걸들이 일어나 호응토록 하는 길이야."

"내 다시 백성들의 고혈을 짜내어 못 할 짓을 하느니, 위험할지언정 양제를 응징하여 천하의 본보기로 삼는 게 도리이다."

마침내 양현감은 이밀의 말에 호응하게 되었다.

그러나 방법은 세 번째 방안인 낙양을 취하기로 하였다. 그 이유는 첫 번째나 두 번째 방안은 양제의 군대와 일대 결전을 각오해야 하는데, 이쪽에는 군대를 통솔할 유능한 장수가 없을뿐더러 피폐한 백성들에게 또다시 싸움 준비를 시킨다는 게 명분이 서지 않았다. 반면, 낙양은 경비가 허술하여 취하기 쉽고 황족과 왕후장상들의 자손·친척들이 많이 살고 있기 때문에 양제가 돌아와도 함부로 공격하지 못 할 것이라는 계산 때문이었다.

양현감과 이밀이 예양에서 군사를 일으키니 유원진(劉元進)이 호응하였으며 지원병들이 구름 같이 모여들어 10만을 헤아렸다.

양제가 이 급보를 요동성에서 전해 들은 것은 6월 말이었다. 그때까지도 요동성은 끄덕도 하지 않고 버티고 있었다.

양제는 얼굴을 잔뜩 찌푸린 채 제장을 모아 놓고 대응 방도를 물었다.

우문술이 말했다.

"지금 더 이상 이곳에 있으면 사직이 위태롭습니다. 즉시 회군하여야 합니다. 다만 저희들이 후퇴할 때 고구려군이 뒤를 공격하면 엄청난 희생을 각오해야 합니다."

왕인공이 나섰다.

"소장이 1개 군을 가지고 여기에 남아 지킬 테니 폐하께서는 속히 떠나시옵소서."

"안 된다. 반란군은 벌써 유원진 등 동조 세력이 나날이 불어나는 추세이다. 귀관과 같은 장군은 돌아가야 한다. 그리고 여기 남아 고구려군에게 포위된다면 그 또한 낭패다."

이러지도 저러지도 못 하고 있는데 장수 하나가 달려왔다.

"폐하, 병부시랑 곡사정(斛斯政)이 고구려로 도망갔습니다!"

양제의 얼굴이 백지장처럼 새하얗게 변했다.

"그…… 그놈이 양현감과 한 패거리인 걸 생각 못 했군."

이제 그는 완전히 마음의 갈피를 잡지 못 하고 안절부절못하였다. 군 행정의 최고 책임을 진 대신이 적군에 투항한 이상, 적은 이제 이쪽의 상황을 손바닥처럼 들여다보게 될 것이었다.

"안 되겠다. 오늘 밤 안으로 전원 철군이다. 다만 적이 눈치 채지 못 하도록 모든 장비와 군수품, 공격용 기계들은 그대로 둔 채, 보름 치 식량과 몸만 빠져나가도록…… 신라에는 왕세의(王世儀)를 사신으로 보내어 우리의 철군을 알리고 알아서 행동하라고 하라. 즉시 시행하라."

명령을 내린 양제는 스스로도 채비를 차리기 시작했다. 고구려는 곡사정이 알려준 대로 수나라군이 머지않아 철군할 것을 짐작하고 있었다. 이튿날 수나라 진영을 보니, 워낙 엄청난 양의 물자와 장비가 고스란히 남아 있는지라 혹 함정이 있는 게 아닌가 의심하다가 추격할 시기를 놓쳐 버렸다. 뒤늦게 추격병을 보냈을 때는 대군은 이미 요하를 건너 버렸고 겨우 후군(後軍) 몇 만이 뒤쳐져 있어 이들의 일부를 섬멸하는 데 그쳤다.

한편 양현감은 양제가 생각보다 일찍 회군한 데 당황하였다. 당초 기대했던 대로 사방의 호응은 좋았으나 아직 내부적으로 전열이 전혀 정비되지 않은 상황이었다. 낙양을 공격하였으나 성공하지 못 했다. 작전을 바꾸어 다시 장안으로 향했으나 도중에 있는 홍농성(弘農城) 공격에 시간을 허비하는 사이에 양제의 대군이 들이닥쳤다. 결국 동관(潼關)에서 양제의 군대에 대패하여 양현감은 자결하고 이밀은 형양(滎讓)으로 도망갔다. 이밀은 이름을 바꾸고 숨어 지내며 재기의 기회를 노렸다.

양제는 반란 가담자들을 끌어내어 무참하게 처단하였다. 조금이라도 의심이 가는 자는 모두 죽였으며 생매장한 사람만도 3만을 넘었다. 그러나 이러한 무자비한 숙청에도 불구하고 양현감의 거사는 그 뒤 사방에서 일어난 반(反) 양제 무장투쟁의 실마리가 되는 노릇을 하였다.

이제 천자의 위엄은 땅에 떨어진 것이다.

늦가을, 백제 대목악군—

온 들녘에 오곡이 여물어 황금빛이 넘실거렸다. 그 들판의 논두렁을 부지런히 걸어가는 한 삿갓 쓴 중이 있었다. 그는 이따금 잠시 걸음을 멈추고 이곳저곳 지형을 살피었다. 아마 멀리 타지에서 온 중인 듯했다.

그는 성이 빤히 보이는 들판에 이르러서 논두렁에 주저앉았다. 그는 높은 하늘에 떠가는 구름을 하염없이 바라보았다.

웬 남자 아이 하나가 길가를 지나다 자기를 손짓하여 부르는 중을 보았다. 아이는 갈까 말까 망설이다가 그 중에게 쪼르르 달려갔다. 중은 나는 알밤 한 움큼을 아이에게 주면서 조그만 종이쪽지 하나를 내밀었다. 아이는 그 쪽지를 들고 달음질쳐 성 안으로 사라졌다.

한참 뒤 성에서 젊은 관원 하나가 아이의 손을 잡고 나타났다. 그 관원은 아이가 손가락질하는 곳을 보더니 빠른 걸음으로 중에게 다가왔다.

"아니, 큰 형님— 웬일로 여기까지?"

젊은 관원은 다름 아닌 성충이었고, 그 중은 변장한 만춘이었다.

"음, 수나라는 물러가고, 난 뭐, 휴가를 얻어 이곳으로 숨어들어 왔지."

"용하십니다. 신라 땅을 거쳐야 했을 테고…… 게다가 백제군들 기찰도 삼엄했을 텐데……."

"내가 수나라에서 첩자 노릇도 했는데 이 정도야 약과지……."

"자, 어디 가서 목이나 축이십시다."

"아니, 먼저 자옥 낭자가 있는 곳으로 좀 안내해 주겠나?"

"아, 그 일 때문에 오셨군요. 가십시다. 낭자가 놀라겠는데요."

"여기서 머나?"

"한 50리 길 됩니다. 제가 들어가서 말을 가져올 테니 잠깐 기다리십시오."

성 안으로 들어간 성충이 잠시 뒤 말 두 필을 구해 왔다.

둘은 말을 달리기도 하고 걸리기도 하며 이야기를 나누었다.

"양제가 요번엔 좀 쉽게 물러났다면서요?"

"그런 셈이지. 요동성에서만 서너 달 용을 쓰다가 물러났지."

"또 다시 쳐들어올 것 같습니까?"

"양제가 살아 있는 한 아마 그럴 것 같아. 그러나 오래는 못 가겠지."

"을지문덕 장군께서는 여전하십니까?"

"요즘 병환이셔. 위독한 상태는 아닌 모양인데……."

"고구려왕께서도 요즘 노환이 심하시다면서요?"

"자넨 멀리 떨어져서도 나보다 더 아는 게 많구만. 그래, 요즘 백제 궁중의 분위기는 어떤가?"

"그게 참 애매합니다. 지난해 수나라의 참패 소식이 들렸을 때는 이제 고구려와 동맹을 맺어야 한다고 법석이더니 요즘 그 얘기는 또 쏙 들어갔어요. 수나라 사신 왕세의가 신라를 거쳐 몰래 우리 왕을 만나고 갔다는 얘기도 들리고…… 아무튼 어정쩡해요. 빨리 고구려와 동맹이 맺어져야 큰 형님과 제가 마음대로 왔다 갔다

할 텐데⋯⋯."

"그럴 가능성이 있다고 보는가? 자넨 외교에도 일가견이 있지 않은가?"

"제가 일가견은 무슨⋯⋯ 그쪽 부서에서 일하다가 밀려났는 데⋯⋯ 아무튼 중원의 형편에 달린 문제 아니겠습니까?"

"요즘 신라하고 사이는 어떤가?"

"갈수록 나빠지고 있습니다. 저도 무엇 때문인지는 모르겠습니 다. 아무튼 작은 충돌이 끊일 때가 없어요. 이러다간 작은 형님과 제가 전쟁터에서 한판 붙을지도 모르겠습니다."

"난 벌써 지난 여름, 한판 붙었는걸."

"예엣? 그게 정말입니까? 그래서요?"

"싸우는 척하다가 말았지. 아우가 먼저 달아나 버리더군. 그래 서 싱겁게 끝나 버렸지. 그 대신 유신인가 뭔가 하는 친구가 나왔 는데 여간 빡센 친구가 아니더라고. 결판은 못 내었지. 아마 장차 백제나 고구려가 그놈의 이름을 기억해야 할지도 몰라⋯⋯."

그들이 얘기를 주고받으며, 혹은 달리며 하는 사이에 마을 어귀 에 이르렀다. 어느덧 해가 뉘엿뉘엿 넘어가고 있었다.

성충은 마을 주위를 한 바퀴 돌더니 야트막한 언덕 밑에서 말을 세웠다.

"형님, 마을 사람들이 형님 존재를 알게 되면 재미 없으니 여기 서 말을 붙잡고 계십시오. 집이 바로 이 언덕 너머에 있으니까 제 가 데리고 나오겠습니다."

성충이 사라진 뒤 만춘은 가슴을 두근거리며 기다렸다. 벌써 3 년 반. 그 사이에 그녀는 어떤 모습으로 바뀌었을까? 맹목적으로,

아니, 무모하게 여기까지 찾아온 자신을 그녀는 어떻게 생각할까?
만나면 어떻게 해야 하나?

한편 성충은 마을에 들어서자 그를 알아보는 사람들에게 인사
를 하며 자옥의 집에 이르렀다. 그는 이미 이 마을에서 낯선 사람
이 아니었다. 자주 찾아왔었고 또 오면 꼭꼭 자옥의 집에 들른 터
라 그가 자옥의 집을 찾는 것은 전혀 부자연스런 일이 아니었다.

"낭자 계시오?"

성충의 목소리에 저녁 준비를 하던 자옥이 부엌에서 나와 반가
이 맞았다.

"오늘은 늦게 오셨네요."

하며 반가이 맞았다.

"낭자, 손님이 오셨는데 같이 좀 가십시다."

"어머, 누군데요? 왜 안 모시고 오셨어요?"

그녀는 눈을 동그랗게 떴다.

"글쎄, 그럴 사정이 있어서…… 아무튼 가 보면 압니다."

성충을 신뢰하고 있던 그녀는 더 이상 캐묻지 않았다.

"옷을 갈아입어도 될까요? 보시다시피 이렇게 지저분해
서……."

"아마…… 갈아입는 게 좋을지도…… 그러나 빨리 가야 되오."

"그럼, 잠깐만 기다리세요. 금방 갈아입고 나올게요."

잠시 뒤 그녀는 산뜻하게 옷을 갈아입고 나왔다.

'역시 이 여자에게는 어딘가 고귀하고, 범접할 수 없는 자태가
있다.'

성충은 속으로 생각했다.

한걸음 앞선 성충이 마을 어귀가 아닌, 반대 방향의 언덕 쪽으로 넘어가자 자옥이 의아하게 여겼다.

"어머, 오늘은 이상한 곳으로 가시네요."

"왜? 무섭소?"

성충이 빙긋이 웃으면서 돌아다 보았다.

"장수님이 같이 계신데 무섭긴……."

그녀가 약간 가파른 곳에서 멈칫거리자 성충이 얼른 손을 내밀었고 그녀는 주저 없이 그의 손을 잡고 올라왔다. 언덕을 넘어서자 중이 말 두 필을 잡고 이쪽을 올려다보고 있었다. 자옥은 누군가 의아해 하며 조심조심 다가갔다.

이윽고 서로 얼굴을 알아볼 정도의 거리에 이르자 자옥의 얼굴이 처음에는 의심스러운 표정으로 그리고는 경악에 찬 표정으로 돌변했다.

"오빠! 만춘 오빠 맞아요?"

그녀는 와락 만춘의 품 안으로 달려들었다. 자옥은 울다가 쳐다보다가를 되풀이했다. 만춘은 말 없이 그녀의 머리칼을 쓰다듬었다. 만춘은 자옥의 손을 만져 보았다. 까칠했다.

'유구에 있을 땐 그렇게 보드랍던 손이었는데…….'

만춘은 안타까웠다.

"울지 마오. 어디 얼굴이나 자세히 봅시다."

만춘은 그녀의 얼굴을 들어 자세히 들여다보았다. 눈물로 얼룩진 얼굴이었지만 큰 눈망울, 고운 자태는 그대로 남아 있었다. 단지 소녀다운 티는 어디론가 없어지고 성숙한 처녀의 싱싱한 모습이 피어나 있었다. 하얗고 말갛던 얼굴은 햇볕에 그을려 엷은 갈색을 띠었다. 그 얼굴빛의 변화는 나라와 부모를 잃고 낯선 이국 땅에서 고생하는 한 소녀의 삶의 역정을 말해 주었다. 만춘의 두 뺨에서도 끝내 굵은 눈물이 주르르 흘러내렸다.

"가영 오빠는? 오빠는 왜 못 왔죠? 무슨 일이 있는 건 아니죠?"

그녀는 갑자기 생각난 듯 만춘을 똑바로 쳐다보며 물었다.

"염려 마시오. 오빤 지금 배들을 수리하느라 여념이 없소. 나도 사실은 아무도 모르게 숨어들어 온 거요."

그녀는 다시 만춘의 품에 얼굴을 파묻고 울었다.

한참 동안 옆에서 지켜보던 성충이 말했다.

"형님, 이럴 게 아니라 어두워지기 전에 저희 집으로 갑시다. 두 분이 얘기 나눌 일도 많을 테고……."

"그렇게 해도 폐가 안 될까?"

"폐는 무슨…… 제가 지난번에 고구려에서 신세 진 걸 갚아야지요. 오던 길로 말을 타고 가면 금방입니다."

자옥도 한 번 사양을 했으나 이내 동의하였다. 말이 두 필뿐이라 자옥이 만춘의 뒤에 앉아 그의 허리를 꼭 껴안았다.

만춘은 말을 달리며 그녀의 보드라운 팔이 그의 허리에 와 닿자 유구 시절의 추억을 떠올렸다. 그때도 그들은 이와 같은 모양으로 바닷가를 달린 적이 있었다. 그때는 세월의 험한 파도도, 전란도 모를 때였고 다만 즐겁기만 한 때였다.

'그래, 행복이란 그 안에 빠졌을 땐 느끼지 못 하고 지나가 버린다. 어쩌면 지금 이 순간도 짧지만 행복 그 자체인지 모른다. 이 표현할 수 없는 포근함, 기대감, 곧 깨어져 버릴 듯한 두려움— 이것이 곧 행복의 실체가 아닐까?

이 여자는 지금 내 등 뒤에서 무슨 생각을 하고 있을까? 나를 이성으로 여기고 있을까? 아니면 오빠로서…….'

그의 이런 생각을 아는 듯 모르는 듯 그녀는 아무 말도 하지 않았다. 그냥 얼굴과 가슴을 등 뒤에 꼭 붙인 채 조용히 있었다.

그들이 성충의 집에 닿았을 때 날은 이미 어두워졌다.

집에 이르자 종인 듯한 사내가 문을 열어 주었다. 성충은 만춘과 자옥에게 잠시 기다리라는 말을 남기고 집 안으로 사라졌다. 만춘이 언뜻 살피니, 집은 마당이 널찍하고 정면과 좌측에 높직한 기와집이 자리 잡고 있었다.

잠시 뒤, 성충의 어머니인 듯한 여인이 나타나 그들을 맞았다.

"누추하지만 들어오시지요."

만춘과 자옥은 방으로 들어가 차례로 큰절을 올렸다.

"충이에게 얘기는 많이 들었습니다. 진작 알았으면 음식을 제대로 장만했을 터인데…… 변변치 못 하더라도 상을 차려 올 테니 잠시들 기다리세요. 충아, 그동안 할머니께 인사 드리고 오너라."

모친은 말을 마치고 방을 나갔다.

그들은 건너방으로 가서 성충의 할머니에게 큰절을 올렸다. 연세가 아주 들어 보이는 할머니는 자옥을 보고 말했다.

"아이고, 곱기도 하다. 정말 고와. 충아, 너도 빨리 이런 색시 찾아 장가 들어야재."

방을 나오며 성충은 무안해서 머리를 긁적거렸다.

"노인들 관심이란 그저……."

그들은 다시 안방으로 건너왔다. 자옥은 오랜만에 대하는 품위 있는 가구들을 보자 손으로 만져 보기도 하고 뺨을 대어 보기도 했다.

'옛날 유구 집에 있던 가구들 생각이 나는가 보다.'

만춘은 마음이 안타까웠다.

벽에는 큼직한 초상화가 걸려 있었다.

"저 초상화는……?"

"저희 아버님이십니다. 재작년, 그러니까 제가 장안에서 형님을 만나던 해에 임성태자(琳聖太子: 성명왕의 셋째 아들)를 따라 왜 국으로 가셨는데 지금 그곳 백제 땅에서 부도독으로 계십니다. 저 초상화도 왜국인이 그린 것을 보내오신 것입니다. 아마 내년쯤 임 기가 끝나면 귀국하실 듯합니다."

"아, 그럼 왜국에 백제 땅이 있다는 게 정말이군?"

만춘이 눈을 크게 뜨며 관심을 보였다.

"그럼요. 왜말로 요도가와(淀川)와 야마토가와(大和川)라는 두 강 사이에 있습니다. 크고 작은 하천이 많아 물난리가 자주 일어난 답니다."

"왜왕이 어떻게 백제 땅을 안 뺏고 가만 놔두지?"

"그거야 지금의 왜왕인 스이코여왕, 그 아버지였던 비다쓰, 증 조부였던 킨메이가 모두 백제 혈통이니까 그렇지요."

"그럼, 만일 백제에 무슨 일이 생기면 왜국에서 원병이 오는 것 인가?."

"아버님 말씀으로는 왜인들도 의리(義理)라는 걸 대단히 존중 한답니다. 우리가 도움을 많이 줬으니 그들도 도움을 주려고 하겠 지요."

얘기하는 도중에 저녁상이 들어왔다.

"차린 것이 없어서 어쩌나……."

"어머님, 이만하면 제겐 진수성찬입니다. 며칠 거짓 중 행세하느라고 고기 맛을 못 보았더니만……."

만춘이 입맛을 다시었다. 상에는 술도 한 병 놓여 있었다.

그들은 식사를 하며 이야기꽃을 피웠다. 만춘과 가영이 수나라에서 노예 생활을 하다 탈출한 이야기, 전쟁 이야기 등등…… 성충이 유구 난민 마을에서 겪었던 이야기, 특히 색욕에 굶주려 자옥에게 흑심을 품었다 호되게 당하고 목이 잘린 '호태'란 자의 얘기를 했을 때는 좌중이 모두 배꼽을 잡고 웃었다.

"아, 그놈이 내가 여잔 줄 알고 내 손목을 잡고 제 그것에다 갖다 대는데 벌써 물건이 막대기처럼 빳빳이 서서……."

성충이 그때의 장면을 실감 있게 묘사하자, 그의 어머니가 말을 끊으며 주의를 주었다.

"애야, 낭자 앞에서 너무 지나치다. 그만해라."

"정말, 저뿐 아니라 여기 있는 우리 유구민들에겐 성 장수님이 은인 중의 은인이에요."

"자네가 예서 일한다는 게 천만다행이네. 내년쯤, 전쟁이 잠잠해지면 우리 국왕에게 상소를 올려 유구민들을 모두 고구려로 이주시키는 문제를 백제와 협의토록 할 작정인데 백제에서 잘 협조를 할지 모르겠군."

"제가 그때 가서 힘자라는 데까지 돕겠습니다. 아버님께서 그때까지 왜국에서 돌아오시기만 하면 일이 훨씬 쉬워질 텐데……."

잠시 뒤, 성충이 화제를 돌렸다.

"낭자, 이왕 형님께서 먼 데까지 오셨으니 한 사흘 이 근방 경치 좋은 곳에서 소풍이나 하는 게 어떻겠소. 나도 관아에 휴가를 내겠소. 두 분께서 나 없이 오붓하게 지내시는 것도 좋겠지만 형님의 안위 때문에 아무래도 내가 곁에 있어야겠소."

"그러고는 싶지만 밭일이 밀려서……."

자옥은 사양하며 만춘의 표정을 살폈다.

"그 점은 염려 마시오. 낭자가 함께 기거하는 사람들에게 미안해서 그런 모양인데, 내 힘센 장정 둘을 보내 사흘 동안 밭일을 거들라 할 테니…… 그럼 낭자 혼자서 엿새 일하는 것보다 훨씬 나을 거요."

"나 때문에 아우에게 큰 지장을 주는 것 같네."

"제가 고구려에 있을 땐 더 큰 신세를 졌는데 뭘 그러십니까?"

성충의 모친도 한껏 호의를 베풀었다.

"두 분께선 여기를 집이라 생각하고 아무 괘념 말고 편히 지내십시오."

만춘은 거듭 사례를 하였다.

그들은 자정이 지나도록 이야기 꽃을 피웠다. 이윽고 성충 모친의 권유로 잠자리에 들 채비를 하는데 성충이 불쑥 말했다.

"형님과 손 낭자의 침소는 바로 옆방에 마련하였습니다."

자옥은 고개를 숙인 채 조용히 있었으나 만춘은 얼굴이 벌겋게 되었다.

"아우, 그 무슨 말을…… 낭자와 나는 아직 그런 사이가 아닐세. 어떻게 한방에서 같이 자나?"

술이 얼큰하게 오른 성충은 끝까지 우겼고 만춘은 거절을 하면서 실랑이를 벌였다. 이를 보던 성충의 모친이 점잖게 타일렀다.

"충아, 그럼 못 쓴다. 당사자들이 굳이 원하지도 않는데, 혼례를 아직 치르지도 않은 사이에 어찌 남녀유별을 가리지 않을 수 있겠느냐? 잠자코 형님 말씀을 따라라."

"에이, 참. 나도 고지식하단 소릴 듣는데 형님은 나보다 몇 배는 더 하우. 할 수 없지. 형님은 저하구 잡시다."

성충은 고집을 꺾었다.

만춘은 실로 오랜만에 부드러운 비단 금침 속에 잠들게 되었다. 막상 잠자리에 누워 생각해 보니 차라리 못 이기는 척하고 자옥과 같은 방에서 잘 걸 하는 마음도 없지 않았다.

그로부터 사흘 동안 만춘은 오래 기억에 남을 행복한 시간을 보냈다. 성충과 웅진성(熊津城)까지 가, 백마강에서 고기를 잡아 자옥이 끓여 주는 찌개를 안주로 술을 마시기도 하고, 자옥의 손을 잡고 달밤에 공산성(公山城)에 오르기도 하고, 아늑한 숲 속을 함께 거닐기도 하였다.

'전쟁과 평화, 그것은 얼마나 삶의 극과 극의 모습인가? 인간은 왜, 무엇을 위해 전쟁을 하는가?

만춘은 밑도 끝도 없는 질문을 스스로 해 보았다.

'그래, 결국은 욕심이 전쟁을 부르는 거다. 왕이나 황제가 더 큰 영토를 차지하려는 욕심, 후대 역사에 이름을 남기려는 욕심이 전쟁을 부르고, 그 밑에서 부귀공명을 이루려는 장수들이 앞장을 선다. 왜 인간은 한 이성, 한 가정에 만족을 못 하는 것일까? 전쟁은 침략자를 방어하기 위해서만 해야 하지 않을까? 아니다, 도탄에 빠진 백성을 해방하기 위해서도 명분이 된다. 해방전쟁? 그러나 후대에 이 명분을 함부로 쓰는 지배자가 얼마나 많이 나타날 것인

가……'

그가 고구려로 떠나는 날, 울음을 그치지 않는 자옥의 어깨를 조용히 쓰다듬으며 만춘이 달랬다.

"낭자, 내년 이맘때, 꼭 다시 오리다. 그땐 꼭 고구려로 데려갈 준비를 해 올 테니 참고 기다리시오."

이듬해 2월, 장안—

양제가 다시 고구려 원정 문제를 꺼냈다. 며칠 동안 대신들 가운데 누구 하나 입을 여는 자가 없었다. 속으로는 하나같이 말도 안 되는 소리라고 생각하지만, 이제 더욱 광포해진 양제의 심기를 건드릴까 봐, 함부로 말 꺼내기를 두려워하였다. 오직 태사령(太史令) 유질(庾質)이 반대하였다.

"백성이 너무 지쳤으니 이들을 진무하고 4~5년 간 농사에 힘써 사해가 풍요로워진 연후에 널리 살피시옵소서."

양제는 대노하여 즉시 하옥시켰다가 며칠 후 죽였다.

마침내 양제는 또다시 조서를 내렸다.

'짐의 덕이 사해에 미쳐, 우러러 받들지 않는 나라가 없는데 유독 고구려만이 칭신을 거부하고 중화를 우습게보고 있다. 이를 내버려 두면 다른 나라에도 나쁜 선례가 되어 장차는 모두들 우리를 두려워하지 않게 될 것이다. 내, 누차에 걸쳐 이를 징계하려 하였으나 불운이 계속되어 이루지 못 하였다. 이번에는 기필코 그들 왕의 목을 베어 와 조당에 제사 지내려 한다.'

그래도 설마 하던 출병 명령이 떨어지자, 불가함을 말하는 상소가 줄을 이었다.

건절위(建節尉) 임종(任宗)이 조당에 엎드려 극간하자 양제는 그 자리에서 그를 곤장으로 쳐 죽였다. 또 봉신랑(奉信郎) 취면성이 건국문에서 표를 올려 간하다가 참수 당하였다. 출병 행렬이 기수(淇水)에 이르렀을 때, 왕애인(王愛仁)이 표를 올려 장안으로 돌아가도록 간청하다가 역시 목이 달아났다.

7월에 회원진(懷遠鎭)에 이른 양제는 각 지방에서 모으도록 지시한 병력 100만 명이 도착하기를 기다렸으나 모인 숫자는 그 절반도 되지 않았다. 양제는 이러지도 저러지도 못 하고 엉거주춤하여 기다리고만 있었다.

그 사이 내주(萊州)를 출발한 내호아는 수군을 거느리고 요동반도의 끝, 비사성(卑奢城) 부근에 상륙하여 북동쪽으로 진군했다.

제1차 침공 때 바로 평양에 가까운 패수 쪽으로 갔다가 호된 봉변을 당한 그는, 이번에는 요동반도로 상륙하였다가 서쪽에서 본군이 요하를 건너오면 합류하여 같이 동진(東進)하기로 결정한 것이다.

꼭대기에 서면 멀리 서쪽으로 바다가 아스라이 보이는 석붕산(石棚山) 자락, 안시성에서 서남쪽으로 200리 떨어진 지점—

5천 명의 군사를 숲 사이에 숨긴 만춘은 초조한 마음으로 주위를 살폈다. 그가 받은 임무는 서쪽으로 진출할 것으로 예상되는 적의 대군을 그냥 통과시키고 난 다음, 적이 아군의 주력에 밀려 후퇴할 때 멀리 건너편에서 매복 중인 다른 아군 부대와 함께 적을 포위하여 무찌르는 것이었다. 그런데 이번 작전은 어쩐지 그의 마음에 썩 내키지 않았다. 그의 전공은 기마병인데 이번에는 보병을 거느리고 매복 작전을 하게 된 것이다.

'하긴, 큰 장수가 되려면 보병 작전도 경험해 봐야지.'

애써 자신을 다독어 보았지만 기분이 찜찜하기는 마찬가지였다. 또 하나, 만춘의 마음을 불안하게 한 것은 그가 이번에 처음으로 독립부대 전체를 책임지고 작전의 일부를 맡았기 때문이다. 지금까지는 늘 중간책임자였고 상관을 모시고 명령을 받아 수행하는 일만 해 왔었다. 그런데 막상 그의 결정 하나에 수천 명의 목숨이 왔다 갔다 한다고 생각하니 여간 중압감이 오는 게 아니었다.

그들이 숨어 있는 숲과 적들이 지날 것으로 예상되는 들판 사이에는 사람의 키를 훨씬 넘는 갈대숲이 펼쳐져 있었다. 그는 들판까지 나아가서 그쪽에서 아군 병사들의 숨은 모습이 혹시 보이지나 않나 유심히 살폈다. 다행히 들판에서 보면 갈대밭 끝 쪽에 솟은 야트막한 언덕이 아군의 숨은 곳의 대부분을 가려 주고 있었다.

'그러나 내가 적장이라면 최소한 저 무성한 갈대밭에 복병이 숨어 있지 않을까 살필 것이다.'

생각이 여기에 미친 만춘은 다시 갈대밭까지 가서 숲 속을 바라보았다. 역시 좌측과 우측 끄트머리에서 병사 몇 명이 왔다 갔다 하는 모습이 보였다.

'안 되겠다. 좌측 끝과 우측 끝의 병사들을 잘라 뒤로 좀더 길쭉하게 배치해야겠다.'

만춘은 숲 속으로 돌아와 병사들을 좀 더 깊숙이 후퇴시켰다. 좌우측에 배치된 군사들을 뒤로 돌리는 한편, 앞쪽에 있는 병사들은 나뭇가지와 풀숲으로 위장을 하도록 했다. 척후가 돌아와서 적이 약 반나절 뒤에 이곳을 통과할 것이라는 보고를 했다. 만춘은 병사들에게 연기를 내지 말고 서둘러 아침 식사를 할 것을 명령했다.

그들이 식사를 끝내고 낮은 목소리로 한참 잡담을 하고 있을 즈음, 적의 척후병들이 나타났다. 만춘은 일체 잡담과 동작을 중지하라는 신호를 내린 다음 조용히 그들을 주시하였다. 10여 명의 척후병들이 말에서 내려 들판을 거쳐 서서히 전진하였다. 그 가운데 세 명이 갈대밭 쪽을 손가락질하면서 한데 모여 다가왔다. 만춘의 가슴이 두근거렸다. 적군이 서 있는 지점은 만춘이 조금 전에 아군의 위장 상태를 점검하던 바로 그곳이었다. 만춘은 적들이 더 이상 접근하지 않기만을 바랐다. 갈대밭까지 온 그들은 저희들끼리 뭔가 지껄이더니 숲 쪽을 잠시 바라다보았다. 만춘은 숨소리마저 죽였다. 그들이 거기서 몇 발자국이라도 더 이쪽으로 다가오면 화살을 날릴 생각으로 화살집에 손가락을 갖다 댔다. 그러나 그들은 거기서 도로 말을 타고 사라졌다. 만춘은 이마에 흐르는 땀을 닦았다.

한참 뒤에 웬 늙수그레한 농부와 자그마한 아이가 소를 타고 고구려군이 잠복한 바로 앞을 지나가며 이쪽을 힐금힐금 쳐다보았다. 병사 하나가 그들을 보고 아무 소리 말고 빨리 지나가라고 손을 내저었다. 마침내 그들도 사라졌다.

"대사자님, 아까 그 농부와 아이를 싸움이 끝날 때까지 붙들어 둘 걸 그랬어요."

부장이 만춘에게 말했다.

"왜?"

"그들은 적이 보낸 관측병일 수도 있잖아요?"

"글쎄……."

말은 그렇게 했지만, 만춘도 사실은 같은 생각을 하고 있던 참이었다.

잠시 후, 과연 적의 대부대가 들판에 나타났다. 고구려군이 빤히 숨어 내려다보고 있는 가운데 수나라군은 곧바로 앞으로 진군했다. 약 10열의 병력이 한 식경에 걸쳐 그들 앞을 통과하였다. 족히 5만이 넘는 병력이었다. 그들이 시야에서 사라지자 만춘은 본부에 전령을 보내는 한편 적이 완전히 사라졌는가를 확인한 뒤에, 예하 군사들을 급히 갈대밭으로 옮겨 숨겼다. 창병들을 들판에 가까운 앞줄에 두고 그밖에는 모두 칼을 빼어 들고, 엎드린 채 적이 후퇴해 오기를 기다렸다.

과연 두어 시간 뒤 북쪽에서 밀려오는 적병들의 소란스런 소음이 들렸다. 만춘의 병사들은 뛰어나갈 태세를 갖추고 적들이 오기를 기다렸다. 그런데 갑자기 들 쪽에서 화살이 비 오듯 쏟아지기 시작했다. 이곳저곳에서 병사들의 비명이 들렸다.

'아차, 당했다!'

순간 뒤쪽에서도 화살이 날아왔다. 창이며 칼을 쓸 기회는 전혀 오지 않았다. 배후 공격까지 당하였다. 당황한 만춘이 산 쪽으로 후퇴를 하려고 살펴보았다. 어느새 거기서도 적병들이 새카맣게 몰려들고 있었다. 설상가상, 적들이 쏜 불화살이 갈대밭에 붙어 연기가 올랐다. 적들의 함성과 꽹과리 소리가 사방을 채웠다.

손을 쓰기에는 너무 늦었다. 이제 남은 길은 전멸하느냐 항복하느냐 두 가지 길밖에 없었다. 만춘은 항복하는 길을 골랐다. 이미 병사들 절반이 시체로 변해 있었다.

이 날 내호아는 고구려군보다 세 갑절 이상 되는 병력을 세 갈래로 나눠 진군시켰다. 중앙으로 진출한 군은 고구려군의 주력을 전면에서, 좌우에서 진출한 군은 고구려군의 좌우에서 그리고 중앙군의 일부와 좌우군의 반을 후방에 매복한 고구려군을 배후에서 공격하는 방법— 말하자면 고구려군의 포위 작전에 절대적으로 우세한 병력을 동원, 역포위하는 전법을 구사했다. 고구려군은 꼼짝없이 이 전법에 걸려든 것이다.

이에 따라 후방에 매복하였던 만춘과 다른 병력 절반은 포로가 되고, 전면에 있던 본군은 약 1만의 전사자를 내고 건안성으로 후퇴하여 성문을 닫고 방어에 치중하였다. 내호아도 그 이상 전진을 않고 양제의 본군이 요하를 건너오기만을 기다렸다.

전선은 소강상태로 접어들었다.

이즈음 지난해 고구려로 넘어왔던 수나라 병부시랑 곡사정이 영양왕에게 알현을 청했다.

그는 1년 남짓 고구려 조정에 있으면서 국정을 눈여겨보았다. 그는 영양왕과 양제를 비교해 볼 수 있었다. 양제의 독선적 방식에 견주어 영양왕은 신하들의 의견을 충분히 귀 기울여 들은 뒤에 결정을 내리는 유형이었다. 양제는 만백성 위에 군림하여 자신을 태양과 같이 받들기를 바라지만 영양왕은 백성들의 어려움이 뭔가, 그들은 조정을 어떻게 생각하고 있나를 늘 알려고 하였다. 양제가 호화로운 것을 좋아하고 호탕한 것을 즐기지만 영양왕은 검소하고 밥상에 오르는 반찬까지 줄이라고 하는 지경이었다. 양제는 거창한 사업, 후세 역사에 길이 남을 위대한 사업을 벌이기를 좋아하였으나 영양왕은 빈민구휼, 조세의 공정한 부과 등 눈에 보이지 않는 일에 언제나 관심을 가졌다. 장안에 있을 때 수시로 양현감과 술잔을 기울이며 울분을 삭이던 곡사정은 고구려에 온 뒤로 영양왕을 남모르게 흠모하여 왔다.

'중원에서 태어났다면 충분히 전하를 태평하게 하고도 남을 인물이다.'

영양왕에 대한 곡사정의 평가였다. 곡사정은 중국에서 그의 인품을 존경하여 따르는 사람이 많았다. 고구려로 온 뒤에도 양제의 감시를 무릅쓰고 그에게 여러 경로로 각종 소식을 알려 오는 사람이 있었다. 그는 고구려에 있으면서도 중원의 형편을 훤히 읽고 있었다.

영양왕 앞에 나아간 곡사정은 입을 열었다.

"소인이 고구려에 의탁한 이래 그간 아무 하는 일이 없음에도 전하의 배려로 혼자 편히 지내니 황송하여 몸 둘 바를 모르겠습니다. 수나라에서 알려 오는 소식에 따르면 중원은 이미 도처에서 혁명을 외치며 거병하는 의사들과 학정에 못 이겨 도적으로 변한 양민들이 벌떼처럼 일어나 수습할 수 없는 지경에 이르렀다 하옵니다. 이제 양제가 버틸 수 있는 기간은 얼마 남지 않았다고 사료됩니다.

그럼에도 양제는 회원진에서 수십만 군사를 모아 놓고 고구려를 친다고 큰소리입니다. 이들은 이미 오합지졸의 잡병들로서 고구려의 힘으로 충분히 물리칠 수가 있사오나, 단지 그 바람에 요동의 백성들이 겪어야 할 고초가 이만저만이 아닌 줄 아옵니다. 양제가 큰소리치는 것은 자신도 이기지 못 할 것을 뻔히 알면서 단지 오기로 버티는 것 뿐입니다. 소인이 생각하기에 지금 만일 고구려에서 화의를 청하여 양제의 체면을 세워 주기만 한다면 양제는 금방 병사들을 거두어 갈 것입니다. 그런 연후에는 힘으로 밀어붙일 필요 없이 가만히 두어도 양제는 사방에서 일어나는 백성들 손에 자멸할 것임이 분명하옵니다. 싸워서 이기는 것보다 싸우지 않고 편히 이기는 법이 상책이 아닌가 하옵니다. 만일 전하께서 사신을 보내실 뜻이 있으시면 소인이 동행하여 양제를 힘껏 설득하여 군사를 거두게 함으로써 그동안 입은 은혜에 보답할까 하옵니다."

곡사정의 제안에 잠시 생각에 잠겨 있던 영양왕은 고개를 가로저었다.

"그건 안 될 말씀이오. 경이 하는 이야기는 모두 지당한 이야기이오. 그러나 경이 양제에게 돌아간다면 죽임을 당할 것이 뻔한 일인데 짐이 어찌 경을 사지로 보낸단 말이오? 우리 사신만을 보내어 휴전을 꾀하고, 아울러 경의 식솔들을 이곳에 보내 주도록 교섭할 터이니 이곳에서 여생을 보내는 게 어떻겠소?"

곡사정은 더욱 감복했다.

'아, 이 분의 인품이야말로 전조의 소열제(昭烈帝=중국 삼국시대 촉한의 황제 유비)에 견줄 만하다. 다시 태어난다면 이런 왕을 모시고 일하고 싶다.'

"저 때문이라면 괘념치 마십시오. 양제가 저를 죽일 수도 있겠으나 그렇지 않을 수도 있습니다. 제가 따로 수집한 정보에 따르면 지금 양제는 물자 조달 책임을 맡았던 양현감과 병부를 맡았던 소인이 동시에 빠지자, 일이 엉클어져 곤욕을 치른다고 합니다. 이번에 각처에서 징집한 병사들이 반도 모이지 않자 측근에게 '그래도 곡사정이 이런 일은 잘했는데…….' 라고 했다고 합니다. 즉, 아직까지는 제가 그들에게 이용할 가치가 있다는 뜻입니다. 설령 죽는다 한들, 한 사람의 목숨으로 수십만 군사들과 뭇 백성들의 목숨과 살림을 건진다면 어찌 망설일 일이겠습니까?

고구려 사신만을 보내는 것도 방법일 수는 있겠습니다. 하지만 양제는 체면과 위엄에 크게 신경을 쓰는 인물입니다. 그런 터라, '사신이 화의를 청하여 회군했다' 로는 부족하고 '도망쳤던 곡사정도 나에게 도로 왔노라' 정도가 되어야 양제의 체면이 설 거라는 뜻입니다. 원컨대 소인의 청을 허락하여 주십시오."

마침내 영양왕은 그의 뜻을 허락했다.

"경이야말로 국경을 초월한 의인 가운데 의인이오."

영양왕은 곡사정을 칭찬하며 떠나기 전날, 특별히 송별연을 열어 주고 친히 어주(御酒)를 따라 주면서 아쉬워했다. 곡사정은 감격의 눈물을 흘리었다.

곡사정과 고구려 사신은 회원진에 이르러 양제 앞에 나섰다. 아니나 다를까 양제는 얼굴이 시뻘게지며 곡사정을 보고 소리쳤다.

"네 이놈, 뻔뻔스럽게 무슨 낯짝으로 내 앞에 다시 나타났느냐? 저놈을 당장 끌어내어 모가지를 베어라!"

황제의 불호령에 시위 군사들이 그를 끌고 나갔다. 그러자 곡사정과 친했던 한 대신이 나섰다.

"폐하, 곡사정이 멋대로 달아났던 죄는 벌주어 마땅합니다. 허나, 당초 그가 도망친 것은 모반의 뜻이 아니라 평소에 양현감과 친했기 때문에 지레 겁을 먹은 때문입니다. 애초에 모반에 뜻이 있었다면 양현감과 같이 장안에 남으려 했을 것입니다. 지금 고구려의 사신을 데리고 온 것도 그가 고구려왕을 설득시킨 덕분이라 사료되온즉 어찌 공이 전혀 없다 하겠습니까? 원컨대 극형만은 면하게 해 주시옵소서.”

뒤이어 다른 장수가 나섰다.

“폐하, 지금 저희들로서는 장수 하나, 대신 하나가 아쉬운 형편입니다. 병부에 관한 한 곡사정만큼 해박한 지식을 갖춘 사람이 없습니다. 그가 병부시랑에 있을 때는 일을 물 흐르듯 말끔하게 다루었던 점으로 미루어 아직도 그의 능력을 필요로 할 일이 많다고 생각되옵니다. 처벌하실 일은 뒤로 미루시고 당장 일을 맡기는 게 우선이라 생각되옵니다.”

양제는 못 이기는 체했다.

“목숨은 살려주고, 우선 고구려 사신 이야기나 들어보자.”

처형장까지 끌려가 칼을 받기 직전에 있던 곡사정은 겨우 목숨을 건졌다.

‘이제 고구려도 오랜 전란에 지쳐 평화를 원하는 바이며 왕이 직접 와서 황제와 회담을 하는 것이 옳겠으나, 지금 왕은 노환이 겹쳐 움직이기 힘드니 양해해 달라.’

고구려 사신이 전한 국서의 내용이었다.

양제는 휘하 군사가 제1차 침공 때의 절반도 되지 않음에 의기소침하여 철군할 핑계만을 찾고 있던 차에, 고갈가 화의를 청해 온 것은 울고 싶을 때 뺨 때려 주는 격이었다. 양제는 한참 생각하는 척하다가 사신에게 물었다.

"그럼 그대가 나와 함께 장안으로 가 줄 수 있겠소?"

양제는 이제 철군할 뜻을 굳힌 만큼 고구려 사신과 곡사정을 선전용으로 이용할 계획이었다. 사신은 고구려에서 출발하기 전에 곡사정과 양제와의 담판에 대해 충분히 연습까지 마친 상태라, 양제의 이런 속셈을 뻔히 알고 대답했다.

"완전히 철군하신다면 어딘들 못 따라 가겠습니까?"

양제는 기뻐하며, 전령을 먼저 장안으로 보내 다음 달 안으로 개선할 테니 환영 행사 준비를 하라고 지시하였다. 동시에 장사(長史) 위숙을 건안성 부근에 주둔하고 있던 내호아에게 보내 즉시 돌아오라는 명령을 내렸다. 그러나 위숙이 이 명령을 전달하자 내호아는 엉뚱하게 딴청을 부렸다.

"이제 나 혼자 가도, 평양을 공략할 수 있는 판인데 군사를 돌이키라니 무슨 말이오? 난 그 말을 못 믿겠소. 내가 다시 사람을 보내 황제께 표를 올릴 터인즉 그때까지 기다리시오."

내호아의 이 허풍에 위숙은 기가 막혔다.

"황제는 이미 회원진을 떠나셨소. 어디로 표를 올리겠다는 말이외까?"

"그럼, 나중에 장안에 도착하시면 표를 올리겠소."

"그때까지 여기 있겠다는 거요?"

"그렇소."

그제야 위숙은 내호아의 의도가 짐작이 갔다. 이미 중원이 소란해져 반란이 여기저기서 터지자, 음흉한 내호아는 양제가 장안에 다다르는 모양을 보아 가며 여차하면 그도 황제를 칭하여 고향 강도에서 진(陳)의 부흥이라는 기치를 내걸고 대권에 도전할 뜻이 있었던 것이다.

위숙은 섣불리 다루어서는 안 되겠다고 느꼈다. 그는 내호아 휘하의 장수들을 전부 불러 모아 양제의 철군 명령을 전하고는 만일 어명을 어기는 자가 있으면 지위 고하를 막론하고 귀국한 뒤에 엄벌에 처할 것이라고 선포하였다. 부하들은 위숙의 말을 따랐다. 그제야 할 수 없이 내호아는 철수를 서둘렀다.

그로부터 얼마 뒤, 만춘을 비롯해 요동에서 포로가 된 고구려 병사들은 수나라 배에 태워져, 엄중한 감시를 받으며 수나라 동래성에 도착했다. 만춘은 3년 전 그가 탈출했던 길을 고스란히 되돌아와, 두 번째로 포로 신세가 된 셈이었다.

양제는 자신의 고구려 원정 실패를 숨기고자 대대적인 대민 선전공세를 펼치면서 포로들을 십분 활용하였다. 그는 장안에 있던 백성과 문무백관으로 하여금 성대한 개선대회를 열게 하고 자신은 호화찬란한 행렬의 맨 앞장에 서서 위세를 떨치며 행진하였다. 이어서 원정에 참가한 장수들과 기마대가 위풍당당하게 따르고 그 뒤를 쇠사슬에 묶인 채 흙먼지 투성이인 남루한 차림의 5천여 고구려 포로들이 거의 맨발로 걸으며 지치고 야윈 모습으로 따랐다.

만춘과 고구려 포로들은 사흘 동안 동서 30리 남북 25리의 장안성 골목골목을 누비며 구경꾼들의 노리갯감이 되었다. 구경꾼들 가운데 철없는 아이들이 심심찮게 달려와 발로 차기도 하고 얼굴에 침을 뱉기도 하였지만 수나라 호송병들은 못 본 척 내버려 두었다.

그런 수모를 당한 뒤에 포로들은 곳곳으로 흩어졌다. 포로들은 지난번처럼 강제노역장으로 집단 수용되지는 않았다. 그럴 시설도 없었다. 세 차례에 걸친 전쟁에서 생긴 고구려 포로는 1만을 훨씬 넘었는데 그 이전에 유구·서역 등지에서 온 포로 숫자도 상당하였다. 그런 연유로 이번에는 포로들을 각 지방에 나누어, 지방관의 관리 아래 두기로 한 것이다.

만춘을 비롯한 약 500여 명의 포로들은 홍화군(弘化郡) 유수(留守)인 이연(李淵)에게 보내졌다.

고구려군 포로들이 이연에게 인계된 다음 날. 이연은 직접 포로들 앞에 나타나 엄포를 놓았다.

"너희들은 절대 도망칠 생각을 하지 말라. 만일 탈출을 시도하다 발각되는 자는 그 자리에서 목을 자를 것이며, 한 사람이라도 도망자가 생기면 500명 전원을 죽이겠다. 그 대신 맡은 바 일을 열심히 하는 사람들은 해마다 100명씩 골라 고구려로 돌려보내겠다. 나는 약속은 꼭 지키는 사람이다."

만춘은 이연이라는 사람이 범상한 인물이 아님을 깨달았다.

포로들에 배당된 일은 주로 사람들이 꺼리는 더러운 일, 위험한 일, 어려운 일들이었다. 만춘 등 30여 명은 마구간 청소와 말 돌보는 일을 맡았다. 일은 힘들었으나 먹는 것, 입는 것 등은 넉넉히 나왔으므로 포로들은 나름대로 꽤 열심히 일을 했다. 만춘은 원래 말 타는 일을 즐기던 터라, 청소하는 짬짬이 감시병이 안 보는 틈을 타 말 타는 일로 고달픈 일과 속에서 위안을 얻고는 했다.

하루는 동궁부(東宮府)의 관리 위징(魏徵)이라는 사람이 말을 한 마리 끌고 왔다. 소문에 그는 이밀(李密)의 서기관으로 있다가 도망하여 이연 밑으로 왔다고들 했다.

"이 말은 돌궐 추장이 타던 말인데 건성(建成: 이연의 큰아들) 도령에게 드렸더니 사나워서 도저히 못 타겠다고 한다. 다룰 때 각별히 조심하라."

그 말은 털이 까맣게 윤이 나는 암말이었다. 키가 높고, 입 안에 붉은 빛이 나며, 귀 털은 한 자 정도 되고, 귀의 길이가 한 촌이 되었으며, 굽은 닭의 발톱 같았고, 눈은 붉었는데 눈시울이 뒤집어졌으며, 오줌을 눌 때에는 개처럼 한 다리를 들고 누었다. 만춘은 보통 말이 아님을 한눈에 깨달았다. 이튿날부터 길을 들여 마침내 자유자재로 탈 수 있게 되었다. 그러나 다른 사람이 타면 말은 사납게 뛰어오르고 뒷굽을 차며 허리를 흔들어 떨어뜨렸다. 이 바람에 그 말은 사실상 만춘의 차지가 되어 만춘은 그에게 흑룡이라는 이름을 붙였다. 위징은 만춘이 말을 잘 다루는 것을 보고는 말했다.

"자넨 틀림없이 기마병 출신이군."

그는 만춘에게 앞으로 잡일은 하지 말고 말 조련 하는 일과 관리하는 일만 하라고 지시하였다. 만춘은 어느덧 수나라 병졸들 사이에서 말 노비, '마여우(馬友)'라는 별명을 얻었고 나중에는 그것이 본명 같이 되었다.

지나친 고구려 원정으로 거덜이 난 수나라는 더 이상 기력을 되찾지 못 했다. 곳곳에서 내란이 일어나고 국경 밖에서는 묘족(苗族)이 먼저 군사를 일으켰으며 잠잠하던 돌궐이 만리장성 남쪽을 넘보았다. 조정의 명령은 지방에 잘 먹혀들지 않았고 황제의 조칙조차 업수이 여기는 일이 많았다.

이 혼란을 틈타 갑자기 떠오른 인물이 이연이었다. 일찍이 양제

는 이종 사촌이기도 한 그를 가까이 두고 중히 쓰고 싶었다. 그러
나 당시 유행한 도참설에,

'심수(沈水) 황양(黃楊)을 빠지게 한다.'

는 말이 마음에 걸려 그를 홍화군 유수로만 임명했다. 심수, 즉
깊은 물은 못(淵)을 이르고, 황양의 양(楊)은 수나라 왕조의 성이
므로 , 깊은 못이 황양을 빠지게 한다는 것은 곧 이연이 수나라를
멸망시키는 것으로 해석할 수도 있었던 까닭이었다.

이연은 이것을 알고 술을 퍼마시고 주정을 하거나 아무 여자나
가까이 하는 등 품행이 나쁘다고 소문을 내어 양제의 경계심을 누
그러뜨렸다. 실제로 이혼(李渾)이라는 사람은 아무 죄 없이 양제
의 의심을 받아 일족과 일당이 모두 죽음을 맞았다. 그만큼 당시에
는 이(李) 씨 성을 가진 사람이 수나라를 멸망시키리라는 유언비
어가 엄청나게 돌아 양제는 거의 신경쇠약중에 걸릴 지경이었다.

그러나 중원 북부 지역 여러 곳에서 도둑 떼가 극성을 부리자
양제는 할 수 없이 이연을 하동 · 산서 지방의 무위대사(撫慰大使)
로 임명하고 관리를 마음대로 임면할 수 있는 권한까지 주었다. 이
연은 도둑 진압에 큰 공훈을 세우고, 주민들을 간편하면서도 너그
럽게 다스렸으므로 그의 성가(聲價)는 점점 높아갔다.

어느 여름 날, 말먹이로 쓸 풀을 베어 말리느라 녹초가 된 만춘은
잠시 낫을 팽개쳐 놓고 인근 숲 속에 들어가 큰 대 자로 드러누워
잠을 청했다. 그런데 숲 속에서 "앗, 엇" 하는 기합 소리가 간간이
들려왔다. 만춘은 궁금중을 이기지 못 하고 슬금슬금 소리 나는 곳
으로 가 보았다. 열두어 살쯤 되어 보이는 소년이 소나무 가지에다

막대기로 칼 쓰는 시늉을 하고 있었다. 만춘은 자신의 어린 시절을 돌이켜보고는 귀여운 생각이 들어 옆으로 다가가 말을 걸었다.

"애야, 칼은 그렇게 쓰는 게 아니다. 이 아저씨가 가르쳐 줄까?"

그 소년은 만춘의 아래위를 한번 흘겨보더니 아무 말 않고 만춘을 향해 칼을 쓰듯 막대기를 휘둘러댔다. 만춘이 웃으며 이리저리 피하다가 막대기를 쥔 소년의 손목을 잡고는 막대기를 빼앗았다.

"자, 봐라! 검은 이렇게 쥐어야 한다."

그는 마침 날아가는 벌 한 마리를 쳐서 떨어뜨렸다. 소년은 금방 검술을 가르쳐 달라고 졸랐다. 그때부터 소년은 매일같이 만춘이 다듬어 준 목검으로 열심히 검술을 익혔다.

얼마 뒤 한 중년 장수가 마구간으로 와 마여우를 찾았다.

"나는 이정(李靖)이라고 하오만, 그대가 마여우요?"

만춘이 그렇다고 하자 그는 껄껄 웃었다.

"내 생전에 마수(馬叔: 말을 잘 다루는 사람을 이르는 존칭)라는 말은 들었어도 마여우(馬友: 말친구)라는 말은 처음 들었소. 어디 가서 술이나 한잔합시다."

이정은 이름 있는 장수였다. 만춘은 내키지 않았으나 마지못해 따라나섰다.

술집에 있던 사람들은 높은 벼슬아치가 후줄근한 노비 차림의 사내와 대작하는 것을 보고는 호기심 어린 눈빛을 보내었다. 이정은 개의치 않고 자신과 만춘의 잔에다 술을 그득 부었다.

"자, 한잔합시다!"

이정은 단숨에 잔을 비웠다. 만춘이 따라서 비우자 그가 말을 꺼냈다.

"객지에서 노비 살이하기가 많이 힘들지요?"

만춘은 그냥 어깨만 움칠했다.

"실례지만, 고구려에 있을 때 벼슬은 뭐였소?"

"그건 말할 수 없소. 지금은 그냥 포로일 뿐이오."

만춘이 무뚝뚝하게 대꾸했다.

"아, 그렇군. 내가 실언했소. 어쨌든 우리 아들에게 검술을 가르쳐 줘서 고맙소."

상대가 이 말을 했을 때에야 만춘은 '아, 그 아이의 아버지로구나' 하는 생각이 들어 고개를 끄덕였다. 그러고 보니 얼굴이 닮은 구석이 있었다.

"오늘 아침에 선임병사 하나와 우리 아들놈이 목검으로 시합을 하는데 병사가 쩔쩔매는 거요. 처음에는 장난으로 져 주는 줄 알았지. 그런데 자세히 보니 그게 아니야. 진짜로 쩔쩔매고 있었소. 저 놈이 언제 저렇게 고단수의 검술을 익혔나 궁금하기 짝이 없었소."

이정은 생각할수록 유쾌한 듯 연방 웃었다. 만춘은 묵묵히 권하는 잔만 비웠다. 술이 대여섯 번 오간 뒤에 이정이 말했다.

"마 선생, 이러면 어떻소? 내일부터 그 고단한 마구간 치다꺼리는 고만두고 우리 병사들 검술 지도를 좀 해 주지 않겠소? 대우는 장교 수준으로 해 주겠소."

침묵을 지키던 만춘은 정색을 하며 응수했다.

"그건 안 될 말씀이오. 나는 포로 신분이지만 엄연히 고구려 군인이오. 어떻게 적병들에게 검술을 가르치는 이적 행위를 할 수 있단 말이오? 댁의 자제를 지도한 것은 심심풀이였을 뿐이오."

이정은 고개를 끄덕였다.

"그렇게 나오리라 내 짐작은 했소. 우리 아들놈이 제대로 된 선생을 만났군……. 알겠소. 실례했소. 그 대신 내 아들 수업료로 가끔 술은 낼 터이니 그것까지 거절하진 마시오."

"좋도록 하시오!"

그 뒤, 이정은 약속대로 종종 술과 고기를 들고 만춘을 찾아와 누가 보거나 말거나 거리낌 없이 술을 나눴다.

이즈음, 만리장성 북쪽에서는 일대 변화가 일고 있었다. 서기 609년, 계민칸이 죽고 나서 그 뒤를 이은 시필칸(始畢可汗)은 알타이 민족이 낳은 일대 영웅이었다. 그는 당시 만리장성 북부와 바이칼 호 사이에 있던 거란, 해(奚), 실위(室韋), 철륵(鐵勒), 고창(高昌), 토곡혼 등의 부족을 모두 아우르고 서쪽으로는 알타이 산맥에서 동쪽으로는 고구려 접경에 이르기까지의 넓은 땅을 지배하는 주인이 되었다.

세 차례의 고구려 원정 실패로 의기소침해 있던 양제는 이 영웅을 주목하였다.

'그렇다. 이대로 천자의 위신이 땅에 떨어져 짓밟히는 것을 참고 지낼 수는 없다. 뭔가 단번에 국면을 바꿀 실마리를 마련해야 한다! 그냥 놔두면 천하가 계속 어지럽다.'

그는 엉뚱한 생각을 하였다.

'8년 전, 계민칸이 있었을 때처럼 순수(巡狩)를 하는 척 하다가 돌궐을 찾아가자. 웬만한 조건이면 다 들어주고 고구려를 쳐 달라고 하자! 그런 뒤에…….'

그는 마침내 결심을 실행에 옮겼다. 8월에 그는 북순(北巡)이라
는 이름으로 거창한 행렬을 거느리고 태원(太原)을 거쳐 만리장성
에서 멀지 않은 안문관(雁門關)에 이르렀다. 그런데…… 행차가
안문관에 이르렀을 때 만리장성을 넘어 급히 황제에게 달려오는
밀사가 있었다. 그는 돌궐에 있는 전(前) 왕비 의성공주가 몰래 보
낸 사람이었다. 그 밀사로부터 의성공주의 편지를 받아 본 양제의
얼굴빛이 노랗게 변했다.

'폐하, 어서 돌아가소서. 시필칸이 폐하를 생포하겠다고 정병
수만을 거느리고 떠났사옵니다.'

양제는 즉시 행차를 돌이켰다. 그러나 5리도 못 가서 이미 전면
과 좌우로 시필칸의 군마가 일으키는 먼지 구름이 뽀얗게 일고 있
었다. 양제는 다급했다. 도로 안문관으로 되돌아가 성문을 굳게 잠
그고 구원군이 오기를 기다렸다. 돌궐군은 성을 겹겹으로 둘러싸
고 공격해 왔다. 10여만 명의 주민과 군사들이 두려움에 떨었다.
양제 자신도 두렵기는 마찬가지였다. 수 년 간 성을 에워싸고 공격
하는 모양을 멀찌감치서 구경만 하던 그는 이제 처지가 바뀌어 독
안에 든 쥐처럼 공격을 받고 있었다. 적이 쏘아대는 화살이 그의
발밑에까지 떨어지자 얼굴이 사색이 되어 소우(蕭瑀) 등 대신들을
향해 시급히 구원병을 모으도록 독촉하였다. 양현감의 거사 때에
낙양성을 방어함으로써 수훈을 세운 번자개(樊子蓋)의 선방으로
함락은 겨우 면한 채, 한 달 남짓 공포의 도가니에 떨던 일행은 운
정흥(雲定興) 등 구원군이 도착하자 간신히 포위망에서 풀려났다.

'아, 세월이 무상하구나…….'

그는 완전히 풀이 죽어 장안으로 돌아가자마자 다시 강도로 향했다. 북쪽 지방은 이제 진저리가 났다. 원래 그는 후량(後梁) 세조 효명제(孝明帝) 소귀의 공주에게 장가들었는데, 후량은 강도를 근거지로 세운 나라였다. 즉, 강도는 양제 처가의 고향인 셈이었다. 그래서인지 그는 강도에 남다른 애착이 있었다. 유구국을 멸한 직후(610년)에는 강도 태수의 직위를 수도인 장안의 경조윤(京兆尹) 급으로 올려놓기도 했다.

그는 강도로 떠나면서 이연에게 돌궐을 물리치도록 명했다. 돌궐은 이미 남진하여 누번(樓煩)·정양(定襄) 등 여러 현을 빼앗고 있었다.

이연은 관군 3만여 명과 둘째 아들 세민(世民)이 모은 의병 2만을 거느리고 북쪽으로 진군하였다.

이때 군마(軍馬)를 관장하는 일은 위징이 맡아 보았다. 하지만 하지만 동궁부(東宮府) 일이 바빠 사실상 말을 돌보는 일은 만춘이 전담하였다. 만춘은 말 시중꾼으로 전장에 따라 나서게 되었다. 만춘은 대병력이 이동하는 틈에 끼어 이들을 바라보면서, 자기도 고구려로 돌아가 당당하게 병사들을 이끌고 싸움터에 나서게 될 날이 언제 올까 생각하며 남몰래 한숨을 내쉬었다.

이들은 관제산(關帝山) 동쪽에 진출하여 강가에 진을 쳤다. 얼마 되지 않아 돌궐군에게 야습을 당한 뒤 10리쯤 후퇴하여 고교(古交)란 곳에서 양군이 대치하게 되었다.

돌궐 진영에서 한 거구의 장수가 나타나 시비를 걸어왔다. 이연의 진영에서도 이름 있는 장수들을 내보냈으나 10여 합을 못 버티고 목이 잘렸다.

"장군, 큰일 났습니다. 벌써 우리 장수 일곱 명이 추풍낙엽이 되었습니다. 어찌하면 좋겠습니까? 우리 병사들의 사기가 말이 아닙니다."

부장이 낭패한 얼굴로 이연에게 하소연했다.

"수나라 졸장부들아! 중원에 이 부르카이를 당할 자가 있으면 빨리 나오너라!"

적장은 더욱 기세를 올리며 창끝에 일곱 번째로 희생된 수나라 장수의 머리를 꽂아 흔들며 소리 질렀다.

성미 급한 세민이 누가 말릴 새도 없이 혈기를 못 참고 뛰어나갔다.

"어엇, 저런!"

이연이 걱정스런 얼굴로 나지막한 비명을 질렀다.

이때, 눈에 핏발을 세우고 이를 노려보고 있는 또 하나의 사람이 있었으니, 다름 아닌 만춘이었다.

부르카이! 그는 돌궐에 있을 때, 만춘에게 거짓 통행증을 끊어주고, 그의 아버지를 죽음으로 몰고 간 장본인이 아니던가……!

세민은 10여 합까지는 잘 버텼으나 이내 밀리기 시작했다. 그의 나이 이제 18세, 젊은이가 싸우기에 상대는 너무 벅찬 백전의 용장이었다.

세민은 세부득이 도망치려 하였다. 부르카이는 틈을 주지 않고 그를 막아서더니 그의 말고삐를 재빨리 낚아챘다.

"앗, 위험하다!"

이연은 발을 동동 굴렀다. 이제 세민의 목이 금방 굴러 떨어지는 것은 피할 수 없어 보였다.

바로 이때 나는듯이 두 사람 사이를 파고드는 검은 모습이 있었다. 그것은 새카만 말을 몰고 새카만 복면을 한 정체불명의 사나이였다. 어찌나 바람 같이 빨리 나타났던지 보고 있던 양쪽 군사들도 대체 어느 쪽에서 나타났는지조차 알아차리지 못 했다.

"부르카이! 내가 상대해 주마."

복면의 사나이는 칼로 부르카이가 잡고 있는 세민의 말고삐를 싹둑 잘라 버렸다. 세민은 말갈기를 붙잡고 얼른 도망쳤다.

"웬 놈이냐? 정체를 밝혀라!"

부르카이는 복면의 사나이가 내리치는 칼을 가까스로 받아 내며 소리쳤다.

"죽은 뒤에 네놈에게 가르쳐 주는 사람이 있을 것이다."

복면은 부르카이가 내찌른 창을 피하면서 왼손으로 낚아채 뺏어 버렸다.

"건방진 놈!"

부르카이는 창 대신 칼을 빼어 복면에게 다시 덤벼들었다.

4합, 5합……

긴 갈기를 휘날리며 바람처럼 움직이는 흑마와 붉은 준마가 떨어졌다 다시 어울릴 적마다 말 위의 사람들은 춤추듯 칼을 놀렸다.

그러나 양편 군사들이 지켜보는 가운데 열다섯 합이 못 되어 목이 달아난 부르카이의 몸뚱이가 말 아래로 떨어졌다. 복면은 말고삐를 이연의 진영으로 돌렸다.

"기다려라!"

우레 같은 소리와 함께 돌궐에서 또 하나의 장수가 뛰쳐나왔다.

그러나 그는 부르카이보다 더 빨리 복면의 제물이 되었다. 연이어 나온 세 번째 돌궐 장수도 마찬가지 운명이었다. 세 명의 돌궐 장수를 잠깐만에 해치운 복면의 사나이는 두 진영의 사이를 가로질러 동쪽으로 나는듯이 사라져 버렸다. 복면의 무용을 넋을 잃고 바라보던 이연의 군사들이 그제야 기세를 올리며 돌궐군으로 돌진하였다.

"그 자가 대체 누구냐?"

이 날 승세를 타고 이연은 돌궐군을 50여 리 북쪽으로 몰아냈다. 그는 아들 세민을 구해 준 검은 복면의 사나이를 찾았으나 아무도 아는 사람이 없었다. 그러나 단 한 사람, 위징은 알고 있었다. 그는 조용히 만춘에게 다가와 넌지시 말했다.

"자네 무용이 그토록 뛰어난 줄 몰랐네."

"무슨 말씀을 하십니까?"

만춘은 시침을 뚝 뗐다.

"능청 떨지 말게. 그 말을 몰 수 있는 사람은 오직 자네 뿐이지 않는가?"

만춘은 더 이상 입을 열지 않았다.

"가세, 이연 장군이 자네에게 사례를 하고 싶어 하네."

"싫소이다. 전쟁 노비가 왜 수나라 장군을 만납니까?"

만춘이 퉁명스럽게 거절했다. 위징이 여러 번 간청했으나 만춘은 막무가내였다.

위징이 별수 없이 돌아가자, 한참 만에 세민이 나타나 공손하게 물었다.

"오늘 대인 덕에 죽을 목숨이 다시 붙었습니다. 평생 갚을 수 없는 은혜를 입었으니 어떻게 사례를 하면 좋겠습니까?"

"사례는 필요 없소이다. 정 사례하고 싶으면 이 말이나 제게 주시오."

"그뿐입니까?"

"그렇소."

"알겠습니다. 말은 가지십시오. 그밖의 일은…… 아버님과 상의하겠습니다."

세민은 다시 절을 몇 번이나 되풀이한 뒤에 돌아갔다.

돌궐과의 싸움이 소강상태에 이르자 이연은 전선을 부하인 이정(李靖)에게 맡기고 성으로 돌아왔다.

어느 날 저녁, 만춘이 마구간 일에 골몰하던 차에, 위징이 나났다. 그는 함께 갈 곳이 있으니 따라오라고 하였다. 그는 만춘을 중앙이나 다른 지방에서 고급 관리들이 오면 접대를 하는 관사로 안내하였다. 등불이 은은히 켜진 방으로 들어가니 거기에는 놀랍게도 이연과 세민이 앉아 있고, 몇 명의 관기(官妓)가 시중을 들고 있었다.

"어, 어서 오게. 자, 이리 앉게. 위 공도 같이 앉고……."

이연이 자리를 권했다.

"자, 너희들도 앉아라."

만춘과 위징이 맞은편에 앉자 이연이 기생들을 보고 말했다.

"아이구, 이게 무슨 냄새야? 오줌 냄새 같기도 하고…… 맞아, 마구간 냄새야."

만춘 옆에 앉은 기생이 방정을 떨자 이연이 야단을 쳤다.

"어허, 요망한 것, 천하의 호걸 옆에서 무슨 호들갑이냐? 술이나 따르지 않고."

기생들이 각각 술을 따르는데 세민은 꿇어앉아 예의 바르게 만춘의 잔에 술을 채웠다.

"우선 제 술부터 받으십시오. 지난번엔 경황이 없어 제대로 인사를 못 차렸습니다."

"자아, 오늘은 지난번 양 공이 우리를 위기에서 구해 준 데 감사를 표하는 자리이니 편한 마음으로 같이 실컷 듭시다."

이연은 호주가로 소문난 사람답게 잔을 죽 들이켰고, 다들 그를 따랐다.

"내 진작 이런 자리를 마련했어야 하는 건데, 전장에서 마땅한 장소가 없어 그동안 미뤄 왔소. 그런데 실례지만 양 공, 올해 나이가 얼마나 되었소?"

이연이 물었다.

"스물다섯입니다."

"호오, 겨우 그 나이에 어찌 그리 높은 무공을 익혔소?"

"우리 고구려에 저 정도의 무공을 익힌 사람은 태산의 솔방울보다 많습니다."

"그랬구려. 우린 고구려의 무장이라면 을지문덕 장군밖에 모르는데……."

"어쨌거나 저희들을 위기에서 구해 주셔서 감사합니다. 그렇지 않았으면 저나 아버님은 큰 낭패를 볼 뻔했습니다."

세민이 거들었다.

"저는 수나라를 돕고자 한 게 아니라 단지 제 아버님의 원수를 갚고자 한 것뿐입니다."

만춘은 솔직하게 고백하였다.

"그건 또 무슨 말씀이오?"

이연의 물음에 만춘은 지난 일을 대충 얘기하였다.

"으음, 그랬군. 동방 삼국이 충효의 나라라고들 하더니 역시 명불허전이로군."

이연이 고개를 끄덕였다.

술자리가 무르익어 모두들 거나하게 되었을 때, 이연이 조용히 물었다.

"양 공, 내 그 날 흑마를 타고 적장을 베는 양 공의 모습을 보고 그 옛날 적토마를 타고 중원을 누비던 관우 장군을 생각했소. 고구려도 작은 나라가 아니나 이 중화 만큼 넓지는 못 하오. 어떻소? 이 중원을 무대로 우리와 함께 뜻을 펼칠 생각은 없소?"

만춘은 정색을 하고 내뱉었다.

"공은 저를 관우 장군에 견주면서 그의 충절을 본받으라 하지 않고, 어찌 원수인 수나라 양제의 신하가 되라고 하십니까? 저는 고구려의 군인으로 타국에서 죽을지언정 수나라에서 왕후장상을 시켜 준다 해도 싫소이다."

세민이 끼어들었다.

"양 공, 이제 양제나 수나라 따위는 한줌 쓰레기에 지나지 않소이다. 우리가 이룩하고자 하는 것은……."

그러자 이연은 세민을 보고 눈을 부릅뜨며 꾸짖었다.

"이놈, 주둥이 닥치지 못 할까? 어찌 수나라의 녹을 먹으면서 무엄하게 그런 말을 입에 담는가? ─양 공, 용서하시오. 우리가 양 공의 깊은 심중을 모르고서……."

이연은 사죄를 하고 나서 화제를 다른 곳으로 돌렸다.

잠시 뒤, 만춘은 양해를 구하고 먼저 자리를 떴다. 그러나 남은 사람들은 그가 떠난 뒤에도 오랫동안 낮은 소리로 머리를 맞대고 무언가를 숙의한 뒤에 헤어졌다.

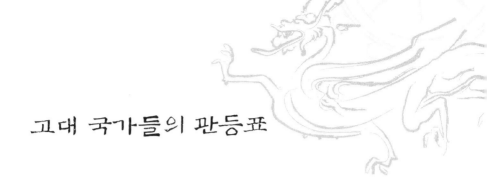

고대 국가들의 관등표

고구려

관등	벼슬 이름	관등	벼슬 이름
1	대대로(大對盧)	7	태대사자(太大使者)
2	태대형(太大兄)	8	대사자(大使者)
3	대형(大兄)	9	소사자(小使者)
4	소형(小兄)	10	욕사(褥奢)
5	경후사(竟侯奢)	11	예속(翳屬)
6	오졸(烏拙)	12	선인(仙人)

(※ 다른 나라들은 기록에 따라 벼슬 이름이 한두 글자씩 차이가 날 뿐이나 고구려의 경우는 기록마다 꽤 다르므로《북사(北史)》의 것을 기준으로 삼음)

백제

관등	벼슬 이름	관등	벼슬 이름
1	좌평(佐平)	9	고덕(固德)
2	달솔(達率)	10	계덕(季德)
3	은솔(恩率)	11	대덕(對德)
4	덕솔(德率)	12	무덕(武德)
5	한솔(扞率)	13	문독(文督)
6	나솔(奈率)	14	좌군(佐軍)
7	장덕(將德)	15	진무(振武)
8	시덕(施德)	16	극우(剋虞)

신라

관등	벼슬 이름	관등	벼슬 이름
1	이벌찬(伊伐飡)	10	대나마(大奈麻)
2	이찬(伊飡)	11	나마(奈麻)
3	잡찬(迊飡 또는 蘇判)	12	대사(大舍)
4	파진찬(波珍飡)	13	사지(舍知)
5	대아찬(大阿飡)	14	길사(吉士)
6	아찬(阿飡)	15	대오(大烏)
7	일길찬(一吉飡)	16	소오(小烏)
8	사찬(沙飡)	17	조위(造位)
9	급벌찬(級伐飡)		

(※ 중앙관직 기준)

발해

관등	관복 색깔	홀(笏)	허리띠[帶]
1 2 3	자주색[紫色]	아홀(牙笏)	금어대(金魚帶)
4 5	붉은색[緋色]		은어대(銀魚帶)
6 7		목홀(木笏)	
8	녹색(綠色)		

(※ 발해는 벼슬 이름이 전해지지 않고 관등에 따른 복장 규정만 전해짐)